黃 晳 暎

황석영 중단편전집 2

1985년 서울 태평로에서 © 강운구

삶이 가는 길

황석영 중단편전집 2

창작과비평사

황석영 중단편전집 2
삼포 가는 길

초판 1쇄 발행/2000년 10월 10일
초판 7쇄 발행/2003년 5월 10일

지은이/황석영
펴낸이/고세현
편집/김성은 염종선 김명재
펴낸곳/(주)창작과비평사
등록/1986년 8월 5일 제10-145호
주소/서울 마포구 용강동 50-1 우편번호 121-875
전화/영업 718-0541, 0542 · 701-7876
편집 718-0543, 0544 · 기획 703-3843
독자사업 716-7876, 7877
팩시밀리/영업 713-2403 · 편집 703-9806
홈페이지/www.changbi.com
전자우편/literat@changbi.com
지로번호/3002568

ISBN 89-364-6017-X 03810
89-364-6997-5 (전3권)

삶이 가는 길

황석영 중단편전집 2

작가의 말

전집을 낸다고 해서 원고를 살피다보니 마음에 걸리는 것이 한두 가지가 아니었다. 여기 수록되는 작품 대부분이 기세차고 열정에 넘치던 내 젊은날의 작품들이며, 그동안 『장길산』이며 『무기의 그늘』 등 장편소설을 쓰느라고 사실은 정작 한해에 몇편씩 쓸 수도 있었던 중·단편을 거의 쓰지 못했다.

지금 생각하면 문예창작에 기울일 힘을 다소 엉뚱한 곳에 쏟았다. 스스로 위로삼아 하는 말이지만 '사회봉사'에 바쳤다고 생각하고 있다. 그렇지만 또 어떠랴, 글쓰는 자는 자신의 문학을 살아내야 된다고들 하니까.

십여년 만에 세상으로 돌아와 어느 창고에 맡겨두었던 살림살이를 찾아내고 먼지를 쓰고 쌓였던 서재의 책들을 골라내던 재작년 일이 생각난다. 옷들이 좀먹고 다 졸아들고 걸레처럼 되어버렸듯이 내 책들은 초라했다. 그리고 그것은 욕망의 찌꺼기들처럼 보였다. 나는 과감하게 손수레에 실어다 고물상에 버렸다.

여기에 희곡집을 보탠다. 기왕에 예전에 나왔던 희곡집 『장산곶매』에다 이리저리 흩어져 있던 내 젊은날 현장문화운동의 흔적들인 '현장대본'들을 그러모아보았지만 누락되어 사라져버린 것이 더욱 많다.

지하방송의 노래극 대본 중에서 「님을 위한 행진곡」의 원래 악보를 찾아낸 것도 한 수확이었다.

르뽀나 기행문 등은 잡문인 것처럼 생각되어 함께 엮지 않았다. 그러나 그것 또한 내가 동시대에 바치는 사랑의 말들이었다고 생각한다. 이담에 더 늙어서 회고록과 함께 다시 엮어내게 될지도 모른다.

나는 내 소유물이었던 책을 버리듯이 과거의 나를 간추려서 세상에 흘려보낸다.

잘 가거라, 반생이여. 그리고 당시의 너처럼 숨가쁘게 세상을 돌아칠 모든 젊은것들의 짝이 되어라.

오늘은 어제 죽은 자들의 내일이려니.

나는 다시 출발한다.

2000년 9월 德山에서

황 석 영

일러두기

1. 수록된 작품은 최초 발표본과 작품집 간행본을 기준으로 작가의 최종 수정을 거쳤다.
2. 권별 작품의 배열은 발표 순서에 따르는 것을 원칙으로 하였다.
3. 표기는 현행 맞춤법통일안을 따르는 것을 원칙으로 하되 발표본을 참조하였다.

차 례

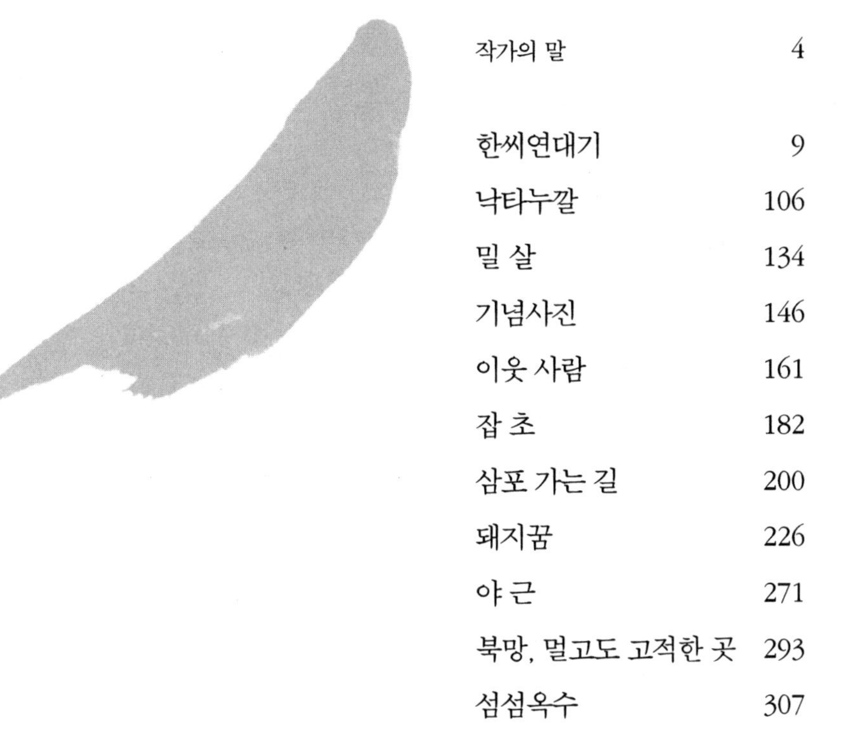

한씨연대기

낡고 비좁은 적산(敵産) 가옥에 네 세대나 살고 있었다. 집에 대한 권리를 가진 임자들이 각각 달랐는데, 그들 중 어느 식구인가가 독차지해서 쓰게 되면 지방 소도시에서는 제법 몇째 가게 큰 편에 속할 집이었다. 불하를 낼 때에 방 하나 또는 둘을 차지하고 있던 주인들이 제각기 연고권을 팔고 떠나버렸기 때문에 비좁은 피난살림 같은 형편이 이십여년 동안이나 물리고 물려서 내려온 거였다.

공무원 민씨네가 아래층 전부를 쓰고 있으며, 운전사 변씨네, 교회 집사인 과수댁이 이층 마루를 함께 쓰며 방 한칸씩을 차지하고 있었고, 맨 구석 그늘진 북향 방에 홀몸인 노인이 살고 있었다. 다른 세 가구는 오래 전부터 이 집에 살아왔지만, 노인이 이사를 온 것은 불과 삼년 전인 일구육팔년도 사월달이었다. 혼자서 찌그러진 트렁크를 들고 들어서던 노인의 음침한 몰골을 적산집 사람들은 누구나 기억하고 있었다. 그는 백발의 머리를 뒤로 가지런히 넘겼고, 낡았으나 노인답지 않은 양복을 입고 있었다. 거뭇거뭇한 피부 소양의 흔적이 얼굴에 퍼져 있었는데, 눈빛이 흐리터분해 보였고 특히 보통보다 좀 더 큰 붉은 코와 인중 옆의 콩알만한 물사마귀의 색깔이 우스꽝스럽게 대조적이었다. 입 언저리가 화난 사람처럼 아래로 처져 있어서 막연히 이 얼굴의 임자가 어두운 성격의 사람임을 느끼게 했었다. 세간 따위란 애초에 없었다. 이불을 운전사 변씨네서 빌려줬다가 나중에 돈을 받았고, 식기 나부랭이는 노인이 시장에서 하나씩 사들여왔다. 처음부터 그런 식이었으니 적산집 사람들 중 누구도 마음을 놓을 수가 없었다. 사실 그들은 전에 살던 철도청 사람이 그런 홀아비 노인에게 방을 넘기고 떠날 줄 알았다면 미리 수라도 써서 다른 세대를 받았을 것이다. 살붙이 하나도 없는 노인네가 그렇잖아도 복잡한 집에 들어오게 되면 각자의 신경도 곤두설뿐더러 집안 분위기가 어쩐지 구질구질해질 것 같았다. 게다가 노인은 좀 괴팍스런 데가 있었는데 동네 사람들과 인사조차 건네질 않았다. 아무도 상대해주질 않았을 테지만, 그는 동네 영감들이 자주 모이는 대서소 앞은 물론, 복덕방에도 얼씬을 안했다. 그는 노인 특유의 불면증 때문에 한밤중에도 동네 골목을 배회하는 습성이 있었으며 누구나 그와 마주치면 섬뜩한 느낌이 든다고 했다. 왜냐하면 그쪽에서 몹시 놀라는 기척을 보이고 피하는 일도 있다는 건데 애써 이쪽에서 말이라도 붙이려고 다가가면 의심스럽게 상대방을 쏘아보다가, 뭐라고 혼자 중얼중얼하면서 지나간다는 것이었다. 같은 울안에 사는 사람들마저 그를 꺼린 게 사실이었다. 아낙네들 중 어떤 여자는 넘어져서 울고 있는 아이를 노인이 말없이 안아다가 데려다주는 성미로 봐서라도 순하고 착한 분일 거라고 말하기도 했다.

적산집 사람들은 햇수를 넘기는 중에 노인을 동정도 하게 되고, 사연이야 알 수는 없지만 사람 성격이란 게 천차만별이니 그저 성미 탓이거니 관대하게 넘겨짚고 생각하게 되었다. 이사왔을 적에 노인이 돈을 얼마쯤 갖고 있었는지, 사채 놀리는 여자에게 맡겨서 생활비를 적당히 받아다 쓰는 모양이었다. 사람들은 자세한 내막을 몰랐지만 아마 돈을 잘리었을 거라고 믿게 되었다. 한가히 지내던 노인이 동네의 잔일거리를 맡아 품삯을 벌거나, 동회에서 극빈자 구호양곡을 가끔 타다가 이럭저럭 먹는 둥 마는 둥 하며 살았기 때문이다. 더구나 노인이 일자리를 갖게 되었던 거였다. 그는 오전 내내 집에 있다가, 점심을 얻어먹으러 사거리 약국 옆에 있는 장의사(葬儀社)로 나가게 마련이었다. 오랫동안 입관을 맡아오던 사람이 죽은 참에 일손이 모자랐던 장의사에서 적당한 사람을 물색하다가, 선심쓰는 셈치고 노인에게 일을 맡긴 거 같았다. 그는 주저 않고 시체 치우는 일을 맡았다. 노인은 일거리가 없는 날도 오후에는 늘상 거기 앉아 오가는 사람들을 멍한 시선으로 바라보았다. 어쩌다가 초상집에서 일을 치르고 오는 날은 말할 것도 없으려니와, 그는 보통때에도 막소주에 만취가 되어 돌아왔다. 노인이 아침이나 저녁 식사를 거르는 때가 한두 번이 아니었고, 그래서 집안 사람들 모두가 저 노인네 늙마에 몸을 마구 굴리는 꼴이 얼마 못 살 거 같다고들 수군거렸던 것이다.

어느날, 공무원 민씨가 출근을 하려고 수선을 떨며 방안을 서성대다가 얼결에 창밖을 내다보고 오만상을 찌푸렸다. 노인이 우물가에 쭈그리고 앉아 아침부터 속옷을 빨고 있지 않겠는가. 아래층을 모두 차지하고 사는 민씨네는 실상 이 집의 주인이나 다름없었고, 토지도 개인 명의로 불하를 맡아두었으니 각 세대주들 가운데서도 발언권이 제일 세었던 터였다. 동네 사람이나 민씨 자신과 친분이 있는 사람들이라도 지나다가 그 꼴을 보게 된다면, 인정 없고 도리를 모르는 사람이라고 그의 아내로부터 민씨 자신에게까지 욕이 미칠 게 뻔한 노릇이었다. 민씨는 노인이 언제나 마땅찮았는데 출근길에 불쾌한 꼬락서니를 보게 되니 더욱 참을 수가 없었다. 노인은 등이 꾸부정해져 빨랫감을 대야에서 꺼내는데 몹시 헐떡거리고 있었다. 그는 허리도 두드리고 고개를 들어 하늘을 올려다보면서 간간이 쉬었다. 민씨가 짜증스럽고 원망이 섞인 투로 중얼거렸다.

"정말 차마 눈뜨고 못 보겠군."

부엌에서 설거지를 하고 있던 민씨의 아내가 판자문을 열고 내다보더니 말했다.

"사람은 늙으면 고만이라구요. 늙마에 혼자 산다는 게 딱한 줄 아셨으면요, 처자가 버젓한 걸 다행으로 아시라구."

민씨는 여편네의 고질인 잔소리가 더 계속될까봐 입을 다물었다가, 암만해도 노인의 꼴이 맘에 켕겨서 아내에게 사정조로 말해보았다.

"이봐, 나가서 좀 도와주라구. 누가 보면 욕하겠어."

"아이구, 속없는 소리 하시네. 동네에 소문이 파다한 늙은이라구요. 내 노상 도와줬지만 고마워하는 기색두 없구요. 말대꾸도 전혀 안해요. 치성드리던 미륵님도 행적을 안 보이면 부수는 게 세상 마음인데, 무슨 정성살이 뻗쳤대나요."

민씨는 고함을 꽥 내질렀다.

"체면이 있잖아. 그럼 저런 걸 눈뜨구 보면서 출근하란 말야?"

민씨의 아내가 뭐라고 연거푸 투덜대면서 우물가로 달려나가더니, 노인의 빨래를 거칠게 빼앗았다. 노인은 힘들여 겨우 일어서서 허리를 두드리다가 다시 현관 앞 마루에 털썩 주저앉아 숨길을 돌렸다. 이층 층계에서 내려오던 운전사 변씨의 아내가 노인의 그런 양을 보고 "영감님 힘드시죠?" 했는데도 그는 대답이 없었다. 비낀 아침 햇살이 퀭하게 꺼진 노인의 눈두덩을 깊숙하게 그늘지워서 광대뼈가 더욱 불쑥 튀어나와 보였다. 이를테면 그날따라 노인의 얼굴이 누런 칠을 입힌 해골 같아 보였다. 조는 듯 앉았던 노인이 눈을 가리고 일어나며 발을 헛디딘 것처럼 비틀거렸다. 그는 몹시 어지러웠는지 양팔을 벌려 벽에 기대고 조심조심 계단을 올라갔다.

우물가에서는 노인의 빨래를 하던 민씨댁과 채소를 씻는 변씨댁의 한담이 무르익고 있었다.

"영감태기, 고맙단 말이라두 하면 체통이 깎이나?"

"또 노인네 빨래군요. 그냥 두고 보기도 안쓰럽다구요."

"누가 아니래. 귀신 같은 영감 땜에 귀찮아 죽겠어."

"어제는 글쎄 저녁두 안 자시고 또 주정합디다."

"바루 옆방이니 잘 알겠구려. 얌전히 주정이나 하면 괜찮게, 헛소리는 안합디까."

"가끔 그래요. 요새는 잠잠하다 했더니…… 그저 본인두 편하게 일찍 돌아가셔야죠."

연탄재를 버리러 나왔던 교회 집사 과수댁이 불쑥 나섰다.

"사람들이 그러면 못씁네다."

"왜 그러셔, 덕 좀 볼려구?"

"저 말하는 것 좀 보게. 방이나 날까 하구 목을 빼구 기다리는 건 도대체 누군데."

"그래 저 영감이 죽는다구 방을 그저 얻나, 누구 맘대루…… 다 권리가 있는 건데."

변씨댁이 날카로워진 두 사람 사이에서 만류했다.

"공연히 농담하다 싸우시겠어요들, 아 딱하면 가서 예배나 봐드리구려."

"그러지 않아두 내 우리 교회루다 인도하려는 참요."

"염쟁이 예수당에 보냈다가 온갖 잡신 다 끌어들이라구?"

"암만해두 그 노인네가 천한 노릇이나 하실 분이 아닙디다."

"무슨 사연이 있을 거라구, 내 애초부터 그렇게 여겼지."

"홀아비 노인 말년 사연이겠지 뭐."

변씨댁이 그렇지만은 않다며 고개를 저었다.

"며칠 전에 영감님이 방문 잠그는 걸 잊었던 모양이지요. 벙긋 열려 있길래 잠깐 들여다봤지. 그랬더니 글쎄 사진틀이 바루 앞에 떨어져 있어요. 가족사진인데 퍽 옛날 건가봐. 노인네가 그땐 아주 훤출한 호남 사내입디다. 세비로를 쪽 빼입구선 애들도 귀여운 게 둘이나 있습디다. 부인두 무척 곱더구만."

"나두 그 사진은 버얼써 봤다구요."

"관 짜는 박목수가 그러는데 저분 딸 하나뿐이라던데."

"모르지 뭐야. 똑같은 고주망태 주정뱅이들이니까. 처자 있는 노인네가 무슨 백년 기도를 드린다구 혼자서 궁상이람."

"그 박목수가 왜 그전에두 찾아왔었잖아."

"영감이 앓느라구 며칠 못 나갔던 날 수의를 챙겨갖구 올라온 걸 보면, 서루간에 후사를 부탁한 게 틀림없을 거예요."

"장지라두 미리 마련해뒀는지 알아?"

방을 나서려던 민씨가 이층에서 뭔가 넘어지는 듯한 소리를 들었다. 작은 물건을 떨어뜨리는 소리와는 달리, 아래층 천장까지 울릴 정도로 묵중한 소리였다. 민씨는 불안한 눈으로 이층 쪽을 올려다보았다. 출근시간이 늦었으나 한집에 살면서도 사람에게 변고가 생긴 걸 모른 척한대서야 도리가 아니라는 생각이 들었다. 그는 하는 수

없이 마당의 아낙네들을 향해 다급하게 말했다.

"노인네가 이층에서 넘어진 모양이오."

그는 내키지 않는 걸음으로 일부러 큰기침을 해가며 이층으로 올라갔다. 변씨댁, 과수댁, 민씨의 아내, 모두 네 사람이 끔찍한 일을 상상이나 한 듯이 숨을 죽이며 층계를 올랐다. 절반쯤 올라가자 방문턱에 발을 걸친 채 넘어진 노인이 보였다. 까딱해서 층계 아래로 굴러떨어졌더라면 그 자리에서 죽었을 거였다. 아마도 계단 쪽이 컴컴하니까 손으로 더듬으며 올라오다가 방문을 열면서 갑자기 환한 빛을 보고는 현기증을 느꼈던 모양이었다. 아니면 과중하게 힘에 부치는 빨래를 하느라고 피의 순환이 잘못되었던 터에 계단까지 올랐으니 순간적인 졸도를 일으켰는지도 몰랐다. 유일한 남자였던 민씨가 달려들어 노인의 겨드랑이를 부축해 올렸다. 다리를 부들부들 떨면서 머리를 밑으로 축 늘어뜨리는 노인을 민씨가 가까스로 들어다가 이부자리 위에 뉘었다. 트렁크와 냄비, 밥그릇, 입다 벗어던진 속옷 나부랭이 들로써 방안은 엉망으로 어질러져 있었다. 노인은 입에 거품을 문 채 빠르고 거칠게 숨을 쉬고 있었다. 과수댁이 그가 토한 자리를 치우고 얼굴을 닦아주다가 에구머니나, 하면서 뒤로 물러나 앉았다.

"몸이…… 온몸이 뻣뻣하게 굳어 있어요."

변씨댁이 안타깝게 말했다.

"의사를 불러야죠."

"장의사에 가서 알려줍시다. 노인네가 거기 고용됐었으니까 말이죠."

모두들 민씨의 말에 찬성했고, 변씨댁이 가서 알리겠노라고 뛰어나갔다. 변씨댁은 아낙네들 중에 제일 나이가 아래고 다감한 편이었다. 평상시에도 노인이 저녁을 거르고 자는 날에는 간혹 문을 두드려서 국에 만 밥이나 죽 같은 걸 디밀어주곤 했으며 노인의 찢어진 옷을 보면 벗으시라고 하고서는 꿰매어주던 터였다. 그 여자가 장의사 주인에게 알리려고 뛰어가보니, 목수 박영감 혼자 크기가 각각 다른 관들 사이에 평상을 놓고 누워 잠을 자고 있었다. 변씨댁은 놀랐던 김에 그 꼴을 보고 또 한번 소스라쳤다. 채광이 나쁜 컴컴한 작업장에서 관의 무더기 가운데 반듯이 넘어져 있는 사람이 살아 잠을 잔다고는 얼핏 생각되지 않을 정도였다. 그 여자는 겁을 먹은 소리로 일부러 크게 외쳤다.

"염꾼 할아버지가 돌아가셔요."

박영감이 평상 위에서 천천히 일어났다. 그는 역광 속의 상대방을 알아보기 위해 변씨댁을 가느다란 눈으로 내다보았다.

"저기 지금 막……"

박영감은 하나도 놀란 것 같지 않게 느릿느릿 평상에서 내려와 신발을 꿰었다. 초조해하는 변씨댁은 거들떠보지도 않고, 작업장 안을 우왕좌왕하며 뭔가 찾는 눈치더니 자주색 보퉁이에 싼 물건을 집어 들고 밖으로 나섰다. 그제서야 변씨댁을 발견한 듯이 되물었다.

"한씨가 죽었다굽쇼?"

"아뇨, 그게 아니라 넘어져 기절하셨어요. 의사를 불러야 할 텐데 주인은 안 계신가요?"

박노인이 멀뚱하니 변씨 아내를 쳐다보다가 보퉁이를 다시 안으로 던져넣으며 말했다.

"옷이나 입혀줄렸더니 의사는 부를 필요두 없구……"

그는 평상에 도로 주저앉았다.

"그럴 형편두 못되오. 본인두 원하지 않을 거외다."

"혹시 그분 집안이나 연줄 닿는 데라두 모르셔요?"

"허허, 송장 치는 두 늙은이가 저승길 동무로다 아는 게지, 내 미주알고주알 알 필요가 뭐 있겠소. 죽으면 입관이나 시키러 가겠시다."

사람 죽어나가는 일을 하도 여러번 보아와서 그런지 눈도 깜짝하지 않는 말투였기에, 변씨댁은 낙심천만하여 돌아왔다. 난처해진 그들은 할 수 없이 이웃으로서의 성의나 베풀자고 해서 공동으로 책임지기로 하고 의사를 불렀다. 의사가 노인의 눈을 뒤집어보고 맥을 짚기도 하며, 혈성반응 검사를 해보더니 고개를 갸우뚱거렸다.

"곤란합니다. 뇌혈전이군요. 입원하지 않으면 회생할 가망이 없습니다."

민씨가 변명조로 말했다.

"홀몸이기 때문에 가족이 없거든요. 응급조처라두 해주시오."

"그런 건 하나마납니다. 당장 입원해도 가능성은 반반일 정도로 늦었습니다."

"몸 생각은 않고 술을 줄창 들이켰으니……"

"알코올 중독에 걸렸던 체질이라면 후유증이 몹시 심할 겁니다. 신체마비나 정신장애를 합병할지도 모릅니다."

의사는 계속해서, 대개 이삼일 뒤에는 의식을 회복하는 경우도 있으나 곧 다시 발작한다며 입원시킬 능력이 없으면 친지를 불러다 임종이나 보게 하라는 등, 아주 노골적으로 털어놓으며 자리를 떴다. 그들은 혼수상태에 빠진 노인을 무력하게 바라보며 며칠 동안 기분을 잡치게 된 것만을 유감으로 생각했다. 노인은 죽은 듯이 누워 있다가 하룻동안 의식을 되찾은 듯했었다. 졸도한 이튿날부터, 그러니까 한 삼십시간쯤을 그는 눈을 뜨고 있었다. 물론 사지를 꼼짝도 못했으며 실어증에 빠져 있었다. 과수댁이 같은 교구의 동료 교인들을 불러다 예배를 보았는데, 목사가 그의 머리 위에 손을 얹고 기도를 드리자 멍한 눈가에 물기가 번져 한참 동안이나 깡마른 볼을 타고 흘러넘쳤다. 노인의 정신이 오락가락하게 되자 민씨댁은 안달이 나서 남편에게 자꾸만 보챘다.

“오늘 우리 아주 다짐을 받아놓읍시다. 노인네가 정신이 들었는데 지금 못해놓으면 영영 기회가 없다구요.”

“무슨 다짐을 받는다구 그래?”

“집문제 말예요. 방이 하나씩 날 때마다 차지해놔야 해요. 안 그러면 우리네는 영영 집의 반쪽 병신만 쓰구 살 거란 말예요.”

“노인 의향대루 맡기면 될 거야.”

“지금 그 영감은 혼이 없는 허수아비라구요. 얘기야 뻔한 거죠. 평소에 변씨 여편네가 시중 들어주며 삶아놨으니 죽은 담에야 알 게 뭐람. 저희네루 양도해줬다구 우기면 꼼짝없지. 어쩌면 오래 전에 벌써 방을 넘겨주기루 타협을 끝냈는지도 모르죠. 방은 남는 거구 저 노인넨 얼마 못 산단 말예요.”

“할 수 없지 뭘. 남의 걸…… 그럼 빼앗을 셈이었어?”

“도대체 우린 언제쯤 가야 온채를 쓰며 살게 되는 거죠? 변씨네가 차지하면 점점 어려워져요.”

“죽는 사람을 놓구 좀 야박한 거 같구만.”

“뭐가 야박스러워요. 세상 인심이 다 그런 건데. 실리 위주루다 생각해야지.”

“딸라변이라두 돌려오라구. 한 십만원쯤 필요할 거야.”

“송장이나 마찬가진 노인한테 십만원까지두 필요없어요. 한 오만원쯤이면 되지 머.”

“변씨네서 섭섭해하겠는데…… 요샌 그런 일루다 싸우긴 싫단 말야. 기분 나쁘지 않게 타협적으로 해야지. 방두 쬐끄만 게 드럽게 속 썩이네."

"돈 갖다 내밀면서 계약서에 확인을 받구선, 돈 관리는 변씨네가 맡는 게 어떻겠냐구 넌지시 말합시다. 그리구요, 사실 우리가 이렇게라도 하는 건 노인보담두 동네 사람들에게 알려놓자는 거지 뭐 다른 거 있어요?"

"골치 아파서 원. 거 참 일본 적산집을 차지할 땐 옹근 채루 차지했어야 되는 건데."

"그게 뭐 우리가 몰라서 그랬나요. 그때 시국 탓이지."

민씨댁은 이잣돈을 오만원 얻어다가 노인 앞에서 변씨네의 확인을 받아, 노인에게서 권리를 이양받았다는 매도증서를 만들어가졌고, 변씨댁은 오만원 중에서 절반을 떼어 장례비조로 박영감에게 맡겨 장지라도 구입하도록 일렀다. 이제 노인이 당장 죽는다 해도 손해를 볼 사람은 아무도 없었다. 노인까지도 손해를 보는 것은 아니었다. 다만, 그 자신과 관계가 없는 세상 일이었달 뿐이다. 노인이 다시 발작을 일으켜 생명을 실낱같이 유지하고 있는 동안 집안은 온통 뒤숭숭한 분위기에 싸여 있었고, 모두들 밤을 넘길 때마다 불안했었다. 사흘이 지나자 장삿날 그의 시체를 내가면 집안에 아무 흔적이 없도록 방을 깨끗이 치워놓자는 의견들이 나와서, 방안과 트렁크 속에 이리저리 구겨박혔던 옷과 물건들을 꺼내다 태웠다. 식기와 트렁크는 지나가는 고물장수에게 공짜로 주어버렸다.

유품 삼을 만한 물건은 그래도 고급으로 보이는 낡은 가죽가방이었다. 노인의 가방에서 나온 것은 검은 비닐뚜껑의 수첩 한권과 상아 꼭지가 달린 독일제 청진기였다. 민씨가 수첩을 들춰보니 깨알만한 글씨로 뭔가 적혀 있었고, 맨 뒤에 주소록이 있었다. 다른 곳은 볼펜으로 북북 그어버려서 보이지 않았으나, 다음 장에 주소 셋이 새로 씌어 있었다. 사고무친의 노인인 줄 알고 있었던 사람들은 모두 놀랐다. 자기네의 무심했던 행동을 후회했으나, 나중에 유가족에게 원망받지 않도록 서로를 변명해주기로 약속하고 나서 그들은 세 통의 전보를 쳤다.

소식을 보내고 이틀 지난 저녁, 어두컴컴해질 무렵에 세련된 양복 차림의 노신사와 오십대쯤으로 보이는 부인이 찾아왔다. 혼수상태를 유지하던 노인은 예상했던 대로 그 밤을 넘기지 못했다. 장례는 다음 날로 미뤄지게 되었는데, 키가 크고 나이보다 훨씬 숙성해 뵈는 처녀가 하루 뒤늦게 도착해서 그들과 함께 마지막 밤을 지켰다. 밤을 새운 것은 그들 세 사람뿐이었고, 장례라 부를 수도 없을 만큼 쓸쓸했다.

늦게까지 도란도란 얘기를 나누는 그들의 음성이 들려왔다.

"한영덕이 소식이 하두 오래 전에 끊어데서 난 이 친구레 어디메 지방에서나 개업하구 있는 줄로 알았대시요. 한군은 내 생각에두 너무 고디식하구 순수했디요. 그게 이 친구 단점입네다. 난 이 사람하군 정반대디만 어릴 적부터 쭉 같이 자랐댔구 도재 남을 속일 줄두 모르구 융통성두 없는 이 사람 성미가 짜증이 나멘서두 밉질 않았디요. 아니, 오히려 그런 면을 도와했대시요."

"저희 아부님께서두 오라바니 인품을 벌써 알아보시구는, 기술 없으문 한데서 얼어죽을 넌석이라구 하셨시요. 기래 의학공불 시키셨는데 훌륭한 솜씰 개지구두 살아나가기가 무척 어려웠댔나봐요. 오라바닌 거저, 결혼을 잘하셔야 됐댔는데…… 니악하구 똑똑한 아낙이 뒤에서 들구 보채문 정신을 버쩍 차릴 분이야요. 페양 있는 저이 형님은 기런 녀자레 못되구 약하구 얌전하기만 했시요. 오라바니 성격이 기러니끼니 아낙은 좀 세차구 똑똑해야 할 텐데요."

"매씨처럼 말입네까? 허허, 녀자문제야 머 벨루 상관이 있댔갔소. 혼자 월남한 거이 한군을 이렇게 만든 원인은 됐갔디만. 영덕인 자기에게 너무 까다롭디요. 대범하게 잊어두는 법이 없쇠다. 기렇다구 표현두 못하멘서 속으루만 괴로워합네다레. 모든 세상 불의를 자기 까탄으루 돌리는 거야요. 난두 답답할 때가 한두 번이 아녔대시요. 이리케 페로운 세상에 한군은 꼼짝없이 손해볼 처신으루 살아온 거야요. 페양 수복 당시만 해두 보시라요. 난 무사하게 숨어서 라디오나 듣구 지냈는데, 이 친구레 처형장에서 죽을 고비를 넘기지 않았갔시요?"

"늘 기런 식으루 살아오신 거야요. 왜 서박사님두 아시디요. 여게 넘어와선 안 기랬나요. 운두 무척이나 없던 분이야요. 기렇게 순박하시니 세상이 천 번을 뒤집혜두 아무 탈이 없을 거라구 생각했댔는데…… 반대였시요."

고별의 밤은 무척이나 긴 것 같았다.

대학병원 내부가 사흘째나 온통 술렁술렁하는 분위기에 들떠 있었다. 드디어 교수들에게도 총동원령이 내렸다는 후문이었다. 외과학의 정교수가 침울하게 말했다.

"한선생께선 명단에서 빠졌습데다."

산부인과 교수인 한영덕씨는 자기가 명단에서 빠졌다는 말을 듣자 안도감보다는 오히려 불안이 앞섰다. 경험으로 비추어보아 언제나 수가 많은 편에 끼여 있는 게 유리했다. 그자들은 제외된 소수를 언제나 폐품 처리하듯 다뤄왔던 것이다. 한씨가 말했다.

"우린 어디루 보낸답데까?"

"보내질 않을 거외다. 아마 페양에 그대루 남갔디요."

자기가 쓰던 물건들을 책상 서랍에서 꺼내어 정리하던 정교수는 잠깐 손을 멈추고 피로한 시선으로 운동장을 내다보았다. 머리가 납작하고 차체가 높은 소련제 군용트럭이 두 대 정차하고 있었다. 운동장에 폭격의 흔적인 물 웅덩이가 군데군데 괴어 있고 무너진 건물의 폐허 위에는 잡초가 무성했다. 정교수가 한숨을 쉬었다.

"차라리 뒤에 남을 가족들이나 대우를 받게 됐으문 다행이갔쇠다. 모두들 전선으루 발령이 났시요. 교수급들은 소좌나 중좌 계급장을 달아주는 모낭입디다."

"인민군이 낙동강까지 내레갔다는 게 사실인가요?"

"잘 모르갔시요. 부산을 총공격하구 있다구 선전은 합데다만."

한영덕씨는 중대 발표가 있다는 게 바로 의무군관 입대에 관한 일이란 걸 짐작하고 있었다. 철저히 파괴되고 네 벽만 우뚝 서 있는 대학 본관건물로 오르는 계단에, 의사들은 물론이고 조수와 몇명 안되는 간호원들까지도 모여서 당원인 듯한 자의 연설을 듣고 있는 게 보였다. 끝없는 공습으로 대학 구내는 완전히 짓이겨져서 평양의학전문 시절의 옛 모습은 거의 찾아볼 수가 없게 되어 있었다. 예전 숭실전문이 김일성대학으로 개명되어 그 산하의 의학부로 소속되면서 평의전은 이미 당의 정치적인 행정 아래 운영되어왔다. 대학도 병원도 벌써부터 정상적인 기능을 잃고 있었는데, 전쟁이 발발하면서 젊은 학생들은 단기간의 형식적인 수습과정을 마치고는 모두 의무군관으로 내보내버렸고 남아 있는 자는 늙은 교수들과 아직까지 요행하게도 징집당하지 않고 있던 대학 실무진들뿐이었다. 이제 교수라고 해봤자 가르칠 학생도 없었으니 최후로 갈 곳은 전선뿐이었다. 아녀자와 노인을 제외한 십육세부터 사십오세까지의 사람들이 모두 전선으로 가게 되는 판이었다. 정교수는 아직도 불안하고 어리둥절한 표정으로 밖을 내다보고 있는 한영덕 교수에게로 손을 내밀었다.

"한선생, 우리 작별인사나 먼저 하자우요. 까다로운 세월에 피차 용케 살아남아야디."

"몸조심하시오."

두 사람은 악수했다. 해방 전부터 아직까지 대학에 남아 있는 사람은 불과 칠팔명뿐이었는데 신출내기들과는 달리 그들 사이엔 어느 정도의 신의가 있었다. 그들은 상대방이 당에 대해서 어떻게 생각하고 있다는 것까지 대략 짐작했고, 밖으로 나타내지는 않았으나 다른 동료들처럼 일찌감치 이곳을 빠져나가지 못한 자신들의 어리석은 처신에 대해서 서로가 동정하고 있었다.

"명단에서 누락된 사람은 학장실루 오라구 그랬시요."

"알갔습네다."

한영덕 교수는 연구실을 나와 파괴된 본부건물 뒤에 임시로 지어 놓은 세 채의 나무판잣집을 향해 걸었다. 도중에 그의 젊은 제자 두 사람이 지나치면서 서투르게 경례를 붙였다. 그중의 한사람은 벌써부터 군복을 갈아입고 있었다.

"선생님은 입대 통지를 안 받았습네까?"

"난 빠젠 거 같소."

"다른 선배 교수들두 다 나가는데요."

"선생님 전공 탓입니다레."

한교수는 형언할 수 없이 답답해지는 마음을 자제하며 억지로 말했다.

"잘 투쟁하구 오시오."

누구와 무엇을 위해서 투쟁을 하라는 건지도 그는 알 수 없었다. 옆으로 지나가는 그들의 얼굴은 한반도 전역에 걸친 군대 보급의 무리에 따른 식량난과 겹친 격무와 쉴새없는 전시 노력동원으로 시달려 거무죽죽하게 그을려 있었다. 성급하게 군복을 착용한 품이 어떤 시련이라도 감당해낼 혈기가 남았음을 과시하고 있는 듯이 보였는데, 그런 종류의 혈기는 달리 본다면 시대의 광기라고나 할 거였다.

팔월 초부터 평양 방송국과 조선 로동당보에서는 인민군이 남한의 모든 지역을 장악했으며 부산을 함락시키는 것은 시간문제라고 끊임없이 선전해왔다. 한영덕 교수의 부친인 한홍진 목사는 기력이 쇠잔한 몸으로 밤마다 몇몇 충실한 신도들과 같이 밤을 새워 비밀기도회를 가졌는데, 전 국토를 뒤덮은 이 미친 전쟁이 하느님의 힘으로 그치게 해주십사 하는 취지였다. 팔월 말께로 접어들며 공습이 더욱 치열해져 더이상 평양 시가에는 머물 수가 없게 되어 한교수는 노부모와 아이들을 강서로 소개시키고 집에는 단둘이 남아 있었다. 그는 날마다 저들에게서 제거당할지도 모른다는 공포감에 짓눌리지 않게 되기를 바랐다. 그들은 언젠가는 믿을 만한 애송이들을 교수로 내세울 것인데, 그때 가서는 해방 전부터 남아 있던 교수들은 필요로 하지 않을 게 명백한 일이었다.

공습 경보의 싸이렌 소리가 여러 곳에서 차례로 들리더니, 폭격기 편대가 날개를 반짝이면서 날아왔다. 거의 전파되다시피 한 평양 시가에서 여전히 불길과 연기가 타오르고 있었다. 한영덕씨는 계단으로 올라가는 게 빨랐지만 전방으로 가는 젊은 수습의들이 둘러서서 주먹을 내흔들며 궐기대회를 열고 있는 곳을 지나기가 언짢았다. 그는 계단 쪽을 피해 비탈길을 오르다가 앞서 걷고 있던 서학준 교수를 만났다. 그들은 평양고보에서부터 평의전을 거쳐 교오또 대학까지 동창이라 제각기 상대편의 마음을 환히 털어놓을 수가 있었다. 어떤 운명이든 그들은 함께 당할 것을 각오하고 있었다. 서학준 교수가 뒤를 돌아보고 한씨가 가까이 오기를 기다렸다가 속삭이는 거였다.

"어드렇게 돼가는 거가. 우리만 당하는 거이 아니가?"

한씨가 자조적으로 내뱉었다.

"모르갔다. 내레 전공 탓인지."

"학위하구 임상 경험이 무슨 상관이 있나 말야."

"나이두 들었디, 팔팔한 아이들이 많은데 우린 개저다 멀 하가서."

"기렇디만두 않아야. 김박이나 정박들 보라우. 우리 다섯 해나 선배 아니가."

두 사람은 서로 똑같은 정도로 불안하고 초조했다. 그들은 위에서 시키는 대로 대학병원에서 진료를 했었고, 의학부 교실에 나가 기계적으로 가르쳤을 뿐이었다. 그러나 한씨와 서씨는 비판회다, 강연이다, 하는 의무적인 정치행사에서 여러가지 핑계를 대며 빠져왔었다. 여러가지 제목이 붙여진 인민 궐기대회와 모임투성이였다. 대학 동료들은 열성이 없는 두 사람에게 너희들 자신의 생각을 해서라도 다른 사람에게 피해를 입히지는 말아달라고 말들이 많았다. 그들은 가끔씩 억지로 나가 앉아 그자들의 강의를 듣고 시원찮은 질문도 하고 답변도 하면서 그럭저럭 지내왔었다. 한씨는 태도가 분명하지 않은 자기들의 태도를 저쪽에서 벼르고 있다는 걸 눈치챘다. 선배인 박교수와 한영덕, 서학준 교수의 세 사람이 입영 명단에서 빠져 있었다. 박교수는 그때에 입장이 딱한 형편이었다. 아직은 삼팔선을 용이하게 왕래할 무렵 그의 아내는 막내를 데리고 서울서 관리생활을 하는 큰아들네로 다니러 갔다가 다시는 돌아오지 못하게 되고 말았다. 전쟁이 발발했으니 여간해서는 만나기가 더욱 어렵게 되었던 것이다. 그의 집에 둘째가 남아 있었으나 전쟁 초기에 군관 후보생이 되어 남포에서 훈련받을 때까지는 소식이 왔었다고 했다. 인민군이 남침을 시작해서 서울을 점령한 뒤에 감감무소식이 되어 그는 노모와 단둘이 평양에 남아 있었다. 그들이 들어섰는데도 박교수는 고개를 숙여 침묵을 지키고 있었다. 의학부 학장이란 자는 소련군 의무장교로 점령군을 따라왔다가 군복을 벗는 길로 당원이 된 자였다. 시대가 시대니만큼, 소련군 출신이기만 하면 사상이나 계급이나 성분에 대한 고려조차 필요없이 행정의 요직을 차지하던 때였다. 그들이 소위 해방 점령군의 외국 군인으로서 알지도 못했던 모국의 정치 권력체제를 장악하는 데 성공한 것은 너무도 당연한 일이었다. 그들의 조직은 소비에트 연방의 실리에 합치되었고, 북한 지방 도처에 남아 있던 무명의 민족주의자들이나 지각있는 사람들처럼 비판적이고 귀찮지도 않은 심복으로서 소련으로부터 적극 성원받기에 적합했던 것이다. 그들의 정권은 권력구조를 더욱 탄탄히 하기 위하여 갈수록 경화되었고 전쟁을 준비하는 동안에는 더욱 당당하게 압박을 가해왔었다. 의학부 학장은 자기가 중국 공산당 출신인 연안파의 비정규 군대와는 비교가 안되는 정통적인 소련 적군의 내지파라는 점을 내세웠다. 모스끄바에서 교육받은 시절이 있었다는 점도 빼놓지 않았다. 겨우 삼십에 가까웠을까말까 하는 젊은 사람이 자기보다 십여년씩이나 연상인 교수들을 노골적으로 경멸했다. 너희들은 앞으로 젊고 투지만만한 당성이 강한 의사들이 교육을 담당하기 전까지밖에는 쓸모가 없는 인간들이라는 투였다. 제국주의적 지식인 근성이니, 고질적 회색 경향이니 하는 상투적인 표현을 쓰며 교수들을 닦아세웠다. 말쑥한 군복을 갈아입고 총좌 계급장을 어깨에 붙인 학장이 힘찬 장화 소리를 내며 들어왔다. 그는 엉거주춤 일어나려는 세 사람에게 턱짓으로 끄덕였다.

"아 조쏘, 게 앉으씨오. 나도 서울로 명령이 났으니 아마 헤어지게 되는 모양이오. 의사란 기술 노동자로서 출발점부터 정신 자체가 공산혁명을 실현하는 노동투사나 애국전사들을 위하여 희생할 준비가 되어 있어야 하오. 지금 해방전선에서는 우리 인민군대가 피를 흘리며 싸우구 있소. 전선에서 의사를 필요로 하는 것은 조국 해방을 조속히 실현하기 위해 다친 전사들을 다시 싸우게 해주자는 게 아니겠소? 국가는 모든 업무에 종사하는 동료들을 필요로 하지만, 전시의 의사 동무들은 몇배로 필요하오. 우리가 이런 이유로 총동원령에 앞장서야 함을 잘 알 거요. 그런데 어찌해서 동무들이 그 대열에서 빠지게 되었능가…… 서동무, 이유를 알문 말해보시오. 대답을 안하는 건 아직도 잘못을 깨닫고 있지 못하다는 거요. 성분 검토와 평상시의 정치투쟁 경력 등으로 평가해서 동무들은 의무군관으로 애국전선에 내보낼 자격이 없다는 결론이 내려졌소. 당은 동무들에게서 교수 자격을 박탈하고 노동전선으로 보내라고 했지마는 오랫동안 제국주의적 교육을 받아온 동무들의 정상을 참작해서 내가 중앙당으로 탄원했소. 오늘 그 명령이 내려왔는데 동무들은 인민병원에서 근무하라는 발령이 났소. 지난날을 거울삼아 더욱 분발해서 당에 이바지하시오. 오늘은 일단 돌아가고, 내일부터 병원에 나가서 침식하며 인민들에게 봉사할 각오를 하시오."

중앙인민병원이란 옛날 평양도립병원의 새로운 명칭이었다. 일부는 파괴되고 몇채만이 남아 있었지만 언제 도괴(倒壞)될지 모를 노후한 건물이었으므로 병동으로 사용할 수도 없었다. 건물 주위에다 천막을 치거나 벙커를 만들고 땅밑에서 진찰과 치료를 하고 있는 형편이었다. 남아 있는 의사들 거의가 단기교육을 받은 자들이라 의료 수준이 한심하게 낮았고, 보조원들도 한창 일할 수 있는 건강한 자는 모두 전선으로 보내어 이름만 병원일 뿐이었다. 연이은 폭격과 전염으로 늘어만 가는 환자들 때문에 한영덕 교수와 서학준 교수는 서너 시간밖에 자지 못하고 코피를 쏟으면서 일했다. 몇명의 의사가 약품도 제대로 없고 의료기구조차 거의 없다시피 한 병원에서 천여명의 환자를 진료해야 됐었는데, 중태인 환자는 그냥 방치해서 죽어버리는 경우도 많았고 치료라는 건 대개 형식적인 데 지나지 않았다. 당에서 제일 깨끗한 병동 하나를 분리시켜 당원과 그 가족을 위한 특병동을 마련했던 이유가 바로 거기에 있었다. 교수급인 한씨와 서씨가 특병동의 담당의로 근무하게 되었고 두 사람의 감시역으로 젊은 의사가 응급실을 맡았다. 그들과 같이 총동원령에서 제외되었던 박교수는 불행하게도 의주 쪽으로 끌려갔다는 말이 나돌았다.

두 사람이 인민병원에서 근무한 지 이십일쯤 지나, 낙동강 전선의 인민군이 완전히 참패하고 서울을 빼앗긴 뒤 계속 북으로 쫓겨올라오고 있다는 소문이 들렸다. 그로부터 평양의 분위기는 더욱 살벌했으며, 가두검문과 가택수색이 심해졌다. 폭격과 식량난으로 시달리는 평양에서는 그 무렵에 티푸스가 발생했고, 무서운 위세로 창궐하기 시작했다. 면역 혈청은커녕 항생제 한가지 변변히 없는 터에 교육받은 방역 요원조차 모자라 원시적인 예방 요법으로 막는 것도 어려웠다. 환자들이 곳곳에 밀어닥쳐 부서진 병원 건물의 그늘진 처마밑이나 뜰 위에 그대로 내던져졌다. 비상수단으로 식염수와 링거 정도를 조제해서 부족한 화학약품과 대치하는 수밖에 별 도리가 없었다. 신체가 본래부터 튼튼하던 환자들을 자기 체력으로 이겨내도록 도와주는 일이 의사가 할 수 있었던 최선의 치료방법이었다. 여자나 아이들은 고열과 장출혈을 일으켜 발병 중기에 모두 죽어갔다. 부상당한 사람이 감염까지 된 경우엔 대개 발열하는 초기에 죽었다. 입술이 허옇게 말라붙고 복장이 부어오른 환자들이 옆으로 지나쳐가는 의료원들의 바짓가랑이를 꽉 붙잡고 살려달랄 때에는, 의사 쪽에서 오히려 죽는 소리로 실정을 설명해야 되었던 것이다. 자기가 내지른 대소변을 질펀히 깔고 누워 눈만 멍청히들 뜨고 있는 수백명의 감염환자들은 마치 악령들처럼 보였다. 의사들은 극도로 피로한 몸과 절망감 때문에 거의 살아 있는 느낌이 아니었다. 어떤 때엔 환자들 틈에 끼여 앉아 정신없이 졸다가 놀라서 깨어나는 때도 많았다.

시월 칠일에 국군이 개성을 넘어섰다는 소식을 듣고, 서학준씨는 지옥과 같은 병원에서 빠져나가기로 결심했다. 그는 하루종일 특병동 안을 이리 뛰고 저리 뛰면서 열심히 일하는 척하다가 초저녁에야 한영덕씨를 찾아보았다. 서학준씨가 조수에게 물으니 그는 겁을 먹은 얼굴로 또 보통병동에 나갔을 거라고 대답했다. 그들은 너무도 바빠서 며칠씩이나 말 한마디 건네지 못할 정도였는데, 그럴 시간이 남아 있었으면 단 몇분이라도 아무데나 쓰러져 눈을 붙여보려 했을 것이다. 한교수는 억지로라도 틈을 내어 의사의 손길이 거의 닿지 않는 보통병동에 나가 전염병 환자와 응급환자를 돌보곤 했다. 당원인 원장이란 자가 특병동에 한씨가 없을 때마다 그를 불러오라고 얼굴을 붉히며 호통을 쳐대는 거였다. 원장의 의견은 정수의 애국인민과 평양의 행정에 종사할 사람을 치료하기에도 일손이 모자란다는 것이었으나, 한교수는 여전히 보통병동으로 나가 진료를 했다. 그의 부친이 평양에서 고명한 감리교 목사였던 탓으로 일반환자 중에 안면 있는 사람들도 많았던 모양이었다. 뿐만 아니라 실상은 그들 중에 위급한 환자가 더욱 많았다. 특수층은 대개 안전한 곳에 피신들을 하고 있었으므로 공습의 피해가 비교적 덜했기 때문이다. 서학준 교수는 들끓는 환자들의 어느 구석에 한교수가 처박혀 있는지 도저히 찾아낼 엄두가 나지 않았다. 반시간 넘어 헤매다보니 그는 태연하게 빈 방공호 안에서 수술준비를 하고 있었다. 복부 파편상을 입은 열서너살짜리 계집아이가 방공호 밖에 뉘어져 있었다. 한교수는 보병동에서 낯이 익은 간호원과 중년의 조수와 함께 있었다. 서학준 교수는 그들이 밖으로 나가기를 기다렸다가 한교수의 귓가에 입을 대고 재빨리 소곤거렸다.

"야, 급하게 돼서. 빠제나가지 않을랜? 네 처랑 데빌구 강서루 가자우."

"덤비지 좀 말라. 시자 위험이 닥칠 리두 없지 않네."

간호원과 조수가 환자아이를 옮겨오는 동안 서씨는 입을 다물고 기다렸다. 한씨의 눈이 붉게 충혈되어 있었고 얼굴까지 부석부석했다. 그들이 환자를 어둠침침한 방공호 속으로 끌어내린 것은 남의 눈에 띄지 않게 하기 위해서였다. 수술대 대신에 이어놓은 세 개의 나무의자 위에 계집아이를 운반해다 누이자 간호부가 아이의 옷을 모두 벗겨버렸다. 그들에게서 경계의 시선을 떼놓지 않으며 서교수가 말했다.

"덤비는 거이 아니라 사정이 정 급하게 돼서. 너 모르구 있댄? 국군이 삼팔선을 넘어서야, 정신 똑바루 채리라우."

서교수는 주위를 둘러보고 나서 침을 삼켰다.

"나 오늘 빠제나가가서."

"정신 나갔구나이? 기런 생각 앳쎄 버리라우 괘난이…… 저 밖엘 좀 보라. 몇사람인가 헤보라우."

한교수가 아이를 진찰하며 말했다. 벌거벗겨진 아이의 사타구니 위에서부터 명치끝까지 부어올라 피부가 온통 반들반들 윤을 냈다. 찌르면 폭발해버릴 듯이 부푼 아랫배 가운데 꽃무늬 형상으로 갈라진 상처에서 피와 체내 분비물이 흘러내리다 말라붙어 포도알만한 크기의 종양을 이루고 있었다. 서학준 교수는 그를 설득시켜보려고 애를 썼다.

"병원두 옮길 거 아니가, 자꾸만 북쪽으루 끌레다니다 보문 우린 영영 빠제나가디 못하구 말아요. 날래 숨어버리는 거이 상책이갔다. 가족들 데빌구 강서 과수원에 숨어 있가서."

"이놈의 세월에 숨어서 너만 살갔다구 하누나."

"기쎄 한 니주일쯤 혼자서 숲이나 들판에 땅굴을 파구 숨어 있으문 큰 고비는 넘을 거이야. 막판 가보라우. 저자들이 뉘시깔에 머 보이는 거이 있을 줄 아네? 특히 우릴 젤 먼저 잡아죽일 거이야."

"난 여기 남갔다. 환자가 있는데 의사를 죽이기야 하갔니…… 머 죄진 게 있어야디."

아이가 몸을 떨며 연약하게 신음소리를 내고 있었다. 수술하지 않고 버려두면 두 시간도 못 갈 만큼 위독했다. 한씨는 서씨가 애가 닳아 기다리는 꼴은 본체만체하고 간호원을 시켜 취사실에서 숯을 얻어다 구멍 뚫린 깡통에 불을 지피고 양재기에 물을 끓이도록 했다. 수술준비를 서두르고 있는 한교수에게 서학준 교수가 마지막으로 보챘다.

"넌 사람이 왜 기렇게 칵 맥혔니야. 내가 없어지문 넌 고초를 당할지두 모른다. 속 쎄이디 말구 가자우."

"싫다는데두 기래."

한영덕 교수의 대답이 완강하고 한결같았으므로 서교수도 포기하는 수밖에 별 도리가 없었다.

"에이 모르갔다. 네 처는 나를 원망할 거이야. 난 가가서. 뒷길루 해서 기자묘 송림에 숨었다가 어두워지문 집에 들르가서. 묻거든 말이디 다른 말 할 거 없이 못 봤다구만 글라."

"오 기래, 잘 숨어 있다가 나중에 만나자우. 창빈이 에미두 좀 데레가달라. 내 걱정은 조금두 말구, 부모님이나 모시구 있으라구…… 안부두 전하라."

"나중에 후회 말구 같이 가자는데두 고집이구나 야. 속없는 사람 같으니."

서학준 교수가 몇번이나 뒤를 돌아보며 방공호 밖으로 뛰쳐나갔다. 수술은 해야겠으나 한교수에겐 약품이며 기구가 아무것도 없었다. 조수가 가운 주머니에 넣어갖고 나온 옥도정기 한병, 한씨가 보병동으로 나올 때마다 갖고 다니던 날이 무딘 메스와 수술 가위가 그 전부였다. 소독용 끓는 물이 얹힌 깡통 풍로를 열심히 불어대고 있는 간호원에게 한교수가 말했다.

"지혈겸자하구 마취제를 얻을 수 없을까?"

"마취제 같은 건 벌써 동이 났시요. 살레만 내문 다행이디요. 고통보담은 사는 게 나을 거야요."

"생살을 쨀 수야 있잖나."

"붕대나 거즈 같으문 제게 준비해 개진 게 있시요. 보병동에서 수술할래문 원장 동무 허락 아래 하지 않구는 아무것두 타내올 수가 없디 않아요."

"특병동 응급실에 들어가서 슬쩍 집어갖구 나오문 되갔는데……"

간호원이 안타까워하는 몸짓을 하며 발을 구르는 것 같았다. 여자가 정색을 하고 말했다.

"조수 아저씨랑 저는 선생님을 존경하구 있시요. 시키시는 일은 머든지 해요. 무슨 수술이든지 끝까지 도와드릴 거야요. 기러티만 원장동무 지시에 어긋나는 일만 연거퍼 해내다가 들키는 날엔……"

여자의 말끝에 울먹임이 섞이고 눈에 물기가 가득 괴었다. 한교수는 그제야 간호원의 나이가 열여덟 이상은 안 넘었을 거라는 추측이 들었다. 어린 간호원이 말했다.

"제 언니나 오빠들이 모두 입대했디만 저는 간신히 빠졌시요. 날이 갈수록 사정이 험악해지는 거야요."

"조금만 손쓰문 저앤 살 텐데…… 그냥 버려뒀다간 죽어요. 아 좋아, 내가 가져오겠소."

한교수가 특병동 응급실에 들어가보니 젊은 의사는 한창 진료에 눈을 팔고 있었다. 소이탄이 떨어진 곳에서 작업하다 화상을 입은 듯한 칠팔명의 소방대원들을 치료하느라고 그는 정신이 없었다. 상처가 별로 심하지는 않았던지, 그들은 치료를 받으며 서로 얘기를 나누고 있었다. 한씨는 재빨리 핀셋과 지혈겸자를 먼저 집어내어 포켓 속에 떨어뜨려넣었다. 약품고 안에도 마취제는 역시 없었고 모르핀이 약간 남아 있을 뿐이었다. 급한 대로 약병을 움켜넣는데 젊은 의사가 고개를 삐죽이 내밀고 넘겨다보았다.

"한동무 멀 하십네까?"

그는 특히 한교수가 응급실 안에 들어선 게 눈에 띄었던 모양이었다. 한교수는 조수라도 대신 보낼 걸 하며 후회했다.

"위독한 환자가 들어왔소. 딴 데서 벌써 수술을 개시했기 땜에…… 급한 김에 몇가지 기구를 가지러 왔소."

그는 빙긋이 웃으며 한교수를 빤히 쳐다보았다.

"여기 데레다 하문 되잖아요."

"옮기기가 위험한 환자라서……"

"멀 그러십네까. 거 또 보병동 환자구만요. 보병동 쪽으루 기구를 내갈래문 차용증서 한장 써주셔야 합네다. 위급한 군 당원이나 가족들을 위해 기구를 확보해놓으라는 원장 동무 명령인데, 나중에 귀찮대는 걸 잊디 마시라요."

한교수는 못 들은 체하고 응급실을 총총히 빠져나왔다. 파편 창상으로 급성 복막염의 합병증까지 일으킨 계집아이의 환부에서는 벌써 썩는 냄새가 고약했고, 거의 빈사상태에 이르러 있었다. 조수가 용케 탈지면과 크레졸을 구해가지고 헐떡이며 돌아왔다. 중년의 조수는 불안한 눈을 두꺼운 안경알 속에서 연방 굴리며 구해온 물건들을 꺼내놓았다.

"선생님, 빨리 시작하시디요."

간호원이 붕대와 거즈를 차곡차곡 접어놓고 끓는 물속에 기구를 담갔다. 그들은 한교수와 같이 이런 식의 은밀한 수술을 일주일에도 두어 차례씩 치러왔던 것인데, 이젠 일일이 지시하지 않아도 능숙하게들 해냈다. 한교수가 말했다.

"간호원, 고무줄과 바늘 실이 있으문 소독 좀 해두시오."

"고무줄이라뇨?"

"여자니까 고무줄이 있을 텐데. 크레졸에 씻어서 준비해놔요."

간호원의 얼굴이 새빨개졌다. 한교수는 마취제가 없는 대신 고통이나 덜 당하라고 야전용 모르핀 약간을 아이의 피하에다 주입해주었다. 옥도정기로 환부를 말끔히 닦은 다음, 메스를 들어 한뼘쯤 곧게 내리찢었다. 아이가 꿈틀 움직이고 사지를 연약하게 내젓다가 곧 늘어졌다. 물이 가득 찬 가죽부대가 터져 벌어지듯 상처 자리가 활짝 입을 벌렸다. 간호원과 조수가 한교수의 옆에서 절개한 부분의 핏줄을 세밀히 찾아 지혈겸자로 묶어놓고, 피를 닦아냈다. 고무줄을 끼워넣어 복강 속에 가득 찬 체내 분비물과 오수를 모조리 뽑아내고 장 부근에 잔뜩 끼어 있는 고름을 거즈로 일일이 씻어냈다. 황적색 장의 일부분이 부어올라 검붉게 변색되어 있고 그 가운데 엄지손가락이 드나들 만한 구멍이 뚫려 있었다. 구멍 속에 틀어박힌 파편을 한교수가 핀셋으로 집어올렸다. 날카로운 날이 사방에 달린 무쇠조각이었다. 그들의 등뒤에서 요란한 발소리가 들렸고 특병동의 조수가 방공호 안으로 상반신을 굽혀 들여다보며 외쳤다.

"한동무, 특병동에 위급한 환자가 생겼시요. 원장 동무가 직접 나와 보구 야단났습네다레."

"여긴 더 위급한 환자가 있소. 수술중이라 꼼짝할 수가 없소."

한교수는 나지막한 의자에 누운 아이의 몸에 얼굴을 바짝 갖다대고 뒤도 돌아보지 않았다.

"서동무도 어디루 갔는지 자리를 비웠시요. 지금 사방으루 찾아댕기멘 법석이래두요."

"끝나면 곧 가갔다고 전하시오."

"다 알아서 하시갔디만…… 가서 보고를 하디요."

한영덕 교수가 밖의 왁자지껄하는 소리에 주의를 돌리고 나서 옆에 섰는 두 사람에게 속삭였다.

"간호원과 조수 두 분은 빨리 나가시오."

간호원이 말했다.

"우리가 어케 손써볼 테니 선생님 날래 가보시라요."

한교수는 그들의 등을 밀어 내보내고 침착하게 바늘귀에 실을 꿰었다. 재봉실에 보통 바늘이었지만, 별로 손색이 있을 것 같지는 않았다. 거친 음성과 구둣발 소리가 다가왔으나 그는 첫 바늘을 꿰어 실이 팽팽해질 때까지 살포시 잡아당겼다. 방공호의 통로를 몸 그림자로 가리고서 원장이 성급하게 소리쳤다.

"뭘 하구 있는 거요?"

한교수는 봉합 부분을 잘 살피기 위해 아이의 몸 가까이 무릎을 꿇었다. 방공호 안의 어둠에 눈이 익은 원장이 그 광경을 들여다보고 어처구니없다는 듯 혀를 찼다.

"까짓, 애들은 또 낳는 거요. 지금 경무원이 기총소사의 관통상을 입구 피를 흘리는데 이런 따위 일에 시간을 낭비하기요?"

한영덕씨는 침착하게 바늘을 들고 섬세한 솜씨로 장의 천공 부위를 꿰매어나갔는데, 경험 많은 외과 전문의에 못지않은 훌륭한 솜씨였다.

"관통상은 압박붕대 처리만 해놓으면, 몇시간이라두 견딜 수 있습니다."

지혈겸자를 떼어내고 혈관을 묶는 동안 피가 그 작은 몸에서 샘처럼 솟구쳐 한씨의 손과 방공호 바닥을 적셨다. 원장이 분개한 어조로 말했다.

"고발하겠소."

"좀 비켜주시오. 어둡습네다."

한교수의 이마에서 땀이 솟아나 볼을 타고 줄지어 흘러내렸다. 그는 마지막 부분의 봉합을 끝내고서 얼굴을 들었다. 호의 통로에서 잔광이 비껴 들어왔다. 싱싱하고 아름다워 보이는 나무들의 건강한 잎새 사이로 석양이 물발처럼 퍼져나와 여기저기 누운 환자들의 몸 위를 적시고 있었다. 그는 두 손바닥을 벌려 눈앞에 갖다댔다. 피가 검게 말라붙은 손톱이며 손가락 틈을 뚫고 햇빛은 여전히 쏟아져 들어왔다.

그들은 잠적해버린 서학준 교수의 행방도 추궁했으나 한교수는 입을 굳게 다물었다. 한씨는 지하실에 일주일 동안이나 갇혀 있었다. 하루에 한번씩 이층의 깨끗하고 밝은 방에 불리어가서 조사를 받았다. 그 방은 벽이 온통 희게 칠해져 있었고 매일 다른 심문자가 두 사람씩 교대로 기다리고 있었다. 한교수는 축축한 냉기 속에서 밤을 지낸 다음 아침마다 그 방으로 끌려가면서 자기가 예상 외로 침착한 것에 놀라곤 했다.

층계 위에 실물보다 다섯 배는 커 보이는 스탈린과 김일성의 초상화가 붉은색 천을 배경으로 걸려 있었는데 그들은 거의 비슷한 모습으로 차갑게 웃고 있는 듯했다. 한영덕씨는 자기가 어쩌면 이 방에서 일생을 보낼지도 모른다는 착각에 빠지기도 했다. 육체란 정직했으므로 고문을 당하면 차라리 죽음이 와서 고통을 멎게 해주기를 바라는 거였으나, 한참 뒤에는 또 한번 참아낼 수 있다는 고집이 생기곤 했다. 그들은 매일 비슷비슷한 질문과 답변을 주고받았다. 재판은 없었고 심문은 길었다. 몇장의 서류와 함께 한영덕씨는 평양형무소로 옮겨졌다. 각 전선의 인민군 사단은 완전히 전투력을 잃어버리고 제대로 접전조차 못한 채 후퇴해 올라왔다. 시월 십사일 당 산하의 근위대가 감시군으로 조직되어 평양 남방으로부터 겹겹으로 방어선을 형성하고 패잔병들을 정리하여 다시 전선으로 밀어 내보냈다. 십육일 저녁 감시군의 일부인 평양 근위여단의 일개 중대병력이 형무소를 인계받고 다음날 새벽에 처형이 개시되었다. 제일 먼저 포로된 군인으로부터 시작해서 민간인들은 다섯시쯤 어슴푸레하게 날이 밝을 무렵에 끌어냈다. 전선이 거의 다가왔는지 포성이 매우 가까워져 있었고, 소총 사격의 소리마저 간간이 들려왔다.

한영덕씨는 마지막으로 끌려나가는 민간인들의 행렬에 끼여 있었다. 삼십여명의 사람들이 모두 한줄로 묶이어 야산으로 올라갔다. 발목을 스치는 풀숲의 이슬이 무척이나 차가웠다. 그들이 도착한 곳은 두 구릉의 밑뿌리가 합쳐져서 이룩된 비교적 널따란 저지였는데, 키 작은 관목의 숲이 있었고, 뒤에는 흙과 바위가 노출된 언덕이 막아서 있었다. 아침 놀이 건너편 들판 위의 하늘에 점점이 번졌으며, 허리쯤까지 낮게 드리워진 안개가 지면을 기어다니고 있어 사람들의 상반신이 유령처럼 떠다니는 듯이 보였다. 그들을 트럭에 태워온 인솔자가 처형조에게 인계했다. 새벽 공기가 제법 싸늘했지만, 인민군 상위인 처형조장은 웃통을 벗어버리고도 땀을 흘리고 있었다. 그는 도대체 언제쯤 철수명령이 날 것인가고 초조해하며 죄수들에게 욕지거리를 퍼부었다. 죄수들은 공터의 끝쪽 언덕 바로 밑에 삼렬 횡대로 세워졌다. 그들은 공터에 이르러서도 최후까지 설마 나를 쏠 것인가 하는 기대를 버리지 못한 표정이었다. 그러나 자기네 뒤에 새로 파헤쳐진 구덩이의 축축한 흙이 벌겋게 드러나 있는 걸 보고는 이제 피할 수 없다는 사실을 수긍했다. 포성이 계속 들려왔으며, 둔중한 포성의 울림을 뚫고 날카롭게 우짖는 풀벌레들의 울음소리가 빈터를 가득 채우고 있었다. 구덩이 안은 잘 보이지 않았으나 얽힌 덩굴들같이 지면 위로 삐죽이 솟아나온 다리나 손이 보였다. 그들은 모두 전홧줄로 손목을 뒤로 돌려 묶인 채 삼렬 횡대로 정렬했는데 단체사진을 찍는 듯한 대열이었다. 전열은 땅에 주저앉히고, 중간 열은 무릎을 꿇었으며 후열은 세워졌다. 상반신이 벌거숭이인 조장이 권총 탄창을 철컥 끼워넣고 나서 단조롭게 구령을 내질렀다. 불규칙한 쇳소리들이 들려왔다. 한영덕씨는 가운데 줄에 꿇어앉아 있었다. 그는 갑자기 허전하게 비워진 등판 쪽을 느꼈고, 단단한 바위라도 짊어지고 싶었다. 그에게는 지금의 미명이 무척이나 길고 더디다고 생각되었다.

"분대 겨눠 총."

열둘의 총구가 새벽 빛에 날카롭고 차갑게 반짝이며 눈앞을 막아섰다. 풀벌레들의 울음소리가 일시에 요란해진 듯하였다.

"사격!"

총성이 일제히 울렸다.

가족들을 강서 읍내에서 멀리 떨어진 마을에다 피난시켜놓고 서학준씨는 계사로 쓰던 빈 헛간에서 숨어지내고 있었다. 헛간에 키가 넘도록 볏짚단을 쌓아올리고 그 가운데 숨어지낼 만한 구멍을 만들었다. 제작 연도는 오래되었으나 성능이 좋은 미제 하꼬 라디오가 있어서 서씨는 유엔군 사령부의 발표를 하나도 빼놓지 않고 들을 수가 있었다. 십팔일 오전부터 평양 방면에서 치열한 전투가 벌어지고 있는 듯한 총성과 폭격소리가 들려왔으며, 그날 밤에 대량 검거의 선풍이 강서읍을 휩쓸었다. 그들은 구장을 앞세워 가가호호마다 뒤졌고 그 지방 사람이 아닌 듯한 남자는 모조리 잡아다가 처형해버렸다. 서교수가 숨어 있는 헛간에도 두 명의 수색조가 찾아와 대검으로 볏짚단을 푹푹 쑤셔보다가 돌아갔다. 서씨는 짚을 입속에 한움큼 처넣고 숨소리를 죽여 간신히 위기를 모면했다. 이튿날 평양이 국군에 의하여 완전히 장악되었다는 뉴스를 들었으나 서학준 교수는 마음이 놓이질 않아서 잠잠해질 때까지 계속 숨어지냈던 것이다. 강서에도 국군들이 밀어닥쳤다는 걸 알고 나서야 그는 서둘러 마을로 돌아갔다. 그의 가족은 모두 무사했으나 한교수의 부친 한홍진 목사가 군청 뒤뜰에 끌려가 학살을 당해버린 거였다. 군청의 십여미터나 되는 우물 안에 시체들이 차곡차곡 쌓여 있었는데, 건져낸 한목사의 시체는 벌거벗겨진 채 여러 군데에 낫으로 찍힌 상처가 보였다.

서학준씨의 집은 폭격에 타버려 주춧돌과 숯이 된 나무기둥 몇개만이 남았고, 동네가 하나의 커다란 폐허로 변해 있었다. 평양역 부근에서 바라보면 신시가의 거의가 파괴되어 도시 전체가 잡동사니의 쓰레깃더미로 보였으며, 그것은 정말 잔혹한 때의 새로운 도시로서,

다시 세워지기 위해 거대한 발자취가 지나간 듯하였다. 아낙네들이 타버린 집터에 쭈그리고 앉아 쓸 만한 가재들을 주워내고 있었는데, 남자들은 아끼던 물건들을 떠메고 식량과 맞바꾸기 위하여 교외로 밀려나가고 있었다. 집을 잃은 서교수는 가족을 데리고 폭격이 한결 덜했던 시 외각의 한교수 집으로 찾아가보았다. 한씨가 처형당했다는 소문을 들은 그의 처는 이불을 덮어쓴 채 울고 있었다. 서교수는 좀더 자세한 소식을 알아보려고 국군이 접수한 도립병원으로 나가보았다. 몇몇 간호부와 조수들이 남아 있었기에 그의 뒷소식을 물었으나 모두 고개를 젓는 거였다. 국군이 접수한 병원의 호전된 상황을 목격하고 서씨도 군의관으로 입대할 결심을 즉석에서 하게 되었다. 조건이 좋은 일터에서는 자기가 가진 실력을 충분히 발휘할 테니 일하는 보람도 느낄 것이며, 더욱 중요한 것은 서씨 자신과 가족의 신분이 안전하게 보장되리란 점이었다. 서교수가 군의관 입대에 관한 절차를 자세히 알아보고 집에 돌아가니 뜻밖에도 한영덕씨가 돌아와 누워 있는 것이었다. 그의 평고 후배 되는 사람이 업어 날라왔다는 얘기였다. 한교수의 왼쪽 귀 옆에 가느다란 탄환의 찰과상이 있었을 뿐 전신이 말짱했다. 처형된 날 오후쯤에 한씨는 몸이 무겁고 숨이 답답해서 고개를 쳐들어보니 하늘이 보이더라는 거였다. 썩는 냄새가 지독했고, 그의 얼굴에도 파리떼가 달라붙어 있었다. 해만 높다랗게 떴는데 사방이 고요해서 그는 이제 자기 혼자 살았다 하며 구덩이를 기어나오니, 몇사람이 자기와 똑같이 기어나와 숲으로 숨는 게 보였다. 한씨도 숲을 향해 줄기차게 기어서 갔는데 몸이 제대로 듣질 않아 걸을 수가 없었다. 숲속에서 하룻밤을 지내고, 그는 부근에 있는 후배의 집을 기억해내어 어둡자마자 내려가 그 집 담을 넘었다. 그런 식으로 살아나온 사람이 평양에서도 몇명 안되었는데 모두들

천행이라고 혀를 찼었다. 서학준씨가 군의관 입대에 관한 뜻을 한씨에게 넌지시 비쳐보았으나, 그는 죽을 고비를 넘기고 혼이 나서였던지, 아니면 배짱이라도 늘었는지 한마디로 거절해버리는 것이었다.

"내레 생각두 해본 적 없다 야. 어느 켠이든 전쟁을 돕는다는 명목으로 신분 보장이나 바라는 짓은 못하가서."

서학준씨는 사리판단에 밝은 자기의 충고를 한영덕씨가 번번이 거절했을 때마다 친구를 굳이 납득시키려 하지 않았다. 한씨의 태도가 세상살이에 불리한 건 틀림없지만 그 무렵엔 드문 고집으로 여겨졌기 때문이었다.

전쟁이 계속되는 동안 겨울은 재빨리 찾아왔고, 겨울이 깊어갈수록 우울하고 어두운 소식만이 들려오기 시작했다. 지친 사람들의 마음은 고향에 대해 느꼈던 환멸을 보상해줄 아무 곳이라도 막연히 그려보게 되었으며, 막상 모든 것이 되풀이될지도 모른다는 불안을 느끼자 보다 더 형편이 나은 쪽을 찾아 하나둘씩 집을 버리기 시작했다. 환경이 적합해질 때까지 물러갔다가 다시 돌아가는 것은 물론 생명의 뜻이었고, 따라서 집을 동네를 고향을 토지를 자기 자신까지도 적응하기 위해 버릴 수만 있다면 내팽개치고 싶었다. 그러나 그들은 뒷날에 모두들 한결같이 얘기하게 되었는데, "길어도 한달쯤이면 모든 게 끝나 되돌아갈 줄로 알았다"는 것이었다.

십이월의 강바람이 매섭게 불어왔다. 대동강에는 살얼음이 뽀얗게 덮여 있었다. 교각과 아치만이 남은 철교 위에 피난민들이 하얗게 기어올랐다. 새벽부터 계속된 피난민들의 도강은 오후가 되어서도 끊이질 않았는데 실족해서 떨어져 죽는 사람들도 있었다. 한영덕씨는 감히 아치 위로 기어오를 엄두도 내지 못하고 모친과 처자를 데리고 강안에 서서 구경만 할 뿐이었다. 그의 모친은 쇠약한 몸을 가누지 못한 채 모랫바닥에 이불을 들쓰고 앉아 있었다. 추위와 찬바람에 못 견딘 그의 모친이 고개를 흔들며 말했다.

"얘야, 난 안 가갔다. 너이들이나 날래 떠나라."

한씨 모친은 자기가 따라나서야 그들의 짐만 될 뿐이라고 판단한 거였다.

"오마니, 기달레보자우요. 사람들이 많이 줄긴 했시요."

"아니다, 난 집으루 돌아가갔다. 네 아부님 묘지를 뒤두구 갈 수야 없지 않갔네. 늙은 거이 염치없이…… 살라구만 하누나."

"기쎄 쓸데없는 말씀 하디 마시래두요."

"몇천리나 가야 할디 모르갔구나. 페양을 떠나 내가 가문 얼마나 살갔네."

한영덕씨는 입을 꾹 다물고 흐려진 눈으로 강 건너 들판 위에 밀려가고 있는 사람들의 끝없는 행렬을 바라보았다. 곁에서 어른들의 말을 귀담아듣고 있던 열일곱살짜리 맏아들 창빈이가 한씨에게 조심스럽게 말참견을 했다.

"아부님은 할머닐 맡으시구요, 전 오마닐 맡가시요. 현자레 동생을 업구요, 온 가족이 꼭 부테잡구 건너가자요."

한씨는 오버 주머니에 두 주먹을 찌르고 묵묵히 강 건너편을 바라보기만 했다. 정말 몇백리의 겨울 길을 걷게 될지도 모른다. 아이들과 처는 문제없겠지만 쇠약한 모친께선 얼마 못 가 지쳐 쓰러질 것이다. 그러면 노상에서 돌아가시게 될지도 모르는데, 차라리 집에 편안히 계시는 게 나을 게다. 중공군이 내려온 것은 잠정적인 일일 게요, 연합군도 곧 돌아올 것이다. 비록 생각은 다르다 해도 같은 땅 안에서의 싸움이 일년 이상을 끌 것 같지는 않았다. 혼자 오랫동안 생각에 잠겨 있던 한영덕씨가 그의 아내를 곁으로 불렀다. 그는 아이들이 듣지 못하도록 낮은 목소리로 아내에게 일렀다.

"오마니 뜻이 저러시니 앳쎄 잘돼서. 강추위에 길바닥에서 고생하시느니 임자가 집에서 모시구 있으라. 메칠 후문 다시 들어올 거인데 괘난히 나가 고생할 거야 없디 않가서."

그의 아내가 눈시울을 붉히고 입술만 깨물고 섰다. 대답 없이 등에 업은 두살짜리 막내아이를 추스르고 섰는 한씨의 처에게 현자가 뭐라고 묻고 나선 대략 눈치를 챘는지 제 오빠에게 단호하게 말했다. 창빈이가 대들 듯한 얼굴로 한마디했다.

"아부님, 전 군관 훈련을 받구 있댔으니끼니, 저 사람들이 돌아오문 전장으루 나갈 거야요. 딸레가지 못하게 해두 전 홈자라두 가갔시요."

"네레 오마닌 어카갔네 야. 다 끝난 전쟁이라구 모두들 글디 않던?"

"죽어두 함께 죽자우요. 어드렇게 그냥 보멘 헤디나요. 난두 이전 어른 한몫아친 할 수 있시요."

창빈을 뒤이어 현자도 울음을 터뜨리며 졸라댔으나, 한씨는 짐짓 화를 벌컥 내는 체했다.

"안돼! 내 홈자 댕겨올라. 피난두 돈 개져야 한다. 지금 우린 이불 보따리밖엔 없시요. 나가서 굶어죽으문 멀 하간, 살라구 가자는 거 아니가?"

아내가 말했다.

"여보, 어케 생짜루 헤디갔소. 오마님두 당신이 잘 말씀디레서 모셔가자우요."

"한 사날 노숙하단 돌따온다는데두……"

그는 짐꾸러미에서 왕진가방 하나만을 뽑아 옆구리에 끼고 둑길을 따라 걷기 시작했다. 헐벗은 산으로 들로 대동강의 살얼음 위로 싸락눈이 내려앉고 있었다. 한씨의 모친이 이불을 더욱 깊숙이 쓴 채 손만을 내놓고 저으며 소리쳤다.

"잘 댕게오라잉, 기래, 어서 가라…… 가래두."

"예, 곧 돌아오갔시요."

창빈이와 현자가 그의 뒤를 바짝 쫓았고, 아내는 모친과 한씨를 번갈아 살피다가 멀찍이 따라오고 있었다. 얕을목을 찾아 상류로 올라가는 사람들이 둑 위를 드문드문 걷고 있었다. 그는 부딪쳐오는 눈바람 때문에 등을 돌리고 걷기도 하다가 멈춰섰다.

"에미나이 거 정, 말 안 듣네 그래. 아이들 데빌구 못 가가서?"

"사람 일을 누구레 알갔시요. 우리두 딸레 갈 거야요."

"도와, 난 안 가가서. 페양으로 돌따가자우."

"기럼 저 사람들이 그냥 놔둘 거 같습네까?"

"어카간. 죽으문 내 홈자나 죽지 않간? 이거 보라, 거저 메칠 동안만 나갔다 오문 될 거이야."

"맘대루 하시라요. 건너는 데까지만 바라다드리갔시요."

한씨는 걷는 도중에 가끔씩 뒤를 돌아보았다. 부지런히 따라오는 아내의 몸은 눈발 속에 잦아들고 거뭇거뭇한 머리 위에 싸라기가 하얗게 앉았으며 얼굴에도 흩날려, 가느다랗게 점묘로 그려진 그림 같았다. 아내의 앞에 펼쳐진 흰 여백을 보노라니 그는 문득 불안하게 온몸이 죄어들고 가슴께가 무둑하게 치미는 거였다. 눈발을 헤치며 두 아이들과 함께 앞서거니 뒤서거니 쫓아오고 있는 아내의 모습은 실체 같지가 않았고, 퇴색해버린 한장의 옛 사진처럼 느껴졌다.

그들은 거센 물결에 으깨진 살얼음이 떼를 지어 떠내려가고 있는 얕을목에 이르렀다. 앞에 가던 사람들이 옷을 벗어 뭉쳐 머리에 이고 벌거숭이 몸으로 강을 건너고 있었다. 강물이 거의 그들의 목에까지 차올랐다. 가족을 많이 거느린 가장들은 짐과 아이들을 나르느라고 오랫동안 영하의 물살 가운데로 오르락내리락하다가 강변에 쓰러졌고, 곁에 섰던 사람들이 마비된 팔다리를 모포로 비벼주는 광경이 보였다. 한씨의 아내는 그의 완강한 고집에 이미 따라나서기를 체념해버린 표정이었다. 그 여자는 가슴에 품어온 한씨의 새 내의를 꺼내어 내밀었다.

"추위 조심하시라요. 나중에 이거 갈아입으시구요. 나 오마님 모시구 기다리갔시요. 애들이나 데빌구 가서요."

"내복 갈아입을 때쯤엔 돌아올 거이야. 너이들두 오마니 잘 모시구 있으라, 동생들 돌보구."

"예, 전 안 갈 테야요."

새파랗게 질린 얼굴로 제 어머니 곁에 붙어서며 현자가 말했지만, 창빈이는 벌써 옷을 벗고 있었다. 창빈이가 제법 기세 좋게 옷을 훌렁 벗어들더니 한씨에 앞장서서 여울을 건너가는 것이었다. 한씨도 옷을 벗어 머리에 이고 물을 건넜다. 살점이 떨어져나가는 듯한 차가움이었다. 중간쯤 건넜을 때, 막내아이 울음소리가 들렸다. 그는 하마터면 발을 헛짚고 넘어질 뻔했다. 강변에 올라서자 몰아치는 싸락눈에 맞아 피부 전체가 찢어져나갈 듯이 아팠다. 창빈이 녀석은 한씨 쪽은 거들떠보지도 않고, 옷을 재빠르게 주워입고 있었다. 한영덕씨도 옷을 입고 체온을 회복하느라고 잠깐 발을 구르며 주위를 서성거렸다. 건너편에는 현자 모녀가 아직도 붙박인 듯이 눈바람 속에 서서 그들을 건너다보고 있었다. 한씨가 입가에 손나발을 만들어 대고 외쳤다.

"돌따가라우. 아이 감기 들가서."

"아부님, 잘 댕게오서요. 오빠두!"

그는 사람들 틈에 섞여 걷기 시작했다. 강 건너편에서 꼭 잠긴 듯한 그의 아내의 음성이 들려왔다.

"창빈아, 아부님 꼭 딸라댕기라 잉."

창빈이가 뭐라고 혼자 투덜대는가 싶더니 그 자리에 쭈그리고 앉아버리는 거였다.

"에이, 못 가갔시요. 아버님 홈자…… 안녕히 댕겨오시라요. 난두 오마님하구 남갔시요."

한씨는 대답하지 않았고, 돌아보지도 않았다. 모래와 눈 섞인 바람이 불어왔다. 그의 등뒤에서 강물 위를 서로 부딪치며 흘러내려가는 살얼음들의 잘강잘강하는 소리가 들려왔다.

한영덕씨는 대동강의 매서운 냉기를 결코 잊을 수가 없었다.

정보보고서

수신: 미군 제2기지 MID 한국군 파견대 조사반장

제목: 敵性容疑者에 관한 건

1. 입건 일시 및 장소

 1951년 11월 23일 15시 20분경 WP CAMP 부근

2. 인적 사항

 성　명　韓 永 德 (男)

 생년월일　1911년 5월 18일생 (40세)

 직　업　의사

 본　적　平安南道 平壤市

현 주 소　慶尙北道 大邱市 德山洞

3. 입건 이유

상기자는 1951년 11월 20일경부터 민간인임에도 불구하고 WP CAMP OFF LIMIT AREA에 접근하여 수상히 여긴 경비병이 誰何 경고했으나 불응 도주한 적이 있고, 21일 오후 4시에도 일직하사관이 본 적이 있다 하며 23일에도 상기 시각에 철조망 주위에 접근, 合同動哨 근무자(PFC/THOMAS, 하사 金昌秀)가 불심검문하여 보니 외투 속에 적지의 소위 인민복을 착용하고 있으며 횡설수설하여 믿기 어려웠음. 본 MID는 부산과 거제의 포로수용소를 내왕하며 군사기밀과 적 지령을 전달하는 공작첩자가 있다는 확인된 정보하에 상기의 용의자를 체포하였음.

4. 조치 및 의견

효과적인 취조가 필요하므로 귀 파견대의 장교 1명과 미 민사심리전 요원과 MID의 협동 취조가 가하다고 사료됨.

* 참고: 심문내용은 별지에 첨부된 것과 如함. 귀관들의 심문조서 역시 같은 보고서에 철해주시압.

발신자: G. SGT/WHITE, 대필 통역장교 중위 李 京 鎬

1951년 11월 25일 13시부터 17시까지 CAP/KRAPENSKY, LUT/ROBERT, 대위 朴潤九 등이 MID 조사실에서 취조하였는바 심문내용은 다음과 같음. 단 편의상 심문자는 A, 피의자는 B로 표기함.

A: 피의자가 1911년 평양 출생의 한영덕이 맞습니까?

B: 네.

A: 피의자는 1951년 11월 20일부터 23일 사이에 포로 캠프 주위에서 배회한 적이 있습니까?

B: 네.

A: 정확히 몇시쯤 몇번입니까?

B: 세 번입니다. 시간은 잘 모르겠습니다.

A: 무슨 목적으로 캠프에 왔습니까?

B: 아들을 만나기 위해서였습니다.

A: 피의자의 아들이 현재 포로입니까? 그렇다면 그의 관등 성명을 말하시오.

B: 군인이 됐는지, 포로가 되었는지 자세한 사실은 모릅니다. 평양 출생, 당년 18세의 한창빈입니다.

A: 포로 명단을 조사했더니 그런 자는 없다는데, 누구에게서 언제 그런 사실을 들었습니까?

B: 동향인이 지난 10월 부산으로 오는 포로 수송열차에 그애가 타구 있는 걸 먼데서 본 것 같다고 했습니다. 사실 여부는 확실치 않습니다.

A: 포로 중에 아는 자가 있겠군.

B: 기만명 중에 아는 사람도 있겠지요. 나는 행여나 여기 오면 먼데서라도 아들의 얼굴을 찾아볼 수 있을 줄로 알았습니다.

A: 피의자와 대화한 포로가 있습니까?

B: 없습니다.

A: 피의자의 아들이 군인입니까?

B: 모릅니다.

A: 캠프 지역에 민간인의 접근이 금지된 것을 알았습니까?

B: 네, 알았습니다. 그러나 잡상인들과 어린이들이 포로와 얘기를 하고 그래서 그리 문제가 되지 않으리라 믿었습니다.

A: 어느 지역입니까?

B: 게이트 3번 동편입니다.

(근무일지를 조사하여 초병 적발. 따로 보고서를 작성 제출했음.)

A: 왜 근무자의 정지명령에 불응하고 도주했습니까?

B: 잡상인들이 달아나길래, 저도 같이 섞여서 달아났습니다.

A: 피의자는 언제 월남했습니까?

B: 50년 12월입니다.

A: 피의자가 공작첩자가 아니고 피난민이라면 어째서 가족이 없습니까?

B: 나는 저들에게서 처형당했다가 살아나온 사람이므로 고향에 머물 수가 없었습니다. 곧 수복이 되리라 믿고 단신 월남했습니다.

A: 속이지 마시오. 피의자가 50년 12월에 월남했다면, 어째서 아직도 적지의 민간복을 입고 있습니까?

B: 나는 여기 와서 직장을 구하기가 힘들었습니다. 대구의 후배가 경영하는 조그만 개인병원에서 시간 의사로 일하고 있어서 생활비를 절약하지 않으면 안됩니다. 여벌의 옷이 있습니다만 충분하지는 못합니다. 인민복은 마구 입기가 좋고 목에까지 단추가 달려 방한에 좋습니다. 왜정 때에도 나는 이 비슷한 옷을 아무 느낌 없이 입었습니다. 버리기도 아까워 그냥 입어왔습니다.

A: 이남에 친지가 있습니까?

B: 네, 대부분 월남했을 것입니다만 아직 만나지 못했고, 전쟁 전에 남하한 손아래 누이가 부산에 피난하고 있다는 소식을 들었습니다.

A: 피의자는 북한에서 정당이나 단체에 가입한 일이 있습니까?

B: 네, 북한에서는 모든 직종의 사람들이 무슨 단체에든 가입하도록 되어 있습니다. 전국교맹에 소속되어 있었습니다.

A: 직책은?

B: 평회원입니다.

A: 피의자는 북한에서도 의업에 종사했습니까?

B: 네.

A: 개인 경영의 병원인가, 아니면 종합병원이었나요?

B: 처음에는 대학에 있다가, 인민병원에 한달간 근무했습니다.

A: 대학이라면, 소위 김일성대학 의학부를 말하는가요. 직책과 전공은?

B: 의학부 산부인과학 교수였습니다.

A: 어째서 피의자는 공산주의자들에게서 제거되지 않고 떳떳이 교수직에 종사할 수 있었습니까?

B: 나는 정치에 관해서는 잘 모릅니다. 해방 전부터 박사과정을 위해 대학 연구실에 남아 있었습니다. 뒤에 그자들이 가르치라고 해서 학교에 계속 눌러 있었을 뿐입니다. 나는 산부인과에 관한 지식 외에는 그들과의 관련이 전혀 없었습니다.

A: 인민병원에서의 직책은?

B: 특병동 담당의사였습니다.

A: 특병동이란 무엇을 하는 곳인가요?

B: 군인과 준 군인, 당원, 행정요원과 그들의 가족을 치료하는 병원이었습니다.

A: 피의자가 공산주의자들로부터 절대적으로 신임을 받았다는 증거 같은데. 대개의 의사가 50년 말에 징집되어 전선의 이동 의무대에 편입되었는데 피의자는 제외되어 대우를 받았음을 의미하는 게 아닌가요?

B: 그때의 북한 상황을 모른다면 내 입장을 이해할 수 없을 겁니다. 오히려 징집된 자들보다 지독히 나쁜 환경 아래 혹사당했으니까요.

A: 믿을 수 없는데, 후방 근무가 전방보다 더 위험하고 곤란하다는 것은 이해할 도리가 없는 바, 적의 정수분자들과 접촉 교류했다고 추측되는데, 설명해보시오.

B: 다시 말하지만 나는 정치는 잘 모릅니다. 다만, 나는 살기 위해서 공산주의자를 피해 남하해온 것만은 틀림없습니다.

A: 피의자가 진술한 게 틀림없지요?(피의자는 조서를 읽고 시인.)

이상과 如히 심문했음. 아직은 공작첩자 여부를 밝힐 수 없으나 피의자가 대학 교수급의 신분으로 附逆한 사실이 확실함. 요시찰 인물로 추정되므로 민간 경찰에 이첩함이 가하다고 사료됨.

조사반장 대위 박 윤 구

한영덕씨의 정처없는 생활은 대구경찰서에서 한달간의 불온분자 심사라는 고초를 겪은 뒤에도 일년간이나 더 계속되었고, 서울 변두리에 사는 누이동생과 만나면서 겨우 안정이 되는 듯했다.

한씨가 그의 누이 한영숙을 만나게 된 것은 수도 육군병원에 영관급 군의관으로 있는 서학준씨를 만나러 갔다가 소식을 듣게 되고서였다. 전쟁통에 남편을 잃고 삼남매와 함께 재봉일로 근근이 살아가는 누이동생에게 얹혀지내기가 난처했으므로, 한영덕씨는 여러 곳에 직장을 알아보는 중이었다. 어느 아침에 누이가 차려준 밥상을 대하자 한영덕씨는 수저를 들지도 않고 한참이나 묵묵히 앉아 있었다. 한여사는 점포에 가지고 나갈 낙하산 천들을 제품하기 좋게 가위로 네모 반듯이 자르고 있었다. 그 여자는 오빠의 볼이 푹 패고 안색이 꺼칠해 보이는 게 마음에 걸렸다. 한씨가 식사를 들지 않고 우물쭈물하며 말했다.

"영숙아, 나 따루 나가 있갔다."

“왜요, 저이 집이 불편하시나요?”

“난두 일을 해야디. 너 고생되디 않네.”

영숙씨는 해방이 되자마자 월남해 내려와서 전쟁중 남편과 사별한 뒤에 마음속 어딘가 빈 것 같고 불안해서 몹시 외로웠었다. 일가친척이라고 몇명 되지도 않는 터에 혈육이라고는 고향을 떠난 지 육칠년 만에 만나게 된 단 한분의 오빠였으니 가장 대신으로 마음 든든하게 여겨왔던 터였다.

“머이 고생이 되갔시요. 아이들밖엔 없는데.”

“기러니 더 부담되디 않간, 밑턴이 조금만 있으문 병원이라두 하나 내갔는데…… 취직은 까다로워 안하가서.”

“전번 덕십자병원에 취직된대더니 오라버니 왜 안하셌수?”

말해버리고 나서 한여사는 후회했다. 그가 일거릴 잡으려다 서너 차례의 좌절을 겪고 나서 맥이 빠진 걸 잘 알고 있었기 때문이었다. 누이동생인 한영숙씨가 보기에도 그는 주변머리가 없었고 고지식한 게 탈이었다. 선배가 소개해준 적십자병원에의 취직건이 수포로 돌아갔던 것도 그의 편협한 고집 탓이라고 한여사는 생각했다. 한씨는 영숙씨의 그런 감정이라도 눈치챘는지 얼버무리는 투로 넘겼다.

“난 모르갔다. 메칠 후에 오라구 해서 기런 줄만 알았디. 가보니끼니 자리가 찼다구 그러둔.”

“거 핑계대는 거 아니야요? 작년에 대구에서 경찰에 들어갔다가 나왔다구 의심하거나 꺼리는 거 같아요.”

영숙씨가 대구 일을 알게 된 것은 서학준씨의 귀띔에 의해서였지만, 허리가 욱신거린다며 아침마다 소주를 탄 날계란을 마시는 오빠의 몸을 봐서라도 고초가 어떠했으리라는 걸 대략 짐작할 수 있었던 것이다. 한씨는 그 일 뒤로 아직도 어수선한 지방이나 소도시로 취직해 내려가는 게 두려운 것 같았다. 지방에서는 몇군데 확실한 대답이 왔었으나, 그는 친구들과 누이가 있는 서울을 떠나려 하지 않았다.

"게우 한달인데 멀 꺼리갔니, 요즘 세월에 이북 사람치구 그 사람들 밑에 일 안해본 사람이 어딨갔네야. 이력서에 저쪽서 하던 일을 거딧으루 쓸 수야 없디."

"당연하구레. 기까짓 거 아무케나 쓰문 어드래요. 참, 오라반두…… 교수질했다구 기러는 거 아니야요?"

"서군 말대루 면허장 없는 사람 부테잡구 동업이나 해볼까."

"시설 한가지 없다구 수입은 거진 다 멕히는 거 해선 멀 할라우."

"반반으루 얘길 해봐서, 착실하게 모으문 병원쯤은 채릴 수 있을 거이야."

한씨는 박가라는 사람과 동업하기로 얘기가 되어 있었다. 한영덕씨가 자칭 외과의사인 박씨와 손이 닿게 된 인연은 고향에서 2대에 걸쳐 치과병원을 개업했던 이씨를 통해서였다. 역시 선대에도 치과의사였던 이씨의 부친이 한영덕씨의 부친과 친구간이었던 것이다. 박가는 평양에 있던 선대 이치과네서 십년 동안이나 기공사로 일해왔던 사람이었다. 수술이라고는 개구리의 배도 제대로 째보지 못했던 박가가 서울 수복 직후의 어수선한 시국에 외과병원을 개업하고 있었다. 박가는 그동안 틈틈이 책줄이라도 읽고 남의 어깨 너머로 치른 임상 경험도 있고 하니까 난리통엔 그럭저럭 써먹을 만했던 모양이었다. 또한 박가와 함께 병원을 동업했던 김가는 어릴 때부터 남의 개인병원에서 고용 약제사 겸 사환으로 일해왔던 사람이었다. 그들은 서로 꿀릴 게 없는 입장이라 배짱이 맞았고, 수복하자마자 서울 변두리에 자리잡고는 아직 주인이 돌아오지 않은 빈 병원마다 찾아다니면서 쓸 만한 의료기재들을 모았다. 후방 도시로 가져가서 물건을 처분하거나 간수하기도 해서 거뜬히 시설 좋은 병원을 차릴 수가 있었다는 것이다. 아마도 북새통에 한동안 영업이 잘되었던 모양이었다. 그러나 수복 살림에 차츰 자리가 잡혀갈수록 보건소에서의 취체가 잦아진 거였다. 보건소에서 일주일에도 두어 번씩 와서는 용돈을 뜯어간다고 했다. 종내 간판을 뜯기고 비밀로 운영을 하게 되면서, 박가는 관청에다 상납을 해서라도 면허장을 구하려는 참이었으나 쉬운 일이 아니었다. 면허를 부탁받은 쪽에서 질질 끌며 돈만 자꾸 요구해왔고, 한편으론 다른 자가 병원에 찾아와 취체랍시고 뜯어가는 등쌀에 견디지 못한 박가가 마땅한 방패막이로 한영덕씨를 잡으려는 눈치였다. 한씨는 동업을 해보자는 제의에 아직 수락은 안했을망정 떨떠름한 기분이었다. 또한 혼자 살아가는 딱한 누이를 보니 자기가 너무 무능하다는 생각도 들었던 것이다.

“병원만 차리게 되문 홈자 고생하는 네 뒤두 돌봐줄라.”

“아이 오라바니 기런 생각 앳새 하디 마시라우요. 동업해서 니러세는 사람 못 봤시요. 거저 몇달 하단 종합병원으루 가세야디요. 데켄에서두 웬떡이냐 했을 거야요.”

한여사는 오빠가 평양에서는 이름이 났었고 의전에다 교오또 의대 출신으로 비록 학위는 못 받았으나 박사급의 명의라는 자부심을 갖고 있었다. 사실 한영덕씨가 출신교에 논문을 내놓고 얼마 있다가 해방이 되어 연락이 두절되면서, 연이어 삼팔선이 가로막혔던 것이다. 한영숙씨는 그런 오빠가 돌팔이들의 방패막이로나 나서게 된 게 몹시 슬프고 안쓰러웠다.

“종합병원에 계시다 하나 채리게 되문 나오시구요. 또 장가두 드세야디요. 그때까지 함께 지내시자우요. 내레 양당덤 일이 이만하문 먹구살 만하니끼니.”

한씨의 얼굴에 어두운 그늘이 스치고 지나갔다.

"까짓 놈에 거, 혼자 살디…… 귀찮게 장간 들어 멀 하갔네."

"아니야요, 사나이들은 아낙이 있어야 사람구실 해요. 지금 휴전된다구 매일같이 신문에 나오는 거 못 보셌수? 이럭저럭 세월 보낼래문 십년이 갈디, 이십년이 갈디 모른대두요."

한여사는 그런 말이 자기에게도 똑같이 적용된다는 걸 까맣게 잊어버리고 있었다. 박가와의 약속시간이 많이 남아 있었으나, 누이와 마주앉아서 재혼에 관한 얘기를 주고받는 것도 쑥스러운 일이고 해서 한영덕씨는 일찌감치 자리를 떴다. 역시 박가가 한씨의 의술에 호감을 가졌던 건 그 실력 때문이 아니라 전공이 산부인과였던 때문이었다. 이왕 면허를 내세울 바에야 써먹기 좋은 전공이 필요했던 것이다. 전장에서 많은 사람들이 매일같이 죽어가는 시절이었는데도 신의 섭리였는지 평시보다 훨씬 많은 아이들이 태어나고 있었다. 외국병정 상대의 위안부들을 중심으로 병이 돌았고, 시대가 시대였던 만큼 갑작스레 타락된 풍조에 젊은 여자들의 낙태가 비밀리에 행하여지고 있었다. 미래를 예측할 수 없는 전시니까 생계를 위한 위안부들도 있었으나, 절망감이 만연된 도시의 향락적인 분위기에 휩쓸린 젊은이들과 양갓집 여자들도 많았다. 인적 자원을 필요로 하는 전시하의 국가에서 낙태는 법으로 엄금하고 있었다. 그때 비밀 낙태수술을 전문으로 했던 의사들은 수술비용을 실비의 몇배씩이나 받아냈으므로 순식간에 한밑천을 그러모을 수가 있던 때였다. 만일 한씨가 표면으로는 부인병 전문의로 우물쭈물 낙태수술이나 시키면서 보건소에서 조사라도 나오면 돈이나 몇푼 꾹 찔러넣어주고 했었다면 일년 안에 개인병원을 차릴 수가 있었을 것이다. 한씨는 박가의 제의를 한마디로 거절해버렸다. 박가는 그 단호한 거절에 비웃음을 띠며 못마땅하게 대꾸했다.

"괘난한 결백성이시구만, 거 참."

"아니 법적으루 지탄받는 짓은 못해서 그러오."

"의술 개지구 전도사업 하실라우?"

박가는 설복조로 몇마디 해보다가 한씨가 끝까지 우기는 걸 보고 약속이 틀리니 동업은 그만두겠다고 자기도 고개를 흔들었다. 한영덕씨는 홀가분하게 일어나 다방을 나오려는데 박가와 동업하는 김가가 얼굴이 질려가지고 숨을 헐떡이며 쫓아들어왔다. 그는 두서없이 자기의 동업자에게 하소연했다.

"어이, 취체 나왔어. 형사랑 보건소 애들이랑 같이 말야. 주인을 찾는데 어쩌지?"

여태껏 조건을 내걸고 한영덕씨와 맞섰던 박가는 다급해지자 한씨의 손목을 잡고 수습을 좀 해주십사고 간청을 해오는 것이었다. 한씨는 이 각박한 세상에 누구나 살아보겠다고 아우성치는 판국인데 체면을 내세울 수도 없는 일인 것 같았으므로 응낙을 했다. 한씨가 보건소 직원들과 형사 앞에서 원장을 자칭하며 나서서 면허증까지 내보인 덕택에 가까스로 무마가 되었고, 자연히 그들과의 동업이 시작되었다. 일단 한영덕씨의 이름으로 간판을 내건 다음, 박가는 수입금을 반반씩 나누자는 최초의 제의를 어기고 김가를 위해서라도 세 몫으로 나누자며 조건을 변경했다. 한씨는 모두 응낙했고, 종합병원의 반에도 못 미치는 보수를 받아가며 늘상 병원에 붙어앉아 야간 왕진까지 도맡았다. 박가가 단골로 다니던 다방에 윤미경이라는 제법 미인의 전쟁 미망인이 마담노릇을 하고 있었다. 한여사는 언제나 그 여자의 예를 들어 이남 여자들이 직심이 없다고 혹평을 서슴지 않았는데, 남편이 경찰서 경위로 지내다가 북으로 끌려간 뒤 생사도 아직 모르는데다 일곱살짜리 사내 자식까지 있으면서 고작 다방에 나왔다는 이유 때문이었다. 윤마담과 박가가 어느 정도의 교제를 가졌던 사이였는지는 확실치 않았으나, 어쨌든 서로 허물없는 농담쯤은 주고받는 처지였다. 실은 박가보다도 그의 동업자인 김가가 오래 전부터 그 여자에게 눈독을 들여왔던 거였다. 저녁 먹자, 홀에 가자, 하며 꽤나 안달을 했으나 박가의 속셈은 달랐다. 어떻게 면허증이라도 내면 이북에 소재하고 있어 학적 관계가 불분명한 평의전 출신으로 해야겠는데 뻔히 알고 있는 한영덕씨의 묵인이나 증언이 필요하게 될지도 몰랐다. 낙태수술 문제 역시 그러했다. 그는 한씨의 마음을 잡아두기 위해 윤미경을 누님이라면서 소개했고, 그들은 차츰 호감을 갖게 된 듯이 보였다. 윤미경은 그 남자가 의사에다 달린 자식도 없이 단신 월남한 사람이라는 박가의 소개에 의하여 안심을 하고 있었다.

한영덕씨는 메모지에다 전화번호를 적어서 박가에게 주고 나서 가운을 벗어 걸었다.

"볼일이 생게서 좀 나가야갔는데, 급한 환자가 오문 일루 연락하시오."

낡은 메스로 손톱을 다듬던 박가가 곁눈질로 메모지를 힐끗 보더니 한씨를 놀려댔다.

"햐, 이거 한선배님…… 요릿집 출입만 하시는구만! 난두 깨무테 달라우요."

간막이 너머에서 손을 씻고 있는 한씨를 향해 박가가 짓궂게 말했다. 그는 한씨를 언제나 선배라고 불렀고, 술좌석에서 소개시키는 일이라도 있을 때엔 우리 학교 대선배님, 하면서 박수를 쳐대곤 하는 거였다. 한영덕씨가 진찰실로 나오면서 계면쩍게 웃었다.

"부벽루에 오실려오, 나중에?"

"아, 아닙네다. 보나마나 윤여사하구 랑데부하시는 모냥인데, 내가 껴서 머하게요."

"오시오. 기다릴 테니…… 그렇지 않아두 얘길 합데다."

박가는 의자를 좌우로 빙빙 돌리며 농담을 던지는 품이, 한껏 즐거운 모양이었다. 즐겁지 않을 수가 없는 게, 그의 골치를 썩여오던 일이 끝장이 났다는 연락을 받은 때문이었다. 그는 평의전을 나와 평양에서 수년간 개업하던 외과의사로 만들어져 재면허 신청이 통과된 것이었다. 어느 놈들이 와서 짖어대건 면허장만 내보이면 찍소리 없이 물러갈 거였다. 그는 이제 의학사이며 국가시험 합격자였다. 박가가 신문을 펴들고 들여다보며 말했다.

"다녀오시디요. 저는 환자가 오기루다 돼 있는 까탄에……"

"무슨 환자?"

"어제 초진을 했시요. 여잔데…… 걱정 마시라요. 저 혼자라두 충분하니깐."

"수술 같은 거 해선 안되오."

박가가 신문을 요란하게 거두면서 발끈해진 얼굴을 애써 웃음으로 얼버무렸다.

"실력이 없다 기건가요? 내레 급할 땐 데왕절개까지 해봤시요. 한 선배님은 기런 데 신경쓰디 말았으문 좋갔구만."

"출산시키는 거래두 조심해야 하오. 낙태는 말할 것두 없디."

"더러워서 못해먹갔군. 이놈에 거이 인종은 많은데 자를 건 자르구 봐야디 자꾸 태워선 어카갔다는 건디."

"다 저 먹을 거이 있는 거야요. 좌우간 법을 어겨서두 안되디만, 돈 도재 몇푼 벌갔다구 모체에 든 생명줄을 함부루 끊어놀 수야 없디요."

"한선배님처럼 의사질 해먹다간, 양반 소리는 듣갔구만요. 개헤엄은 안 친다니깐."

"김씨 어디 나갔소?"

"누가 미제 수성 페니실링이랑 마이싱이 싸게 나왔다구 기래서 도리할라구 나갔시요. 암거래 물건으루 운좋으문 다섯 배는 거저 벌거던요."

"세 시간쯤이문 돌아오리다."

한영덕씨는 병원을 나서며 기분이 그리 좋은 편이 아니었다. 박이 겉으로 드러내놓고 자기를 놀려댄 것 같은 느낌이었다.

부벽루 이층 방에 윤미경이 와서 기다리고 앉아 있었다. 그 여자는 오늘따라 투피스 차림으로 양장을 했으며 화장을 엷게 한 모습이 꼭 여학생 같아 보였다. 흰 손수건을 탁자 위에 올려놓고 만지작거리는 여자의 양쪽 새끼손가락에 봉숭아물이 들어 있었다. 그 여자는 어깨가 약간 직각인 것이 흠이었는데 래글런의 상의 때문에 날씬해 보였다. 한영덕씨는 여자 앞에 머리를 대일 듯이 숙이며 다정하게 물었다.

"이사는 했소?"

"네, 아까 낮에, 한시간밖에 안 걸렸어요. 집이 무척 깨끗하긴 한데 진용이 땜에 아무래도 이사를 잘못 간 거 같아요."

"시끄러웁데까, 아이들은 친구들 많은 게 오히려 나아요."

"아뇨, 좋잖은 여자들이 살더군요. 양공주가 둘이 세들어 있어요. 미군들이 들락날락하데요."

"마당만 같이 쓰디 않으문 벨루 상관 있소. 진용이두 내년엔 학꾤 보내야디?"

한영덕씨는 담배 한대를 피우려다 윤미경이 앞으로 내밀며 권했다.

"안 태우겠어요. 이젠 끊어야죠. 다방두 그만두구, 지금 생각 같아선 좀 들어앉아 쉬구 싶어요. 한선생님두 어서 병원을 차리셔야지 언제까지나 박선생 뒷바라지만 할 순 없잖아요?"

"기쎄 개인병원이 체딜에 맞딜 않는 모냥이오. 장살 할 줄 알아야디. 종합병원에 취직이나 할까 하는데, 신경쓰디 않구 월급이나 받는 거이 젤루 맘이 편할 거 같소."

윤미경의 얼굴에는 오늘따라 수심이 가득 차 보였다. 다방 나가랴 이사하랴 피곤한 탓도 있겠지만 눈가에 잔주름이 잡히기 시작한 표정은 더욱 고독해 보였다. 그 여자는 가져온 정종을 홀짝홀짝 마시면서 촉촉한 시선으로 한영덕씨를 쳐다보았다.

"이쪽이 전쟁에서 이길까요?"

여자가 엉뚱한 질문을 불쑥 내질렀다. 한씨는 그제서야 전쟁이라는 현실적인 사건이 자기들 두 사람과 깊은 관계를 가지고 끈질기게 작용하고 있음을 느꼈다. 한씨의 혀끝에 떫은 쇠녹의 물이 가득히 괴어드는 느낌이었다.

"휴전이 될레나보오. 멋대루들 치구박다가 내키는 대루 그만두자는 거디. 한번 그치문 원제나 다시 합테서 오구 갈디 알갔습네까."

오늘은 어느 고지에서 무슨 전투가 있었는데 아군은 북방으로 몇 킬로 진격해 올라갔다든가, 휴전선에 관해 합의를 보았다는 등의 풍문에 접할 때마다, 채 끊기지 않은 기대의 줄이 한씨의 마음속에서 멋대로 팽팽해졌다간 다시 느슨해지곤 하는 거였다. 윤미경이 다정히 말을 건넸다.

"선생님, 아직 누이 집에 계신가요?"

"예, 갸두 윤여사처럼 이번 전쟁에 홈자가 됐디요. 함께 지나기가 좀 거북스런 닙장입네다."

"빨래 같은 거 있으심, 제게루 가져오세요. 그리구 언제든 집에 들러주셔요. 약주라두 대접해 올릴 테니까요."

윤미경이 탁자 너머로 손을 뻗치더니 실밥이 빠져 몇가닥 남지 않은 한영덕씨의 상의 단추를 매만졌다. 그 여자는 날렵하게 단추를 탁 떼어 자기 백 속에 집어넣었다.

"그대루 달구 다니다 잃으시겠어요. 양복 단추는 같은 걸루 짝을 맞추지 않으면 촌스럽거든요. 제가 보관했다 달아드리죠."

한영덕씨는 청년처럼 얼굴이 붉어졌다. 그는 고개를 숙이고 더블 단추의 열에서 떨어져나가 균형을 잃은 채 비워진 단춧구멍을 내려다보았다. 중년의 나이에 여자가 그런 식의 재치를 보이면 어딘가 닳고 닳은 사람인 듯한 느낌이 드는 법이었으나, 한씨로서는 코끝이 짜릿하도록 연민 비슷한 감정을 갖게 하는 재치이기도 했다. 전화가 왔다는 전갈에 한씨가 억지로 자리를 떠나 수화기를 드니 김가의 목소리가 들려왔다.

"큰탈났습니다. 박형이 수술 도중에 실수를 한 거 같아요."

한씨의 가슴은 덜컥 내려앉았다. 그 순간에 그의 머릿속에는 윤미경의 새끼손가락에 들여 있던 붉은 봉숭아물 빛이 떠올랐고, 더욱 불안해졌다. 무엇에서건 방해받고 싶지 않았다.

"유산이오?"

"네, 그렇습니다."

"절대루 손대디 말라구 기렇게나 당부했디 않소?"

"전 모릅니다. 박형이 무모하게 일을 벌인 겁니다."

한씨는 침착하게 마음을 가라앉히려 애썼다.

"몇개월이오?"

"오개월입니다."

“소파 수술은 불가능하오. 인공 조산으루 낙태시키는 도리밖엔 없었을 거외다.”

한씨는 어쩐지 불길한 생각이 들었다. 그럴 수밖에 없었던 것이, 지난 몇해 동안 그에게는 사람이 산다는 것 속에 깃들인 명암의 변전이 얼마나 종잡기 어려운가를 뼈저리게 느껴왔던 때문이었다.

“박씨를 바꾸시오.”

박가는 의외로 침착했다.

“양막을 자궁 벽에서 박리시켜개지군 진통을 도와줬시요. 애가 죽은 대루 나오긴 했는데 출혈이 그티딜 않습네다.”

“자궁 천공을 일으켰거나, 자궁외 임신으루 난관이 파열돼선 내출혈을 일으킨 게 분명하오. 수술한 지 얼마나 경과됐디요?”

“두 시간 됐습네다.”

“수혈은?”

“못했시요. 손쓸 틈이 없었으니까. 끝난 건 시자 삼십분밖에 안됐시요.”

한영덕씨는 자신이 있었으나, 먼저 그들에게 다짐을 해둬야겠다고 생각했다.

“난두 자신이 없쇠다. 정당한 사유가 있는 중절이라문 책임을 지구 최선을 다해보갔디만, 만약에 이런 만용으루 환자가 죽는다문 누구레 그 책임을 제야 되갔소?”

“한선배님, 기럼 어캅네까? 애시당초 선배님을 모시기루 한 게 이런 불상사를 위해서가 아녔댔시요?”

“박씨가 먼저 손을 댔구, 난 말렸소. 우선 수혈을 해놓구 환자레 가족을 부르시오. 때에 따라선 자궁 척출을 해내야 되니까. 임신 능력을 잃게 될지도 모르오.”

"생존조치나 해주시라요. 환자가 죽으문 김형이랑 나는 마지막입네다. 우리가 시술을 했다구 각서를 써놓구 용태두 적어놓갔습네다. 한선배께선 응급조치만 도왔다구 하시문 께름칙할 거 아무것두 없을 거야요."

"아무러나, 환자나 살레놓구 봅세다. 내 곧장 글루 가리다."

박가가 겨우 안도의 한숨을 내쉬며 수화기를 내려놓자마자 잠자코 듣고 있던 김가가 답답하다는 듯이 말했다.

"각서를 써놓고는 어쩔 셈인가?"

박가는 픽 웃었다.

"얼빠진 소리 말게. 저 친구레 그런 보장이라두 없으문 손을 써줄 줄 알아? 불상사가 생길 땐 우린 모른다구 싹 잡아떼는 거이야. 무사하문 다행이구 말이디."

"지금은 모른다 해두 나중엔 드러날 텐데 가족들이 항의할걸. 낙태를 시켜달랬지, 언제 자궁 척출을 해달랬냐구 법석을 떨며 고발하든가 하면 골친데."

"염려는 푹 놓으라 기거야. 우린 시술을 해서 인공 조산을 다 시케놨는데, 한씨가 나서선 손을 잘못 썼다구 우기문 돼요. 보라구, 우린 둘에다 저치는 혼자 아닌가 말야."

그들은 조금도 걱정할 필요가 없었고, 적자생존이란 이런 경우를 두고 하는 말임이 틀림없을 듯했다.

서학준씨는 이남에서 만난 아내와 함께 한영덕씨의 결혼식에 참석했었다. 서씨 역시 평양에 있던 이동 외과병원이 급히 철수하는 바람에 미처 가족을 데리고 올 여유조차 없이 혼자 나오게 되었다. 서씨는 부산 육군병원에 있을 때, 부둣가에 나갔다가 지금의 아내를 만나게 되었는데, 그 여자는 길바닥에 좌판을 벌여놓고 빈대떡을 부치며 행상 대포장수를 하고 있었다. 사람을 찾는다며 좌판 옆에 주소와 성명을 크게 써붙여놓았으며 그가 읽어보니 흥남항에서 남편을 잃어버린 여자였다. 그는 술 한잔을 청해놓고 사정 얘기를 들었다. 거룻배를 타고 군함으로 오르다가 남편이 뒤에 처졌다는 거였다. 수많은 사람들 틈에서 남편을 찾을 수도 없고 해서 갑판에서 발만 동동 굴렀다 한다. 서씨는 그 다음부터 매일 부두로 나가 술 한잔씩 걸치고 병원에 돌아오곤 했다. 사람이란 그렇게 지나노라면 아무리 아픈 기억도 희미해지고 새로운 정도 생기게 마련이었다. 서씨는 그 여자의 두 아이들까지 기꺼이 떠맡았던 것이다. 한영덕씨의 결혼날에 평양 친구들이 많이 모였다. 그들 중에는 한씨나 서씨처럼 월남한 사람들이 많았는데 더러는 새로 장가를 들었거나 혼자서 하숙생활을 하는 사람들도 있었다. 피로연 때에 그들은 모두 기분들이 울적해 보였다. '선창'이라는 학생 시절의 유행가를 부르면서 밤늦게까지 헤어지길 싫어했다. 서학준씨는 우리 이럴 게 아니라 서로 못 만나본 친구들도 많을 테니 평의전 동창회를 한번 추진해서 얼굴이나 보자는 제의를 했다. 연줄이 닿는 친구들에게 모두 연락을 해주기로 약속했다. 한씨의 결혼식 때에 동창회 말이 나와 이듬해 봄이 되어서야 겨우 모이게 되었다. 그때에 서울에 있던 평의전 동창들 스물세 명이 모두 모였다. 어떤 친구는 학생 때부터 평양서 서로들 낯익었던 자기 부인을 데리고 나오기도 했다. 뉘 집 딸이며, 어느 골목길로 잘 다녔으며 무슨 학교 몇학년이었는지도 그들은 잘 기억하고 있었다. 세일러복이나 흰 저고리에 주름치마를 입고 머리를 길게 땋아늘였던 여학생들이 중년 부인네로 변모한 모습은 새삼 감개를 느끼게 했다. 더구나 고향을 떠나와 재혼한 사람들은 더욱 그러했다. 동창회에서 한창들

주홍이 무르익어가는데, 시종 아무 말 없이 한영덕씨의 옆에 앉아 있는 사람이 모두에게 낯이 설었다. 서학준씨는 잘 모르는 후배들도 있었으니까 그들 중의 한사람이거니 여기며 묻질 않았다. 술에 취해 있었던 평의전 선배 되는 고박사가 눈을 찌푸리고 그를 바라보았다.

"저 친구 잘 모르갔구만. 몇회 졸업생이든가?"

"사십이년도입네다. 기억을…… 못하실 거야요."

그해라면 서씨와 한씨가 학교에 남아 있었을 때라 그들 둘이서 틀림없다면 모두 의심을 않았을 것이었다. 고박사는 한영덕씨에게 대뜸 물었다.

"자네 저 사람 잘 아나?"

어수선한 세상에 대충 우물쭈물해 넘겼으면 좋았을 것을 한씨는 고개를 내저었다.

"나하구 병원을 같이 하구 있디만, 졸업을 했는지는 기억에 없쇠다."

갑자기 옆에서 서로 쑤군쑤군하게 되었고 좌석의 분위기가 이상하게 변했다. 낯선 사람은 몹시 난처한 듯 주위를 두리번대더니 벌떡 일어나서 나가버렸다. 서학준씨가 혀를 차며 말했다.

"야, 너두 눈치코치 좀 배우라. 슬쩍 넘겨 치우군 나중에 얘기해두 될 걸 멀 하자구 면전에서 망신을 주네?"

고박사가 열을 올려 한영덕씨를 몰아세웠다.

"자네 그러다 사고나 생기문 어쩔려나. 우리 학교 전통에두 관계가 있으니끼니 영업을 못하게 해야 되지 않가서? 특히 자넨 학교에 남아서 후배를 가르치던 교수가 왜 기렇게 티미하냐 말야. 동업까지 해주니깐 버젓이 행세할라구 기러디 않갔나."

한영덕씨는 한동안 술만 마시며 침묵을 지켰다가 고박사의 흥분이

가라앉은 듯 보이자 띄엄띄엄 말을 꺼냈다.

“난…… 의술이란 걸 대단하게 여기지 않습네다. 요즘 누구레 책임감을 갖구 제세할래는 마음으루 진료에 임하갔습네까. 모두 돈 벌자구 배운 기술루 생각하지 않습네까. 저 사람두 돈 벌어 먹구살갔다구 의업을 택하는데 무슨 권리루 남에 업을 못하게 말리갔시요. 난두 정 살기 힘들어 못 견디갔습네다.”

“기건 한군 말이 옳디요. 고선배님 시대하군 영판 다릅네다. 괘난히 패배감이나 자조를 느끼게 너무 윽박지르디 마시라요.”

서학준씨가 한씨를 두둔하며 나서자 모두들 한마디씩 거들었다.

“옳시다. 의술에 사명감 어쩌구 하던 시대는 개화기 때 얘기야요.”

한영덕씨는 그날 친구들이 간신히 떠메고 갔을 정도로 과음을 했었다.

동창회에서 망신을 당한 박은 그 불쾌감이라든가 서운함을 한씨에게 겉으로 내색하지는 않았으나, 김가와는 자초지종을 얘기하며 분해하곤 하였다. 한영덕씨도 병원에서 매일 얼굴을 대하기가 서먹서먹한 느낌이었고 고박사가 하던 말이 오랫동안 마음에 걸리기도 해서 부산에다 취직을 부탁해놓았다. 윤미경은 임신을 하고 있었다. 역시 독신인 처지라 매식을 해왔던 김가는 한씨가 결혼한 다음부터 식사를 그의 집에서 하게 되었으므로, 하루 세 번씩 윤미경과 대면할 수가 있었다. 그는 매번 노골적으로 이죽거리는 거였다.

“미경씨, 밥 먹으러 왔수다.”

“아니, 이이가 정말…… 미경씨가 뭐예요?”

“그럼 윤마담이라구 부를까요?”

“공연히 농담하지 마세요. 남들이 이상하게 생각할 거 아네요. 김씨가 자꾸 그러시면 우리 선생님한테 말해서 다른 데서 식사를 하시도록 해야겠어요."

"아, 사모님 죄송합니다. 사람 너무 차별하지 마시요."

"기가 맥혀서…… 도대체 어째서 매일 비꼬구 그러는 거예요."

"한선생은 어엿한 남편이지만 나는 도대체 뭘까, 하숙생두 아니구 시동생두 아니구 애인두 아니니까 말요."

"이거 보세요 김씨, 나는 지금 살림을 하는 유부녀예요. 댁은 여기 와서 식사나 하구 가면 된다구요."

"한씨하구 윤마담이 결혼은 했지만, 한씨는 이북에 처자가 있는 몸야."

"그게 무슨 상관이람."

"그 사람 위험인물이란 말이 돈다구."

"위험인물이라뇨?"

"이북에서 교수노릇을 했거든. 언제 다시 저쪽으루 붙을지두 모르지. 아직 전시니까…… 여기서 가정을 가지구 주저앉는 척해야만 의심을 안 받을 거 아뇨? 윤마담 같은 순정파는 믿질 않겠지만, 한씨처럼 겉으로는 멀쩡해 뵈는 사람두 드물 거야."

"근거 없는 얘긴 하지두 마세요."

"그 사람 여자가 한둘인 줄 알아? 어제두 젊은 여자가 병원에 찾아와 같이 나갔단 말요. 어제 틀림없이 통행금지가 다 돼서 들어왔을걸."

"정말루 보셨어요?"

"이런 제기…… 박형한테 가서 알아보라구. 참 이상하단 말야. 비슷비슷한 사람끼리 모여앉아선 이북 얘기들만 한단 말야. 괜히 덩달아 다치지 말구 조심하쇼. 슬며시 캐보라구요. 이북에서 뭘 했나, 어째서 혼자 넘어왔나, 이북 노래 아는 거 있으면 불러보라구 말야. 새삼스레 말 꺼내고프진 않지만 윤마담이 내한테 너무했지 뭐요. 나는 삼십오년이 지나도록 여자하구 담을 쌓았던 총각이야. 먹구살기에 바빠서 말이지. 그래두 약간은 머리가 있는 놈이니까 의술이라두 배웠지. 악착같이 돈을 벌 테니까 보라구. 이번 약품사건으루 이치과 어른과 나는 바가지를 호되게 뒤집어썼다 그거요. 물건 맡겨둔 장소를 그자들이 어떻게 알구 압수하러 왔었는지 모르겠단 말야. 한씨가 암만해두 수상한 게…… 하찮은 걸 가지구두 벌벌 긴단 말야. 틀림없이 그 사람 무슨 큰일을 저지르구 있는 게 분명해요. 아무래도 수상해."

"그전에 약품 쌓아놓은 걸 보더니 막 역정을 내셨어요. 왜 이런 물건을 맡아두느냐구요. 김씨 거라구 그래두 당장 와서 옮겨가래야겠다구 했어요."

"며칠 동안만 신세를 지자구 내가 사정을 했었는데…… 알았어! 이제 보니 그치가 찔렀군 그래. 그러면 그렇겠지. 형사들이 이 많은 임집들 중에 무슨 수로 여기 갖다놓은 걸 알아냈겠나. 이치과 어른두 그렇게 짐작은 하더구만. 그러나저러나 윤마담은 속았어."

"터무니없이 그런 소린 집어치워요."

"글쎄 곧 알게 된다니까. 언제 자취를 감출지 모르는 사람이거든. 윤마담은 임시방편이라구. 아마, 지방으로 내려갈 작정일 거야."

"네, 취직해서 부산으루 이사가야겠다구 그러든데."

"그때 가면 윤마담과 한씨의 관계는 끊어지는 거요. 첫날밤을 치르지 않고 오다가다 만난 사이란 백년을 살아도 믿질 못하는 법이야. 더군다나 미경씨는 아이까지 달렸잖소. 바꿔서 생각해보라구. 피난살이루 타향에서 여기저기 떠도는 남자가 무슨 미련이 많다구, 조강지처두 아닌 미경씨를 질질 끌구 다니겠나. 그러니 당신 장래를 생각해서라두 살살 캐물어보란 말요. 언제쯤 부산으로 떠나는가 정확한 날짜를 말이지. 또 이북 얘기에 대해서두 잊지 말구 알아봐요. 대낮에 공비들이 뻐스를 습격하는 판인데, 이북서 혼자 내려온 남자를 누가 믿나. 더구나 거기서는 대우받던 사람이거든."

김가는 생각나는 대로 아무렇게나 씨부렸고, 윤미경도 많이 동요된 듯이 보였다. 일은 거기서 그치지 않았는데 한씨가 부산으로 떠난 다음에 취체반들이 박가네 병원으로 들이닥쳤던 것이다.

잠바 차림의 사내가 박의 손목에 수갑을 철컥 채웠고, 의료감시원인 듯한 사람은 책상 서랍을 들쑤시며 뒤지고 있었다. 박이 수갑에 채워진 손을 쳐들어 그들의 얼굴에다 들이대며 언성을 높였다.

"이거 너무하디 않소, 무슨 큰 죄를 졌다구 이러는 거요?"

"이 양반아, 무면허 영업은 최하 오년 이하의 징역이야."

잠바가 박의 어깨를 내리눌러 자리에 앉혔다. 김이 의료감시원을 붙들고 사정했다.

"보쇼, 사정을 알구나 취첼 받아야죠. 우린 위법한 일 전혀 없소. 저 사람은 면허증을 취득했구요, 의사 한분이 또 계셨다구요."

"영업주가 현재 누구요, 누구 이름으루 올랐냐구."

"저게 내 면허장이오. 똑똑히 보시구레."

박이 턱으로 진찰실 벽에 걸린 금박 무늬의 액자를 가리켰다. 의료감시원이 여유만만하게 웃으며 액자를 떼어 책상 위에 던져놓았고, 잠바 사내가 액자를 박의 코앞에 댈 듯이 갖다 보여주며 비아냥거렸다.

"이거 말씀이신가? 가짜 면허증…… 뒀다가 코나 푸시지 그래."

"당신네 과장 허가 아래 나온 거야요."

감시원은 서랍을 뽑아내어 잡다한 카드와 종이 나부랭이들과 진료부를 책상 위에 쏟아놓고 일일이 펴보며 조사했다. 그는 연방 빙글빙글 웃고 있었다.

"당신이 아는 과장께선 전출해갔다구. 다른 분이 새루 오셨으니까 재교부 신청이나 해두시오."

"내레 이북서 개업까지 하구 있던 사람이외다. 무슨 결격사유두 없는데 면허 말소라문 말이 안되잖소. 나중에 관계처루 항의하갔수다."

"맘대루 하쇼. 면허 등록대장엔 당신에 관한 사항이 없는데, 당신 번호에는 딴 사람이 있더라 그 말이오. 당신 면허증은 유령 번호를 달구 있다 그거야."

박은 마른 입술을 핥으며 대꾸 없이 앉아 있었다. 김이 잠바 사내를 붙들고 밖으로 끌어내며 다정한 친구에게나 하듯 반말조로 구슬렸다.

"다 알 만한 사람들인데 그럴 거 없잖아. 나 좀 봅시다. 잠깐만 보자구."

"여보쇼, 이거 놔요. 괜히 얼렁뚱땅하지 마슈. 노라니까."

"안다구요, 당신네 심정을 모르는 게 아니라구. 우리 벗구 얘기하자 그거요."

감시원은 진료부를 열심히 훑어보면서 혼잣말로 중얼거렸다.

"저 사람이 왜 저러지……?"

박은 우선 담배 한대를 뽑아물고 처량한 몰골로 그에게 한대 권했다. 감시원이 고개를 흔들었다.

"아뇨, 안 태워요. 불은 붙여드리지."

그는 혀를 끌끌 차면서 라이터를 켜댔다. 한모금 깊숙이 빨고 나서 박이 감시원의 옷자락을 잡아당기며 소곤소곤 얘기를 꺼냈다.

"노형, 우리 터놓구 얘기해봅세다. 같은 동포끼리 이렇게 매정할 건 또 멉네까."

"매정하긴 뭐가 매정하단 말요? 무면허 영업을 하지 말아야지."

"기쎄 기런 걸 누가 모르오. 우리 같은 사람들이 있으문 노형들두 먹구살게 마련이구, 또 알다보문 서로 편리하도록 트구 지내는 거 아닙네까?"

감시원은 펼쳐보던 진료부를 덮고 뒷짐을 진 채 창밖을 내다보고 서 있었다. 박은 그의 뒤로 다가서서 옆구리를 꾹꾹 찌르며 말했다.

"나 좀 봅세다. 얼마…… 한장쯤 드릴까?"

감시원이 그를 밀쳐내며 멀찍이 물러났다.

"사람을 어떻게 보구…… 당신 아주 상투적이로군."

"기럼 어캤으문 좋갔소. 나 하나 처네봐야 신통할 거이 머 있소?"

"이번 일은 위에서 조사하라구 직접 지시가 내려왔기 때문에 우리두 어쩔 도리가 없단 말요."

박은 그자가 혼자서는 거북한 입장이라고 말하는 뜻을 알아차렸다. 기왕에 일이 터진 김에 이번 기회에 아주 매듭을 짓고 싶었다. 박은 온 재산을 몽땅 날려도 결판을 내고야 말겠다는 오기가 났다.

"누구, 신임 과장 말이오? 기쎄 형씨들은 내가 따루 생각해주구 나서 그 사람두 만나보문 될 거이 아뇨. 그 사람이 안된대문 할 수 없디만 당신네야 윗사람 눈치에 따라서 처신하라우요. 내레 이런 일이 한두 번인 줄 압네까? 기런 내막쯤은 줄줄이 꿰구 있수다레."

감시원이 별로 내키지 않는다는 듯이 입맛을 다시며 곰곰이 생각해보는 모양이었다. 그는 머리를 긁적이며 말했다.

"박선생 정말 마음을 약하게 만드는군."

"난두 한달 내에 군대 나갈 사람이오. 병원 일은 얼마 안 가 집어치울 작정이외다. 잘됐수다레, 면허건 때문에 노형들을 만날래는 참이었소."

김과 잠바 사내가 정다운 사이처럼 손을 잡고 들어왔다. 잠바 사내는 쑥스러웠는지 그의 동료에게 말했다.

"난 이 양반이 사람 칠려는 줄 알구 겁을 먹었더니, 빠다를 바른단 말야. 이 사람 수완엔 두 손 번쩍 들겠더군."

그는 박의 무릎 사이에 상반신을 굽히고 수갑을 열어주었다. 김이 박가의 귓가에 입을 바짝 갖다대고 속삭였다.

"최소한 한놈마다 두 장씩은 줘야 될 걸세."

"뭐 두 장씩이나?"

"자네 크게 걸렸다는군. 무면허 개업에다, 면허증 위조, 하여간에 꼼짝없이 걸린 거야."

"자넨 약사 면허 있댔나?"

"그러니까 나두 동업자로서 피를 보겠지만서두, 주인은 자네 이름으루 돼 있었지 않나."

"지금 현금이 없는데……"

"발등에 불부터 끄구 봐야지. 차용증이라두 써주구 나중에 빚을 얻어다 무마를 하세그려."

그들은 차용증을 써주었으며 저녁에 과장을 모시고 다시 만나기로 약속한 다음, 두 관리를 돌려보냈다. 박가는 병원을 정리하기로 작정을 하고 보니 후련한 마음이 들었다. 면허증을 얻어낸 뒤엔 당분간 군에 가서 군의관 노릇이나 하며 지낼 생각이었다. 그것이 나중에라도 떳떳하게 행세할 기반이 될 것 같았다. 그러나 아무리 생각해도 울화가 치밀어 견딜 수가 없었다. 한영덕씨가 병원을 그만둔 지 일주일도 못되어 그들이 들이닥친 것은 틀림없이 무슨 관련이 있어 보였다. 그는 동창회 때의 일도 떠올렸다. 박가는 머리를 끄덕이며 중얼거렸다.

"아무래두 한씨가 고발한 거 같은데."

"뻔하다구, 그 친구 아니면 누구겠나."

"도와, 난 인제 입대하게 된다구."

"나하구 이치과 양반두 당했네. 지난번 마이싱 사건 말일세."

"그 새끼가 밥벌어 멕에준 은공두 모르구."

"작자가 수상하단 말야. 난 암만 생각해두 그치가 저쪽 사람인 거……"

계속되려는 김의 말을 박이 손을 들어 막는 시늉을 했다.

"우리 애국 한번 해보자우."

그는 액자에서 빼낸 면허증을 발기발기 찢어버리면서 말했다.

"학교 나온 새끼들이 잘해 처먹나, 못 나온 넌석이 잘하나 어디 두고 보자. 나두 배알이 있는 놈이란 말야."

……대한민국의 온건한 사상을 지닌 국민으로서, 지금은 군문에 입대하여 장교 복무를 위해 피교육중에 있는 사람입니다. 국가를 사랑하고 정부의 안전과 번영을 염려하는 가운데 삼가 귀중한 정보사실을 알려드리는 바입니다. 현재 부산 시립병원에서 의사로 근무하고 있는 한영덕은 평양 출생으로 1948년 김일성대학 의학부 산부인과학 교수직에 취임하여 전쟁이 발발했던 1950년부터는 당의 배려 아래 특별한 대우를 받으며 부역한 사실이 있습니다. 한은 1950년 12월에 군사기밀 수집과 간첩 조직망의 구성, 불평분자 포섭의 임무를 띠고 피난민으로 가장 남파되었음이 분명합니다. 그런 사실을 알아낸 동기는 1951년——확실한 날짜는 조회를 바람——부산에서 미군 제2기지 군사정보부에 검거되었다가 대구경찰서로 넘겨진 사실이 있다는 것을 그의 친지로부터 분명히 전해들

은 일이 있기 때문이며, 국내 정세로 보아 포로조직과 접선하여 난동을 획책하려는 북의 지령을 전달했을 용의가 짙다고 봅니다. 측근자로서 꾸준히 관찰해온 결과이오니 직접 내사하면 판명될 것입니다. 선량한 국민으로 가장하기 위하여 남에서 결혼까지 하고 가정을 마련한 다음, 52년 말부터 본격적인 동조자 포섭을 시도해왔습니다. 한은 수개월 전 평양 의학전문학교 동창회를 구실로 모인 동향 의사들 중 북한에 처자를 남겨두고 월남한 세 사람을 포섭하는 데 성공했는바, 그들은 성심병원 의사 조한경, 제일병원 원장 의학박사 고동수, 전내과의원장 전성학 등으로서 제일병원을 근거지로 하여 조직을 확대시키고 있습니다. 증거로는 본인에게도 은근히 포섭을 시도하다가 묵살당한 일이 있고, 김종식이란 약제사에게는 유엔군에 대한 비난을 공공연히 했으며, 월남해서 재혼한 처 윤미경에게는 이북의 정치체제를 찬양하는 뜻을 비친 사실이 있습니다. 또한 친목회를 빙자하여 틈만 있으면 고동수가 경영하는 제일병원에 모여 현정부 비판과 미국을 비롯한 우방국에의 비난으로 일관했다는 사실은 참석했던 치과의사 이필준씨에 의하여 밝혀낼 수 있을 것입니다. 특히 한은 북한 방송을 계속 청취해왔으며, 지방 출장이 잦고, 직장을 여기저기 옮겨다니며 주거가 안정되어 있지 않은 것으로 추측하건대 이번 부산으로 직장을 옮긴 것도 적의 첩자와 접선하려는 게 분명합니다. 별지에 관련자의 소재지와 증인 명단 등을 첨부합니다……

박과 김가는 약품 압수사건으로 역시 한영덕씨를 오해한 치과의 이필준까지 끌어들여 이씨가 잘 아는 ×정보대의 문관을 통해서 투서를 접수시켰고, 박가는 또 자기대로 입대하면서 평소에 친분이 있던 HID의 모 중령을 통해 ×정보대의 대공사찰반에다 사건의 중요성을 지적하게 하였다. 정보대측에서는 오히려 반가운 사건이었다. 첩보에 관한 제보라면 근거가 있고 없고를 따지기 이전에 신경을 곤두세우던 터에 더군다나 투서라든가 타기관에서의 특별 위임 같은 일로 보더라도 확실하달 수 있는 사건이었다. 이런 성격의 정보는 수사에 힘을 들여도 밑지는 일은 없을 게 분명했다. 잘하면 적의 첩보조직을 캐어낼지도 모르며, 어긋난다 해도 근거가 있게 먹을 구찌가 생기는 정보였다. 제보자나 피의자 쌍방이 같은 정도의 약점을 갖고 있는 것이었다. 그 무렵에는 정보기관에서 얼마든지 합법적인 관제 적색분자를 만들어내는 일이 흔하던 시절이었다.

한영덕씨는 그날 영도 쪽에 소풍을 나갔다가, 맏아들 창빈이와 비슷하게 생긴 신문팔이 소년을 만났었다. 한씨는 그애에게 점심도 사주고 구경도 시켜주었고, 바다를 배경으로 사진까지 한장 박았다. 하숙방에 돌아와서도 그는 좀처럼 잠이 오질 않았다. 윤미경에게는 서울로 다시 가게 될지도 모르니까 한달만 기다리라고 일러놓고 내려왔으나, 이제 두달로 접어들었는데도 서울서 아무런 기별이 없는 것으로 보아 자리가 쉽게 나지 않는 걸로 알고 부산에 아주 정착해버릴 마음을 먹었다. 그는 먼데서 가느다랗게 들려오는 파도소리와 등대의 회전하는 불빛이 번쩍, 하면서 창을 훑고 지나가는 데에 신경이 쓰여서 더욱 잠이 오질 않았다. 누군가 대문을 두드리는 소리가 들려왔다. 누구세요? 하는 주인 여자의 목소리에도 대답 없이 문 두드리는 소리가 들리다가 멈췄다. 아마 마당 안에 들어섰는지 나직하게 주고받는 얘기 소리들이 들렸다. 이층으로 뛰어올라오는 구둣발 소리와 함께 창문으로부터 검은 사람 그림자가 불쑥 뛰어들어왔다. 베란다 쪽에 한명, 그리고 문이 거세게 열리면서 또다른 한명이 뛰어들어왔다. 한씨의 얼굴 위로 밝은 플래시 불빛이 집중해서 쏟아졌다. 한씨는 밝은 빛 뒤의 어둠에 가려진 그들의 행동을 알아보려고 애쓰면서 혹시 강도가 아닌가 착각했었다. 신발을 신은 채로 양쪽 출구를 막아선 그들은 권총을 들고 있었다.

"포위됐으니 도망갈 생각 마라."

"손들고 일어나, 벽에 붙어서."

한씨는 손을 들고 벽에 기대섰다. 그들이 한씨의 소지품을 뒤적거리다가 뭔가 골라내어 따로 챙겨놓는 것 같았다. 한명은 그의 등뒤에다 총구를 꾹 찔러대고 몸을 뒤진 다음 수갑으로 두 손을 채우고 포승으로 팔을 묶으려 했다. 한영덕씨는 그제서야 사태를 알아차리고 몸을 빼치려고 힘을 쓰면서 외쳤다.

"뭣 땜에들 이러시오? 내레 무슨 죌 졌다구 이럽네까?"

그자가 한씨의 장딴지를 걸어 넘어뜨린 다음 두 무릎으로 한씨의 등판을 찍어누르면서 권총을 이마에 갖다댔다.

"이 빨갱이 새끼, 순순히 잡혀갈 거지 즉결 총살을 당하고 싶나."

한영덕씨는 층계 아래로 끌려 내려갔다. 주인집의 안방에서 괘종시계가 두시를 쳤다. 문 앞에 지프차가 대어져 있었고, 또 한사람이 담 근처를 배회하며 탈출로를 지키고 있었다. 한씨는 지프차 뒷자리에 건장한 두 사내의 어깨 사이에 끼워 앉혀졌다. 앞의 승차 책임자 사내의 껌 씹는 소리가 한씨를 더욱 초조하게 만들었다.

"어디루 가는 거요, 날 어디로 데려가는 거요?"

그들은 아무 대답이 없었다. 한씨가 다시 한번 묻자 앞자리의 사내가 고개를 돌려 그를 바라보며,

"페양으루 가는 거다 이 새끼야."

빈정거렸는데 짧은 머리와 가느다란 눈초리는 한씨가 잘 기억해낼

수는 없었으나, 평안도 사투리의 억양 때문인지 어딘가 낯익은 얼굴이었다.

한영숙 여사는 6월 초부터 가게에서 침식을 하며 지냈다. 마침 하복으로 옷이 바뀌는 철이라 양장점 일이 눈코뜰 새 없이 바빴던 것이다. 옷감이래야 군대를 통해 흘러나온 낙하산 천과 곰보 나일론을 염색한 게 고작이었는데, 한여사는 인건비를 줄이기 위해 일일이 자기 손으로 블라우스나 원피스를 만들어냈다. 레이스를 재봉질로 박아내고 있는데 어떤 남자가 가게 안으로 들어서서 한여사를 빤히 쳐다보았다. 남자가 양장점에 들어온 건 드문 일이라 한여사는 당황하며 말했다.

"어서 오세요. 뭘 찾으시나요?"

"야, 너 영숙이 아니가?"

상대편에서 무턱대고 말을 놓고 반색을 했다. 저 작자가 도대체 누구더라, 하며 한여사가 얼떨떨해 있는데 그가 또 말했다.

"나 민상호다, 상호란 말야. 순심이 생각 안 나네?"

그제서야 한영숙씨는 그 남자가 동창생 김순심의 남편이던 축구선수 상호라는 걸 알아보았다. 작달막한 키에다 다부진 어깨까지도 옛모습 그대로였다.

"여게 사는 줄을 상호가 어드렇게 알아서? 더욱이나 가게를 말야."

"다 아는 수가 있단다."

그는 신문지로 연방 바람을 부치면서 신기하다는 듯 가게 안을 둘러보았다. 한여사는 사실 학생시절부터 천박하고 능글맞았던 그를 싫어했다. 그는 숭인상업학교 축구선수랍시고는 팬티 바람으로 공을 들고 여학교 교정 앞에서 매일 어정거렸다. 그렇게 싹수가 없는 남자가 영숙씨와 제일 친했던 김순심이를 지독히도 따라다녔다. 여자란 남자를 잘 모를 때엔 속기가 쉬운 법이었다. 상호가 한참 순심이에게 연애편지를 보내온다, 뒤를 밟는다 하며 열성이더니, 열 번 찍어 안 넘어가는 나무 없다고 저희들끼리 몰래 연분을 맺고 말았던 거였다. 김순심은 평생 불행했었다. 상호는 유학간답시고 일본에 가서는, 전수과 하나 제대로 못 마치고 낙제해서 쫓겨온 대신 임신한 여학생을 달고 돌아왔다. 그 뒤엔 봉천과 안동간의 만선철도 이동 형사를 따라다니면서 보조원 노릇을 했다. 민상호는 평양서 사상범으로 몰려 만주로 빠져나가는 후배 선배 할 것 없이 눈에 띄는 대로 마구 잡아다 일경에 바쳤던 자였다. 해방이 되고 나서 한영덕씨의 친구와 후배들까지도 상호를 때려잡겠다며 별러댔으나 그는 종내 고향에 나타나지 못했던 것이다. 한여사가 삼팔선을 넘어 월남할 무렵까지 순심은 남매 자식들과 민상호의 홀어머니를 모시고 양잠을 치면서 근근이 살았다. 순심은 끝까지 민상호가 데리러 올 줄로 믿고 있었다. 한여사는 그러저러한 전후 사실을 생각해내고 그리 반가운 마음이 일어나지 않았지만, 고향 사람인데다 유일한 친구의 남편이었으므로 모른 척할 수도 없었다. 요리를 시킨다 술을 받아온다 하면서 대접을 했다.

"내레 네 오라반 만났댔다."

상호가 불쑥 말했다.

"원제…… 부산에 갔댔구나. 지금 부산에 살고 있나봐?"

"아니, 서울에서 만났디."

"기럴 리가 없갔는데, 부산 시립병원에 자리가 났다구 글루 가서요. 벌써 달포가 넘어서. 우리 올케두 연락이 오문 따라 내레가갔다구 시자 기다리구 있는데."

상호는 빼갈을 들이켜고 입바람을 불어내며 잠깐 망설였다. 그는 한여사의 손목을 잡고 은밀하게 속삭였다.

"실은 그 일 까탄에 널 만날라구 온 거이야. 너의 오라바니 신변에 무슨 일이 생겠다. 지금 서울에 올라와 있디."

한영숙씨는 가슴이 덜컥 내려앉았다.

"무슨 일, 혹시 어디 다치신 거 아니가?"

"나 관계하는 일이 있는데 말야――미리 알아두라――나 거저 사무나 보는 문관이다. 서류를 뒤적뒤적 들체보는데 사진이 부테 있구 본적이며 이름이 나와 있디 않간. 한영덕이라고 어드메서 자주 듣던 이름이야. 대뜸 네 생각이 나두나. 기전에 왜 숭실전문 대운동장에서 뽈을 함께 찼잖았네? 기래 사진을 자세 보니끼니, 너의 오라바니 콧대 옆에 물사마구 있디 않던? 틀림없을 거이야."

한여사는 더이상 물을 필요도 없었다. 대구와 부산에서의 일, 민상호, 서류 그리고 서울 모처……

"어디 붙들레 들어가신 거 아니야?"

"얘기 좀 들어보라. 갈데없이 영덕이 형님이더라 기거야. 내레 쫓아가봤디. 날 부테잡구는 반가워서 우시두나."

"똑바루 대라우, 우리 오라반 지금 갇혜 있디?"

"정보대에 구속돼 있다."

"아이 어머니나! 이 일을 어카갔나. 무슨 죄목으루 들어가셌는디 넌 알갔구나, 잉."

"하두 어마어마해서 난두 말을 잘 못하가서. 오라반 친구들두 셋이나 잡혜왔더라야. 기래 여겔 가르테주멘 영숙이나 내자한테 좀 알레달라구 부탁하두나."

한여사는 새끼 호랑이인 줄을 짐작하면서도 그래도 고향 사람인데 잘 봐주겠지 하는 기대를 버리지 못하고서 돈까지 봉투에 넣어주었다. 뿐만 아니라 이북에서 한씨가 교수노릇 하던 일, 죽을 뻔했던 일, 월남한 뒤 부산 포로수용소 근방에서 잡혔다가 대구경찰서로 넘겨져 한달간 고생한 일들을 모두 얘기해주었다. 그리고 면회를 시켜달라며 상호와 약속을 했던 거였다.

한영숙 여사에겐 도강증이 없었다. 차일피일 미루다가 직장이 시내에 있는 사촌 여동생에게서 증명을 빌려가지고 강을 건너기로 했다. 윤미경과 함께 가야 되겠으나, 한여사는 그 여자가 미덥질 않았다. 별수없이 올케라고 부르긴 하지만 어디서 근본도 모르던 다방 마담이 나타나 아우님 어쩌고 하는 게 고까웠었다. 한여사는 기름진 음식을 장만해서 보퉁이에 싸들고 오빠를 만나러 갔다.

×정보대의 건물은 구일본 헌병대가 쓰다 남겨놓은 낡고 어둠침침한 목조가옥이었다. 울긋불긋한 부대 표지판이 정문 앞에 걸려 있었고, 건물의 반쯤은 함석 퀀셋이었는데 눈부시도록 하얀 페인트가 칠해져 있었다. 건물의 주변에 역시 흰 페인트로 칠해진 돌로 둘러싸인 화단이 있었다. 멀리서 정문만 보게 되면 꼭 병원이나 소년단의 캠프처럼 산뜻하고 앙증맞아 보였다. 그러나 하얀 간이막사에 달린 창 위로 굵다란 쇠철망이 쳐져 있고 그 안이 그늘져 시꺼멓게 보이는 게 몹시 부조화스러웠다. 정문 위병이 한여사의 신원을 기록하고 나서 면회실로 가보라고 가리켜주었다. 면회실은 낡아빠진 목조건물이었는데 먼지가 켜로 앉은 마루에는 군데군데 구멍이 뚫어져 있고, 구멍 틈마다 쓸어박은 계란껍질이나 과자봉지들이 가득 차 있었다. 한여사처럼 음식 보퉁이를 장만해온 아녀자들이 몇명 앉아 있었다. 그들은 서로가 이런 장소에서 얼굴을 보이기가 두려웠는지, 제각기 구석자리에 떨어져 앉아 있었다. 한여사는 민상호와 면회실에서 만나기로 했었는데 약속시간이 삼십분이나 지나가고 있었다. 문짝 대신 싸

구려 천을 드리워놓은 통로가 이 방의 유일한 출입구였다. 헌병이 무장을 풀고 출입구 앞에 앉아서 인절미를 먹고 있었다. 그 옆에서 애기를 업은 아낙네가 떠들고 있었다.

"기런 나쁜 놈의 새끼들 까탄에 통일이 안되디요. 그저 저놈, 하구 찍어대기만 하문 덮어놓구 데레다 족치는 판이지 뭐야요."

그 여자는 치맛자락을 끌어올려 눈물을 씻었다. 면회실 안의 모두가 그쪽을 바라보았다. 한여사도 뭔가 울컥 치솟으려는 느낌을 목에 힘을 주며 참았다. 여자의 오열이 높아지기 시작했다. 헌병이 당황하여 무장을 챙기며 말했다.

"그만해두슈. 아, 그런 걸 높은 사람들이 알아줘야지. 당신 남편이 잘한 것두 없는데 뭘 그러슈."

"우리 쥔어른이 상관한테 발질한 것은 잘못인 줄 알아요. 하디만 빨갱이라구 몰아세우문 우린 누굴 믿구 어드메루 가서 살란 말이야요?"

헌병이 여자의 팔을 잡아 면회실 바깥으로 데려가려고 했으나, 여자는 의자에 앉은 채 몸부림을 쳤다.

"거저 슬프고 배신당한 느낌이디요. 우리가 멀 바라고 남으루 남으루 내레왔갔시요. 돈 없으문 생짜로 죽으란 말입네까."

밖으로 이끌려나가며 여자는 말했다.

"우리가 왜 수모를 당해야 하누, 빽 없이 서러워서 어찌 살갔나."

초라하게 몸을 움츠리고서 음식을 먹고 있던 사람들은 멍하니 출입구 쪽을 바라보고 있었다. 주위가 조용해졌다.

"한영숙씨, 전화요."

매점 남자가 소리쳤다. 한여사는 수화기를 건네받았다. 상호의 목소리가 흘러나왔다.

"오, 나야, 상호라구. 거겐 다른 사람 눈두 있으니끼니 일루 들오라우. 내 이름 대문 통과시킬 거이야. 면회실서 나와개지구 그 자갈길을 따라서 죽 올라오라."

"우리 오라반 데리구 나오지 못하는 거이가?"

"이 전화루는 곤난하대두 기러누나. 직접 오라, 내 말해줄겐. 길 따라오다가 왼편에 지투라구…… G 말야, 그러구 2번 알갔네? 기리케 써논 콘세트가 이서. 그 앞으루 창고 비스름한 건물이 있다. 글루 오라우. 우리 사무실인데, 지금 거지반 점심 먹으레 가구 없다."

"갈껜 꼭 모시고 나와야 해."

응답 없이 전화가 끊어졌다. 한여사는 경비부대와 정보대 사이에 이중 철조망을 친 초소로 갔다.

"민상호씨를 만나레 왔는데요."

초병이 전화를 걸어보더니 통과를 허용했다. 자갈길 양옆에 늘어선 퀀셋 건물들 중에 두터운 휘장으로 가리어진 철망의 창이 보였고, 안에서 큰 소리로 싸우는 듯한 남자들의 음성이 철판을 울리며 두런두런 흘러나오고 있었다. 한여사는 걸음을 빨리해서 그곳을 지났다. 민상호가 사무실 앞 길에 서서 한여사를 기다리고 있었다. 두 사람은 창고 비슷해 보이는 목조건물로 들어갔다. 베니어판으로 실내의 저쪽 반쯤을 막아놓았는데 이편에는 의자와 군용 나무침대, 장기판 같은 게 어질러져 있었다. 빠끔히 열려진 문틈으로 군복 바지에 남방만을 걸친 야비해 보이는 뚱뚱보 사내가 우동 국물을 들여마시고 있는 게 보였다. 그의 의자 뒷벽에 군인 정복과 군모가 걸려 있었는데 상사 계급장이 붙어 있었다.

"너이 오빠는 못 나온댄다. 내가 너한테 사실은…… 요령을 좀 가르테줄라구 불러서."

"도대체 우리 오라반 죄목이 뭐라든?"

상호는 의자에 놓인 보퉁이를 기웃이 넘겨다보더니 천연덕스럽게 음식을 꺼내 먹기 시작했다.

"난두 잘 모르갔디만 아마 간첩이래는 모낭이더라."

한여사는 눈앞에 불이 번쩍, 하는 느낌이었다. 그 불이 침침한 어둠 가운데서 불길하게 번져가는 꼴이라도 본 듯했다.

"살라구 피난 나온 분이 사지루 찾아왔가서? 누구레 모함일 거이야. 어캐 무턱대구야 나라에서 간첩으루 여기갔나. 분하구 억울하구나."

상호는 줄기차게 음식을 집어먹다가 주위를 두리번대더니 소곤거렸다.

"너이 오빠가 이북서 사명을 띠구 내레와 친구들을 포섭해선 활동중이었다는 거야. 확실한 증거를 잡았대누나."

한여사가 음식 보퉁이를 낚아챘다. 그 여자는 눈언저리가 붉어졌다.

"너 멕일라구 가져왔는 줄 아네. 오라바니 못 잡수시문 내 새끼들이나 멕에야가서."

"혹시 또 알간, 데켄 애들은 부모 처자간에두 서로 속셈을 모르니끼니. 오라바니 마음이야 네레 알갔느냐 이거야."

"무슨 소리야. 지금 일정 땐 줄 알았단 너 큰코 다친다. 난세니까 너 같은 거이 붙어 밥을 먹디. 너이들은 거저 다 똑같은 넌석들야. 위구 아래구 할 거 없이."

한여사의 음성이 높아지자 민상호는 당황하며 그 여자의 어깻죽지를 두드렸다.

"야야, 누구레 듣갔다. 창피하게…… 음성 좀 낮추라. 날 통해 위에다 손 좀 쓰문 너이 오라바니쯤은 빼제나갈 수 이서요. 이걸 좀 쓰라우."

상호가 엄지와 검지로 동그라미를 만들어 보였다.

"높은 사람이 이 사건 조사를 강력히 지시했으니, 맨손 개지군 힘들 거이야."

한여사의 얼굴은 차디차게 굳어 있었다.

"무슨 돈이 있다구 너이들 입에다 처넣을까. 난 울 오라반 죽어두 도와요. 끝까장 뿌리를 캐구 말 거니끼니."

상호가 은근히 위협조로 나왔다.

"넷날에 넌두 기랬대서. 너이 형젠 원체가 데켄쪽 사상이 쌨디."

"이런 무식한 거야, 사상하문 거저 빨갱이밖엔 모르누나."

민상호가 한여사에게 꺼낸 얘기의 근거란, 고녀 졸업반 때 그 여자가 관계했던 천도교 학생회를 말하는 거였다. 그때 서문고녀에서는 한여사 외에도 순심이와 다른 여학생 두 사람이 참가했었다. 일본에서 돌아온 유학생들이 주동이 되어 남녀 후배 학생들에게 조선 역사와 세계 정세를 가르쳐주던 모임이었다. 선배들이 일경에 입건되는 바람에 모임은 해산되고 말았던 것이다. 그런 일을 처를 통해 알고 있는 민상호가 제딴에 협박이라도 하는 것 같아 한여사는 분통이 끓어올랐다.

"아이, 이런 머저리 보라. 이러니끼니 순심이 심당을 칵칵 쑤세놨디. 내가 빨갱이문 네 에미나이두 빨갱이구, 남편인 너두 빨갱이로구나 야."

상호는 피식피식 웃기만 했고, 한여사는 분을 참느라고 이를 악물었다. 길 건너편 G2 건물에서 카랑카랑하게 곤두선 사내의 날카로운 음성이 들려왔다.

"뭐야 이 새끼, 거짓말이 아니란 말이지? 증거가 확실한데 부인할 수 있나."

한껏 높여진 비명이 비인간적인 음조로 갈라지며 흐느꼈다.

"다시 한번 읽어봐. 네가 쓴 거야."

추위에 떠는 듯한 남자의 신음이 계속되다가 기침으로 변했다. 한여사는 갑자기 어찔어찔해져서 땅속으로 잦아들 것만 같았다. 발작적으로 기침을 터뜨리고 있는 사람은 분명히 한영덕씨였기 때문이었다.

한여사는 정보대에서 정신없이 나와 방향도 분간 못하고 몇시간이나 걸었다. 거리에서 곁을 지나치는 사람들이 한여사를 정신나간 여자로 알았는지 힐끔힐끔 쳐다보면서 지나갔다. 어디라고 마음을 붙일 데가 없었다. 믿을 만한 친척도 없었고, 높은 사람들 중에 아는 사람도 없었다. 그제서야 한영숙씨는 민상호가 자기를 찾아왔던 게 사실은 정보수집 겸 용돈을 뜯기 위해서였다는 걸 알았다. 투서를 접수시킨 것도 상호 그자일 테고, 물론 이전에 벌써 미리들 짜고 있었을 거였다. 나중에 알았지만 부산으로 체포하러 내려갔을 때에도 상호가 한영덕씨의 얼굴을 안다며 자청했던 것이다. 전쟁에 남편을 잃고 홀몸으로 사는 한여사는 혈육 한점 오빠가 그 꼴이 된 걸 보고 나서 혼이 빠질 수밖에 없었다. 한여사는 거리를 혼자 걸어가면서 그 많은 사람들 가운데 있는데도 속이 떨리며 무서웠다. 모두들 달려들어 자기를 때려죽여도 누구 한사람 말려줄 것 같지 않았다. 적삼 등뒤가 젖을 정도로 무더운 날씨였으나 한영숙 여사는 춥고 떨리는 기분이었다. 그 여자는 수도 육군병원으로 서학준씨를 찾아갔다. 서씨가 한여사의 멍청한 몰골을 보고 놀라면서도 반가워했다. 서학준씨는 며칠 전에 증인심문을 받으러 갔다 왔다는 거였다.

"동창회가 어떻게 이뤄졌구, 목적은 뭐이댔느냐 묻더군요. 거기 참석한 사람 전원의 소재를 말해달라, 또 한영덕이가 북에서 당의 신임을 받고 특별대우를 받은 게 사실인가, 하는 걸 시시콜콜히 묻습데다."

눈치로 보아 서학준씨 자신도 현역 군인이 아니었으면 의심받을 것 같았다는 얘기다.

"누구래 몇몇이 짜구 투서를 써넣었대는 거까진 알아냈습네다. 한군말구두 고박사, 조씨, 전씨, 셋이서 잡혀들어갔시요. 기러티만 주요 인물은 한군이구 다른 이들은 영덕이 혐의를 확정시케주느라구 둘러리루 께무테 들어간 게 확실합데다."

한영숙 여사는 서학준씨와 상의를 해서 한씨가 법원 쪽으로 넘어오기만 바랄 수밖엔 별 도리가 없었다. 얼마 후 제일 먼저 전내과병원의 전성학씨가 풀려나왔다는 소식이 들려왔다. 한여사는 꼭 내막을 밝혀, 투서 넣는 데 가담한 자들을 낱낱이 알아내어 무고죄로 소송을 뒤집어엎고, 정보대에 있는 자들까지 함께 고소해볼 결심을 했다. 가게를 정리해서 어떻게 오빠를 빼낼 방도가 없는 것도 아니었지만, 그런 다음에 생계를 꾸려나갈 일이 아득했다. 그 여자는 여자의 한으로 오뉴월에도 서리가 맺힌다는 말을 떠올렸다. 아무리 혼란기라 할지언정 법치국가라고들 하니까, 여자 혼자 싸워본들 죽을 일이야 없을 거라며 한영숙씨는 다부지게 마음을 먹었다. 나중에 변호사에게 증거자료로서 내놓기 위해 한여사는 자기가 알게 되는 새로운 사실들을 상세히 메모해나가기 시작했다.

한여사는 전내과병원을 방문했다. 전성학씨의 얼굴이 퉁퉁 부었고, 그는 더운물 찜질을 하며 누워 있었는데 한여사가 찾아온 것을 꺼리는 눈치였다. 한여사가 오빠의 소식을 물었다.

"예, 꼭 한번 대질심문 때 봤습네다. 눈에 눈곱이 끼구 입술이 터져선 피가 맺힌 몰골입디다."

전씨도 혼자 내려와 여기서 새로 가정을 꾸몄는데, 단신 월남한 이유를 물었다고 했다.

"제일병원에 모여서 뭘 했는가를 주로 조사받았시요."

"많이들 맞으셨나요?"

"아니, 그런 일은…… 절대로 없습니다."

전성학씨가 낯빛을 고치며 극구 부인했고 그의 아내가 말했다.

"쥔어른이 피곤하시니, 제발 돌아가주세요."

한여사가 자기도 오빠를 빼내고 싶다면서 방법을 가르쳐달라고 전씨 아내를 졸라 두 가지 사실을 알아냈다. 전성학씨는 정보과장 앞으로 ○만환을 주었고, 부인이 선물을 사가지고 계장집을 드나들었는데 ○만환의 비용을 썼다는 것이다. 이치과 남자가 증언하고 있는 모습을 지나치다 본 적이 있다고 했으며, 민상호로 짐작되는 군속 비슷한 정보대원을 이치과네가 찾아다니더라는 얘기도 했다. 한여사는 사촌동생에게 민상호가 다녀갔다는 걸 뒤늦게 알았다. 모두 세 차례에 걸쳐서 ○만 ○천환을 주었다는 거였다. 민상호의 말로는 한영덕씨가 모든 피의사실을 시인했다는 것이다. 민상호는 말했다.

"요즘은 돈이면 사형두 면한다 기거야. 지금 정보대에 그 비슷한 건으루 들어온 사람들이 한둘이 아니다. 개중엔 돈을 쓰거나 유력한 인사의 힘을 빌레선 풀레나가는 사람들두 있디만, 실형을 언도받구 복역하게 되는 사람두 많다 말이야."

성심병원 조한경씨도 찾아간 한여사를 처음엔 만나려 하지 않았다. 조씨는 아마도 자유당의 어느 정치인을 통해 청탁을 넣었던 모양이었다. 동창회 사건과 면허 취체에 걸린 일을 오해하고 앙심을 품은 박가를 중심으로 투서가 작성되었음을 한여사는 짐작하고 있었다. 조씨가 정보대에서 겪은 일에 관해서는 입을 열려 하지 않았지만, 어이없다는 듯 한숨을 내쉬며 석방되던 일을 얘기했다.

"전화를 받자마자 나가래니 이런 엉터리 석방으루 미뤄봐서라두 억지 구속이댔시요."

"제일병원에 놀러 가셨던 일을 어째서 추궁하멘 그랬을까요?"

조씨는 한여사를 경계하는 빛으로 조심스럽게 말했다.

"병원 개업 일주년이라구 기래서 고박사가 한턱 썼디요. 난 꼭 한 번 갔댔시요."

"거기서 무슨 꼬투리 잡힐 말이라두 나왔댔나요?"

삼팔선문제와 휴전을 추진하고 있는 미국에 관한 얘기가 오고 갔을 뿐이라고 그는 말했다. 한여사는 혹시나 하는 마음으로 그 자리에 평양 출신의 이필준이라는 치과의사가 없었느냐고 물었다. 아니나다를까, 그자가 거기에 있었던 것이다. 서학준씨와 고동수 박사가 한여사를 찾아와 한영덕씨가 검사의 관할로 이미 넘어가 서대문형무소 미결감에 있다는 사실을 알려주었다. 담당 검사는 정보부장검사로 있는 사람인데 그가 기소했던 사건 중에 죄없이 고생만 하다가 석방된 사람이 많다고 했다. 고박사도 그 점을 염려하고 있었다.

"군대 기관과 손을 잡구, 권력의 허수아비가 되어 있는 작자라서 마음이 놓이질 않아요."

서학준씨가 말했다.

"우리는 그럼, 그 방면에 수완이 있는 변호사를 세우자우요."

고박사는 상처가 아직 아물지 않은 정강이뼈 위를 보였다. 손톱 사이의 흉터 세 군데를 보이며,

"이 작은 살갗이 상하는데두 고통이 무시무시했시요. 차라리 총이나 칼루 기랬으문 참기가 쉬웠을 거외다."

"오, 하나님."

한여사는 오빠가 당했을 고초가 어느 정도였는가를 감히 상상할 수도 없었다. 고박사가 말했다.

"솔직히 말해서 돈을 좀 썼시다. 그켠에서 구두루 청구해오더군요. 교제비조로 얼마, 무마비루 얼마쯤 들어갔습네다."

고박사는 풀려나오기 전날, 마지막으로 한영덕씨와 대질심문을 받았었다. 창에 두꺼운 커튼이 가리어져 있었고, 희미한 전등 불빛이 천장에 매달려 있었다. 고박사는 눈부신 햇빛 속을 걸어와 심문실에 들어서자, 처음에는 그 안에서 무슨 일이 벌어지고 있는지 종잡을 도리가 없었다. 그는 짧고 힘없는 남자의 신음이 잠깐씩 이어지는 소리를 들었다. 어둠이 눈에 익어오자 철제의자 위에 남자가 묶이어 있었고, 그의 맞은편 책상 앞에 뚱뚱한 몸집의 심문 조장이 앉아 호통을 치고 있는 게 보였다.

"여태껏 조서에다가는 모든 피의사실을 인정해놓고, 진술서에 서명날인을 안하겠다는 건 말이 안되잖나? 한바퀴 더 돌려."

달달거리며 쇠붙이가 돌아가는 소리가 들렸다. 심문병으로 보이는 사복 청년이 야전용 전화기의 발전 페달을 돌리기 시작했다. 전선의 끝이 의자 뒤로 묶이어진 남자의 양손 엄지손가락에 매어져 있었는데, 점차 회전 속도가 빨라져 전압이 올라갈수록 그의 입에서는 지쳐빠진 신음소리가 새어나왔다. 고박사는 조장 앞으로 인도되었고, 심문받는 사내의 오른쪽 책상 머리에 앉혀졌다. 그제서야 고씨는 머리를 축 늘어뜨리고 실신 직전에 있는 남자가 한영덕 후배임을 알았다. 한씨 옆에 붙어섰던 자가 머리카락을 뒤로 잡아당겨 얼굴을 치켜올렸다. 한씨는 고개를 뒤로 잦히고 한동안 안면 근육만을 조금씩 움직이고 있더니 눈을 떴다. 심문조의 한사람이 조장에게 말했다.

"좀 쉬었다 해야 되겠습니다."

“괜찮아. 죽지 않으면 된다구. 새끼가 보통 악질이 아니란 말야. 야, 눈 떠, 나를 똑바루 봐. 이 사람이 누군지 기억나나? 이 새끼 눈 뜨라니까, 왜 감는 거야. 이 사람을 아는가 말야.”

한영덕씨는 넋나간 시선으로 고박사를 응시했다. 그의 눈은 수주간에 걸친 극심한 수면부족으로 붉게 짓물러 눈곱이 끼어 있었고, 온 얼굴엔 멍든 자국투성이였다. 한씨가 간신히 알아볼 정도로 희미하게 고개를 끄덕였다.

“다시 한번 묻겠는데, 1953년 4월 23일에 제일병원에 모여 뭣들을 했나?”

“개업기념일……”

한씨가 간신히 대답하기도 전에 조장이 그의 면상을 주먹으로 질렀다.

“이 새끼가 이제 와서 또 딴소리야. 심문을 첨부터 다시 해야 되겠나?”

“너 또 코루 물 먹구 싶나. 매운탕 한 주전자 부어줄까?”

조마조마해 있던 고박사가 심문병을 제지하며 말했다.

“제가 대신 말씀드리디요. 이 친구레 시자 대답할 기력이 없어 보입네다. 제가 말씀 올린 댐에 이 사람이 시인만 하문 되잖습네까.”

“좋아, 말해봐.”

“개업기념일은 틀림없었습네다. 술들을 한잔씩 하구 나선 갈 사람은 가구 몇몇이 남았디요. 우리 네 사람 외에두 기적에 여들 사람이 있댔시요. 한영덕이가 삼팔선은 이차대전에서 이긴 강대국이 서로의 이해관계를 견제하려던 결과였다구 말했습네다. 난두 찬성하멘서 정부 형태가 없다구 일방적으루 국토 안에 거주하는 민족을 강국의 행정적 임시방침에 희생시킨 군사조처였다구 기랬습네다. 아시다시피 저이들은 고향을 떠나 가족하구두 생니별을 겪어야만……”

“아, 알았어. 바로 그런 게 불순한 얘기라구. 이 부분의 조서내용을 읽어줄까? 너희들이 진술했던 내용 말이야. 자, 여기…… 피의자는 1953년 4월 23일 제일병원에서 현정부를 비판하고, 미국을 위시한 우방 연합국들을 비난하는 성질의 불법집회를 가진 적이 있는가? 네, 시인합니다. 조사에서 밝혀진 바에 의하면 너희들은 거기서 정기적으로 불법집회를 가졌다 그 말이야. 여기 한영덕 피의자가 주로 의견을 말했고, 너희는 절대적으로 찬성하지 않았는가?”

조장은 눈을 부릅뜨고 고박사를 노려보았다. 그가 의자를 차고 곧 일어날 것만 같아 고씨는 온몸이 시멘트 바닥에 납작하게 눌리어지는 느낌이었다. 심문 받던 첫날, 그가 하도 억울하고 답답해서 얼떨결에 책상을 치며 아니라고 소리치다가 네 명의 심문조에게서 발길질로 몰매를 맞았던 것이다. 고박사는 침을 꿀꺽 삼키고 나서 대답했다.

“네…… 했습니다.”

“야, 정신이 드나?”

한영덕씨가 눈을 멀거니 뜨고 표정 없이 공허한 시선으로 조장을 바라보았다.

“아까 읽어준 진술서에 서명날인을 하겠나?”

“나는 진술서를 쓰지도 않았소.”

“이 악질…… 네가 말한 걸 우리가 받아쓰지 않았나?”

“나는 피난민일 따름이오.”

한씨가 고개를 흔들었다. 그는 한사코 의식을 명확히 갖기 위해 애쓰는 듯이 보였다.

“그래 부산에서 아무도 안 만났다는 데까진 좋다. 북한 방송을 청취했구 왜 현정부를 비난했나. 다 시인했잖나?”

"나는 살기 위해 월남했소."

"어라, 이 새끼 인젠 동문서답까지…… 아주 죽여버릴 테다. 너 자꾸 오리발 내밀다간 귀신두 모르게 죽어 없어진다."

조장이 벌떡 일어났다. 그는 가슴에 매달린 리벌버 권총을 뽑아 총열을 꺾고 탄환을 재었다. 그러고는 총구를 한영덕씨의 관자놀이에 찰싹 갖다붙이고 방아쇠에 손가락을 건 채 회전 탄창을 자르르 돌렸다.

"죽인다. 넌 간첩이야, 간첩. 네따위 하나쯤 죽여봤자 전시에 누가 알 상싶으냐. 쏜다…… 지금 당장!"

"나는 피난민이오……"

조장이 권총 대가리로 한씨의 볼따구니를 내질렀고, 그는 묶인 의자와 함께 바닥에 쓰러져 나뒹굴었다. 조장은 참을 수가 없다는 듯 의자째로 한영덕씨를 일으켜세워 무릎으로 그의 배를 걷어찼다. 헉, 하면서 한씨의 몸이 기역자로 꺾이어 축 늘어졌다.

"개새끼, 내 교대하기 전에 서명을 하지 않으면 아주 씹어먹어버릴 테다."

심문병은 한씨의 머리카락을 잡아일으키며 싱글싱글 웃었다.

"딱한 양반이로군."

그들은 서로 끗발내기를 하는 도박꾼들처럼 대결했다. 그들은 아직도 한씨에 대한 확실한 피의사실을 잡아낼 만한 정보를 갖지 못했고, 안다면 투서에 밝힌 사연과 그가 북에서 교수노릇을 했다는 것, 단신 월남한 뒤에 살아온 생활상태 같은 사실들뿐이었다. 그들은 일정한 시간을 가리지 않고 예측할 수 없이 조를 바꾸어 심문했다. 한씨는 새벽에 어스름한 잠에서 깨어날 무렵 끌려나갈 때도 있었고, 하루종일 혼자 놓아두었다가 초저녁에 느닷없이 달려들어왔다. 조서를 끝막음하던 사흘 동안 한영덕씨는 한잠도 자지 못했다. 광도 높은 백

열전등을 한씨의 머리 위 정면과 측면에 켜놓고 세 사람의 심문자가 저쪽 어둠속에서 번갈아 재빨리 질문했다. 대답이 늦을 적마다 드러내놓은 정강이 위에 곤봉의 타격이 가해졌다. 한씨는 극심한 피로 때문에 눈물을 줄줄 흘렸고 나중에는 침까지 흘렸다. 영원히 비정한 백주(白晝)가 끝나지 않을 것만 같았다. 그가 자동적으로 고개를 떨구고 졸게 되면 콧구멍 속으로 고춧가루 섞인 물을 들이부었다. 한씨는 그때에 교수도 의사도 피난민도 아니었고 미친 시대 위에 놓인 한갓 고깃덩이일 따름이었다.

구속에서 풀려난 고박사는 어느 거리에 내려졌었다. 땅거미가 가로수들을 검은 거인처럼 변모시키고 있을 무렵이었다. 그는 방향감각을 잃고 무작정 불빛이 환한 야시를 따라 방황했다. 잡다한 인파 속에서 사람들과 부딪칠 때마다 그는 놀라서 반대쪽으로 돌아서곤 했었다. 고박사는 같은 길을 세번째나 지나가고 있는 자신을 깨닫고 행상 여인에게 여기가 도대체 어디쯤 되느냐고 물었다. 그 여자가 말했다.

"남대문시장두 모르세요?"

한영숙씨는 아무래도 윤미경이란 여자가 마음에 걸려서 찾아가보기로 했다. 저쪽 패거리가 아닌가 의심은 갔으나, 지금 칠개월 된 오빠의 애를 가진 채 만삭의 몸으로 혼자 집을 지키고 있을 생각을 하니 한여사 자신이 너무 무관심했던 게 뉘우쳐졌다. 윤미경은 시름없이 누워 있었다. 이제 겨우 국민학교 일학년인 진용이라는 애가 옆에 붙어앉아 약 심부름을 하는 꼴을 보고 영숙씨는 더욱 후회가 되었다. 한여사의 핏줄은 아니지만, 고모님 오셨느냐고 인사하는 게 측은했다. 방안에서 담배 냄새가 나는 것 같았다. 한여사가 의아한 생각이 들어 주위를 두리번대노라니 윤미경이 말했다.

"김종식이란 약제사가 왔었어요."

한여사는 기분이 야릇해졌다. 주인도 없이 여자 혼자 있는 집엘 남자 녀석이 뭣하러 드나드는가 의심스러웠고, 더욱이 김가는 투서계획에 함께 모의한 놈이기 때문에 더욱 기분이 나빴다.

"그자가 뭣 땜에 왔습디까?"

"내일 이치과 집엘 들러보라구 하더군요."

"거긴 멀 하러 들르래요?"

"그분과 같이 있던 감방 동료가 석방되어 왔더래요. 내일 거기 들르기루 했는데 소식도 물을 겸, 면회 절차나 알아볼라구요."

"난 형님이 다 알구 있으리라 짐작해서요. 박가랑 김가, 이가, 셋이서 오라바닐 투서해 넣었다는 거 말이야요."

한여사가 넌지시 찔러넣자 윤미경은 울먹이며 순순히 고개를 끄덕였다. 한여사는 짐작이 맞았다고 반기며 놓치지 않고 자세히 물었다. 자기는 다만 속았을 뿐이라는 거였다. 임시로 이용당해서 산다는 김가의 얘기를 하루에도 꼬박 세 번씩 듣다보니 참말인가 믿어지기도 해서 임신까지 한 자기 신세가 서러웠다고 윤미경은 말했다. 김가와 박가는 주인이 수상하다는 둥, 사상이 아무래도 저쪽 같다는 둥, 증거가 뚜렷하다며 노상 얘기했다는 거다. 그리고 박가가 말하기를,

"바른 대루만 얘기하문 용서받을 사람이야요. 아주마니가 한선배를 새사람으로 만들어야디요. 이북 노래나 이북 얘기 같은 거 안합데까? 나중에 속인 게 드러나문 아주마니두 간첩 아내루다 징역 살게 됩네다."

여러차례 위협을 하는 바람에 귀찮고 겁도 나서 투서 같은 건 꿈에도 생각 못하고 아무려나 생각나는 대로를 말해줬다는 것이다. 윤미

경은 눈물을 흘리며 얘기했다.

“언젠가 그분이 술에 몹시 취해 들어오셔서——고향에 돌아가고 싶다. 죽어도 가족들 옆에서 죽을 걸 그랬다. 나도 한때는 대학 교수였는데 무면허 의사의 낙태 뒷수습이나 하며 지내게까지 되었으니 차라리 의업을 택한 게 잘못이었다——그러시던 기억이 나서 그대루 말해줬지 뭐예요. 어느날 아침에 일어나셔서 능라도의 수양버들이 어떻구 하는 노랠 부르시길래 그걸 말한 것뿐이에요.”

“오늘 김가가 다른 말은 안했시요?”

“아이를 못 떼면 고아원에나 맡겨버리구 새출발하라는 거예요. 간첩으루 거의 확정된 거나 다름없대요. 십오년쯤의 언도를 받을 것 같다는군요. 아우님, 팔자가 사나워 일부종사를 못한 년이 삼혼까지 하면서 살아 뭐하겠어요? 그분이 내가 말 실수한 걸루 붙들려가신 것만 같아 지금 죽고픈 심정뿐예요.”

한여사는 윤미경이 진심으로 걱정하는 모습을 보니 어리석긴 할망정 악한 여자는 아니라는 생각이 들었다.

“왜 진작에 아우와 의논하지 않아서요. 나중에 저쪽을 무고죄루 고소할 땐 사실대루 얘기하라요. 형님은 몸이 불편하니끼니 내일 이치과에 갈 생각 말구 집에서 쉬라우요. 대신 내 혼자 가서 동정을 살피갔시요.”

한영숙 여사는 돌아오는 길에 곰곰이 생각해보았다. 아마 저쪽에서도 무고죄로 고소당할 것을 몹시 두려워하고 있는 게 분명했다. 처음엔 한영덕씨가 어느정도 혼이나 나고 금방 나올 줄 알았는데 검찰에까지 넘어갔으니, 이쪽의 태도 여하를 저쪽에서 궁금히 여기고 있을 건 뻔한 노릇이었다. 한여사가 집에 도착하니 서학준씨에게서 재판준비로 변호사를 만나보라는 전갈이 와 있었다.

사건을 검토해본 변호사는 심히 우려하는 듯한 안색을 했다. 그는 깡마른 턱을 자꾸 쓰다듬으며 고개를 갸우뚱해 보였다.

"검찰에는 요즈음 이런 사건이 무더기로 밀려들어와 있습니다. 물론 북한 사람들이 반 이상입니다."

서학준씨가 말했다.

"예감이 어떻습네까. 재판에까지 회부될 사건이라구 생각하시나요?"

"글쎄요, 내 법률 지식으로는…… 이 정도의 희박한 증거를 가지고 기소를 할 수는 없겠습니다만, 곤란한 점이 전혀 없는 건 아닙니다. 가령 사건의 성격 자체가, 간단히 증거 불충분으로 단정지어 구속을 해제해버리기엔 국가보안상 중대한 문제를 갖고 있다고 보는 경우, 공소를 보류시킨 다음에도 검사는 피의자를 관할경찰서에 요시찰 인물로서 계속 감시 관찰을 위임할 수가 있고, 증거조사를 위해 수시로 소환할 수도 있습니다."

한여사는 변호사의 뜨뜻미지근한 말투에 애가 달았다.

"선생님, 무고죄루 소송을 걸라구 기러는데요. 정보대 놈들두 함께 말이야요."

"네, 부인의 메모는 제가 아주 유효적절하게 참고해가면서, 주의해서 살펴보았습니다. 역시 그런 식의 추측만 가지고는 일방적이란 인상을 주기가 쉽고, 한선생의 불리한 입장과는 또 틀립니다. 만약의 경우에는 정보 제공이 애국이 되었을 수도 있었다, 그 말입니다. 또한 물적 증거가 없습니다. 가령 투서를 작성하는 데 관계한 장본인들의 자백이라든가, 투서를 우리가 입수해서 보관하고 있다든가 하는 뚜렷한 증거 말입니다. 이런 상태로 무고하게 피해를 받은 사실을 경찰이 수사해줘야 하겠으나, 경찰은 정보대의 직무에 개입할 권한이 없습니다. 정보대는 선의의 피해자가 있을 수도 있다는 전제 아래, 현재 전쟁을 수행하기 위해서는 약간의 과오라도 범할 권한이 있다는 것입니다. 특히, 보안상의 문제에서 그들은 믿을 만한 정보를 입수했었다는 선까지만 밝혀주면 그뿐일 테죠."

"기럼 억울하구 원통하게 당한 사람은 어카구요. 생사람을 춘향이 식으루 때레잡는 거이 민주국가야요?"

"부인, 변호를 맡을 제가 드릴 말씀은 아니지만 이번 전쟁에서 수십만의 인명이 살상되었습니다. 우리의 자유는 절반으로 삭감되어 있는 거죠. 그것은 양쪽의 똑같은 명분입니다. 계속 죽지 않고 이런 세월을 살아가는 사람들은 그 나름대로 고충이 따르게 마련 아닙니까? 여하튼 저는 이 사건이 검찰에 넘어올 만한 가치도 없는 사건임을 확신합니다. 그러나 아직 제가 해드려야 될 일이 몇가지 더 있습니다. 워낙 이런 사건이 많으니까 생겨난 오류겠지만, 재판의 지연입니다. 검사는 원래 확실한 피의사실을 밝혀내지 못하고서는 피의자를 열흘 이상 구금하지 못하게 되어 있고, 연기 신청을 하여도 이십일밖에 구금조처할 수 없습니다. 그러나 그것은 원칙일 뿐이고, 국가보안상의 사건에 대하여는 수사 도중에 확실하게 언제까지 구금시켜야 한다는 제약을 사실상 받지 않고 있는 혼란한 실정입니다. 혼란이 얼마만큼 심한가는 이런 사건이 성립할 수 있다는 사실만 보더라도 짐작하실 줄 믿습니다. 그 다음은 재판이 성립되지 않을 경우입니다. 기소유예 처분이 내려지고, 공소 보류자 관찰 수칙에 해당되어 몇년간을 사실상의 신분상실자가 될 경우도 발생할지 모릅니다. 이런 염려는 모두 전례가 있기 때문이죠. 현재 사법부는 원래의 뜻과는 벗어난 상명하복이 철저히 시행되고 있어서, 상급기관이나 특수기관에서 기소하라면 무죄를 뻔히 알면서도 기소하는 검사들이 있습니다."

변호사의 설명을 묵묵히 듣고 있던 서학준씨가 한여사를 위로하느라고 말했다.

"애써 무고죄루 소송을 걸문 멀 하갔습네까? 성립되디두 않을 텐데. 기러구 한군이 무사히 나오기만 하문 미친개에 물린 셈치구 몸이나 회복하길 바라자우요. 이댐부터 주의해가멘 살아가문 되잖갔소?"

한여사는 조용히 오열을 계속했고, 두 사람은 애써 다른 곳을 바라보며 어서 이 거북스럽고 무거운 자리가 끝나기를 바라고 있는 듯이 보였다. 한영숙 여사가 머리를 쳐들고 중얼거렸다.

"전 어젯밤에 하도 외로워서 우리 큰아이를 깨웠시요. 어린거이 눈이 둥그레개지구 자기가 멀 잘못한 거이 있느냐구 기러디 않아요. 너희가 멀 잘못해, 우리들이레 다 죽일 것들이디. 기러문서 저는 갸한테 말했시요. 거저 훌륭한 사람 돼야 한다. 나라의 이런 때를 거울삼아 훌륭한 사람이 되어서, 이댐에 좋은 세상이든 나쁜 세상이든 넷말하듯 하라구요. 내레 알아먹지두 못하는 아이한테 오라바니 겪은 얘길 모두 해줬답네다."

한영숙 여사가 이치과로 찾아가니 이필준이는 보이지 않았고, 그의 처가 윤미경이 오기를 기다리고 있다가 당황하는 기색으로 맞았다. 뜻하지 않은 방문이었던 모양이다.

"어드래서 윤여산 안 오구 누이께서 오셌어요?"

"시자 만삭이라 왔닥갔닥하다간 몸에 나쁠 것 같아서요."

한여사가 앞질러 물었다.

"누구레 오기루 돼 있다면서요."

"예……?"

"머 감옥소에 같이 있던 사람이 오기루 했다구 그러든데요."

"오, 내 정신 좀 보라. 난두 기다리구 있든 참이야요. 기쎄, 민상호

새끼레 자꾸 찾아댕기멘 귀찮게 돈푼 떧어가는 덴 못 당하갔시요."

한영숙 여사는 이제부터는 정보대에서 이쪽으로 주목하고 있음을 눈치챘다. 한여사가 말했다.

"이선생이 잘못하신 거라두 있으신 모낭이디요?"

"아…… 기럼요. 함께들 제일병원에 놀레 가셌잖우. 기걸 구실루다 트집을 잡는 거야요. 한패루 몰아넣갔다구 기래서 한선생님 껀두 알아볼 겸, 손쓰러 다니시디요."

아마도 제가 파놓은 함정에 빠진 꼴이라고 한여사는 생각했다. 무마하느라고 애가 단 게 틀림없었다. 허위정보라고 족친다면 피할 수는 없을 거였다.

"우리 일은 상관없시요. 무고죄루 소송을 뒤집어엎을 거니깐요."

엄포를 놓고 나서, 한여사가 말했다.

"변호사까지 내세웠시요."

이필준의 처가 눈썹을 곤두세우고 혀를 찼다.

"아유, 저를 어쩌누. 지금은 변호사를 세워도 소용없다든데 헛돈 쓰셌어. 이런 땐 판사한테 찔르는 거이 거저 최십상이야요."

"어째서요."

"판사가 언도를 내리디 않아요? 찔레널래문 정통에 네야디."

"안 기래요. 재판까지두 못 가서 나오시게 해야디. 고댐엔 소송을 제기하는 거야요."

식모 처녀가 와서 손님이 오셨다고 전했다. 잠시 후에 검게 물들인 미군 작업복을 위아래로 입은 청년이 재빠른 눈초리로 방안의 사람들을 살피며 들어섰다. 이씨의 아내가 말했다.

"서대문 감방에 같이 있던 분이야요. 간수를 통해서 안에다 연락을 해준대니까, 무슨 부탁이든지 하라우요. 재판엔 될 수 있는 대루 안

퐈의 일을 소상히 알레주는 게 이롭지 않갔시요? 이분은 한선생님 누이동생이구."

청년이 절도있게 허리를 굽혔다. 짧게 깎은 머리와 볼의 살집이 두툼한 게 아주 건장해 보이는 청년이었다. 이제 겨우 스물 남짓 되었을까. 한여사가 물었다.

"저이 오라버니가 뭐라구 전한 말씀 없었댔나요?"

"네 저…… 원수 갚아달라구 하시데요. 누명 씌운 놈들을 모조리 밝혀서 말입니다."

한여사는 젊은이의 말이 거짓임을 직감적으로 느꼈다. 한영덕씨가 원수를 갚는다든가 하는 말을 입밖으로 꺼낼 위인이 아닌 거였다. 뿐만 아니라, 한씨는 자기가 무슨 이유로 어떻게 되어 잡혀 들어갔는지조차 모르고 있을 게 분명했다. 누명 씌운 사실을 내세우고 있는 걸 봐서라도 젊은이는 투서한 편에서 만든 가짜라고 한여사는 생각했다.

"실레디만, 무슨 죄루 들어갔댔시요?"

"영장 기피루 육개월 살았습니다."

감방에서 육개월 동안 살았던 사람쳐놓고는 얼굴이 너무 건강하게 그을어 있었다. 이씨의 처가 말했다.

"윤미경씨하구 의논해서 우리끼리라두 면회를 가볼 작정이댔시요. 내일쯤 이 사람하구 함께 가보디 않을래요?"

한여사는 다른 생각을 하면서 건성으로 대답했다.

"갑세다레. 내일 두 분 다 만나서 자세한 니야길 하디요. 오후 두시에 형무소 근처서 만나자우요."

드디어 전쟁은 끝난 게 아니라, 들판 가운데를 가르고 흘러가던 강물의 표면이 일시에 얼어버리듯 멎었다. 정치적인 문제는 물론이고,

사람들의 개인적인 소망마저 얼어붙은 물속 깊이 가라앉아 새로운 계절을 기다리며 한없는 겨울잠에 들어갔고, 망각이 그 위에 두터운 층을 이루면서 쌓여져갔다.

누구에게도 방해받고 싶지 않았던 한여사는 오전에 오빠를 면회하러 갔다. 그 여자는 면회신청을 하고 나서야 그쪽의 속셈을 알아차렸다. 처 이외에는 아무도 면회하지 못한다는 규칙이었다. 저쪽에서 윤미경을 고정 면회자로 세워 한여사가 접근을 못하도록 막은 다음에, 어리숙한 윤을 시켜 한영덕씨에게서 무슨 확증이 될 만한 단서라도 잡아내려는 계획이었던 것 같았다. 감방 동료라고 속이던 청년은 정보대 끄나풀이 틀림없었다. 한여사가 이북에 있는 올케의 이름으로 면회를 신청했으니까 오히려 다른 사람의 접근을 막은 셈이 되었다. 사방이 차가워 보이는 콘크리트의 벽이었고 책상 하나를 사이에 두고 두 개의 긴 나무의자가 놓여 있었다. 참관하는 간수가 앞서서 들어온 뒤를 따라 미결수복을 입은 한영덕씨가 구부정한 몸을 휘청이며 들어왔다. 한씨의 몰골은 한마디로…… 투명했다. 작은 물고기의 말갛고 연약한 살 위로 내장이 비쳐 보이듯 그의 몸은 휘어질 듯 얇아 보였다. 그들은 격해진 감정으로 무슨 말부터 해야 좋을지를 몰랐다. 한여사가 간신히 말했다.

"아무 염려 마시구요. 하센 일 그대루만 얘기하문 돼요. 변호사한테 이북서 당한 얘기두 자세히 해드리라요."

"이치과네가 날 빼주갔다구 정보대를 찾아댕기는 모낭이드라. 인사나 가보렴."

한영덕씨는 훨씬 늙어 보이는 대신 진실한 표정을 하고 있었다.

"이남엔 혈육이라곤 누이동생 하나하구, 친구는 서선생님밖에 없으니끼니 아무두 믿디 말라요."

"기래, 알갔다."

"오라바니, 휴전이 됐시요. 어제 협정이 끝났대요."

한영덕씨는 한참 동안이나 눈두덩을 손끝으로 찍어누르고 있었다.

"……되구 말았구나."

끝날 시간이 다 되었으나, 한여사는 꼭 전해야 할 말을 간직해두고 있었다. 정보대에서 고문하면서, 시인했던 사실을 재판 때에 부정하면 다시 정보대로 돌려보내어 처음부터 조사를 새로 할 거라는 식의 협박을 했다는 말을 들었던 것이었다. 알려야겠는데 간수가 면회일지에다 두 사람의 대화를 적고 있었다. 그 여자는 기록을 피하고 싶었다. 간수가 일지를 덮고 나서 문을 열었고, 한영덕씨가 따라 일어섰을 때 한여사가 그들의 등뒤에다 대고 말했다.

"오라바니, 정보대서 한번 넘어왔으문 다신 보내지 못한대요. 걱정 말고 안한 건 하지 않았다구 끝까지 우기시라요."

한씨는 붉게 충혈된 눈을 껌벅이며 고개를 끄덕였다.

한편으로 그 여자는 법원에다 진정서를 올리기로 했다. 그러나 아무도 서명을 해주지 않았다. 한씨의 친구들은 거의 하나같이 다른 일은 몰라도 그런 문제에 관여하고 싶지 않다며 발뺌했다. 하는 수 없이 한여사 자신과 서학준 소령, 고동수 박사, 세 사람의 이름으로 진정서를 올렸는데도 중도에서 탈락됐는지 감감무소식이었다. 재판은 자꾸 연기되었다가 한씨가 법원으로 넘어간 후에도 4개월이 지나서야 그 사건은 일단 불기소 처분이 내려졌다. 한씨는 새로운 사건으로 재판을 받았다. 자궁척출에 관한 사건이었다. 한씨가 환자의 생명을 건지기 위해 뒷수습으로 수술했던 일이었다. 정보대에서는 투서한 비밀을 보장해주겠다며 박가, 김가, 이가에게서 돈을 많이 뜯어낸 모양이었다. 사소한 감정으로 한씨를 찍어넣었던 그들은 손해를 예상

외로 많이 입게 되자——에라 내친김이다, 한영덕이 죽어버려라 하며 사건을 들쑤셔냈던 거였다. 검사측에서도 수개월씩 가두었던 자를 생판 무죄로 내보내느니 면목을 세워야 했으므로, 재수사를 해서 의료법으로 입건을 했었다. 서학준씨도, 한여사도 한영덕씨의 실수였는 줄로 알고 있었다. 그자들이 뒤집어씌운 것을 한씨는 밝혀내기도 지쳤을 것이며, 또한 그 일만큼은 자기에게 책임이 있었다고 그는 느꼈던 것이다. 그것은 바로 자신의 천직에 대한 회한이었을지도 몰랐다.

언도 결과는 환자의 위탁이나 승낙 없이 낙태중 치상시킨 죄에 해당되는 1년의 징역과 3년의 자격정지였다. 한씨 주변 사람들은 판결이 표면상으로는 의료법을 적용했으나 사실은 정치적 인상이 짙었다는 느낌을 받았다. 한여사가 재판정을 나오다가 민상호와, 박가, 김가, 이가의 네 사람이 나란히 어울려 가는 뒤를 쫓아가 길을 막았다. 그 여자는 창백하게 질려서 어깨까지 떨었었다.

"우리 오라바니가 들으시문 섭섭해할 거디만, 만약에 오라바니가 아니구 내 남편이댔으문 너이는 이 자리에서 내 손에 칼 맞구 죽었을 거다."

민상호가 웃으면서 한영숙씨의 어깨를 잡아 한쪽으로 비켜세우고 대꾸했다.

"야, 참으라우. 다 참아둬야 살인죄두 면할 거 아니가."

"너이 뻐를 갈아 한강물에다…… 아니 기러문 한이 맺헤서 안되갔다. 이댐에 내 고향 대동강에 개져다가 훌훌 뿌리갔다."

한여사의 볼 위로 눈물이 줄지어 흘러내렸다.

한혜자는 단신 월남한 주정뱅이 고용의사와 납북된 경찰관의 아내였던 전쟁 미망인 사이에서 태어났다. 그애는 뒷날 성숙한 처녀가 되었을 때에 자신의 별명을 '개똥참외'라고 지었다. 인분에 섞여 싹이 트고 폐허의 잡초 사이에서 자라나 강인하게 성장하는 작고 단단한 열매.

이별을 겪고 나서 체념한 사람들이 인생의 새로운 인연에 따라 살아갔는데, 그들의 버려진 기대와 함께 태어난 아이들은 자기네 이전의 삶을 일종의 우스운 농으로 받아들일 수밖에 없었다.

혜자는 아버지에 관해서 아는 게 별로 없었다. 시름시름 허리를 앓거나 어쩌다 폭음을 하던 키 큰 남자라는 기억뿐이었다. 그애는 자라나는 동안 양친의 일가 친척집에 거의 왕래를 하지 않고 살았다. 어느 쪽에서도 혈육의 대접을 기대할 수 없었던 것이다. 아버지가 달랐던 진용이와 혜자는 사이가 좋았지만, 진용이는 아버지를 미워했다. 처음에는 아저씨라고 부르더니, 커서는 선생님이라고 불렀고, 또 그럴 만도 했던 것이 독립 호적을 갖고 있었기 때문이었다. 혜자에게 아버지의 이야기를 꺼낼 경우라도 언제나 너의 아버지라고 말해왔었다. 혜자는 그런 게 모두 우스웠고, 술에 취해 헛소리를 하는 아버지를 구경하는 게 재미있었다. 아버지는 식구들과 말도 건네지 않고 항상 뿌루퉁하게 골난 사람처럼 보였다. 술이 깨었을 때엔 이상한 소리가 들린다며 솜으로 두 귀를 꼭 막고 지냈다.

한영덕씨는 혜자가 여덟살이 될 때까지 의사노릇을 하지 않았다. 혜자네는 몇년 동안 어느 실업고등학교 앞에서 작은 문방구점을 해서 살았다. 한씨가 수완이 없어서 상점은 쫄딱 망해버렸다. 학교 서무과 직원에게서 학용품 납품의 특혜를 얻는 대신 무슨 금전상의 보증을 섰는데 그쪽의 채무를 한씨네가 걸머지게 되었던 것이다. 그 뒤 이삼년간을 한영덕씨는 친구들 병원을 돌아다니며 시간제 의사노릇을 했다. 어느날 아침에 한씨는 병원에 나가는 차림으로 외출해서는 돌아오지 않았다. 윤미경은 이 무능한 남자가 드디어 일본에 있는 동창생 덕으로 날라버렸다며 분개를 했었다. 그 여자는 혜자가 열다섯 살 때 여관업을 하던 홀아비 노인과 재혼해버렸다. 훨씬 뒤에 혜자는 고모에게서 아버지의 소식을 들었다. 그가 미션 계통의 어떤 지방대학 기숙사에서 관리인 노릇을 한다는 것이었다. 혜자가 첫번에 고모와 같이, 두번째는 혼자 가서 그를 만났었고, 세번째 찾아갔을 때엔 한씨가 거길 그만두고 떠나버린 다음이어서 만날 수가 없었다. 한영덕씨가 사망했다는 전보를 받고서도 혜자는 울음이 나오지 않았다. 그애는 아버지의 죽음이 아닌—그이가 내포했던—시대를 새롭게 실감하고 있었기 때문이었다.

새벽의 냉기 때문에 눈을 뜬 혜자는 서학준 박사와 고모가 잠이 든 걸 확인한 뒤에 살그머니 일어났다. 그애는 발꿈치를 들고 영좌(靈座) 앞으로 걸어가 향그릇 옆에 놓인 유품들 중에서 수첩을 집어들었다. 집안의 모든 사람들이 잠들었는지 사위가 고요했다. 그애는 우중충하고 비좁은 계단을 내려와 그 집을 빠져나왔다. 고별식은 끝났고, 이제 아버지는 망령마저 떠돌 수 없도록 땅속 깊이 묻힐 것이다. 혜자는 아버지의 매장에 관한 따분한 기억을 갖고 싶지가 않았다.

집을 나서니까 상가를 알리느라고 달아매놓은 붉은 종이호롱이 바람에 흔들리고 있었다. 잔등(殘燈)의 불빛이 어둠속으로 멀리까지 좇아왔다. 혜자는 다시 돌아갔다. 동편 하늘에 새벽빛이 부옇게 번졌고, 이층집 지붕이 어둠과 경계를 지으며 하늘 속에 윤곽을 드러내고 있었다. 혜자는 종이등피를 쳐들고 거의 다 타버린 촛불을 불어 껐다. 첫차 시간이 아직 멀었는데도 그애는 역까지 뛰어서 갔다.

〔창작과비평 1972 봄; 객지, 창작과비평사 1974〕

낙타누깔

개선식이 진행되던 때만 해도 나는 미열이 약간 올랐다고 느꼈을 뿐이었다. 군가를 소리 높이 불렀고, 전우에 대한 묵념을 올렸으며, 만세도 우렁차게 불렀었다.

지금 나는 텅 빈 호송열차의 의자에 백을 베고 누워서 앓고 있다. 밖에서는 모두들 웃통을 벗어던지고 짐 싣는 작업을 하고 있는데, 부두의 하역장은 불빛으로 휘황했고, 수송선의 기중기 움직이는 소리가 요란했다. 귀환병들은 수송선에서 내려진 여러 무더기의 상자들을 소속대 구분에 따라 화차칸에 운반해다 싣고 있었다. 상자가 도난당할 우려 때문인지, 아니면 보안 조처를 위해서인지 경비대 소속의 병사들이 부두 주변을 지키고 있었다. 나는 호송열차가 어서 떠나기만을 바라고 있었으나, 하역작업이 끝나려면 새벽까지 아직도 대여섯 시간은 더 기다려야 할 모양이었다. 목이 말라 견딜 수가 없었으므로 주위를 두리번거렸다. 작업중인 동료들의 소지품을 지키느라고 남아 있는 어느 사병의 담뱃불이 열차 끝자리에서 반짝였다. 나는 머리를 그쪽으로 쳐들고 말했다.

"야, 나 좀 보자."

"말하쇼."

담배 불빛이 그 자리에서 여전히 오르락내리락하며 대답해왔다. 나는 잠깐 망설였다.

"사이다 한병만 사다줄래?"

"안되겠음다, 중위님. 자리를 뜰 수가 없는데요."

그 녀석이 GI 흉내를 내는 거라고 나는 생각했다. 그러나 뒤이어 "좆도, 나두 열흘 뒤엔 옷을 벗는다구" 하며 들으라는 듯이 사병이 투덜거렸다. 군무 외에는 장교의 명령을 받을 필요가 없다는 원칙은 신사적으로 느껴지기도 하지만, 제대한다는 걸 이유로 개인적인 부탁마저 거절하는 게 어쩐지 야박스럽게 여겨지는 거였다. 차창 밖을 내다보니 군 · 경 · 세관의 합동조사대 사람으로 뵈는 사복 차림의 사내가 불빛이 환한 각 하역처를 뛰어다니며 상자를 소지품 목록과 대조하고 점검하는 게 보였다. 그는 우선 귀국 보충대의 검인표가 붙어 있는가를 살피고 작대기로 상자를 두드려보거나 들기도 했고, 미심쩍은 것은 뜯어 보이라고도 했다.

금수품은커녕 내가 가진 거라고는 지금 머리 아래 짓눌려 있는 푸른색의 보스턴백뿐이었다. 백 안에 있는 물건은 사진첩, 세면도구, 타월 한장, 안전면도기, 킹싸이즈의 팔말 담배 다섯 갑이 그 전부다. 귀국한 병사들 중 나와 함께 근무했던 몇몇은 알고 있지만, 사정을 모르는 다른 장교와 하사관들은 내가 요령이 형편없는 고문관이라고 여기는 눈치였다. 아무리 전투병과의 소대장을 지냈다손 치더라도 도대체 휴양나갈 기회도 없었느냐, PX 앞을 지키며 한 사날 장사하면 까짓 거 귀국준비로 두어 상자 못 채워오겠느냔 거였다. 그러나 실상 나는 5개월 동안의 연달은 작전 뒤에 수용 중대에 3개월 동안 입원했다가, 총 근무기간 중에서 4개월이 미달된 채로 조기 귀국 조처를 당했던 것이다. 군의관의 진단으로는 내가 정신신경성 노이로제 환자이며, 전투 부적격자라고 카드에 적어놓았었다. 입원기간에 나는 하루종일 침대에 누웠다가 더워지면 샤워를 했고, 오락실에서 텔레비전을 보거나 대중잡지를 뒤적이며 3개월을 보냈었다. 모두들 황금의 시절이라고 일컫는 귀국 말기를 멍청히 누워 지냈으니, 남은 거라곤 송금했던 수당 통장밖엔 없었다. 내게도 닷새의 휴양 허가가 나왔었지만, 나는 도회지의 중심가에서 사진을 몇장 찍고 나서, 노천 까페에서 소다수를 한잔 마시고는 그날로 귀대해버렸던 것이다. 입원생활로 얼굴이 허여멀쑥해진 나는 귀국 보충대의 동료 장교들을 대하기가 면구스러웠었다. 오랜 작전에 시달렸던 그들의 강인해 보이는 몸은 새까맣게 그을렸는데 눈에는 핏발이 곤두선 듯했다.

레이션으로 살찐 근육은 고국 땅을 밟는 날부터 고스란히 반납하게 된다던 귀환병들의 농담이 생각났다. 백을 의자에 남겨놓은 채로 일어섰다. 머리가 무거웠으며 온몸이 뜨거웠다. 어두운 열차의 승강구를 더듬으며 내려갔다. 한참 동안 심호흡을 하며 철로가의 자갈 위에 쭈그리고 앉아 있었다. 골치가 쑤셨고, 열이 올라 땀이 나는데도 등은 오싹거렸다.

"소대장님이세요?"

병장이 거친 숨을 헐떡이며 내게로 다가왔다. 그는 쭈그리고 앉아 있는 내 꼴을 보자 딱하다는 듯이 혀를 찼다.

"가을 날씨치군 무척 더운데요. 일을 하세요. 짐을 날랐더니 땀이

나요."

병장은 내가 소대장 시절에 선임조장 노릇을 했었는데, 수송선 안에서도 내 잔심부름을 도맡아 해주었으며, 아직도 내가 소대장이라 믿고 있는 모양이었다.

"컨디션이 안 좋아."

"기후가 갑자기 바뀐 것도 아닌데…… 거기 우기 날씨가 꼭 요렇잖아요."

"방역주사를 괜히 맞은 모양인걸."

"밖에 나가요, 소대장님."

"밖이라니…… 시내엘?"

"말해 뭐합니까. 새벽까지 좀 놀다 들어와두 시간이 많이 남을 텐데요."

"헌병이 문 앞을 지키구 섰을걸."

"만사 요령이라구요. 담 터진 델 봐뒀거든요."

어째서 여태 그럴 생각을 잊고 있었는지 모를 일이다. 밖에 나가면 약을 지어먹을 수 있을 테고, 뜨거운 차라도 마시면서 유행가를 듣거나 거리를 아무 생각 없이 싸돌아다니다가, 나하고는 상관도 없는 하역작업이 끝날 때쯤 되어 돌아올 수가 있잖은가. 더군다나 말이 통하는 민간인들의 틈에 끼여보기도 하고 아름다운 여자들을 먼발치서라도 보게 된다면, 어쨌든 컴컴한 빈 열차 안에 혼자 누워 앓느니보다 나을 거였다. 활기에 찬 거리를 돌아다니노라면 열과 오한도 그칠 것 같았다. 나는 승선 위험수당으로 받았던 미 본토불 십오달러를 환전한 사천오십원을 갖고 있었다.

"네 짐은 다 실었나?"

"실어봤자 상자 하난걸요. 고 속에 뭐가 들었는지 아세요? 보급반에서 무공자용으루 내준 C레이션이랑, 소대원들이 남겼다가 거둬준 깡통이 들었어요."

"그건 갖다 뭘 하게."

"체면을 세워야죠. 돈 벌었다구 공갈두 좀 때리구요. 동네 어른들이 경사났다구 모일 거예요. 소대장님은 본토불을 미군 송금수표루 왕창 바꿔왔다는 소문이던데…… 사실입니까?"

"송금수표?"

"암시장에서 바꾼다면서요."

나는 허허 웃었다. 위호주머니를 두드려 보이며 병장에게 말했다.

"내 귀국준비는 요 안에 몽땅 해놨단 말야."

"그러면 그렇지, 맨손 들구 오실 리가 있습니까."

나는 그의 가슴에 주렁주렁 매달린 종군 기장과 무공 훈장을 툭툭 건드렸다.

"이런 거보담 기가 찬 물건이다. 아주 환장할 기념품이지."

전리품이라고 말하는 게 더 좋았을 걸 그랬다고 나는 생각했다. 나는 그 요사스러운 물건 다섯 개가 들어 있는 비닐봉지 하나를 간직하고 있었다.

우리는 지껄이면서 하역장 앞을 지나 세관의 긴 담을 따라서 걸어갔다. 바깥 바람을 쐰 탓이었는지 골치 쑤시던 게 열차에 누웠을 때보다 좀 나아졌지만 오한은 여전했다. 나는 차디찬 두 손을 양편 소매 속에 찌르고, 앞서서 성큼성큼 걷는 병장의 뒤를 따라갔다. 하역장의 끊임없는 기중기 소리가 멀어지자 주위가 한결 고요해진 듯했다. 풀벌레들이 울었다. 바깥 거리를 지나가는 자동차들의 클랙슨 소리가 들려왔고 자동차가 종을 울리며 지나가기도 했다. 가라앉은 듯한 차량의 소음은 태평한 것도 같았고, 한편으론 쓸쓸한 기분이 들게 했다. 우거진 잡초를 헤치고 담의 터진 구멍 앞에 이르렀다. 구멍은 무릎을 구부리고 겨우 빠져나갈 만했다. 나는 이러한 방심상태가 좋았다. 담 안에도 밖에도 적은 없었다.

거리가 비어 있는 것처럼 느껴졌다. 우리는 불빛이 환한 쪽으로만 걸어갔다. 차량의 소음까지도 고즈넉하게 들리는 탓으로, 이 도시의 분위기가 평온한지 아니면 삭막한지 종잡을 수가 없었다. 나는 팔목시계를 들여다보고서 아직 초저녁임을 알고 놀랐다.

"지금 여덟시 반인데…… 맞는 거냐?"

"네, 맞습니다. 아직 멀었다니까요."

"한밤중도 아닌데 여긴 너무 조용하군."

구멍가게에서 냉각시켜둔 콜라 한병을 우선 사 마시고 나니 갈증은 가셨으나, 속이 비어 있는 탓인지 더욱 메슥거렸다. 네거리 모퉁이 약국의 아크릴 간판이 보였는데, 앞섰던 병장이 나를 그쪽으로 이끌었다. 그가 유리문을 거칠게 여는 바람에 접객용 소파에 앉아 신문을 뒤적이던 남자가 놀란 얼굴로 우리의 아래위를 살폈다. 그러나 그의 시선은 곧 신문 위로 되돌아갔다. 약방 주인은 여자였으며, 한결같은 위장 무늬의 전투복에 시달렸던 내 눈에는 세상에서 가장 아름다운 여인의 하나로 보였다. 나는 얼결에 작업모를 벗고 정수리께를 긁으면서 말했다.

"몸이 아픈데……"

"아 네에."

여자가 재빨리 진열장을 열면서 말했다.

"조심하셔야죠. 고단위 항생제가 있어요. 물론 새로 입하된 거예요."

어리둥절해진 내가 뭐라고 대꾸하기도 전에 병장이 나섰다.

"재미 본 줄 아시는 거 같은데, 몸살이란 말요, 몸살."

"오한이 나구 열이 있습니다."

"감기 걸리셨군."

"예방주사 맞은 게 좋지 않았던 모양입니다."

"접종 직후에 냉수 목욕을 하셨나요?"

"했죠, 배에서."

여자가 머리를 끄덕이더니 여러 종류의 약을 섞어 조제하면서 소파에 앉은 남자를 향하여 말했다.

"요즘엔 군인들이 항생제를 많이 찾거든요."

병장이 그들 두 사람을 번갈아 바라보았다.

"우리는 전쟁터에서 왔다 그 말이오."

"알아요."

여자가 대수롭잖게 내뱉고 나서 말투를 은근하게 바꿨다.

"한달에 한번씩 본답니다. 혹시 처분할 물건 있으면 가져와요. 소개해드릴 테니."

"아주머니 여간 아니신데. 싸움하다 온 놈들이 뭐가 있겠수?"

"그러니까 하는 얘기죠. 공짜 고생이 어디 있나요?"

소파에 앉았던 사람이 다리를 포개얹으며 고개를 흔들었다.

"그거야 초기 때 얘기구 다 직책 나름이지. 뭐라더라…… 돈 버는 짓두 이젠 종을 쳤다구 그럽디다."

병장이 말했다.

"종을 친 거까지는 좋았는데…… 요새는 종이 깨졌수다."

나는 일회분의 약을 입속에 털어넣고 나서 약방을 나섰다. 네거리 앞에 서서 어느 쪽으로 갈까 망설였다. 병장은 건너편 보도 위로 지나가는 여자들의 뒤를 눈길로 쫓다가 내게 불쑥 물었다.

"돈 좀 있으세요?"

"승선 수당 사천오십원."

"나두 그것뿐예요. 생선회에다 막걸리 생각 안 나요?"

"안되겠어. 헛구역질이 심하군."

우리는 지향하는 곳 없이 우선 한길을 건너갔다. 중심가에 가까워졌는지 거리를 오가는 사람들이 점점 더 많아졌고, 부두를 빠져나온 게 틀림없을 정글복 차림의 병사들이 이따금씩 지나쳤다. 여자들은 탐스럽고 건강해 보였지만, 아무도 우리에게 주의를 돌리는 것 같지 않았다. 이제 우리가 들어선 거리는 너무나 밝고 번화한 곳이었다. 벌써부터 병장은 저고리 단추를 두 개나 헤쳤고, 작업모를 뒤로 비뚜름하게 제껴쓰고 있었다. 병장이 오가는 사람들을 두리번대며 말했다.

"개새끼들, 한참 신나는구나. 여전하다, 여전해."

"난 아무래두 술 먹구 싶지 않군."

"소대장님 계급 따지기요? 한잔 안 들곤 못 배기겠어요. 딱 한잔만. 나두 한달 뒤엔 제대합니다."

술집은 퇴근한 민간인들로 초만원을 이루고 있었다. 우리는 젊은 축들이 둘러앉은 구석자리와 늙은이들이 차지한 조리대 앞자리의 중간쯤에 앉았다. 젊은 패들 틈에는 앳된 여자들이 반나마 끼여앉아 있었다. 이미 취기가 오른 그들은 기가 나서 떠들었다.

"아, 미치겠다. 전쟁이나 터져버려라, 옘병할."

"인구가 좀 줄어야 해. 절반쯤은 없어져야지."

"저봐요, 귀국 장병인가봐."

"한몫 잡은 치들인가."

"개선용사라."

"개선 좋아하네. 누구는 수지 맞구 어떤 놈은 골로 가는 짓이지."

병장이 술잔을 쾅 내려놓고 코끝을 덮을 정도로 푹 눌러쓴 모자의 챙 틈으로 그들을 노려보았다.

"저 새끼들 맞지 못해 환장을 했나?"

"왜 그래, 저희끼리 얘기하는 모양인데."

"아냐요, 우리 얘길 했습니다. 우릴 빗대놓구 비아냥거렸어요."

"글쎄 그런 게 아니라니까."

"저런 놈들은 언제나 저따위 식입니다, 소대장님."

젊은 민간인들은 이미 다른 화제에 열중해 있었고, 병장은 그들 사이에서 폭소가 터질 때마다 흠칫 놀라 의심스런 눈초리로 돌아보곤 했다. 그는 저고리 단추를 끄르고 가슴을 풀어헤쳤다. 옆구리에 기다란 상흔이 보였다.

"술이나 마셔라. 신경쓰지 말구."

"관통상입니다. 창자를 삼각붕대루 싸쥐고 등밀이로 논바닥을 기었어요."

"너만 당한 게 아냐, 우린 모두 자원했었다."

"그랬어요. 대가리가 깨져라 하구 다퉈가며 자원했습니다. 거기두 특과라구요."

나는 주전자에서 술에 섞여 흘러나온 벌레가 잔 위에 떠 있는 걸, 젓가락으로 건드리면서 병장이 지껄이는 말들을 귓가로 지나쳐버리고 있었다. 병장의 얘기 중에 고향, 훈장, PX를 사기업화한 장성, 암시장, 초목도 태워 없애는 불, 가난한 놈, 전사통보서, 어쩌고저쩌고 하는 말들이 간간이 귀에 들어왔다. 술이 거나하게 오를수록 나는 이유를 알 수 없는 회한에 잠겨갔다. 가슴속에 미적지근히 괴어 있는 회한의 범위를 차츰 넓혀갔다. 잠깐은 기분이 나아지는 듯했다. 부끄러움의 범위가 커지면 커질수록.

"본대에서는 소문이 이상하게 났었죠. 소대장님은 전방서 빠질려구 일부러 그랬을 거라구요."

"미친 척했다 그건가?"

정찰에서 돌아온 어느날 저녁부터 나는 주체할 수 없을 정도로 온몸을 떨기 시작했던 것이다. 머리를 벙커 바닥에 처박고 귀를 막았다. 누가 말을 걸어와도 대답이 혀뿌리에서만 미끄러질 뿐이었다. 사흘 동안이나 벙커에서 나오지 못하고 처박혀 있었는데, 발을 딛는 땅마다 의심스러워서 한걸음도 떼어놓을 수가 없었다. 병장이 말했다.

"좀 보여주세요, 소대장님."

"뭘 말이야?"

"귀중품을 갖구 오셨다면서요."

나는 상의 주머니에서 비닐봉지를 꺼냈다. 봉지 안에서 가느다란 가죽테에 잔털이 무수하게 달린 고리 모양의 물건 두 개를 꺼냈다. 빳빳이 선 털 위를 손가락으로 쓸어 보이며 나는 병장에게 내밀었다.

"귀국 기념으루 가져라."

"뭡니까, 이게?"

"낙타누깔."

병장이 손바닥 위에 그것을 올려놓고 살피다가 킬킬 웃었다.

"요것 참 희한한데."

그는 그 물건을 검지손가락에 끼워넣고는 더 크게 웃었다.

"요걸 감투 위에 씌우고 여자와 한판 얼리면…… 사족을 못 쓴다면서요?"

병장은 낙타누깔의 잔털을 코끝에 갖다대고 문질러보며 계속 웃어댔다.

"이거 미제죠? 진짜 낙타의 눈 언저리를 도려냈을까요?"

"아냐, 가짜다. 개 꽁지를 잘게 끊어서 만들었을걸."

"원래 양키 애들이 써먹던 거 아닙니까?"

"그치들이 퍼뜨린 걸 주민들이 본떠서 만든 거야."

"귀중품치곤 치사한데."

병장은 그 기이한 선물을 수첩의 갈피에 소중한 듯이 끼워넣었다. 그가 자꾸 술을 권해왔지만, 나는 더이상 마시고 싶지 않았다. 골치가 몹시 쑤셨고, 목덜미에 진땀이 났다. 술청 안에 곱창 지지는 매캐한 냄새가 가득 차 있었다. 꼬마 하나가 우리 곁에 다가왔다. 그애의 턱이 탁자 위의 주전자 꼭지 근처에나 걸칠 만큼 작은 아이였다. 껌을 사라고 조르기 시작했으나, 우리는 둘 다 제각기의 생각에 골몰해 있었으므로 그애가 졸라대는 게 귀찮았다. 병장이 아이의 머리를 쥐어박고 가슴팍을 사정없이 밀쳐내며 말했다.

"조만한 애새끼들만 보면 진저리가 나요."

"안 사면 그만이지 왜 때려, 씨."

꼬마가 우리들 앞에 버티고 섰다. 병장이 애를 잡으려고 손을 뻗치자 그애는 울먹울먹하며 탁자 주위를 맴돌았다.

"요놈의 새끼 콱 밟아버릴까부다."

울컥해서 일어서려는 병장의 멱살을 꽉 움켜쥐며 나는 말했다.

"너 정신이 있나?"

내가 멱살 쥔 손을 죄어 거칠게 흔들자 병장은 얼떨떨해진 모양이었다.

"아니, 왜 이러세요, 소대장님."

나는 좀 지나쳤다고 후회하면서 잡아비틀었던 그의 옷깃을 놓아주었다. 병장은 침울한 낯을 숙이고 잠잠히 앉아 있었다. 나는 그의 빈 잔에 술을 채웠다.

"사람이란 별로 변하지 않는 거다. 공연히 기분만 그렇지."

병장은 손님들의 탁자 사이를 돌아나가는 껌팔이 아이를 침울하게 바라보고 있었다.

"뭘 아득바득 산다구, 하여간에 큰놈 작은놈 할 거 없이 모조리…… 사람 같지 않습니다."

그는 자기 잔을 단숨에 비우고 험상궂게 뒤틀린 얼굴로 주변을 두리번거렸다. 병장이 말했다.

"내 자신두 물론이구요."

"제대하면 말짱 헛거 아니냐? 겪었던 모든 일이 말야."

얘기하면서 나는 군복에 신경이 쓰였다. 사람들 가운데 군인이 끼여 있더라는 표현이 실감되는 거 같았다. 나는 내가 속해 있는 조직을 혐오한다든가 바깥 사람들에게 적개심을 갖는 대신에, 오히려 양쪽을 다 부끄러워하고 있는지도 몰랐다. 군인의 명예란 언제나 국가가 추구하는 옳은 가치를 위해서 목숨을 거는 데 있다고 나는 믿어왔다. 그런데 전장에서 돌아온 나는 내 땅에 발을 디디면서 조금도 자랑스러운 느낌을 갖지 못하였다. 나는 갑자기, 국가가 요구하는 바는 언제나 옳은 가치인가를 스스로에게 묻고 싶어졌다. 자신이 이 거리를 본의 아니게 방문하고 보니, 마치 침입한 꼴로 되어버린 불청객인 듯 여겨졌고, 같은 기분이 들었던 그곳 도시에서의 휴양 첫날이 생각났다. 술집 안에 가득 찬 민간인들의 잡담소리가 어쩐지 낯선 이국어처럼 들려오는 거 같았다. 병장이 말했다.

"집에 간다는 실감이 안 납니다."

"너무 욕심내지 마라. 성해서 온 거만도 다행이다."

"빈손으루 왔다구 그러는 게 아네요, 소대장님. 제대해서 가봤자 고향은 형편없을 테니까요."

"그래 하긴, 우리가 군인으로서 받았던 대우 중에 최고의 대우였다는 생각이 드는데…… 첫째 배불리 먹었거든."

"확실히 특과였다니까요."

"목줄이 켕기는 게 흠이긴 했지만 말이다."

"선배 기수 애들 말이 맞아요. 고국 땅을 밟는 날부터 고생이라더니."

"거기서 우린 정말 난처한 입장이었지."

"그치들 우릴 달갑잖게 여겼어요. 휴양 나가본 적 있으세요?"

"하루 만에 귀대해버렸지. 시가지에 머물러 어슬렁거리기가 솔직히…… 창피했다."

"어째서요?"

"어린애들에게서 조롱을 당했어."

"겪어봐서 알지만, 나는 작전지역에서 만났던 애새끼들은 지겨웠어요. 무서울 정도로 비협조적이죠."

"그전에도 애들이 싫었었나?"

"그전엔 어땠는지 잘 모르겠어요. 생각이 안 납니다."

병장은 귀찮다는 듯이 고개를 흔들고 나서 일어났다. 그는 어깨를 축 늘어뜨리고 안정되지 못한 걸음걸이로 술좌석 사이를 빠져나갔다.

휴양 갔던 첫날이었다. 해안을 따라 이어진 도끄랍 가로를 나는 서성대고 있었다. 화이트 엘리펀트로 불리는 미해군 사령부의 아름다운 대리석 건물 앞에서 사진을 찍기도 했고, 인력거를 타고 가는 노인이나 오토바이를 몰고 지나가는 우아하게 기다란 옷을 입은 소녀들을 구경하기도 했다. 독일 병원선이 부두에 대어져 있었고, 벌거숭이 아이들이 간호원들에게서 적십자가 찍힌 종이접시에 음식을 받아먹기 위해 선창 주변에 모여들고 있었다. 열살 남짓한 소년들이 조심스레 다가와 쪼그리고 앉아서 이 외국인 병정을 관찰하기 시작했다. 나는 그애들에게 백동화 한개씩을 나눠주었는데도 그들은 흩어지려 하지 않았다. 그 중 제일 큰 아이가 내게로 은밀한 눈길을 던지며 손바닥으로 주먹을 치면서 고개를 끄덕여 보였던가. 그랬지, 다른 놈들은 배실배실 웃고 있었다. 나는 그애가 연신 손바닥으로 주먹을 치는 의미를 알아차리고 고개를 저었다. 그들은 내게 춘화 몇장을 보여주었고, 드디어는 콘돔과 여러 개의 비닐봉지를 꺼내어 내밀었다. 그애들은 거의 정확한 우리말로 "나타누갈 나타누갈" 하면서 내게 그 물건을 떠맡겼지. 나는 그날 시가지에서 소년들이 또렷한 음성으로 나타누갈이라면서 그걸 내밀어 뵈는 일을 세 번이나 겪었던 것이다. 지나가는 자들이 걸음을 멈추고 실실 웃음을 흘리며 구경하는 걸 보고 나는 얼결에 재빨리 집어넣고 말았다. 그래서 나는 결국 그 물건을 샀다. 아이들은 건너편 보도 쪽으로 물러가자마자 내게로 향해 팔뚝을 길게 늘어뜨려 흔들거나 이마를 주먹으로 두드리면서 음탕한 몸짓을 해 보였다. 그애들은 오랜 동안 키들대며 뭐라고 떠들었는데, 따이한 따이한 하는 말만을 간신히 알아들을 수 있었다. 나는 처음엔 그런 게 야유라고 생각되질 않았다. 다만 그 물건을 억지로 사게 된 뒷맛이 얄궂고 떨떠름했으며, 그것의 고유명사가 낙타누깔이라는 우리말로 불려지는 것이 여엉 개운치가 않았다. 나는 이리저리 싸돌아다니다가 한국 장교 휴양소로 가는 연합군 버스를 기다리기 위해 레로이 가로의 판자로 지은 상자갑 같은 정류소로 갔다. 직사광선을 가리기 위한 지붕과 기둥만이 서 있는 네 귀퉁이마다 나무 벤치가 놓여진 간이정류소였다. 내가 가 앉자마자 흑인 병사 한명이 들어와서 맞은편에 앉았다. 그가 내게 가볍게 목례를 보냈다. 그는 만화책을 한뭉치 사들고 와서 한권씩 펴들고 열중해서 들여다보았다. 외국 군인을 상대로 목각이나 인형 따위의 기념품을 팔러 다니는 계집애들 여럿이 정류소 안으로 몰려들어왔다. 그들은 우리 두 사람에게 목판을 밀어 보이며 수다를 떨었지만, 우리는 무표정하게 고개를 흔들었다. 계집애들이 다리 쉬임이라도 하려는지 제각기 떠들면서 의자에 둘러앉았다. 한 계집애가 흑인 병사의 옆에 놓인 만화책을 집어갔고, 또 다른 애가 만화책들을 들춰보았다. 병사가 고개를 들더니, 그들에게서 만화를 빼앗아 닥치는 대로 아이들의 머리를 둘둘 만 책으로 후려갈기며 욕지거리를 했다. 애들은 호들갑을 떨면서 밖으로 몰려나갔다가 다시 돌아와 기둥에 매달리거나 우리의 면전을 오락가락하며 놀려댔다. 그들은 서투른 영어로 지껄이면서 우리를 손가락질했다. "네 파파 같다. 네 파파 같다." 한 계집애가 자기 팔을 꼬집어다 입에 넣는 시늉을 했다. "먹는다. 맛좋다. 먹는다." 흑인 병사는 팔짱을 끼고 그들을 묵묵히 노려보았다. 애들은 모두들 입을 우물거리며 씹는 시늉을 했다. "몇이나 먹나, 투 화이브 텐?" 하면서 열 손가락을 쫙 펴 보였다. 계집애들이 나를 똑바로 가리켰다. "두 사람 파파 같다. 먹는다. 짭짭, 짭짭." "설탕 없다, 나는 준다 설탕." 그애들이 떡을 설탕 접시에 찍어먹는 시늉을 해 보이며 자기네 팔이나 코나 귀를 떼어내는 듯한 동작을 하고 나서 일제히 내게 내밀었다. 순간적으로 놀란 나는 뒤로 물러나 앉았으며, 그애들의 눈과 손가락 끝과 지껄임이 머리통을 꽉 채워 터져버릴 것만 같았다. 나는 그 무렵, 이미 환자였었다. "베비 짭짭, 베비 짭짭." 흑인 병사가 내게 말했다. "여기서 십킬로만 나가도 저런 것들을 내버려두진 않을 거요, 중위." 그는 벌떡 일어나 그들을 잡으려고 달려나갔다. 계집애들이 뿔뿔이 흩어졌다. 병사는 가장 지독하게 놀려대던 아이 하나만을 노리고 맹렬히 쫓아갔다. 그가 얼마 못 가서 계집애의 목덜미를 잡아 따귀를 철썩철썩 쳤다. 그애가 내동댕이친 장사 목판에서 물건들이 쏟아져 한길 위에 너저분하게 깔렸다. 잠깐 사이에 행인들이 모여들었고, 그들은 뭔가 분개한 듯한 억양으로 떠들었다. 경찰관이 달려왔다. 그는 엠투 카빈총을 옆구리에 거꾸로 늘어뜨리고 우리에게로 왔다. 경찰은 흑인보다는 내가 더욱 만만해 보였는지 말을 붙였다. "무슨 일인가?" "아이들이 저 병사에게 농담했다." "그래서 때렸나?" 흑인이 숨을 거칠게 내쉬며 계집애의 뒷덜미를 잡아 경찰에게로 끌어왔다. 모여든 사람들이 흑인 병사를 가리키며 뭐라고 한마디씩 떠들었고, 경찰은 울고 있는 계집애에게 물었다. 그애가 대꾸했으며, 그애 친구들이 모두들 입을 모아 재빠르게 지껄였다. 흑인이 말했다. "내 책을 훔쳐갔다. 우리를 조롱했다." 경찰이 말했다. "농담 그랬다고 아이가 말한다. 그 손 놓아라." 흑인 병사가 계집애의 뒷덜미를 풀어주었다. 경찰이 "어린애 때리는 거 나쁘다. 당신 돈 십불 줘야만 한다"라고 못박으면서 손을 내밀었다. 흑인이 펄쩍 뛰며 흰 눈자위를 크게 드러내 보였다. "돈, 무슨 돈?" "저 소녀 물건 모두 부서졌다. 돈 십불 내라." "필요없다. 저애가 길에 떨어뜨렸다." "돈 안 주면 당신 아이 디 카드 내놔라." "네가 뭔데?" "나 국립 경찰." "우리는 연합군인데." "연합군 관계없다. 돈 내라. 안 주면 당신네 큰사람에게 보고한다." 보다 못한 내가 주머니에서 군표 십불짜리를 꺼내어 그에게 내밀었다. 경찰은 낯이 벌겋게 달아올라 화를 발칵 냈다. "당신 뭐야. 미국 사람 저 물건 깨뜨렸다. 따이한 돈 필요없다." 흑인 병사도 격노해서 고함쳤다. "이 냄새나는 동양놈아. 너희는 거지 같은 구욱이다. 구욱! 이 더러운 데서 우리는 너희 때문에 싸운다. 다친다. 죽는다." 모여들었던 군중 틈에서 핼쑥한 청년 하나가 나서더니 정면으로 우리를 쏘아보며 소리쳤다. "우리 때문이 아니다. 너는 네 형제들이 미워하는 정부의 체면을 지키러 여기 온 것이고, 또 너는 그 나라의 체면을 몸값으로 치러주려고 왔다. 둘 다 가엾은 자들이다. 우리는 원하지 않으니 모두 네 형편없는 고장으로 돌아가라. 우리는 바나나와 망고만 먹고도 산다. 굶어죽지도 않고, 폭탄에 맞아 죽지도 않는다. 꺼져라. 내 나라에서.” 흑인 병사는 청년의 세찬 기세에 놀라 입을 굳게 다물어버렸고, 군중들이 제각기 뭐라고 떠들면서 다가섰다. 바로 그때에, 버스가 도착했다. 우리는 그들에게 등을 보이지 않은 채로 뒷걸음질로 버스에 황급히 올라탔다. 버스가 비어 있었지만, 우리는 서로 피하듯이 멀찍이 떨어져 앉아 눈길이 마주치지 않도록 노력했다. 그쪽 가로가 아주 멀어질 때까지 모여든 사람들이 흩어지지 않는 게 보였다. 나는 그날 하룻밤을 휴양소에서 보냈는데, 거의 뜬눈으로 새웠다. 내 귀에는 입맛을 다시는 아이들의 침 고인 혓바닥이 철썩대는 소리가 규칙적으로 차츰차츰 커다랗게 들려오는 것 같았다.

병장이 자리를 비운 지 꽤나 오랜 것 같았는데, 그는 돌아오지 않았다. 술집 입구로 사람들이 밀려나가고 모여들고 하는 소동이 일어났으므로, 나는 뭔가 짚이는 게 있어서 밖으로 나가보았다. 아니나다를까, 녀석은 벌써 한탕 벌여놓고 있는 참이었다. 병장이 술집 앞길을 가로막고 서서 드나드는 사람들에게 무조건 싸움을 걸고 있었다. 행인들 틈에서 누군가가 야유를 던졌다.

“왕년에 군대 안 가본 놈 있나. 왜 지랄야.”

“설 맞았군. 요새 군바리 기합이 느슨히 빠졌어.”

“장소를 잘못 택했다. 높은 데루 가보시지.”

병장이 비틀대면서 천천히 웃통을 벗어 땅 위에 내팽개쳤다.

“이 새끼들 유감 있나? 나한테 무슨 감정 있나 말야. 정신빠진 민간인 새끼들아. 닥치는 대루 쑤실 테니깐.”

그는 한손에 소주병을 집어들고 술집 문설주에 부딪쳐 깨고는 휘두르기 시작했다. 사람들이 이리저리로 흩어져 달아났다.

"야, 너 술취했나? 그거 이리 내놔. 내놓으라니까."

나는 그가 휘두르는 유리병 조각의 날카로운 이빨을 피하면서 틈을 엿보았다. 병장이 내게까지 적의를 보이면서 말했다.

"싫어요, 가까이 오지 마쇼. 누구든지 푹푹 쑤셔버릴 거야. 씨팔, 제아무리 높은 놈들두 나타났단 봐라."

"민간인들 앞에서 무슨 추태냐. 영창에 가고 싶나?"

"칫, 깡통 한상자 얻어온 죄뿐야."

병장의 주정 섞인 고함은 점점 높아졌고, 사람들이 모여들고 있었다. 그가 다른 곳으로 한눈을 파는 사이에 나는 뒤로부터 달려들어 두 팔을 잡고 깍지를 꼈다. 이곳을 향해 달려오는 듯한 싸이렌 소리가 골목을 가득 채워오고 있었다. 나는 병장의 발을 걸어 쓰러뜨렸고, 흙탕 위에 넘어져서도 고래고래 악을 쓰며 버둥대는 녀석을 몸으로 덮쳐누르고 기다렸다.

"둘 다 일으켜세워."

긴급 신호등이 붉게 번쩍이는 백차 위에서 순찰 하사관인 헌병 조장이 명령하고 있었다. 파이버를 깊숙이 눌러쓴 헌병 둘이 투덜대며 우리의 상의 뒷덜미를 잡아 끌어올렸다. 내 계급장을 보자 그들은 마지못해 경례를 붙였다. 그들이 버둥대는 병장을 발길로 몇번 내질렀다.

"장교님이 직속 상관입니까?"

"같은 귀국대 소속인데."

"이 새끼 고주망태가 다 됐구만. 배때기에 기름이 껴서 그렇다구. 군의 위신문제입니다. 장교가 사병과 어울려 술을 마시구 난동까지 조장했다니……"

"야, 이해해주라. 일년 만이다."

그들은 병장을 가볍게 들어다 백차 위에 싣고 나서 내게 신분증 제시를 요구했다. 나는 영문과 한글로 타이핑된 사령부의 연합군 증명서를 내보였다. 순찰조장이 차 위에 버티고 앉은 채 말했다.

"귀관은 무단이탈을 했다는 걸 아시오? 장교 신분을 보아 연행은 않겠지만, 자인서에 싸인은 해줘야겠소. 나중에 소속대로 통보할 테니까."

"좋아. 병장은 내가 책임질 테니 인계해주게."

조장 대신 헌병 하나가 대답했다.

"보호 유치시켰다가 내일 새벽에 열차로 보내드리죠. 빨리 귀대하쇼. 귀국 장병이라 해서 특권이 있는 것두 아니니까……"

모여서 구경하고 섰던 청년들이 제각기 떠들었다.

"그런 놈은 반쯤 죽여놔야 해."

"풀을 빳빳이 먹여서 내보내라구."

백차가 다시 경적을 울리며 호기있게 달려갔다. 헌병들의 사이에 끼여 앉혀진 병장의 악다구니 쓰는 소리가 들려왔다.

"정말 그럴 줄은 몰랐다, 몰랐어. 사람을 뭘루 본 거냐?"

혼잡했던 주점 앞길이 다시 한산해지고, 구경꾼들과 주점에서 뛰어나왔던 사람들이 모두 흩어져 주위가 조용해지자, 나는 그제야 길에 혼자 서 있음을 알았다. 시간은 이제 겨우 열시도 못되었고, 부두로 돌아가면 불꺼진 썰렁한 객차만이 나를 기다리고 있을 터였다. 나는 지프가 달려내려가던 큰길을 방향잡아 터벅터벅 걸어갔다. 외항 쪽에서 무적(霧笛)소리가 연거푸 길게 들려왔다. 카바이드 불빛이 늘어선 번잡한 야시장 길에 들어섰는데도, 나는 온 거리가 나를 거부하고 있기나 한 듯이 고적하게 느꼈다. 사실은 내가 이런 꼬락서니의 자기 자신을 맹렬히 거부하고 있다고나 해야 정확할 것이었다. 내가 간부 후보생을 지원했던 동기는 장차 장군에까지 입신해보겠노라는 대망 때문이 아니라 가난으로 진학을 포기해야 되었던 탓이었다. 지난 시대에는 식민지의 군인으로라도 출세하려는 썩어빠진 젊은이들도 있었지만 말이다. 나는 처음에 명예로써 군무에 매달렸으며, 다음엔 오랫동안 복무할 직업군인으로서의 발판을 닦아가는 요령을 배우다가, 완전히 군이 나의 적성이 아니었음을 깨달을 즈음 전장으로 나간 거였다. 나는 후보생 훈련 때 잠시나마 간직했던 명예심과 영웅적인 정의감을 크게는 국가의 그것과 곧잘 비유하곤 했었다. 이제 나는 군의관의 말대로 한낱 제대 대상에 오른 전투 기능 상실자일 뿐이었다. 신경이 쇠약해진 건 전투 탓만이 아니라, 나의 인생이 뒤범벅이 되어버린 데서 오는 타격 때문이었으리라. 배에서 모국어의 방송을 듣고 깨어 일어나 갑판에 뛰어나갔을 때, 밝아오는 바다 저편에서 다가오던 거뭇한 육지를 바라보며 품었던 적의는 사실은 내 스스로에게 향했던 게 명백하다.

나는 양장점이며 전파사가 늘어선 중심가의 네온 불빛 아래서 택시를 기다리며 잠깐 서 있었다. 등뒤에서 붉은 진열등이 똑같은 간격을 두고 한없이 깜박거렸다. 기다랗게 늘어나 괴물 거인이 된 내 몸집이 불이 꺼질 때마다 캄캄한 유리창 속에 떠올랐다. 붉은 불빛이 터지듯이 확 밝아지며 무수한 넓적다리가 내 몸 위로 솟아올랐다. 팔 없는 몸뚱이들, 빨강 노랑 은빛의 뱀 같은 머리를 단 그물 모양의 모가지들, 허공으로 치켜진 손목들, 팬티 바람에 상반신이 잘려나간 하체들. 불이 탄다. 타오른다. 썩어 집채만큼 부어오른 물소의 시체. 햇볕을 가리는 야자수 같은 거대한 파리떼의 그늘. 무전기가 말한다. '모조리 요리해라, 요리해.' 밀림 가운데 솟은 불기둥은 초원을 지나 사나흘 동안 흰 연기를 낸다. 자나깨나 흰 연기가 하늘가를 흐늘거리며 기어올라간다. 나는 본능적으로 불빛에서 멀어지기 위해 뒷걸음질로 물러났다. 무대장치 같은 불이 꺼졌다. 여자들의 스타킹과 속옷을 파는 상점이었다. 차도에까지 내려선 나를 비켜가던 택시가 얼마 못 가서 멈추며 창문에서 머리가 나오더니 소리쳤다.

"중위님, 어디 가쇼?"

차가 뒤로 천천히 굴러왔다.

"나 김상사요. 좋은 데 가면 동행합시다."

밤인데도 쓰고 있던 금테의 라이반을 벗어들고 상사가 말했다. 그는 택시의 문을 연 채 살집이 좋은 볼을 흔들며 껄껄 웃고 있었다.

"부두로 돌아가는 길인데……"

"염려 놓으쇼, 귀국대 지휘관 이하 몽땅 나왔어요. 개선 기념으루다 최고급 자리에 가서 한잔들 빠는 모양이오. 부두엔 당직 사관밖엔 없다구, 사병아이들까지 몰래 빠져나온 판인데, 우리 재미 좀 봅시다. 혼자선 어디 기분이 나야지."

"술이라면 벌써 한잔 했소."

"이런 딱한 양반, 아 몸을 풀어야 귀국한 살풀이가 되잖소."

그는 택시에서 내려 나를 안으로 떼밀어넣고 나서 문을 힘차게 닫았다. 상사는 다시 라이반을 눈 위에 얹고 호탕하게 웃었다.

"어이 운전사, 최고로 멋있는 년들이 있는 데루 갑시다."

운전사가 피식 웃으며 대답했다.

"그야 텍사스 애들이 젤 늘씬허죠."

"텍사스?"

"네, 거긴 한국 같지가 않다굽쇼. 미국을 떠다가 옮겨논 거 그대루라구요. 걔들은 엽전 남자는 쳐다보지두 않지요."

"쌍년들, 뭐 별거 있나. 딸라 벌겠다는 소리 아냐. 나두 시퍼런 본토불을 왕창 갖구 있으니까…… 그쪽으루 갑시다."

나는 다시 열이 오르고 등이 오싹대는 기분이었으므로 아무래도 돌아가 쉬어야겠다고 말했으나, 김상사는 자기 호주머니를 툭툭 두드려 보였다.

"꽉 있으니까 돈 걱정은 하지 마쇼. 김상사께서 십팔개월 동안 팔아 조졌는데 그쯤 없을라구. 나두 의리가 있다 그겁니다."

"몸만 불편하지 않다면야……"

"골샌님처럼 수줍어할 거 없시다. 자, 술이나 한잔 들구 기운내슈."

그가 뒷주머니에서 손바닥만한 드라이진 술병을 꺼내어 내밀었다. 막무가내로 권하는 바람에 나는 몇모금 들이켤 수밖에 없었다. 원래는 물에 타 마시는 독주인데다 탁 쏘는 박하 냄새가, 오히려 메슥거리던 입안을 한결 개운하게 해주는 거나 같았다. 상을 찡그리고 조금씩 마셨다. 취기가 차츰 올라왔고, 목덜미부터 아랫배까지 뜨끈뜨끈하는 게 과히 불쾌하지는 않았다. 김상사가 손가락을 맞춰 딱 하는 소리를 내며 탄식했다.

"그것 참, 이럴 때 누깔이나 몇개 갖구 왔으면 요긴하게 써먹잖나 말야."

나는 반나마 들이켠 술병을 그에게 넘겨주었고, 상사는 병을 눈높이까지 들어 어림해보며 놀라는 척했다.

"어럽쇼, 비싼 술이 바닥이 났는걸. 보기보단 술꾼이시구랴."

"이걸 찾았어요?"

나는 병장에게 두 개를 빼주고도 아직 세 개나 남아 있는 비닐봉지를 꺼내어 손끝에 달랑 들고 상사의 코앞에다 흔들었다. 상사는 휘파람소리를 내며 봉지를 나꿔챘다. 그는 믿기지 않는다는 듯이 라이반을 벗고 자세히 살핀 다음, 손가락에 끼워 운전사의 귓전에다 비벼주었다. 운전사도 킬킬댔다.

"참, 그애들 머리 쓰는 덴 못 당하죠."

"이젠 완전무장이다."

차창 밖의 가로등이 젖은 막대기 사탕처럼 흐느적이며 지나치는 게 보였다. 나는 의자 속에 온몸을 내던지듯이 푹 파묻었다. 방파제 너머 캄캄한 바다에 고깃배의 불빛들이 별같이 드문드문 빛나고 있었다. 어물상자 사이에서 가스등을 켜놓고 그물을 깁는 어부들이 보였다. 내게는 모든 것이 비현실적으로 보였고, 온 세상 위에 후덥지근한 열기와 먼지가 휩싸여 사람들의 고약한 땀내와 살냄새가 가득 찬 것으로 여겨졌다. 차가 부둣가를 거슬러 올라가고 있었는데 헤드라이트 불빛에 세 사람의 남녀가 비쳐왔다. 여자가 두 손으로 얼굴을 가리고 쭈그려앉아 있었고, 남자 하나는 여자의 뒤에 허리를 굽혀 바짝 붙어서서 가슴께를 한참 주무르는 판이었다. 다른 하나는 불빛을 피해 등을 돌려대고 있었다. 여자가 완강하게 남자의 손길을 뿌리치고 있는 모습이 보였다. 김상사가 말했다.

"차 좀 세워. 잘 걸렸다."

택시가 세 사람 옆에 가까이 대어졌고, 상사는 재빠르게 뛰어내렸다.

"무슨 짓들이냐?"

그들은 방어태세로 이쪽을 향해 우뚝 섰고, 여자가 상사의 등뒤에 뛰어들며 숨가쁘게 떠들었다.

"도와줘요. 깡패 같은 자식들예요. 길 가는 사람을 붙들구 희롱해요."

"차에 타구 있으시오."

부랑배들이 한결 풀이 꺾인 채 상사의 우람한 몸집을 올려다보며 이죽대기만 했다.

"기분인데 좀 봐주쇼."

"무슨 권리루 이러시지?"

"꺼져, 빨리. 지금이 어떤 세상이라구 날치나?"

늠름하게 으름장을 놓고 김상사는 택시로 돌아왔다. 나는 여자가 바로 곁에 앉아서 헝클어진 머리를 손으로 빗어넘기는 걸 보고 있었다. 그 여자는 의심이 가득 찬 눈으로 취한 나를 힐끗 돌아보곤 했다. 상사가 여자 옆으로 바싹 붙어앉았다.

"어디까지 가시는지 바래다드리지."

"저기 큰길까지만 나가면 돼요. 그 녀석들만 없다면 걸어가두 되지만요."

"어, 위험하다구."

하면서 김상사가 여자의 어깨에 손을 얹고 슬그머니 껴안았다. 여자가 겁에 질려 몸을 움츠렸다.

"왜 이러세요?"

"아가씨, 우리 기분 좀 내자구. 똑같은 삼천만 동포 아냐."

"정말 뭣 땜에 이러죠?"

"이거 새삼스럽게 이럴 거 없잖아. 가만히 있으라구."

상사가 여자의 스커트 안으로 손을 집어넣었다. 여자가 요동을 치며 울먹였다. 상사는 아예 여자를 옆구리에 껴안고 두 다리를 잡았다.

"이거 놔요, 놓으라구요. 운전사 스톱, 세워주세요."

차 안에서 벌어지는 광경을 발견한 부둣가의 노무자들이 일을 멈추고 바라보았다. 운전사가 뒷일을 생각해서인지 차를 세웠고, 여자는 허겁지겁 기다시피 상사의 무릎을 타넘고 길 위로 빠져나갔다. 그

틈에도 상사는 여자의 펑퍼짐한 궁둥이를 철썩철썩 두들겼다.

“좋구나, 좋아.”

“에이, 이 개만도 못한 놈아, 깡패보다두 훨씬 더럽구 치사한 놈아.”

“친절을 몰라주는 년이군.”

김상사도 지지 않고 욕을 뱉었다. 뭐라고 뭐라고 욕설을 퍼붓는 여자에게서 택시가 재빨리 떠났다. 나는 주정을 섞어 농담 반 진담 반으로 상사에게 주절거렸다.

“여자 말이 맞군 그래. 아까 그놈들보다 당신이 더 나쁘구만.”

“내가 뭣 땜에 차를 세우구 애녀석들을 쫓았겠어. 그런 년은 당해 싸다구. 자길 지킬 능력도 없는 게 왜 으슥한 델 싸다녀? 도와줬으면 고마운 기색이라도 있어얄 거 아냐.”

상사가 끄응 하는 신음소리를 냈다. 잠잠해진 택시 운전사를 빼놓고 우리 두 사람은 오랫동안 웃어댔다. 택시가 찬란한 불빛 가운데로 빠져들어갔다. 골목마다 원색의 옷을 걸친 여자들이 희희닥거렸고, 선원 차림의 외국인과 미군 수병들이 여자를 끼고 비틀걸음으로 걸어가는 게 보였다. 우리는 차에서 내려 밴드가 한창 높은 곡조로 치닫고 있는 나이트클럽으로 들어갔다. 기도 보는 씨름꾼 같은 녀석이 앞을 가로막고 정중하게 물었다.

“무슨 볼일이신가요.”

“놀러 왔지, 보면 모르오?”

“한국인은 출입금지로 되어 있습니다. 당국의 지시사항을 보세요.”

“나는 딸라를 가진 사람이야. 보여드릴까? 미국 본토불이오.”

“어쨌든 안됩니다.”

기도가 고개를 젓고서 반대편 길 건너쪽을 가리켰다.

"저쪽 흑인 클럽으로 가보시죠. 혹시 그쪽에선 어떨까 모르겠습니다."

"뭐야, 우리가 깜둥이 취급도 못 받는단 말야?"

상사가 발끈 화를 냈다. 기도는 침착하게 이해를 시키려 들었다.

"이런 항구 술집엔 외국인 단골들이 많습니다. 그치들 인종적인 점엔 신경이 날카로워요. 동양인을 아주 싫어하거든요. 한국인이 들어가면 모두 자리를 딴 데루 옮겨버릴 겁니다. 우린 장사 다 하는 거죠. 여기 사람들은 실정을 아니까, 아예 시내의 한국인 전용 홀로 갑니다."

김상사가 두툼한 가죽지갑에서 새파란 달러 두 장을 꺼내어 그 작자의 셔츠 주머니에 꽂아넣었다.

"좋아, 정 그렇다면 애들만이라두 불러달라구. 오붓하게 놀도록 말야."

그가 머리를 긁적였다.

"중뿔나게 콧대들이 세어서 말입니다. 잘 꼬셔내면 올 겁니다."

기도가 아이놈을 불러 우리를 클럽 뒷문으로 해서 별실로 모셔가도록 했다. 우리는 좁다랗고 허약해 뵈는 나무층계를 삐걱이며 기어올라갔다. 시트가 엉망으로 뭉쳐진 낡은 철침대와 탁자, 의자가 있었고, 벽마다 잡지에서 오려낸 말 같은 여자들의 사진이 붙어 있었다. 상사가 어리둥절해진 표정으로 어수선한 이층 방을 둘러보며 중얼거렸다.

"니기미…… 엽전끼리 괄세가 심하군."

여기서도 전쟁터의 살냄새가 역하게 풍겨오는 걸 느꼈고, 내가 동양의 어두운 골목 어디에서나 쉽게 찾을 수 있을 외인 매춘가에 찾아온 나그네 같다고 생각했다. 나는 침대 아래 나둥그러진 트렁크를 발길로 툭툭 건드리며 걸터앉아 있었다. 나는 참으로 고향에 돌아온 실감이 나질 않았다.

나무층계가 삐걱이는 소리가 들리더니 여자의 "아 아" 하고 길게 내뿜는 한숨소리가 들려왔다. 방문이 거침없이 열리고 옆구리에 두 팔을 착 올려붙인 굉장한 미인이 입구에 버티고 섰다. 우리는 다소간 위축되는 기분이었는데, 그 여자는 머리를 짙은 금발로 물들였으며 긴 속눈썹을 달고 있었다. 뒤에 역시 빨강머리를 틀어올리고 넓적다리를 거의 밑끝까지 아슬아슬하게 드러낸 여자가 따라왔다. 노랑머리가 말했다.

"풋, 내 그럴 줄 알았다구, 군바리 아냐?"

"야야, 웃기지 말구 돈이나 받아두라. 이건 팁이라구."

상사가 조급하게 서둘며 여자들의 가슴속으로 달러를 미끄러뜨려 주었다. 그는 여자들이 되돌아갈까봐 신경을 쓰고 있는 듯했다. 여자들이 말했다.

"돈이면 최곤가?"

"우리끼린 여엉 까뗌이야. 서루간에 자존심을 지켜야지."

나는 노랑머리의 손을 잡아 이끌어 침대에 쓰러뜨리며 지껄였다.

"무슨 자존심 말이냐?"

"도둑놈끼리는 도둑질을 금한다, 그런 말이 있잖아."

옆에서 상사가 가로챘다.

"그래 너희는 갈보구, 우리는 오입쟁이다. 됐지?"

"아냐, 끼리끼리야, 끼리끼리."

여자들은 계속해서 피워댄 마리화나 때문에 눈까풀이 가물가물했고 사지가 흔들거렸다. 노랑머리가 침대에 쓰러져 흥얼대고 있었다.

"아메리카 타국땅에 차이나 거리……"

아메리카, 메리카, 메리카…… 여자가 노래했을 때, 내게는 그 외국어의 음절이 꼭 빳빳한 포장지에 싸여진 찹쌀과자 같은 억양이라고 생각했다. 거대한 모래의 단애(斷崖)가 우뚝우뚝 나타나면서 일시에 그것들이 눈앞에서 부서져내렸다. 건조한 먼지만이 떠도는 황량한 빈 도시들이 떠올랐다. 갈증에 시달린 자의 갈라진 입술과 같은 땅들이 끝간데없이 펼쳐졌다. 상사가 빨강머리를 이끌고 옆방으로 나가면서 내게 눈을 껌벅였다. 그가 손짓으로 나를 문가에 불러냈다.

"앙, 입을 벌리쇼."

나는 입을 벌렸다. 그가 손가락을 내 입속에 쑥 집어넣었고, 혀끝에 꺼끌꺼끌한 감촉이 느껴졌다. 내가 눈살을 찌푸리고 입을 우물거리자 상사가 자기 입속에도 그것이 있다면서 만류했다.

"푹 적셔놔야 부드러워서 써먹기 좋잖소? 용법은 내가 더 잘 알지. 그럼 몸 푸시라구."

그가 내 어깨를 치며 크게 웃었다. 나는 입속에 들어와 있는 게 뭔지 잘 알고 있었다. 그것은 왼쪽 볼따구니 속살과 이빨 사이에 찰싹 달라붙어 있었다. 술기운이 깨인 탓인지 명치끝이 쓰려오며 토악질이 솟아올랐다. 우욱, 하면서 토사물로 가득 찬 입을 막고 층계를 내려갔다. 화장실로 들어서자마자 소변기 위에다 대고 약간의 물기를 뱉어냈다.

연거푸 헛구역질을 하는 나를 향하여 누군가 빤히 올려다보고 있었다. 그것은 깊숙하게 뚫린 변기 구멍 위에 얹힌 낙타누깔이었다. 퀭하니 홉뜬 사자(死者)의 썩어문드러진 눈이 되어 그 바닥 없는 어둠은 나를 조용히 응시하고 있는 듯했다.

〔월간문학 1972. 5; 객지, 창작과비평사 1974〕

"산으로 가더라고. 달이 뜨면 눈에 띌 테니께."

칼잡이 사내가 앞장서서 옥수수 밭고랑 사이로 헤치고 들어갔다. 도랑을 흐르는 물소리와 개구리 울음 때문에 주위가 더욱 고요한 느낌이었다. 어깨가 딱바라지고 탄탄한 몸집을 한 칼잡이와 날씬한 체구에 동작이 잽싼 조수가 도구 배낭을 들고 따랐고, 좀 모자라긴 해도 힘깨나 쓸 듯싶은 신마이도 그들 뒤를 따르고 있었다. 옥수수밭을 나서서 그들은 능선을 타고 마을의 불빛을 향해 걸어나갔다. 개천가에 널따란 빈터가 내려다보이는 데서 칼잡이가 아래로 뛰어내려가며 말했다.

"낮에 봐둔 장소구먼. 예서는 마땅한 곳이 읎단 말여."

"너무 가깝구먼요."

조수는 개천 건너편 길가에 보이는 초가의 불빛들을 가리켰다. 그러나 칼잡이가 고개를 흔든다.

"물이 있응께 안 좋은감? 싸게 해치우더라고."

빈터 앞을 세 개의 커다란 바위가 막아서 있고 잔디가 자라고 있어서 칼잡이가 고를 만한 장소였다.

그들은 능선 위로 올라가 마을을 바로 밑에 내려다볼 수 있는 곳까지 다가갔다. 마을은 그들이 섰는 언덕 맞은편의 산 가운데 아늑하게 자리잡고 있었다. 세 사람은 비탈 위에 자리잡은 묘지에 엎드려 마을을 내려다보았다. 불빛들이 훨씬 줄었고 여기저기에서 연달아 개 짖는 소리가 들려왔다. 산 머리로부터 만월이 떠올라왔다. 달이 구름에 가려질 때마다 마을을 더욱 멀리 끌어갔다가는, 다시 환히 앞으로 끌어당겨오는 듯했다. 칼잡이가 속삭였다.

"찾았네, 저 집여. 보이는가?"

그는 돌담 사이로 뚫린 골목에서부터 지붕들을 헤아려나갔다.

"길 똑바로 다섯째 집, 마당이 젤루 넓은 집이랑게."

기역자 집이었는데 외양인 듯한 헛간이 집을 마주해서 마당의 왼편에 보였다.

"아주 실허게 살찐 암소여."

칼잡이의 말에 신마이가 묘지의 분봉에서 상반신을 벌떡 일으켰다.

"머시여? 암소라?"

"그려, 암소는 안된다 말여?"

조수가 신마이의 건방진 반발이 아니꼬워서 코웃음을 쳤다. 신마이가 말했다.

"농우는 농갓집 기둥뿌리나 매한가지여. 아무리 굶어죽게 됐지만서도, 농우 쌔비는 일은 사람 못헐 노릇여."

"아따, 그럼 왜 왔는가."

"밤일이라고 혀서…… 고작해야 닭서리려니 했구먼."

"닭서리나 소서리나 매일반인디, 좌우간 앗씨가 때려잡을 텡께, 자넬랑 망만 보더라고."

"소 한마릴 우리가 다 워떻기 먹는단 말여?"

조수는 신마이의 우둔함이 답답하다는 듯이 혀를 차면서 말했다.

"아이구, 이런 등신 좀 보소. 얀마, 읍내선 고기가 필요하다니께, 고기가."

칼잡이도 신마이를 달랬다.

"이 사람아, 워쩔 거여? 대처루 나갈 터인즉슨 쐬가 있겄어, 양식이 있는가. 이삭이나 영글면 행편 필래나 했더니만…… 요 짓으로 이력이 났지만, 자넨 딱 한번 뿐여, 알겄나?"

"여편네 배때지를 봐서라두…… 허긴 그럴 도리밖에 없구만이라우."

조수가 일어났다.

"소 몰러 갈랑만요."

"기다려어. 노인네들은 잠귀가 밝으니께. 그란해도 소는 자네가 맡아야 혀."

칼잡이가 조수에게 다짐했다. 조수가 자신만만해서 대답했다.

"걱정할 거 쥐뿔두 읎당게요. 나는 소랑 이약을 통할 정도란 말여요."

"됐네, 그럼 신마이하고 나는 뚜룩치러 가더라고. 기둥 쓸 거 두 개랑 지게 세 짝이 필요하당게. 우린 먼저 가서 기두를 텡께, 감쪽같이 해뻔지라고."

"그럽시다."

조수는 보통때 했던 솜씨대로, 우선 개를 달래놓고 나서 소의 목에 걸린 놋쇠방울을 떼어낸 다음 점잖게 헛기침까지 하면서 소를 끌고 나왔다. 모두들 농번기여서 깊은 잠에 곯아떨어진 모양이다. 시냇물 앞에 이르자 소가 물을 건너지 않고 물가를 따라 올라가다가 멈춰섰다. 소는 요지부동인 채로 당겨진 고삐에서 놓여나려는 듯 마주 힘을 써오는 거였다. 먼저 도착해서 기다리던 칼잡이가 바위 뒤에서 뛰어나오며 외쳤다.

"잡아끌어, 인저 고놈은 꿈쩍 안할겨."

칼잡이도 텀벙대며 개천을 건너 소의 고삐를 움켜잡았다. 소가 뒷걸음질쳤다. 조수가 뒤에서 소를 밀고 칼잡이는 두 손으로 움켜진 고삐를 죽어라 하고 잡아당겼다. 소는 입을 벌리고 타액을 줄줄 흘리면서 버티었다. 벌려진 입속에서는 부글부글 끓는 듯한 신음과 숨소리가 새어나왔다. 소가 서너 걸음 끌려오다가 고개를 거세게 흔들며 다시 버티곤 했다. 칼잡이가 이를 갈았다.

"어 쌍놈의 소, 두구 보자."

칼잡이는 자기의 어깨에다 얼굴을 비비면서 땀을 닦았다. 힘을 주어 버티던 소가 마지못해서 끌려갔다. 두 발이 물에 잠기자 소는 버티던 힘을 갑자기 빼고 성큼성큼 시내를 건넜다. 소는 어느정도 수그러지긴 했지만 배를 벌떡이며 흥분하고 있었다. 신마이가 굵은 기둥 두 개를 평행봉처럼 세우려고 호미로 땅을 깊숙이 파헤치고 있었다. 칼잡이는 신마이와 조수가 기둥을 세울 동안 시합에 출전할 선수를 준비운동시키는 감독처럼 소를 끌고 빈터의 주위를 빙글빙글 뛰어다녔다. 소가 어느 결에 들떠서 고삐를 쥔 사람보다 앞질러 뛰었다. 빈터의 일정한 궤도에서 소가 조금이라도 빗나갈 듯 보일 때마다 칼잡이는 줄을 재빨리 나꿔챘다. 소가 최면된 것처럼 자꾸만 돌았다. 칼잡이가 헐떡이면서 말했다.

"뭣 땜시 꾸물대는 거여, 아 빨리 기둥을 세워얄 거 아녀?"

두 기둥이 구멍에 박히고, 흙을 다져 똑바로 세웠다. 조수가 호미를 내던지고 말했다.

"자, 일루 몰아오슈."

칼잡이는 기둥 곁을 지나 또 한바퀴를 돌아갔다. 공지의 주변을 돌아오면서 그대로 기둥 사이를 통과해서 고삐를 당기자 소는 망설임 없이 기둥 사이로 머리를 들이밀었다.

"됐어. 내 당길 동안 묶어버리라고."

칼잡이가 온 힘을 다해 고삐를 당기는 동안에 조수는 튼튼한 밧줄로 소의 목을 두 기둥 사이에 단단히 붙들어맸다. 소가 함정에 빠졌다는 걸 그제야 깨닫고 머리를 빼내려고 헐떡이며 버둥거렸다. 기둥이 흔들렸으나 간격은 더이상 넓어지지 않았다. 칼잡이는 바위에 걸터앉아 담배를 붙여물고 숨을 돌렸다. 신마이는 길 쪽에 나가 앉아 망을 보고 있었고, 조수는 대견하다는 듯 소 곁에서 토닥토닥 두드려주고 있었다. 칼잡이가 말했다.

"끝장이 났는디 실컷 지랄하게 내뻔져두어. 절루 지쳐빠질 거여."

조수가 준비된 물건들을 두 개의 하배낭에서 모조리 꺼내놓았다. 석장의 군용우비, 플래시, 돌 쪼는 뾰족한 쇠정을 붙들어맨 몽둥이, 날카로운 쇠꼬치, 양재기, 식칼, 밧줄 한뭉치 등속이었다. 조수가 쇠정을 칼잡이의 발 앞으로 던져주었다. 칼잡이는 상의를 벗어던지고 러닝셔츠까지 벗어서는 손바닥의 땀을 말끔히 닦아냈다.

"일을 하자면 모두들 웃통을 벗어얄 거여. 피가 튀니께로."

그는 정을 붙들어맨 망치를 바람소리가 나도록 허공에 휘둘러보았다.

"슬슬 시작해보까?"

칼잡이가 소의 정면에 서서 망치를 천천히 치켜들었다. 소가 두 발로 땅을 파헤치면서 굵은 음성으로 부르짖었다. 캄캄하고 깊숙한 구멍 속에서 마주쳐 울려나오는 듯한 소리가 숲에 가득 차서 떠돌다가 사라졌다. 소는 본능으로 위험을 느낀 모양이었다. 칼잡이가 높이 쳐들었던 망치를 떨구었다.

"들리지 않았으까? 젠장. 나팔소리 같았다고."

"싸게 싸게 때려잡으슈."

조수가 말했다. 칼잡이는 그 피할 수 없는 먹이를 노리면서 망치를 쳐들고 호흡을 쟀다. 소가 울음을 울고서는 입을 벌린 채 고개를 늘어뜨리고 방심한 듯이 도살자를 바라보았다. 칼잡이는 단숨에 손끝에 온힘을 모아 내리찍었다. 소가 머리를 빼내려고 사지를 버둥거렸다.

"씨팔, 빗맞았는감만."

망치의 끝이 소의 정수리를 벗어난 귀 옆에 틀어박혀 있었다. 칼잡이는 이런 실수가 께름칙해졌지만, 다시 뒤로 한걸음 물러나 겨냥을 했다. 어둠속에 묻혀 있던 소의 커다란 눈은 핏발이 곤두서서 푸른 광채를 내며 번쩍거렸다. 두 눈이 내쏘는 빛을 발하면서 소는 짐승의 탈을 벗어났다. 내리찍자 딱, 하는 소리와 함께 소가 기둥에 머리를 매달린 채 무릎을 꿇었다.

"후딱 줄을 풀란 말여."

조수와 신마이가 달려들어 기둥에 붙들어맸던 줄을 풀었다. 피가 일직선으로 공중에 뻗쳐 올라갔다. 소는 여전히 최후의 힘을 내어 땅바닥에서 허우적거렸다. 그들의 상반신은 소나기를 맞은 것처럼 온통 피에 젖어버렸다. 조수가 양손으로 기둥을 붙잡고 힘이 빠져가는 소의 목을 두 발로 타눌렀다. 칼잡이가 꼬챙이를 소의 정수리에 뚫어진 구멍 속으로 깊숙하게 찔러넣었다. 그리고 소의 두개골 속을 사방으로 쑤셔댔다. 소의 뇌조직은 지리멸렬되고, 들락날락하는 꼬질대의 율동과 똑같이 소의 팔다리가 끈 아래서 움직이는 인형같이 춤추었다. 차츰 소의 춤이 마비되어갔고 마지막 경련이 찾아왔다. 서투르고 투박한 동작을 되풀이했던 다리들이 곧게 펴지고, 아주 섬세하게 떨면서 작은 파동에서 점점 격렬한 움직임으로 옮겼다가, 다시 처음의 미약한 떨림으로 돌아가 한순간에 모든 동작이 멎어버렸다. 칼잡이가 꼬챙이를 정수리에서 뽑아들고 흘러나온 뇌수를 손가락으로 찍어 맛보았다.

"어 고소하다. 목을 따야 할 텐디."

"불 비춰야 되겄구먼."

신마이가 구경만 하기는 미안한지 플래시를 비춰들었다. 진홍의 선명한 피가 희게 까뒤집힌 눈 가녘으로 해서 황갈색 털을 적시고 흘러내리고 있었다. 피가 아직 살아 있는 것처럼 뭉클뭉클 솟았다. 사람의 살갗 위에도 그것은 여러 모양으로 물들었다. 불빛에 번들거리는 땀과 피가 그들의 가슴과 배 위에 번져갔다. 칼잡이는 식칼의 날을 손가락 끝에 벼러보고 나서 소의 멱을 따냈다. 몰렸던 선지피가 솟았다. 목뼈 부분을 여러차례 내리찍어 머리를 도려냈다. 덜렁대던 머리가 떨어져나가자 짐승은 비로소 생시의 형상을 잃었다. 죽은 짐승은 피비린내와 더불어 발정기의 냄새 같은 연한 노린내를 풍기기 시작했다. 칼잡이가 목 밑동의 동맥에서 솟아나오는 핏줄기 아래에 양재기를 갖다댔다. 솟아오르는 선짓덩어리가 그의 벗은 팔뚝 위에 엉겨붙었다. 잠깐 동안에 그릇이 하나 가득 채워졌고, 그는 턱 아래로 두 줄기의 피를 흘리면서 천천히 마셨다.

"아직두 따땃하구만. 마셔봐, 몸에 좋다니께."

조수가 그릇을 넘겨받고 몇모금 마시다가 쏟아버렸다. 칼잡이는 목이 떨어져나간 소를 네 발굽이 위로 가도록 뉘어놓고 사지관절 부분을 잘라냈다. 가죽을 벗겨내자 털 아래 회백색 지방질이 드러났다. 그는 일하다가 꼬질대를 소 대가리 속에 후리어 뇌수를 꺼내 손에 한 줌씩 쥐고 먹었다. 소의 가죽이 모조리 벗겨지고 초라한 육괴(肉塊)로 변했다. 해체되자마자 소는 단번에 짐승의 늠름함을 상실해서, 생생한 색깔과 냄새 외의 것들은 주위의 사물들 사이에 흡수되어버렸다. 구경하고 섰던 신마이가 자기 등뒤로 팔을 올려 찰싹 때렸다. 윙윙거리는 나랫짓 소리가 희미하게 들리다가 그것에 주의를 돌리자, 소리가 갑자기 정적 속에서 요란하게 들끓고 있는 걸 알았다. 신마이가 큰 발견이나 한 듯이 외쳤다.

"이게 뭐여, 쉬파리 아녀?"

"파리떼가 모였네. 피냄샐 맡은개벼."

조수도 말했다. 끈적한 피냄새는 벌써부터 숲안에 널리 퍼졌고 잠자는 벌레들까지 깨워놓은 것이다. 부패하여 사멸한 모든 사물에 맨 처음 달려드는 것들이다. 파리가 주위를 날아다니는 소리가 점점 커졌다. 파리가 자꾸만 모여들고 있었다.

"하여간에 목숨이 모질다. 먹어야 살지 않는가. 산 것은 전부 요 모양이라니께."

칼잡이는 칼을 내던지고 웃저고리를 집어들어 휘돌리면서 날아드는 파리를 쫓았다. 조수가 자기 얼굴을 때리면서 중얼거렸다.

"아따, 참말로 파리 목숨이라더니 죽어지면 먹도 못혀."

칼잡이가 파리 쫓기에 지치자 그 짓을 포기하고 저고리를 던져버렸다. 그는 바위에다 칼을 갈았다. 고기의 내장을 감싸고 있는 휘장 같은 막이 위로 부풀어 올라와 있었다. 칼이 내장 속으로 그어 내려가자 그것은 갈가리 헤쳐졌다. 헤쳐진 막 뒤에서 붉고 푸른 기묘한 모습의 기관들이 드러났다. 아직 팔딱이며 살아 뛰고 있는 부분들이 있었지만, 내장들은 모조품처럼 보였다. 조수가 부르짖었다.

"왜 그려, 뭐시여?"

칼잡이가 칼을 내동댕이치고 벌떡 일어섰기 때문이다. 칼잡이는 얼굴을 옆으로 돌리고 연신 가래침을 돋우어 뱉어냈다.

"부정탔다. 니미랄 거."

"참 내 잊구…… 말해준다 하면서두……"

"좋아, 구데기 무서서 장 못 담글랑가."

칼잡이는 다시 달려들어 핏속에 두 팔뚝을 담그고 더듬었다. 그가 소의 하경부 근처에서 끄집어올린 것은 연분홍색의 살덩어리였다.

"불을 켜, 씨팔, 내야 온전한 백정놈두 못되니께. 잡아버리야지."

불빛에 드러난 것은 얇은 꺼풀 덮인, 눈이 툭 불거지고 드문드문 희고 자디잔 털이 돋은 탯송아지였다. 내장에서 딸려 올라온 창잣줄 같은 게 아래로 흐느적 떨어졌다. 조수가 말했다.

"오매, 다 커부렀네."

"새꺄, 입닥치더라고. 사람 먼첨 먹구 봐얄 거 아녀."

"고연이 심사여, 심사가, 넨장."

칼잡이가 그것을 땅 위에 내던졌다. 조수가 우물거렸다.

"소가 원체 운이 나빴구만그려."

칼잡이가 말했다.

"힘이 쭉 빠지네그랴."

잠과 배고픔이 그들을 덮쳤다. 신마이가 게트림을 하더니 비위가 상했는지 자꾸 군침을 삼켰다.

"우리 안사람 해산철인디, 이게 뭔 노릇여. 죄 받을라고 뭔 짓이냐 말여."

"아 싸게 각을 뜹시다요, 잉. 벌써 새벽이랑게."

칼잡이가 삼각부와 방덩이에서 퇴에까지 길쭉하게 살을 벗겨나갔다. 조수와 신마이는 베어낸 살들을 냇물에 씻어 군용판초에 담았다. 살이 모두 발라지자 드디어 남은 건 골격뿐, 갈비뼈가 동굴의 입구처럼 입을 벌렸다. 그것은 파괴된 기계나 건물의 잔해 같다. 어둠속에 희게 반사된 뼈가 이뤄놓은 선이 둥글고 부드럽게 공간에 떠 있었다. 조수가 돌을 집어 나무 위로 연달아 팔매질했다. 날아오른 새들이 나뭇잎과 가지를 스치는 소리가 어지럽게 들려왔다.

"남은 건 전부 매장시켜."

칼잡이가 호미를 신마이에게 집어주며 말했다. 신마이는 땅을 팠고, 두 사람은 기둥을 뽑아 풀숲으로 던져버렸다. 신마이는 그의 땀 번진 얼굴 위로 모여드는 파리떼를 연신 날리면서 구덩이를 팠다.

"이것두 묻을 건가?"

그는 네 발굽을 모으고 넘어진 탯송아지를 턱짓했다. 조수가 되물었다.

"워띠여, 약에 쓰면 좋은디."

"왜 제사라두 지내줄 참여?"

칼잡이가 귀찮은 듯이 외면하고서 말했다.

"읍내 나가면 살 사람덜이 쌔구쌨응께. 그나저나 인제 한철 느긋이 나겄는지 원."

조수도 맞장구쳤다.

"있는 집야, 소란 또 사면 되는 것이겠고 새끼도 다시 밸 거 아닌가베."

신마이는 가죽이며 뼈를 구덩이에 처넣었다. 매장을 끝내고 바위에 올라앉은 신마이는 오한이 났고, 관자놀이가 벌떡이며 뛰는 소리를 들었다. 그는 오늘밤 내내 몸이 좋지 않다고 느꼈다. 덜 묻힌 소대가리의 뿔이 위로 뾰족이 솟아오른 게 보였다. 흙을 끼얹었으나, 뿔 위에 쏟아져 흘러내려 좀처럼 가려지지 않았다.

"자네두 얼릉 내려와 씻그라고."

조수가 개천에서 피를 씻다 말고 신마이를 불렀다.

"힘이 부쳐 그라누먼. 좀 쉬어야 쓰겄네."

그들은 전신에 뒤집어썼던 피를 말끔히 씻어냈다. 주위가 어둠침침하게 밝아오고 있었다. 안개가 들 위로 끌어내려져 차츰 엷게 퍼져갔다.

"빨리 찌그러집시다요."

조수가 흩어진 도구들을 챙기면서 서둘렀다. 신마이는 두 무릎 사이에 고개를 처박고 앉아 있었는데 조수가 흔들자 얼굴을 쳐들었다.

"뭣혀. 자는가?"

"아녀. 골치가 쑤셔서그랴."

"처분해서 돈 받아갖고 집에 가면 다 나슬 골치라고."

그들은 고기를 판초에 싸서 줄로 묶어서는 세 짝의 지게 위에 높다랗게 얹었다. 세 사람은 몇번이나 쉬어가면서 산등성이를 올라갔다. 잠깬 참새들이 아직은 어두운 숲속에서 떠들어대고 있었다. 하늘에 새벽빛이 가득했다. 묵묵히 걷기만 하던 칼잡이가 불쑥 말했다.

"자네 대처엘 가서 살아보면 안다니께."

칼잡이는 지게 멜빵을 치켜올리고서 신마이 쪽을 바라보았다.

"예서야 사는 게 그저 해 뜨고, 해 지면 하루지마는…… 게서는 하루에 억만겁을 사는 셈인디."

조수가 끼여들었다.

"살 방도가 많다는 얘기라우, 아니면 당최 없응께 질다는 말이오?"

"못헐 짓 허자니 목숨이 질다는 이약이랑게."

그들은 산등성이를 내려와 작은 소나무들의 야산에 이르렀다. 야산 아래로 옥수수밭과 높이 솟은 황토언덕이 마주보였고 들판이 내려다보였다. 칼잡이가 짐을 내려놓고 이마의 땀을 씻으며 말했다.

"거 꼴사나운 놈, 버리고 가더라고."

"송아지 말여요? 냅두슈. 사삭스럽게 왜 그런다요?"

조수의 말에 칼잡이는 잠깐 생각하고 나서 말했다.

"아무래두 재수가 없을 거 같어."

"재수가 이 판국에 워딨대여, 염라대왕도 먹어야 대왕인디."

"갑시다 얼릉. 워쩐지 상스런 생각이 드누먼그려. 마누라가 몸을 풀었는지두 모르겄네."

신마이의 말에 조수가 발끈했다.

"이런 지미 붙을…… 어떤 놈, 새끼 없는 중 아냐. 줄줄이 딸린 게 새끼여. 낳고 먹고 죽고 하는 것이 자그마치 일곱이다 말여."

칼잡이는 상을 찡그리고 자꾸 침을 뱉었다. 그들은 어느 결엔가 맥이 빠져 있었다. 세 사람은 한마디씩 중얼댔다.

"엄청 늦었당게. 해 뜨기 전까지 꺼졌어야 하는 건데 말여."

"지금쯤은 저기 철둑을 훨씬 넘었어야 혀."

"동네 놈덜이 지키구 있을지두 모르겠고만이라우."

들판 멀리 마을의 지붕들 위로 연기가 오르고 있었다. 여러 줄기의 연기는 바람 없는 하늘 위에 곧게 올라가 흩어졌다. 새 한마리가 놀 속에 높이 떠서 지저귀고 있었다. 새 울음소리가 아득했다.

새뿐만 아니라 들판의 이곳저곳에서 산 것들이 깨어나고 있을 것이다.

〔창조 1972. 9; 북망, 멀고도 고적한 곳, 동서문화원 1975〕

기념사진

길이 젖어가고 있었다.

신문기자는 법무관을 만나 고교 동창들의 얘기를 나누며 찌뿌드드했던 기분이 얼마쯤은 가신 것을 느꼈다. 요즈음의 우울이란 게 고작 이런 정도임을 알고 그는 생활에 너무 쫓기는 탓이라고 생각했다. 그들은 시외버스의 종점이 있는 종로 쪽으로 향하고 있었다. 두 사람은 비가 내리는 인도의 양끝으로 떨어져서 걸었다.

그 무렵에 칠팔명의 친구들은 제각기 무엇을 하고 있었는가. 일찌감치 총에 맞아 죽은 녀석도 있었고, 열띤 논쟁을 벌였고, 음악을 들었고, 연애를 했고, 오입도 했고, 술을 억척으로 퍼마셨고, 데모나 싸움질을 하다 머리도 깨졌고, 배신도 했고, 실연해서 울기도 했으며, 밤새워 책을 읽기도 했는데, 낙제도 했었지. 그러곤 군대에 나갔던가…… 기자는 그런 생각들을 하다가 무심결에 중얼거렸다.

"한창 좋았지……"
"응, 뭐가?"
법무관이 두리번대며 물었고, 기자는 친구들과의 약속을 염두에 두고 대답했다.
"대학에 들어갔을 때 말야."
"세상두 바뀌나보다 했을 무렵이니까."
"하여간에 눈에 뵈는 거 없었지."
"지금은 많이 원만해진 셈인가?"
날씬한 군용 레인코트 차림에 모자챙 밑에서 올려다보며 물어오는 법무관의 어조가 어쩐지 비아냥거리는 것만 같다고 기자는 잠깐 생각했다. 그는 머리카락을 손으로 쓱 빗어올려 보이면서 말했다.
"나 말야…… 이젠 나이들어 보이지?"
법무관이 기자의 어깨를 가볍게 두드렸다.
"장가두 안 든 놈이 뭘. 나처럼 결혼한 사람두 청년 소릴 듣는데."
"안사람하구 요새는 좀 통해?"
기자가 그렇게 말하는 데엔 별로 저의가 없었건만, 대뜸 건드림을 받았다고 느꼈는지 법무관의 표정이 시큰둥하게 되어갔다.
"처가 동경에다 전화를 걸구 법석을 떨었지."
"친정에다 하소연했던가? 이해하구 살아야지."
"파이프가 막혀서 말야, 물을 손수 길었던 모양이라."
법무관의 표정이 어두워졌고, 흐린 눈빛 때문인지 그는 정이 많고 유순한 사람으로 보였다. 그가 짜증난 어조로 말했다.
"못살겠다구 쫑알대길래 귀싸대 한대 올렸더니만."
"고생을 안해봐서 그럴 텐데, 좀 과했다, 너."
"제기랄, 고생은 뭐…… 그 정도면 여기선 최고급 아파트라구."

법무관의 처는 재일교포의 외동따님이었다. 밉상이긴 했지만 성품은 상냥한 여자였다. 법무관은 원래 학교 적엔 '가마보꼬'라는 별명으로 불릴 정도로 책상머리에 붙어앉아 공부를 파던 형이었다. 친구들간에도 꽤나 명석하고 정의파라고 알려져왔던 터였고, 그는 재학시절에 이미 고시에 합격되었다. 똑똑한 남자란 딸 가진 세도가들이 탐내는 법이다.

"내게 너무 과분해서 그런지 원."

법무관이 얼버무렸다. 그는 아내 얘기만 나오면 어쩔 수 없이 기가 죽는다. 겉보리 서 말만 있어도…… 하는 말이 있듯이, 그는 처가의 덕을 음양으로 입고 있다는 사실을 피할 수가 없었기 때문이었다.

요즘 세상에 잘못은 아니겠다고는 생각해주더라도 자랑이랄 것은 못된다.

처음에 그들 부부는 영어와 일본어로 적당히 의사를 주고받아야 했다. "달링" 어쩌고 하는 말로라도 뜻이 충분히 통하는 경우란 둘이 끌어안고 잘 때뿐이었다. 그는 오늘의 방문에 사실은 한몫 끼고 싶지가 않았다. 중간에 새버릴까 했다가도, 그는 기자 때문에 마지못해 약속장소로 가고 있는 셈이었다. 법무관도 한마디 들먹였다.

"참, 그 여자하군 소식이 영 끊어졌나?"

"지난번에 거리에서 본 적이 있지."

얼버무리며 기자는 상가의 진열창 쪽으로 고개를 돌려 거기 비추어진 두 사람을 확인했다. 고등학교 동창 관계는 어느 때의 친구들보다도 가까운 사이다. 그러나 한편으로는 사이 나쁜 직장 동료보다 훨씬 적의를 품게 하는 경우가 있다. 사회에서의 상대방의 변천과정을 우정에 기대한 만큼도 이해하려 들지 않는 태도 때문일 것이었다. 그들은 언제나 적의의 직전에서 맴돌고 있는 것 같았다. 이 알량한 우정은 오늘과 내일을 예측할 수가 없을 거였다. 엿이나 먹어라, 하며 뒤통수에다 쑥떡 한방 먹이고 언제 돌아서게 될지도 모르는 일이다. 우리는 회한이 많은 잡놈들이니까, 하면서 기자는 고개를 끄덕였다.

"그래, 한번 만났어."

"붙잡아서 쥐어패기라두 했냐?"

"아니, 그냥 덤덤하게 지나쳤어."

그 여자가 주춤 섰다. 인사를 했다. 그는 얼이 빠져 서 있었다. 여자가 손으로 입을 가리고 웃음을 참는 꼴로 내뺐다. 기분은 멀쩡했는데도 두 눈이 펑 젖어왔다. 최소한 여자문제 한가지라도 꿰뚫어볼 줄 알았다면, 젊은 날에 사람 구실을 잘할 기회가 더욱 많았을 거라고 그는 생각했다. 소문에는 그 여자가 외국엘 갔다고 전해들었다. 아마도 다니러 온 거였겠지. 그에게는 지긋지긋한 기억이었다. 무려 칠 년…… 칠년 동안 맹하니 짝사랑으로 상병신이 되었던 거다. 그가 가르쳤던 그 여자의 동생 녀석은 그가 완전히 미쳐버린 걸로 알았을 정도니까. 그 앙큼한 여자가 차를 내온다, 과일을 깎는다, 고궁엘 가자, 눈이 오니 밤새껏 음악을 들으며 대화하자, 그러면서 제 기분만 내었던 거다. 그는 식모가 가끔 와서 빨래나 받아가고 밥상이나 들여오던 썰렁한 이층 북향 방을 잊지 않고 있었다. 어찌된 건지, 짝사랑에 대해 연상되는 게 크리스마스고, 그게 떠오르면 그 여자가 약혼했단 기별을 받았던 날이 생각났다. 그는 입술 사이로 웃음소리를 내고 말았다. 법무관이 의아하다는 듯이 덩달아 웃으며 물었다.

"왜 웃니…… 그 여자랑 존 일 있었어?"

"여자가 휴지뭉치라면 좋겠단 말야."

언젠가 기자에게서 농조로 들은 적이 있는 법무관도 피식 웃었다.

"이 녀석아, 그건 가난뱅이의 여성관이야. 찍었으면 획득을 해야지.”

그들은 각자가 다른 생각을 떠올리며 웃었다. 둘 다 침울해 있던 기분에서 잠깐 놓여나는 듯했다.

기자가 그 여자의 동생에게서 약혼 소식을 들었던 날 거리에는 성탄 분위기가 한창 무르익어 선물 꾸러미를 든 사람들이 점포와 백화점마다 꾸역꾸역 몰려나오고 있었다. 거리는 귀신 들린 흉가처럼 들끓고 있었다. 그리고 거대한 괴물 거인 같은 산타클로스 영감이 입을 쩍 벌려 혈색 좋고 영양 좋게 웃어대며 아양을 떨고 있었다. 그는 번화가 백화점의 높다란 계단 위에 올라서서 실연의 쓰라림을 은근히 즐기고 있었던 것이다. 그는 잠깐 싱거운 망상을 떠올렸다. 그래 휴지를 한아름 사자. 그걸 고급 포장지로 싸서 예쁜 리본으로 묶어 들고 여기 하루종일 섰는 거다. 저기 저기 네 모친께서 지나가신다. 어이 엄마 어디 가슈. 이리 좀 오쇼. 내 연인을 소개합니다. 그럼 가보슈. 또 저기 저기 대학 동창이 간다. 야야 오래간만이다. 내 연인이지. 그럼 가봐라. 저기 은사께서 지나가신다. 그렇지 저기 드디어 온다. 그 여자가…… 그래 남편두 함께, 저기 유력자의 아드님이, 재벌의 친척, 청년 실업가, 외국서 돌아온 박사님, 국회의원 비서, 또 저기 저기 정당원이, 모기관원이, 저기 또…… 어휴 바쁘다, 한꺼번에 모두 가봐라.

신문기자는 생각했다. 자기는 아직도 자신마저 별로 사랑하지 않으며 누구에게든 앙갚음하려고 별러가며 살고 있는 게 아닌가 여겨졌다. 옆에 있는 이 친구와 자기가 둘 다 어딘가 극도로 진화되어 있거나 아니면 퇴화되어버린 것 같았다. 그런데 둘을 합쳐 똑같이 나눈다 할지라도 절대로 공평한 느낌이 들 것 같지는 않았다.

“빈손으루 갈 수야 있나.”

하급 관리가 말했고, 도안사는 친구들에게 손을 내밀었다.

"적당히들 투자해라."

법무관과 도안사가 빈손을 채우러 갔다. 기자가 관리에게 물었다.

"환쟁이는 아직두 출판사에서 곤충도감을 베끼구 있나?"

"때려치웠나보더라."

관리는 몸이 귀찮은 모양이었다. 그는 빗방울이 떨어지는 대합실 처마끝을 흘끔흘끔 올려다보며 손수건으로 비대한 턱밑을 훔쳤다. 터무니없이 살은 쪘건만, 풍채가 좋아 뵈지 않는 건 무슨 까닭일까. 아마도 눈가에 잡힌 잔주름과 누런 안색 때문일 것이다. 기자가 말했다.

"직장을 때려치면 무슨 대책이 서 있대?"

"이민가게 됐나봐. 재 작은형이 캐나다에 있잖아. 그앤 손재주가 좋으니까, 건너가면 잘 풀릴 거야."

"거 잘됐군. 고생 많았지."

"많이 했지. 맨손으루 뛰어서 그만큼이라두 해놨으니 보통내기가 아냐. 은근히 고민두 되는 눈친가봐."

"가든가 안 가든가, 결정이 빤할 텐데."

"겁이 나는가봐. 막상 큰 변화가 오게 되니까…… 여기서 자리는 잡았거든."

"하긴, 안정이란 게 사람을 소심하게 만드니까."

그들이 버스에 올라탔을 때, 도안사와 법무관이 물건을 잔뜩 사들고 헐레벌떡 돌아왔다. 법무관은 도안사와 나란히, 기자와 관리가 함께 앉았다. 버스가 느릿느릿 혼잡한 중심가를 빠져나갔다.

"요샌 뭘 하구 지내?"

기자의 말에 관리는 다른 생각에 잠겼다가 당황한 듯 머리를 긁적였다.

"글쎄 그럭저럭…… 주말마다 낚시질하러 다니는데, 아주 그 놀음에 쏙 빠져버렸다."

"낚시질 조오치. 찌를 바라보노라면 머리가 한결 개운해질걸."

관리는 예전에도 키가 작고 통통하긴 했지만 귀엽고 순박한 데가 있었다. 특히 화가 나거나 기분이 좋으면 콧등이 새빨개져선 말을 더듬었다. 평소엔 낙천적인 명랑한 성격이지만, 욱하면 물불을 가리지 않는 다혈질이어서 친구들은 그의 기분이 어떤 상태인가를 항상 염두에 두어야만 했다. 그런데 그는 지금 어쩐지 불안하고 찌든 얼굴을 하고 있다. 그가 전공했던 외국어가 사실은 빛 좋은 개살구에 지나지 않았던 것이다. 쓰일 데가 비교적 적었고 몇번의 불운한 변전을 거듭한 끝에 관청의 하급 관리로 낙착이 지어졌다. 한때는 그가 열심히 번역했던 몇몇 이야기들에 빈번히 등장하는 짜르 치하의 칠등관 같은 생활분위기가 자신의 것이 된 듯했다. 그는 정년퇴직할 때가 가까운 국민학교 교사인 노모와 두 아이와 세파에 시달려 무감각해진 처를 거느린 가장이었다. 한시간 반이나 걸리는 교외에서 중심가까지 그는 이만원도 못되는 봉급을 위해 새벽부터 집을 나서야 했다.

간혹가다 운전사가 거칠게 브레이크를 잡는 통에 졸던 사람이 머리를 부딪고 깨어나거나 섰던 사람이 넘어지는 일이 벌어지자, 버스 안이 불평으로 가득 차곤 했다. 운전사는 대중가요와 만담이 곁들인 카 스테레오를 틀어줌으로써 승객들의 불만을 진정시키려 하는 눈치였다. 차가 시외의 지선도로에 들어서자 물탕을 튀기며 덜컹거렸다. 벌써 갑갑증이 났는지 피로한 기색이 된 도안사가 머리를 돌리고 관리에게 물었다.

"야, 어디라구 그랬지?"

"상교말. 아직 멀었어."

차창 위에 흙탕물이 번져 들판이며 하늘이 온통 누렇게 보였다. 비가 차차 걷혀가는지 유리창을 때리던 빗줄기도 훨씬 성기어졌다. 관리가 옆에 앉은 기자에게 말했다.

"낚시질 갔다가 우연히 만났지. 그날 밤에 곰치네 집에서 잤어."

"몸은 불편하지 않은가?"

"왼발을 못 쓰지만 거동엔 별루 지장이 없나보더라. 습관돼서 괜찮대."

"하긴, 십년이 넘었으니까."

시외로 나온 뒤 처음으로 버스가 정류장에 섰다. 제대 특명을 받은 듯한 예비군복 둘이 누런 종이봉투를 옆에 끼고 올라왔으며, 장사치 모습의 남자가 네 사람, 어린이를 동반한 할머니가 탔다. 좌석은 빈자리가 없어졌으나, 일요일치고는 비가 와서 그런지 사람들이 드문 편이다.

한참 고개를 오르는 중인데 운전석 옆의 엔진 위에 앉았던 예비군복 하나가 어 어! 하고 소리쳤다. 차가 모퉁이로 돌아서기가 무섭게 화물을 가득 실은 트럭이 흙탕물을 튀기며 바짝 스칠 듯이 지나갔다. 예비군복은 한잔 술로 벌게진 면상을 운전사에게로 기울이며 뒷좌석에까지 들릴 정도로 외쳤다.

"앗씨, 거 좀 조심하쇼."

"젊은 사람이 뭘 이쯤 가지고……"

운전사는 성대가 갈라진 듯한 소리를 내며 웃었다. 예비군복이 말했다.

"여보, 삼년 정성 나무아미타불이란 말요."

앞뒤 창가에 앉은 관리와 도안사가 말했다.

"차를 거칠게 모는구만."

"기분 나쁜데. 더구나 길이 험하니까."

내리막길이다. 차체 밑으로 자갈이 튀어 부딪치는 소리가 들렸고 창문은 쉴새없이 덜컹거렸다. 길이 층층이 구부러지고 있었는데, 비탈 아래로 송림이 내려다보였다. 경적소리가 길게 울렸다. 택시가 재빠르게 지나갔다.

"어…… 어라, 속도 못 늦춰, 이거?"

"그보담 담뱃불 좀 끄시지. 머리 위를 보슈."

운전사가 정면에 붉은 글씨로 쓰인 '금연'을 가리켰으나, 예비군복은 꿀리려 들질 않았다.

"당신은 왜 피워, 왜 피느냐구?"

운전사가 이번엔 대답 없이 옆에 쓰인 주의문을 가리켰다. 틀림없이 운전사와 잡담을 하지 말라는 경고일 게 분명하다.

"에라, 이…… 순…… 개새꺄."

"응, 너 말 다 했지. 이 새끼, 너 운전 방해야."

두 사람의 말다툼이 시끌짝하게 벌어졌다. 차는 두 사람의 빈정거림과 욕설을 삼키며 계속 달려갔다.

"세워, 안 세울래?"

차가 마을의 상가들 사이로 들어서고 있을 때 예비군복이 엔진 위로 벌떡 일어섰다. 그는 한 발을 높이 쳐들었고 운전사를 찰 듯이 위협했다. 운전사가 브레이크를 세게 밟자마자 그는 바닥에 나둥그러졌다. 동요하고 있던 앞자리의 남자 승객들이 한꺼번에 일어나 예비군복을 잡아 바닥에 깔아뭉개고 몇번 구타했다. 운전사와 뒷문에 섰던 조수도 합세하는 통에 그의 동행은 멀거니 구경만 할 뿐이었다. 승객들은 모두들 저놈 끌어내라고 소리쳤다. 그들은 평온한 여행이 귀찮게 방해받은 데 대해서 동일하게 분개하고 있었다. 여차장이 재빠르게 뛰어나가 경관 한사람을 달고 돌아왔다. 차 밖에 내려선 예비군복이 자기야 제대술 얻어먹고 귀향하는 놈이지만, 하면서 버스 안으로 머리를 들이밀고 승객들에게 떠들었다.

"저 운전사 새끼는 한잔 들구 기분나서 몰구 있단 말요."

운전사도 불려 내려갔다. 차는 시골길 위에 오랫동안 서 있었다. 승객들은 곧 체념하고 의자에 기대어 잠들거나 신문을 펴들거나 잡담을 하기 시작했다. 빗방울이 계속해서 창문에 부딪쳐 흘러내렸다. 도안사가 기지개를 켜며 일어났다.

"야야, 내리자. 택시를 잡는 게 낫겠다."

네 친구들은 물건들을 나눠 들고 버스에서 내렸다. 그들은 우산을 받고 있었으나 하반신이 젖는 게 몹시 귀찮았고, 요금을 냈는데도 길 한쪽에 섰는 버스를 보니까 더욱 불평이 커졌다. 그들은 택시를 기다리며 제각기 투덜거렸다.

"통뼈 같은 놈이 설치더니, 일진을 망치네그려."

"그래두 사고가 나느니 차라리 이게 다행이잖아."

"보다시피 여기까지 잘 왔는데…… 한놈 땜에 여러 사람이 지장을 받는군."

그들의 상상은 언덕이나 강물에 처박히는 끔찍한 광경에까지는 미치지 못했고, 다만 비가 내리는 질척한 진흙길 속에 서 있게 된 것만이 화가 났다. 택시가 왔다. 그들은 곧 난간이 없는 비좁은 다리를 지나갔다.

관리의 실착으로 그들은 상교말에 있다는 저수지 입구를 지나서 내렸다. 그들이 도착한 곳은 저수지가 아니라 강변이었던 것이다. 택시에서 내려 주민에게 묻고 나서야 길을 잘못 들었다는 것을 알았다. 그들은 가깝다는 주민의 말을 믿고 오던 길로 되짚어 내려갔다. 비가 완전히 그치고 산마루로 구름 걷힌 하늘이 드문드문 내다보였다. 네 사람은 길에 널찍이 팬 물구덩이를 건너뛰기도 하고, 차가 지날 때엔 길 아래 논둑으로 피하기도 하면서 오랫동안 걸었다. 헛딛고 진흙 속에 빠졌던 도안사가 말했다.

"촌놈들은 십리를 가지구두, 바로 요 너머라구 그런단 말야."

"나뽈레옹두 그런 식으루 알프스를 넘었거든."

"오랜만에 좀 걷는 게 건강에 해롭진 않을 거야."

법무관이 킬킬 웃어댔다.

"느이들 물리선생 생각나니?"

모두들 쾌활한 표정이 되었다. 그들 고교 적의 물리선생님 별명이 나뽈레옹이었던 것이다. 몸집이 작고 텁수룩한 몰골이었는데 말씨와 성질이 거칠었다. 도안사가 흉내를 냈다.

"요 망한 쌔들 망한 쌔들. 왜 떠드네 망한 쌔들!"

네 사람 모두 한참이나 정신없이 웃었다. 도안사가 한마디 덧붙였다.

"내레 점수 벌거지가 델 싫두나. 기게 사람놈에 대가리가, 비니루 대가리디."

나뽈레옹은 언제나 짤막한 방망이를 들고 다리께를 톡톡 두들기면서 교단을 오락가락했는데, 망또와 장화만 갖추면 진짜 황제감이었다. 나뽈레옹 떴다, 하면 그 주변이 쥐죽은 듯해지곤 하였다. 그분은 항시 협기(俠氣)를 주장해서 담임을 맡는 반마다 친필로 써 붙이던 것이다.

"그 양반 날 별루 신통찮게 여겼지."

뿐만 아니라 미워했다고 법무관은 믿고 있었다. 나뽈레옹은 그들 짝패들을 좋아해서 가끔 하숙방에 데려가기도 했는데, 유독 그에게만 덤덤했다. 분명히 그럴 만한 이유가 있었다는 걸 지금도 법무관은 잊지 않고 있다. 그날, 넷째 시간을 막 시작했을 무렵부터 산발적으로 들려오기 시작한 총성이 점점 커졌고, 교실 분위기가 술렁술렁해지기 시작했다. 선배라는 대학생들이 교실마다 찾아다니며 상황을 설명했다. 나가자! 누군가 외쳤고 밖으로 우르르 쏟아져나갔다. 교문 앞에서 직접 저지에 나선 교장과 간부급 교사들이 밀려나온 학생들과 실랑이를 벌이고 있었다. 대세가 어느 쪽으로 기울지 분명치 않은 때에, 그는 앞에 나가 동급생과 하급생들을 무마시키는 연설을 했던 것이다. "여러분, 지금은 이럴 때가 아닙니다. 현명하게 판단하여 차가운 이성으로 돌아갑시다." 그 일이 있은 뒤에 나뽈레옹은 출석을 부르다가 그의 이름에 부딪치자 잠시 궁리하고 나서 말했다. "우등생의 이름이군." 교실 복도나 운동장에서 마주쳐 그가 인사를 하면 나뽈레옹은 빙긋이 웃기만 하곤 지나치는 거였다. 졸업시험이 시작된 어느날 그는 텅 빈 변소에서 나뽈레옹과 나란히 소변을 봤던 적이 있었다. 나뽈레옹은 첫눈이 하얗게 덮인 뒷산 쪽에다 시선을 둔 채, 어느 학교 무슨 과를 지망했느냐, 지난번 성적은 어땠느냐면서 말을 걸었다. 밖에 나와 헤어지면서 나뽈레옹이 귀 좀 빌리자는 듯이 가까이 불렀다. 나뽈레옹이 그의 귀에다 속삭였다. "이 애늙은이야."

"지금 뭐하구 지낼까?"

"죽었다더라."

관리가 말했다.

"몸이 나빠서 시골루 전근해갔는데, 과로해서 쓰러졌지."

"성깔 하나 괴팍하더니만."

"그 양반 늘 하던 말이 있었지. 사람이 개인은 참 초라하다구 말야."

하면서 기자는 생각했다. 아무리 작은 구멍을 파기 위해서라도 헤아릴 수 없는 물방울들의 낙하가 필요하지 않은가. 한 목숨이란 얼마나 귀하고 한편 하잘것없는 것이랴. 선생님의 하숙방은 썰렁했다. 웬 걸인 같은 사내가 더부살이를 하고 있었는데, 갈 적마다 언제나 취한 얼굴이었다. 성적 내는 일을 돕느라고 거기서 곰치와 함께 새운 적이 있었다. 선생님과 그 사내는 밤새도록 소주병을 깠다. 그들은 여러 이야기를 했었다. 옛날 학생 때 처음에 생각했던 게 옳았다고 선생님이 말했으며, 사내도 지금 돌아가는 꼴을 보니 그게 옳았던 거 같다고 말했다. 젊은 시절엔 정신이 올바르고 정직했었다고 말했다. 기자는 그런 일이 어쩐지 인상 깊었고, 아직도 때때로 생각날 적이 있다.
저수지의 상류 쪽에 마을이 보였다. 그들은 상교말로 이어지는 저수지의 둑길을 걸었다. 논에서 맹꽁이들이 울었다. 짙푸른 포도원의 무성한 숲이 보였다. 관리가 이제부터는 길을 알겠다고 앞장을 섰다. 법무관이 도안사에게 말했다.

"잘 봐둬라. 시골 풍경은 이게 마지막일 테니."

도안사는 대답이 없었다. 기자가 물었다.

"정확히 언제쯤야?"

"꼭 한달 남았어."

"거기선 일한 만큼은 대접을 받을걸. 가서 잘 살아라."

"잘 살아야지."

"바로 저 집이다."

앞서 가던 관리가 돌아보며 채소밭 가운데 있는 작은 블록 집을 가리켰다. 울타리가 없어서 집의 측면과 마당이 빤히 보였다. 돼지우리와 제법 큼직한 계사가 보였고, 가축들의 울음소리가 들려왔다. 그들이 마당에 들어서자 계사에서 곰치의 아내가 뛰어나왔다. 그 여자는 입에 가렸던 마스크를 떼어내고 수줍은 웃음을 웃었다. 관리가 물었다.

"집에 있죠?"

"저어, 면에 가셨어요. 곧 오실 테니까 어서 올라가세요."

관리가 친구들을 하나씩 소개했다. 닭장을 들여다보던 기자가 말했다.

"뭐야, 닭들 태반이 졸구 있는데……"

"큰일났어요. 돌림병인가봐요. 그래서 알아본다구 나가셨죠."

여자의 얼굴에 근심의 빛이 지나갔다. 검은 팬티를 입은 건장한 사내놈이 방문을 빠끔히 열고 바깥을 내다보고 있었다. 법무관이 말했다.

"얀마, 일루 와. 저놈 좀 봐라."

"저게 큰놈인가요."

방문이 쾅 닫혔다.

"네, 다섯살예요."

"허 그놈 애빌 닮아 체격이 근사한걸."

그들은 마루로 올라갔다. 사람들 소리에 깼는지 갓난애가 칭얼거렸다. 계사에 갔던 관리가 고개를 흔들며 돌아왔다.

"심상칠 않아. 격리는 시킨 모양인데 거진 다 걸린 모양이군."

"농사는 안 짓나?"

"돼지하구 저거뿐야. 그리구 채소밭."

"이 동네 포도밭 많던데."

관리가 말했다.

"모두 주말농장이야. 저기 이쁜 집들이 보이지?"

맞은편 숲 사이로 붉고 푸른 높다란 지붕들이 보였다. 전부 묵묵히 앉아 있는데 큰놈이 살그머니 나왔다. 그들의 관심은 아이에게로 집중이 되었다.

"너 몇살이지?"

"이름 뭐야?"

"이담에 뭐 될래?"

질문이 한꺼번에 쏟아지자 아이는 어리벙벙해졌다. 그러나 과연 그 아버지의 자식인지라 숫기가 좋았다.

"다섯살, 김찬수. 이담에…… 응, 이담에는 훌륭한 사람 될래."

계사에서 닭이 날개치며 우는 소리가 시끄럽게 들려왔다. 아마도 격리시키기를 계속하는 것 같다. 온전하게 살아남는 게 몇마리나 될 건가.

그들은 친구네 집에 우울한 분위기가 무겁게 내리누르고 있음을 느꼈다.

곰치는 국비환자로 병원에 오랫동안 입원해 있었기 때문에 대학을 다니지 못했다. 그는 퇴원하자마자 곧장 낙향해버렸고, 간혹가다 서울에 들러도 가까운 친구들을 찾아오지 않았다. 오히려 엉뚱한 쪽에서 그의 풍문만을 전해들었을 뿐이다.

부상동지회인가 어딘가에서 탈퇴했다더라, 공민학교를 해보겠다더라, 사기를 당했다더라, 결혼했다더라, 양계를 친다더라……

"아부지 온다!"

아이가 아래로 뛰어내려갔다. 채소밭 고랑 사이로 곰치가 부지런히 걸어오고 있다. 왼편으로 어깨를 흔들면서…… 그는 활짝 웃으며 친구들을 손가락질한다. 마음이 바빠 이제는 뛰느라고 왼발을 심하게 절고 온다. 친구들은 마루 끝에 멍하니 서서 그쪽을 바라보았다.

아이놈이 마주 뛰어간다.

부자가 손을 잡고 함께 온다.

친구들은 눈시울이 뜨끈하다. 그들 부자의 뒤편에 깔린 하늘이 컴컴했다.

〔문학사상 1972. 11 ; 삼포 가는 길, 삼중당 1975〕

이웃 사람

1

아니 이건 누굴 놀리는 거요?

당신이 부드러운 얼굴로 제법 가까운 척해 보이지만 내가 믿을 줄 아십니까. 나야 기왕 도마에 오른 고기요, 댁 같은 나리님야 맘 탁 놓구 내 신세타령을 듣자는 거지, 뭐 별수 있습니까. 나두 머리가 꽤는 돌아가는 사람이고 그런 눈치쯤야 어깨 너머루 배웠지요.

이거 보쇼. 내 수갑 찬 손목이 조여서 아파 죽겠군요. 선생은 알록달록 근사한 넥타이를 목에 두르셨는데, 내 모가지에 굵다란 삼밧줄이 걸리는 걸 상상해보시지요. 덜커덩! 하면서 목뼈가 딱 부러지는 장면을 말이오. 어쨌거나 죽는 놈은 불쌍하지 않습니까. 나두 그 새끼를 죽일 마음은 전혀 없었다구요. 정신을 차려보니 자빠져 있데요.

그 녀석이 무슨 죄가 있었겠어요. 운이 나빴던 거죠. 나두 재수 옴붙어버린 놈이구요. 그러니 할말두 별루 없구, 댁의 허여멀쑥한 얼굴을 대하기두 싫으니까 얼른 가보시오. 좀 쉬구 싶습니다.

사실 내 옛날부터 당신네 같은 사람을 믿어본 적이 없습니다. 뭐라구…… 이해한다구요? 이해 좋아하시는군. 쳇, 그게 당신네들 상투 수작입니다. 댁은 나하구 아예 인종이 틀려요. 모두들 그런 식으루 속이더군요. 속고 또 속으며 자라나서 이제 나이 스물다섯이라 그 얘깁니다. 생각하면 씨팔, 내라는 놈두 한많은 청춘이죠. 자, 내 입 더럽히기 싫으니까 말 좀 시키지 마쇼. 내 식칼은 이미 피맛을 봤다구요. 엉뚱하게 그런 녀석이 걸려들 줄이야 누가 알았겠소.

저기 좀 보시지. 저기서 어떤 도둑놈이 손가락에 잉크칠을 하구 피아노를 치는군요. 지문이 올라갈 테니 저놈두 인제 완전히 찍힌 거죠. 저 새끼 빌빌 싸는 꼴이란 정말 복날 강아지 새끼로군. 어떻게 좀 빌붙어서 요놈의 사회에 용납될 수 없을까 하구 갖은 아양을 다 떠는 모양이오. 그러면서 저 혼자 불쌍하구 버림받은 척하지요. 나 같은 놈두 그런 식으루다 살아왔지만 이제야 알겠다 그 말입니다. 젠장, 밥 세 끼 안 놓치고 먹고살려구 버둥댄 게 뭐 그리 잘나 자빠진 거라구…… 애초에 뭔가 잘못돼 있었다 그거예요.

나으리들은 척 알아보시는 모양입니다. 내 면상을 한번 쓱 훑어보더니 점잖아지든데요. 왜 그런 줄 아십니까? 나 같은 건 축에두 못 끼울 정도루 치사하구 간사스런 놈들이 판을 치는 세상인 것 같습디다요. 그걸 빤히 아니까 나같이 어리석구 천한 놈두 이렇게 뻣뻣하구 당당해지데요. 나는 내숭을 떤다든가 똥따리를 붙이는 일은 정 못하겠습디다. 그러니 나 비슷한 놈들은 선생께서 제일 꺼리는 놈이겠지요. 말하자면 나는 당신네가 싸지른 똥이라 그겁니다. 컴컴한 구덩이에 뚝 떨어져서 고약한 냄새를 풍기며 썩는…… 조금 전까지도 선생님네 뱃속에 들어앉았던 뜨끈뜨끈한 온기가 남은 똥이란 말입니다. 아, 좋지요. 담배를 태우는 것두 과히 불쾌하진 않겠군요. 그러구 보니 내가 너무 흥분했던 모양인데, 지금 나는 제정신이 아니라서요. 사실은 선생께서 팔자소관을 나보다 낫게 타구나신 거구, 뭐 그런 거지 나하구 정 다른 사람일 리야 있겠습니까요. 내가 공연한 심사를 부린 거지요. 배가 고파서 그런 모양입니다. 선생님, 실례지만 저…… 찐빵이라두 좀 사다주시겠습니까. 가만 생각해보니 잡히기 전부터 지금까지 꼬박 네 끼를 아무것두 못 먹었군요.

헌데 왜 자꾸 묻는 겁니까, 좆같이. 그 뒈져버린 불쌍한 새끼가 선생의 조카 녀석이라두 된단 말입니까? 아시다시피 어느날 몇시 어디서 흉악범이 사람을 식칼루 쑤셨다는 게 얘기의 전부라니까요. 그게 아니라…… 뭐 인간적으루요? 허허, 그 참 좋은 말입니다. 선생 같으신 분이야 머리 써서 글깨나 읽으셨으니 깊은 이치라두 캐겠다는 겁니까? 아무래두 내 심정은 모를 겝니다. 나두 산전수전 겪은 놈이죠. 벌써 요 나이에 수십명을 죽여본 사람이오. 아, 물론 전쟁터에서 그랬지만요. 내가 잡힌 건 순전히 저 불쌍한 놈 하나 때문이죠. 선생께선 사려분별이 깊으시고 세상살이 처세두 모두 익힌 분이니까 뭐 별 사고 없이 한 여든 남짓 살겠는데요. 나야 곧 넥타이 공장인가 하는 험악한 데루 직행할 놈이지만.

자꾸만 그렇게 꼬치꼬치 물으시니 얘기를 해볼까요, 까짓 거! 고깃값두 못하구 가는 터에 무슨 얘긴들 못할라구요. 나두 내 속을 확 뒤집어 뵈는 게 시원할 것두 같습니다. 뭐 쥐뿔두 특별한 것 없지요. 흔한 얘기니까. 헌데 주의 좀 해주쇼. 원체 성미가 급해놔서요. 선생께서 내 얘기를 듣는 동안 절대로 아는 체한다든가 말참견은 하지 말아주시오. 그렇잖으면 내 두 발이 아직 자유로우니까 선생의 사타구니를 차버릴지 몰라요. 댁은 안락의자에 앉아 말발깨나 조기는 분이시고 나는 시방 수갑을 찼다 이겁니다. 아, 씨팔, 나는 정말 신세 조진 사나이로군 그래.

2

제대한 지 다섯달 만에 나는 고향을 떠나 서울로 올라왔습니다. 시골에는 형님께서 노모를 모시구 계신데, 조카가 젖먹이까지 합쳐 자그마치 여섯 명이나 됩니다. 우리 형님이야 법 없이두 사실 착실한 양반이죠. 배운 거라군 그저 때맞춰 농사짓는 일입니다. 자작은 못되고 남의 땅이나 부쳐먹는 처지에 식구들은 많지요. 그러니 군대에서 딴 나라 전장에까지 나가 고생하구 온 놈이 어디 그냥 얹혀 빈둥거릴 수가 있어야죠. 노골적이지 농사일은 하기 싫었구요. 나 같은 놈이 뭣 땜에 시골 구석에서 썩으려구 하겠어요. 세상의 쓴맛 단맛을 안다는 놈이 말요. 꼭 자수성가해서 남부럽잖은 사람이 되어 식구들을 호강시키리라 결심했던 겁니다. 그게 지난 가을이었나요. 서울역에 척 내려서자마자 앞일이 아득하더군요. 주머니에는 이리저리 꿍쳐두었던 삼천원이 전재산이었습니다. 어디라구 붙일 곳이 있어야죠. 무턱대구 찾아다니다가 우선 근로자 합숙소에서 당분간 고생하며 기거하기루 했지요. 대처에서 겨울을 난다는 것이 얼마나 어려운 일인가를 그땐 몰랐습니다.

한달 동안은 갈월동 노동회관에서 사십원짜리 숙박을 했었지요. 창고 같은 델 널판자로 칸막이했구요, 시멘트 바닥 위에다 다다미를

깐 좁다란 방에 스무 명쯤이 서로 발바닥을 맞대고 누워 자는 형편이었죠. 침구라곤 반으로 자른 군용 누비이불이 전부죠. 창문이 없어서 아침에도 불을 켜야 할 정도루 어두웠어요. 거의 날품팔이들인데, 열여덟살짜리부터 환갑이 가까운 늙다리들까지 천차만별입니다. 밤 아홉시쯤에 하나둘씩 모여들고 아침 여덟시엔 관리인이 전부 바깥으로 쫓아내더군요. 저녁마다 이방 저방에서 보잘것없는 술판이 벌어지고 법석대며 싸우는 난장판 때문에 새벽이 되어야 겨우 코고는 소리들이 들리지요. 문 앞에서부터 벌써 퀴퀴한 더러운 살냄새가 나구요, 벌거숭이 사내들이 빨지 못해 누리끼해진 속옷 바람으로 복도를 어슬렁거리는 꼴은 무슨 짐승우리 같은 느낌입니다. 아니, 바깥 길거리가 헐벗은 들판이거나 야산이라면 또 모르되 아침마다 신사, 숙녀 들이 꽃 같은 차림으로 지나가는 바로 열 걸음 안쪽이 그 모양이니 말씀이지요. 처음 자던 날로 나는 가졌던 돈을 몽땅 잃어버렸어요. 자는 사이에 누군가 훔쳐간 모양이었습니다. 내 옆자리에는 마흔살쯤 된 엿장수와 기동이라는 내 또래 청년이 있었는데 사흘이 못 가서 식구처럼 친해졌지요. 기동이가 일러준 대로 나는 새벽 네시 반에 일어나 빌딩을 짓는 공사장에 찾아가 막일꾼을 자원했어요. 십장이 지원자에 따라 노임을 깎고 일을 붙여주데요. 모래나 자갈이 담긴 들통을 지고 비계를 올라가는 일이었습니다. 거름지게와 나뭇짐을 지며 자라온 내게는 견딜 만한 밥벌이였습니다. 그런데 일거리를 매일 붙잡을 수가 없었습니다. 우리네 같은 놈들이 한둘이라야 말이죠. 조금이라도 시간 차질이 나면 그날 하루는 공을 치는 거였습니다. 다시 합숙소로 돌아와 막일꾼을 모으러 오는 떠돌이 십장을 기다리거나 아니면 중앙시장으로 가서 채소나 나르는 일거리가 걸리길 바라고 어슬렁대죠.

선생, 내 얘기를 듣고 계십니까? 그래 내가 아까 흔해빠진 얘기라구 그랬잖소. 지금이라두 당장 서울역 부근에 나가보슈. 나 같은 놈들이 하나둘인가. 거기 막국수 좌판이나 순대 함지 곁에 잠깐만 서 있어보쇼. 웬 젊은 녀석이 다 떨어진 작업복에 아직도 나뭇결이 선명한 지게를 느슨히 걸쳐메고 정작 사먹지도 못하면서 좌판 앞을 기웃거릴 겁니다. 뿐만 아니라 아주머니 영감 애새끼 들까지 모두 철 따라서 대처엘 왔다가 시골루 되돌아가는 사람들이 많지요. 시골이나 대처나 몸 붙일 데가 없지만 그런 짓이 몇년이구 되풀이되다 보면 그것두 어엿한 생활이죠. 개중엔 나처럼 젊은 신세를 망쳐버리든지, 계집년인 경우엔 대부분 작부나 갈보로 흘러버립니다. 언젠가 골목에서 고향 아주머니 한분을 만났는데 웬일이냐구 그랬더니 부촌의 집 집으루 돌아다닌답니다. 무슨 장사냐구 했더니 장사가 아니라 젊은 부부 사는 집을 찾아가 빨래나 해주고 밥 한끼 얻어먹고 또 다음 집을 찾아가구 한답디다. 시골에 양식이 돌 동안 그 짓을 계속하는 거라 이 말씀이오. 식모살이두 연줄이 없으면 힘들지요. 식모를 누가 살기 싫어한답디까. 그런데 우리네 같은 한창 나이의 젊은 놈들은 매일 잡지도 못하는 일거리를 찾아 돌다가 겨우 일당 이백원이 평균 꼴인 셈이죠. 입장을 생각해보슈. 하루 기백원을 가지고 먹고 자고 하는 게 이런 도시에서 얼마나 어렵겠나. 그것두 늘 그렇다는 게 아니라 어떤 때엔 한푼도 없이 쫄쫄 굶으며 이틀까지 넘길 때두 있다 그거요. 어느날, 나두 밥값을 딱 한번 구걸해본 적이 있습니다. 빈 지게를 메고, 뭔지 다정하게 지껄이며 지나가는 내 또래의 젊은 쌍에게 옆으로 따라가며 수작을 건넸죠. 여자가 나를 힐끔 보더니 사지가 멀쩡하니 어쩌니 했던 것 같습니다. 좌우간에 그날 얼마를 적선받긴 했지만, 다시는 못할 짓이더군요. 사람 타락시킵디다. 지게를 지는 일이 고행이지, 어째서 귀천이 없느니 신성한 노동이니 하는질 모르겠다 이 말입니다. 용을 쓰며 걸음을 옮길 때 근육을 구경하기야 아주 좋겠죠만. 니기미, 하지만 가끔 배고프고 추울 때 구걸할 생각은 꿀떡같이 떠오르데요. 하루를 살기가 이처럼 매정한데 아무리 부지런해봤자 희망은 파리 눈곱만큼도 없는 것 같습디다.

다행히도 기동이가 어느날 일거리를 찾아갖구 왔습니다. 교외에다 어느 벼락부자 양반이 호화주택을 짓는데 인부가 다섯 사람 필요하다구 그런다나요. 우리는 그날로 합숙소를 나와 집 짓는 데서 착실히 한달쯤 지냈지요. 일거리두 편하구 노임도 괜찮습디다. 기동이란 녀석이 신세가 편해지니까 시멘트 포대를 슬쩍 해먹는 통에 다시 하루살이 인생으로 되돌아가구 말았지요. 어언 첫눈이 내리고 날씨가 매섭게 추워졌습니다. 예전처럼 싹수 그른 날엔 노숙을 한다거나 물이나 마시고 끼니를 거른다든가 하는 짓은 더이상 못하게 된 거죠. 속이 비면 겨울엔 꼼짝없이 얼어죽는 수밖에 별 도리가 없으니까요. 날씨가 추워지면서 일거리는 차츰 떨어져갔습니다. 짓다 만 시장 점포 건물 구석에다 가마니를 치고 닷새를 버티던 어느날 기동이가 혼자서 씨부립디다.

—쪼록이나 잡으러 갈까부다.

무슨 소리인지는 모르고 나는 그게 개천의 물고기 이름이나 되는 줄 알았지요.

—어이, 자네 천원 벌이 하구 싶잖은가? 단 삼십분에 천원.

귀신 씨나락 까먹는 소리를 중얼대길래 나는 기동이란 녀석이 농담하는 줄로 여기면서도, 그애가 서울 밑바닥 생활 고참이길래 한편으로는 행여나 하는 기대도 가졌습니다. 기동이는 주먹을 쥐었다 폈다 해 보이면서,

—이거…… 이거 말이다.

하더군요. 나중에 알구 보니 그게 바로 종합병원으로 찾아가 피를 파는 짓이었습니다. 아마 피 뽑혀 나오는 소리가 빈 뱃속에서 회치는 소리하구 비슷한 모양이지요. 나를 팔아 내가 먹는다! 살자구 서울 올라와 구걸까지 하고 한뎃잠이나 자는 판에 어쩌자구 제 목숨을 갉아먹는담, 하는 따위의 생각이 들어서 선뜻 내키진 않았습니다만 달리 어쩌겠습니까. 그날은 함박눈이 펑펑 쏟아졌습니다. 우리는 염천교를 향해 걸어갔습니다. 하루에도 여러차례 오가던 다릿목이건만 그날따라 눈발에 덮인 철로가 처량한 느낌을 주더군요. 난장이 서던 자리엔 눈만이 소복이 쌓였고 행인들도 별로 보이질 않았지요. 나는 일거리가 없을 때 가끔 거기 다리 난간에 걸터앉아서 역으로 들어오고 나가는 기차를 하염없이 내려다보는 적이 있었습니다. 많은 사람들이 어딘가에서 와서 내리고 타고 올라가고 내려갔습니다. 나는 그 다리께에만 오면 시골 동네가 가차워지는 기분이 들곤 했지요.

피검사를 받고 채혈할 수 있는가를 판정받은 다음에 번호표를 들고 기다리죠. 나는 기동이와 함께 수도에 가서 숨이 가빠질 정도로 물을 들이켰습니다. 혹시 또 압니까? 피 대신에 물이 빠져나올지…… 나두 사람이란 말입니다. 목숨이 모질다는 생각으로 악착스럽게 혼자 다짐하면서도 막상 철침대에 가서 주삿바늘을 꼽고 누우니까 두려운 생각이 들데요. 내 생명이 모두 한방울 두방울 밖으로 새어나갈 것 같았구요. 어쩐지 억울했습니다. 간호원이 말했죠.

—주먹을 움직여주세요.

나는 손을 쥐었다 폈다 하면서 링겔병 속에 차올라가는 피거품을 바라봤습니다. 수돗물, 국수, 수제비, 앙꼬빵, 우묵, 가래떡, 암죽, 어머니 젖……에다가 비스켓, 씨레이션, 파인애플까지도…… 그리고 아직 남아 있는 내 땀, 열흘쯤 고인 채 묵어 있을 용갯물, 염천교 위에 넋을 잃고 서서 참아뒀던 눈물…… 등등을 상상하는 사이에 주삿바늘이 뽑혀나가데요.

—삼백팔십씨씨입니다. 전표 가져가세요. 다음 분……

공연히 그런 것 같아서였는지 복도로 나오는데 연탄가스 설먹은 놈처럼 사지가 따로 놀고 휘청대는 기분입니다. 영양빵 두 개를 받아 한편으론 무슨 맛인지도 모르고 씹어대며 오백원짜리 두 장을 받아 쥐고 거리로 나왔죠. 내게는 빨각거리는 돈만이 생각날 뿐, 그 첫번째 벌이에 관해 이렇다 하게 뚜렷이 기억되는 일이 없습니다. 기동이가 서울역 지하도를 지나면서 푸념하던 말은 대강 생각나는군요.

—쪼록은 원래 오입질하는 거나 마찬가질세. 궁하면 하구 싶구, 저지른 뒤엔 후회되지. 노동하는 놈이 쪼록 맛을 들이면 볼장 다 보는 거네. 애달캐달하기가 싫어지고…… 우리 개고기라두 한그릇 사 먹지. 아니면 술이라두 실컷 퍼먹든지.

그러나 우리는 실비집이라는 밥집에다 일주일 식대로 맡겨버렸지요. 정말 그러구 나니까 마음에 여유가 생기고 배짱도 두둑해져서 잘하면 한밑천 잡을 것도 같았습니다.

그러나 쪼록은 낚싯밥 같은 거라서 한번 당하구 나니 두번째엔 더 쉬워지데요. 두번째는 겨우 열흘이 지나서였습니다. 안전기간이 차지 않으면 채혈을 하지 않으니까 다른 병원으로 찾아갈 수밖에 없었죠. 그때에 만난 게 중앙시장서 아홉살부터 똘마니 노릇으로 자라났다는 넙치라는 뎃방이었습니다. 뎃방을 다른 말로는 쉬파리라구두 하지요. 참말이지 우리보다두 더 악착스럽구 매정한 인생입니다. 병원 주변에 얼씬거리다가 이미 꾼이 될 소질이 있어 뵈는 쪼록쟁이를 만나면 한사코 붙어서 구전을 빨아먹는 놈이지요. 소개받고 구전을 안 주는 날에는 역전 바닥에 붙어 있을 재간이 없지요. 그런 녀석에 비하면 우리가 얼마나 어리석은가 실감이 됩니다. 왜 그런 살벌한 때에 진작 작은 죄라두 저지르고 유치장에 갈 생각을 못했는지 모르겠군요. 그럼 여름쯤엔 다시 나올 수 있었을 텐데. 세상에서 전과자라는 녀석들 지금 생각해보니 뭐 별거 아닌 거 같군요. 한끼에 목을 매단 놈이 어디 사람입니까. 어차피 사람 아니긴 매일반 아닙니까. 아 선생님께서두 노동자나 마찬가지라구요? 절대루 그렇진 않습니다. 대체 노동이란 게 뭡니까. 손으로 땀 흘려 하는 일이 노동이지요. 네, 그럴까요? 선생께서 사무를 보면서 나처럼 일하는 사람들을 생각하구 있을 때, 그때에 선생은 저와 같다 이겁니까? 절대로 그렇진 않습니다. 요는 그런 말 속엔 일의 조건, 사람의 조건 같은 건 깡그리 무시되구 있다 그 말입니다. 나는 그전엔 몰랐습니다. 내가 왜 이런 조건 속에서 무섭고 혹독한 인생을 견디고 있나, 하는 의심조차 품지 않고 참기만 했었죠. 참 놀랍도록 미련하게 참았죠. 그런데 내가 이 거리를 걷고 있는 수많은 사람들 중의 하나라는 걸 알게 된 겁니다. 아 나두 사람이었구나. 헌데 어째서 나는 이 떨어진 군복을 입고 있을까, 왜 내의도 못 입고 추운 겨울 바람에 떠나, 왜 굶나, 왜 피까지 파는가…… 하다보니 나뿐만 아니라 이 도시 전체가 사람이 아닌 것들로 들끓고 있는 것 같았지요. 구찌를 터준 값으로 넙치에게 이백원을 떼어주고 육백원 받았어요. 이왕에 뎃방을 잡은 터라 세번째 팔아버렸죠. 세 번을 뽑구 나니 확실히 전신의 근육이 풀려버린 게 느껴지데요. 손발이 차가워지고 식은땀이 나고 눈이 어둡고 앉았다 일어설 땐 핑 돌면서 귓속에서 소리가 들렸어요. 그러니까 내가 졸도를 한 것은 그저께 일입니다. 선생께 한말씀 드리구 싶습니다. 비록 내 말이 거칠기는 하지만, 선생께서 내게 악심을 품지 않은 만큼 나두 댁네들께 적대심을 갖진 않았습니다. 미워할 방향마저 나는 잃어버린 놈이니깐요. 미운 쪽이 너무 크고 잡히질 않으니 알 수가 있어야죠. 한편 생각해보면 사실 내 고생이란 아무것두 아닌지도 몰라요. 나하구 비슷한 놈들이 좀 많겠습니까. 그 점을 미처 생각 못하고 오히려 실수한 셈입니다.

3

내가 졸도하기 전날 아침에, 기동이는 벌이를 나가서 아예 시장 빈터로 돌아오지 않았습니다. 아마도 다른 지방도시로 꺼져버렸거나, 청소부나 경비 따위의 안전한 직장을 구했는지도 모르죠. 내라도 무슨 좋은 수가 있었다면 소리없이 사라졌을 테니까. 나는 더이상 공사판을 찾거나 지게를 질 수가 없게 되었습니다. 벌써 악성빈혈 증세가 심해져 있었어요. 둘이 함께 지내다가 혼자 남게 되니 더욱 불안했구요. 될 대루 되라는 식으루 오랜만에 술이나 실컷 퍼먹구 싶어졌지요. 그래서 도동의 당구장으루 넙치를 만나러 갔습니다. 넙치는 내 몰골을 훑어보고 고개를 흔들더군요.

—소개는 좋지만, 보아하니 쪼록 인이 박혔는데 어떻게 할려구 그래. 괜히 송장 치다 살인나게?

나는 이번 한번만 거래를 붙여달라구 사정했지요. 넙치는 신중히 생각해보더니,

—그래 이번이 마지막이다. 앞으론 서로 안면 바꾸는 거야, 다음에 아는 척했다간 묵사발을 만들 테니깐.

하고 나서, 알아보겠다고 전화를 걸러 갔어요. 잠시 후에 커다란 입

이 귀밑까지 찢어져가지고 돌아왔습니다.

—재수 좋았는데. 잔칫집이 걸렸어!

그는 영문도 모르는 나를 끌고 남산을 넘어 병원이 아닌 주택가로 갔습니다. 축대와 계단이 남대문만큼 높더군요. 뜨락이 우리 시골 동구 앞 공터보다두 넓었습니다. 넙치가 중년 부인에게 병원에서 보낸 사람이라며 뭔가 속삭이더니 돈을 받는 눈치데요. 그는 돌아가면서 내 등을 두드려줬지요.

—자, 인제 쥐구멍에 볕 들었다. 내 밖에서 기다릴 테니 구전 천원만 주구…… 나머진 장사 밑천 하라구.

나는 그저 고개만 끄덕였죠. 부인네가 나를 식당으루 안내하데요. 떡벌어진 상이 차려져 있습디다. 서울 와서는 말할 필요두 없구, 시골 집에서도 먹지 못했던 음식들 앞에 앉자 나는 여우에 홀린 기분이었습니다. 부인네가 문을 닫고 나가자마자 나는 정신없이 허겁지겁 갈비를 뜯고 국을 들이켜고, 전을 닥치는 대루 쑤셔넣으며 완전히 포식을 해버렸어요. 숨이 가쁠 지경이라 앞뒤 사정 볼 것 없이 식당 벽에 등을 대고 바닥에 질펀하니 주저앉아버렸습니다. 그때서야 나는 어느정도 내 입장을 이해할 수가 있었습니다. 그래서 넙치가 잔칫집이라고 좋아했던 것이겠죠. 나는 누군가에게 수혈을 해주어야 될 것을 알았습니다. 세상에 어느 미친놈이 생면부지의 부랑자에게 이유도 없이 좋은 음식을 차려 먹이겠습니까. 아무리 돈이 좋아 못할 짓이 없다지만, 사람이 사람의 피를 사는 데 필요한 최소한의 예의와 대접이겠지요. 부인네가 안내를 해서 어느 방으루 들어가니까 역시 웬 깡마른 늙은이가 잠옷 바람으로 누워 있더군요. 간호원이 와 앉아서 준비중이었어요. 나는 방 한쪽에 엉거주춤 서 있었는데, 부인네가 보약이…… 어쩌구 하면서 자고 있는 늙은이를 흔들어 깨우데요. 늙은이는 무심한 표정으로 나를 힐끗 쳐다보곤 아무 말두 건네지 않았어요. 나는 늙은이 옆에 바늘을 꽂고 누워서 눈을 감았습니다. 참말, 만감이 오락가락합디다. 어쩌다 눈을 뜨고 올려다보면 이상한 구슬이며 꽃무늬가 달린 전등이 산산이 흩어진 채로 보이는 것 같았어요. 간호원과 늙은이가 주고받는 얘기가 들렸지요.

—탈 없겠지. O형인가?

—네 회장님, 검사는 다 해봤는데 아주 건강한 사람이에요.

—늙어서 일을 하려면 우선 건강이 제일이지. 보신하기두 이거 원 번거로워서.

—회장님 어떠세요, 확실히 다르죠?

—좋아진 거는 같은데 뭐 효험이 좀 있을까?

—그럼요. 젊은 청년이나 꼭같이 원기왕성해지실 텐데요.

나는 주먹질을 계속했습니다. 주먹을 쥐었다가 펼 때마다 석유통에서 난로로 석유가 새어나가듯 내 피가 가늘게 새는 소리가 들렸지요. 쫄쫄 쪼로록…… 피가 가끔씩 공기 방울에 막힌 채 링겔병 속에 차오르는 게 보였지요. 한 스물댓 번 주먹질을 하구 나니까 곧 사백 씨씨가 됐지요. 입속에서 쇠녹 비슷한 맛이 감돌면서 침이 바싹 마릅디다. 주삿바늘이 빠져나갔지요. 나는 휘청대며 일어나려다가 문설주에 걸려서 다시 넘어졌습니다. 부인네와 간호원이 부축을 해주는데 그제서야 콧날이 찡합디다. 쉬었다 가라는 것을 마다하고 가까스로 문 앞까지 나왔는데 흰 봉투 하나를 주머니 속에 꾹 찔러주더군요. 철문이 내 등뒤에서 쾅 닫히고, 까마득하게 내려다뵈는 계단을 내려갈 일이 감감했습니다. 회충약을 많이 먹었을 때처럼 세상이 온통 샛노랗게 보였죠. 아래서 기다리고 섰던 넙치가 올라와 저를 부축했습니다.

—괜찮다, 살기가 그렇게 힘든 거야. 영양보충은 엔간히 해뒀을 테니 물이나 좀 마셔둬. 얼마 받았지? 사백씨씨면 사천원일걸.

나는 그 녀석을 뿌리치고 땅바닥에 오백원짜리 두 장을 내던졌어요. 그놈은 멀거니 나를 바라보더니 뭐라고 툴툴대면서 돈을 집어갖고 뺑소닐 쳐버렸지요. 전봇대를 잡기도 하고 담에 기대기도 하면서…… 땅을 보면 발이 헛딛어지는 것 같아 노랗게 흐려진 하늘을 향해 머리를 치켜들고 허청허청 걷는데 눈물이 자꾸 귀밑으로 흘러내립디다. 어떤 골목으로 들어서서 시멘트 쓰레기통에 상반신을 기대고 얼마쯤 쉬었습니다.

잠깐 깜빡, 했던 모양인데 눈을 떠보니 벌써 사방은 캄캄한 밤이었어요. 눈을 뜨자마자 흐릿한 별들이 보였거든요. 나는 일어날 생각도 않고 오랫동안 별을 올려다보았습니다. 어째선지 마음이 잔잔하게 가라앉았습니다. 일어나려니까 온몸이 굳어버렸는지 얼었는지 감각이 없었습니다. 몇걸음 걷다가 기대고는 다시 걸으면서 큰길로 나갔지요. 몸이 아주 조그맣게 되어버린 것두 같구, 사지가 길게 늘어나서 걸리적거리는 것같이두 느껴집디다. 나는 천천히 낮에 왔던 길을 거쳐서 남산을 넘었습니다. 양동 쪽으로 내려가기 전에 나는 잠깐 동안 벼랑 난간에 서 있었습니다. 서울의 꽃밭 같은 불빛이 내려다보입디다. 자동차의 불빛들이 일렬로 엇갈려 흘러가데요. 그제야 나는 호주머니 속에 들어 있을 돈 삼천원 생각이 났지요. 리어카나 한대 살까, 행상이나 할까, 국민학교 앞에 가서 설탕과자나 만들까, 번데기를 받아다 팔까, 별의별 할 만한 장사가 다 떠올랐다가 힘없이 스러져버렸지요. 억척으로 살아갈 맘이 내키질 않았습니다. 우선 나는 술을 마셨습니다. 하도 오랜만에 마시니까 고주망태로 취해버렸지요. 그리고 시장에서 두 뼘쯤 되는 식칼을 한자루 사서 신문지에 똘똘 말아 가슴속에 챙겨넣었습니다. 통행금지가 될 무렵까지 정처없이 거리를 쏘다녔지요. 가슴속에 칼을 품자마자 누구든지 아무나 걸리기만 해봐라. 사정없이 쑤셔버릴 테다——하는 생각으로 가득 차서 내 온몸엔 활기가 넘치는 기분이었죠. 나는 그제서야 이 거리의 사람들 틈에 끼여진 듯이 여겨지데요. 갑자기 품은 살기 때문에 나는 얼마 전 병정이었을 때의 자랑 비슷한 게 생겨났지요. 그뿐 아니라, 여자 생각이 납디다. 여자! 포근한 가슴이며 따뜻한 배와 부드러운 콧소리를 내는 여자. 삶은 게의 냄새 같은 땀내를 풍기는 똥치라도 좋지요. 우선 사창가에라두 가서 여자의 푹신한 가슴에 머리를 얹고 푹 자고 싶었어요. 분이든, 영자든, 애란이든…… 솔직히 그게 하구 싶은 생각은 전혀 없었습니다. 물건두 서울 와서 굴러다니는 사이에 사타구니 끝에 솔방울처럼 말라붙어버렸으니까요. 제년들 내력을 내가 모를 리가 있겠습니까. 틀림없이 김이나 매고 새참이나 나르다가 앞뒤 동네에 식순이 살러 갔던 누가 왔는데 돈 모았다더라 하니까, 꼭 나처럼 눈에 쌍불을 켜고 도시루 도망 나왔겠죠. 해서는 촌년을 노리는 포주 앞잡이한테 걸렸겠지. 어느 놈인가를 시켜 콱 덮치고 나서 에라 이왕 썩은 거기 돈이나 벌어라——하구 나면 그런대루 쌍말에 재미도 붙이구, 부녀보호소에 들락거리구, 종자를 알 수 없는 애새끼두 떼면서 똥치의 관록을 쌓았겠죠. 그런 줄 다 알면서두 어쩐지 야코가 팍 죽습디다. 어찌나 사람을 시큰둥하게 대하는지, 나는 내처 정신없이 잠만 잤습니다. 자다가 가끔 더듬어보면 새탕을 뛰느라구 출장 나가서 끝끝내 안 돌아오데요. 잡년들이 분명한데 우리 같은 건 사람으루 생각하질 않아요. 손 닿는 것조차 싫어하는 게 아마 고향 사람 같아서 그러는 모양이지요.

4

해가 높다랗게 솟아오른 뒤에야 나는 거리로 나왔습니다. 전날 밤 술값 천백원 날아가고 포주에게 천오백원, 칼 사느라고 백원, 주머니에 남은 건 꼭 삼백원뿐이었어요. 잔치가 하루 만에 끝장난 거죠. 일거리를 잡느라고 싸돌아다니거나, 추위에 떨고 굶주려야 할 기약두 없는 보통 날들이 호주머니 속에서 기다리구 있는 걸 알았어요. 어디로 가야 할 건가? 무작정 아무 버스나 올라탔죠. 나는 엔진 앞자리에 앉아서 어슷비슷하게 지나가고 다가오는 서울을 내다봤습니다. 젠장할…… 이상하든데요. 수많은 사람들 속에서 나를 봤다 그겁니다. 그 녀석은 호주머니에다 두 손을 찌르고 넝마 같은 차림으루 비틀대며 걸어갑디다. 나는 분명히 버스에 타구 있었는데, 내가 여전히 거기서 걸어가구 있더란 말입니다. 나는 그날에야 어렴풋이 서울을 알았다구나 할 수 있을 겁니다. 내 처지를 이해했다 그거죠. 아니면, 죽지도 않고 사람을 약으루 알구 있는 그 뻔뻔한 늙은 부자와 함께 나란히 누웠을 때에, 진작에 알아버렸을지두 모르겠어요. 그래서 내가 식칼을 샀겠지요. 나는 버스가 흔들거릴 적마다 갈비를 건드리는 식칼의 자루를 느꼈지요. 뽑아서 쑤시리라. 그런데 어디를, 누구를 쑤셔야만 숨이 콱콱 막힐 듯한 답답함이 가실 것인지 알 수가 없었습니다. 아직 칼 끝은 내 발치를 향하고 있었습니다.

버스가 번화가를 벗어나 자꾸만 샛길로 빠져들어가고 울퉁불퉁한 길을 지나 변두리의 종점에 닿았을 때, 나는 난민촌 비슷한 수라장의 한가운데에 서게 되었던 겁니다. 나는 종점을 지나 누구 아는 이라두 찾겠다는 듯이 어슬렁대며 이곳저곳을 돌아다녔습니다. 취해서 길가에 늘어진 놈이 없나, 대가리가 깨져라구 싸우는 놈들이 없나, 길은 똥오줌으로 범벅된 질척한 진탕입디다. 애새끼들이 아랫도리를 벗은 채루 맥없이 집 앞 양지쪽에 서 있구요. 부인네가 봉지쌀을 사들구 골목 한옆에 조그맣게 오그라들어가지구 지나갑디다. 천막 안에서 주정뱅이가 마누라를 패는지 죽여라, 살려라, 악쓰는 소리가 들리데요. 그래두 이게 동네려니 생각하니까 다정한 느낌이 들었어요. 서울이 보이질 않아요. 갑자기 세상에서 없어져버린 것 같더군요. 버스를 부리나케 타고 되돌아오면 요사스런 거리가 분명히 그 자리에 있었어요. 생각 속에만—아, 서울—하며 있는 게 아니라 서울은 분명히 그 수많은 사람들하구 함께 있었지요. 그런데두 한편으론 서울은 상상 속에만 있었습니다. 다시 다른 버스를 탔죠. 또 종점에 이르러 보면 거긴 내가 가려던 곳이 아니죠. 되돌아 시내로 들어와두 그렇구요. 몇달 전에 고향을 떠나서, 또 며칠 전에 피를 팔면서까지, 조금 전에 버스를 타고 달아나려구 했던 바로 그곳에 돌아와 있는 겁니다. 나는 하루종일 버스를 타고 종점에서 중심가로 오락가락하면서 그곳은 바로 내 자신이란 사실을 깨달았습니다. 나는 그때까지는 나 이외의 아무것두 깨닫지 못했지요. 나중에 선생님께 얘기하겠지만, 죄를 짓고 나서야 전체적인 윤곽이라두 알아챈 겁니다.

내가 봉천동 종점에서부터 상도동을 지나가고 있었을 때엔 어스름한 저녁 무렵이었습니다. 나는 겉돌지 않고 서울 속에 스르르 녹아져 들어가구 싶었습니다. 밑두끝두없이 상도동에서 내렸지요. 남은 돈은 버스삯으로 거덜이 나버렸고, 우선 하룻밤 잘 곳도 막연했어요. 나는 공연히 주택가를 싸돌아다녔습니다. 좁은 골목을 걷노라면 텔레비에서 극하는 소리, 도란거리는 식구들 말소리, 생선 굽는 냄새, 갓난애 어리광하는 소리들이 아득하게 들려오더군요. 어느 집 앞을 지나려니까 대문이 열려 있고, 누군가 그 앞에 자전거를 세워놓았데요. 아마 임자가 방금 타고 와서 잠깐 그 집 안으로 들어간 모양이었습니다. 나는 무심코 몇발짝 지나쳤다가, 되돌아가서 천연덕스럽게 자전거에 올라탔지요. 그러고는 한길을 향해 정신없이 페달을 저었습니다. 얼마쯤 가니까 가슴이 두근거리구, 차가 경적을 칠 때마다 깜짝깜짝 놀라지데요. 그런 기분도 잠깐이죠. 노량진을 지날 때쯤부터는 강바람이 상쾌했어요. 그대루 시골까지 밤새껏이라두 달려가구 싶었어요. 나는 아마 노래두 했을걸요. 그래서는 자전거 임자에게서가 아니라, 식칼을 품어야만 마음이 놓이는 알 수 없는 답답함에서 될 수 있는 대로 멀리 달아났지요. 핸들부터 바퀴살까지 지나가는 자동차 불빛에 번쩍거릴 정도루 새 자전거였어요. 나는 한달음에 한강을 건너 용산 쪽으로 내려갔습니다.

용산엘 가니까 차가 많이 밀려서 달릴 수가 없더군요. 얼마쯤 주춤주춤 가다가 길가에 자전거를 세워놓고 잠깐 쉬고 있었지요. 몸이 나빠진 탓인지 식은땀이 목덜미루 마구 흘러내렸습니다. 숨을 몰아쉬고 있자니, 정류장에서 서성대던 웬 할망구가 나를 자꾸 쳐다봐요. 나두 켕기는 구석이 있어놔서 자꾸 쳐다봤지요. 할망구가 내게루 옵디다. 보니까 웃는 얼굴이라서 안심했죠.

—놀다 가슈. 이쁜 애 소개해주께.

나는 자전거 안장 위에 올라앉아 할멈을 쓱 내리훑었죠. 뭐 나쁘지 않을 거 같데요. 어제두 갔는데, 오늘 같은 날 안 갈 건 없잖나, 하는 생각이 들어요. 내가 돈이 없다구 그랬더니,

—자전거가 썩 좋구만요.

한단 말예요. 그래 이걸 받구 재워주겠냐니까, 두말없이 가자는 겁니다. 할멈을 따라갔지요. 아주 수줍어하는 애가 있었어요. 비쩍 말라

서 볼품은 없었지만 정말 순진한 게 똥치 같지 않았어요. 나는 군대 얘기를 해줬고, 그애는 보호소 얘길 합디다. 거기서 이용기술 배우던 일, 담을 넘어 도망하던 일, 식사가 나쁘다구 데모하다가 맞은 일, 어릴 때 얘기…… 밤새도록 얘기를 했죠. 그렇게 통할 수가 없었어요. 내가 서울 와서 노동 품팔이로 골병이 들었다니까 격려를 해주데요.

나는 다시 역전 근처루 나가서 열심히 일해보리라 다짐했지요. 오전 내내 돌아다녔지만 예전과 다를 게 뭐가 있겠습니까? 두 끼나 거르고 오정때가 되니까 걸어다닐 기력조차 없이 지쳐빠졌지요. 나는 노천 대합실 의자에 누워 여러가지로 생각해봤습니다. 그 자전거라는 물건이 삼천원은 훨씬 넘을 것 같았어요. 화대가 천오백원이면, 이럭저럭 깎아친다 해두 남는 게 한 천원쯤 되리라 계산이 나오데요. 차라리 자전거를 팔 걸 잘못했다는 생각이 들었죠. 자전거를 맡은 쪽은 포주지 그애가 아니라는 생각, 또한 포주가 그애를 착취하구 있다는 것에까지 생각이 가더군요. 돌아가서 그 남은 돈을 계산해달래야겠단 작정을 했지요. 어떻게 좀 사정조루 빌붙으면 편리를 봐줄 것두 같았습니다. 웬걸 순진한 건 고년이 아니라 바루 나였지요.

—저는 댁에를 뵌 기억이 없는데요.

이러잖겠습니까. 내 딱한 사정을 몇마디로 추려서 읊었지만 아랑곳없더군요. 포주가 달려나와서 벌써 두 팔을 걷고 악다구니를 썼습니다.

—뭐라구, 천원을 돌려줘? 너 어디서 굴러먹던 말 뼉다군데, 호구에 들어와서 뗑깡이야. 그래 잘 왔다. 그 자전거가 네 거냐, 네 거야? 갖다 꼬나박으면 너만 손해구 하소연할 데두 없으니까 좋게 말할 때 얼른 꺼져.

나는 히히닥거리며 구경하는 창녀들에 둘러싸인 채 묵묵히 서 있었지요. 그러다가 그년이 간밤에 꼬리치던 생각을 해보니 참을 수가 없어서 세상에 떠도는 갖가지 쌍욕이란 욕은 다 퍼부었지요. 욕이나 실컷 해주고 돌아갈 셈이었습니다. 그때에 뒤에서 굵다란 목소리가 들려오더군요.

—무슨 일야, 어떤 놈의 행패냐?

힐끗 돌아다보니 방범대원 복장을 하구 있습디다. 아마 그 부근서 꺼덕거리는 놈이었겠죠. 새끼, 얼굴이 샛노랗구 핏기가 없는 게 밤샘 질하느라구 녹아나는 모양입디다. 나는 아무 대답두 없이 품에서 신문지에 싼 식칼을 뽑았죠. 그리고 돌아서며 담담하게,

—넌 뭐야, 이 새끼.

하면서 푸욱 찔렀습니다. 칼 맞을 상대가 나타나, 짜릿하도록 반가울 정도였습니다. 배에 가서 꽂혔으니 벌써 첫방에 그 새끼는 뒈졌을 겁니다. 그런데두 나는 넘어진 놈을 타구 앉아서 쑤시고 또 쑤셨습니다. 멍청히 앉아 있자니 그 녀석은 피로 곤죽이 됐구, 나두 피루 멱감은 거 같았어요. 골목 안엔 한사람도 보이질 않았습니다. 자, 이렇게 내가 사람 하날 죽이게 된 겁니다. 식칼은 그렇게 누군가를 쑤시구 말았죠. 헌데 노골적이지 나는 그 새끼에게 아무 감정도 없었습니다. 이상하다, 그 말이죠. 그놈은 나하구 똑같은 놈이거든요. 전장에서, 시골서, 서울 노동판에서, 또 피 병원에서까지 끈질기게 참아냈던 내가 그 녀석에게 참지 못한다는 것이 이해할 수가 없다 그거예요. 뭐라구요? 애정의 표현이라뇨? 딴은 만만하게 믿었던 데가 있었을지두 모릅니다. 아까두 얘기했지만 변두리에 가보니까 알 것 같더군요. 그렇죠. 너까지 그러기냐, 하는 마음이 잠깐 지나갔는지두 모르겠어요. 나는 칼 끝이 어디루 향해야 할지두 모르는 채 칼을 품고 다녔으니까. 그놈은 나한테 죽은 게 분명하지만 어쩌면 나에게 죽지는 않았는

지두 모르겠구, 나는 내가 찌르지 않은 것 같단 말입니다. 저 딴 나라의 전장에서 휘두른 내 총부리가 그랬던 것처럼요. 죄를 짓구 나서 내가 배운 게 있다구 그랬지요. 우리는 언제까지 우리끼리 이래야 하는 건지 답답합니다. 저기 내 담당 취조관이 오는군. 시간이 다 된 모양인데 그만 일어서겠습니다. 참, 재판 전에 내 어머니에게 연락 좀 해주시겠습니까.

〔창작과비평 1972 겨울; 객지, 창작과비평사 1974〕

잡 초

그해 여름의 땡볕을 생각하면 지금도 혀뿌리에 끈끈한 침이 엉겨 붙는 듯한 느낌이 든다. 우리집은 그 무렵에 제철공장과 방직공장 부근에 있는 영단주택 동네에 있었고, 밤에 창문을 열면 철도청 영등포 공작창의 찬란한 용광로의 불똥과 거뭇거뭇한 사내들의 벗은 몸집이 분주하게 불빛 앞을 어른거리는 것을 언제나 볼 수 있었다. 먼길을 달려온 기차가 지친 숨을 간신히 내뿜으며, 공작창 안으로 기어들어 가는 소리가 매일 그맘때에 들렸는데, 그러고 얼마쯤 지나면 밤일을 나가는 남자들의 구둣발 소리가 들려오던 것이었다. 요즈음에도 그 거리의 풍경은 어딘가 인적이 끊긴 삭막한 분위기가 그대로 남아 있는 것 같다. 듬성듬성 서 있는 먼지 덮인 가로수며, 퇴색한 군복 빛깔의 시멘트 벽, 짓눌린 듯한 낮은 지붕들, 한산한 한길과 검은 흙빛이 그대로다. 다만 아스팔트만이 반듯한데, 그때에는 움푹 팬 흙탕길 위로 밤마다 군용트럭이 지나가곤 했었다. 군데군데 풀밭과 폐수의 웅덩이가 못처럼 고여서 녹색 거품을 내며 썩고 있었다. 물론 물고기 따위는 살지 않았고, 키가 넘게 자란 잡초 속에 사마귀나 송장메뚜기 같은 기분 나쁜 벌레들만이 우글거렸다. 트럭이 지나가면 규칙적으로 들리던 기관차의 김 빼는 소리와, 제철공장의 쇠 부딪는 소리들을 뒤덮고 요란한 군가소리가—양양한 앞길을 바라볼 때에, 하면서 잠을 깨웠다. 지금 내게 강렬하게 기억되는 것은 먼데서 들려오던 연발 사격의 총성과, 부서진 창고 속에 앉아 무수히 새어들어온 흰 빛줄기 가운데서 꼬물거리던 먼지를 바라보던 일이며, 나직하고 힘 있는 남자의 목소리와 짜릿한 느낌이 들던 여럿의 고함소리들이다. 또한 무엇보다도 태금이의 이상야릇하게 썰렁했던 노래 곡조는 잊혀지질 않는다.

아버지는 해방이 되자마자 생활에 무능해져버렸고, 대신에 어머니가 살림을 억척으로 꾸려나갈 수밖에 없었다. 해방 전에 아버지는 일본 사람들 덕으로 돈깨나 만졌던 모양인데, 무일푼으로 만주에서 평양으로 들어오면서부터 어머니가 점령군 가족들을 상대로 양장점을 경영해서 살림을 꾸려나갔었다. 남쪽에 내려와서도 어머니는 방직공장에 사무원으로 취직을 했으며, 아버지는 사업을 벌인다며 지방에 내려가서 며칠씩 돌아오지 않곤 했었다. 어머니는 공장에 출근하고 누나들 둘은 학교로 가야 했으므로, 집과 나를 돌볼 사람이 필요했던 것이다. 어머니가 어느날 키가 자그마하고 머리를 허리까지 길게 땋아늘인 처녀와 함께 퇴근해왔다. 몽당치마 아래 흰 버선을 신고 있던 그 여자는 나를 보자마자 번쩍 치켜올리면서 쾌활하게 말했다. 니가 수남이여? 온 지지바처럼 생겼네. 안녕하세요,라구 인살 해야지. 태금이 누나란다. 어머니가 옆에서 소개를 했다. 태금이는 내게 줄 게 있다면서 보따리를 뒤적이더니 네모 반듯하게 썬 갱엿을 꺼내어 먼지를 치맛자락에 쓱 문지르고 내밀었다. 나는 받지 않고 어머니 쪽을 올려다보았다. 어머니가 마지못해 받으라고 말하자마자 나는 그 여자에게서 엿을 빼앗아 가졌다. 태금이는 금방 어머니께 눈을 흘기며 말했다. 아따, 언니가 왜 이렇기 까다롭디야…… 누가 못 먹을 걸 주남요? 어머니는 또 동네 탓을 하면서 애 기르는 어려움에 관해서 그 여자와 얘기하기 시작했다. 나는 처음부터 태금이가 좋아졌다. 어머니에게 대놓고 핀잔을 주는 사람을 처음 보았을뿐더러, 언제나 잘났다고 까불대는 누나들에게 호령을 했을 때에는 나는 완전히 태금이가 내 편이라고 믿게 되었다. 태금이는 좋은 나라였고, 엄마와 누나들은 때때로 나쁜 나라일 수가 있었다.

그전에 나는 늘 혼자 놀았었다. 어머니와 누나들이 현관문을 잠그고 이웃집 여자에게 나를 맡기고 가버리면 나는 거의 반나절을 혼자 보냈다. 워낙에 주의가 단단했으므로 나는 그 집 마당 근처에서만 맴돌며 놀았다. 누나들이 학교에서 돌아와서도 그애들은 제 친구와 놀러 가거나 해서 나를 상대하지 않았고 나도 여자애들을 무시해버렸다. 혼자서 숨바꼭질을 하거나, 그것도 싫증나면 활석을 가지고 땅바닥에 여러가지 그림을 그리며 속으로 중얼중얼 설명을 하면서 놀았다. 어머니는 내가 옷 버리는 것은 딱 질색이었으므로 옷에 흙이 묻지 않도록 나는 늘 조심해야 되었다. 나는 누나들의 원피스를 고친 셔츠나 모직의 윗도리를 입었고 반바지에 긴 양말을 신었는데 언제나 내 꼬락서니가 창피해서 견딜 수가 없었다. 상고머리를 길게 길러 가르마까지 타서 얌전히 빗어넘겼으니, 나는 꼭 계집아이 꼴이었다. 동네의 내 또래 아이들은 나와 별로 친해지질 않았다. 어머니가 놀지 못하게 했을뿐더러 그애들도 나를 한심하게 여기고 있는 게 분명했다. 나는 집에 있는 날이면 누나들 그림물감으로 얼굴에다 수염을 그리고 보자기를 망또 대신 쓰고 혼자서 거울을 보며 장군놀이를 했다.

태금이는 곧 내 기분을 알아차렸다. 그 여자는 나의 짝패였다. 나는 어머니의 대나무 매를 두려워할 필요가 없었다. 나는 검은 빤쓰에 러닝만 걸친 차림으로 하루종일 집에서 먼곳까지 싸돌아다니다가 어머니가 돌아올 때쯤 해서 집에 오곤 했다. 한번도 가보지 못한 영공의 기차 정류장으로 구경 나갈 수가 있었고, 석탄더미 위에 올라가 동네애들과 연도 날리게 되었다. 나는 아이들과 차츰 친해져서 비행장 근처로 메를 캐러 갔고, 고사떡을 얻어먹으러 다녔으며, 밭고랑에 뒹굴어 있는 제웅의 속을 빼먹는 짓도 알게 되었다. 태금이는 나를 데리고 신기한 곳만 찾아다녔다. 굿거리 구경을 가서 나는 태금이의 무릎에 앉아 무당이 작두 위에서 춤추는 것도 보았다. 시장에 가면 진창 위에 서서 소라나 우묵을 사먹었고, 절반은 사람이고 반은 뱀이라는 처녀도 구경했다. 너는 똑 꾀주머니여, 히힛…… 어머니가 돌아오면 시치미를 떼는 내 모양을 보고 태금이는 속삭이는 것이었다. 그러면 나는 태금이의 펑퍼짐한 등이나 투실투실한 넓적다리께를 쥐질렀다. 아이구…… 왜 쌔리냐, 왜 쌔려. 킥킥 웃으면서 내 코를 쥐어 비틀었고, 나는 그게 더욱 재미가 나서 태금이를 때려주곤 했다.

오줌밥이 끼어서 내 고추가 퉁퉁 부었던 적이 있었는데 태금이는 나를 함지에 세워놓고 씻겨주었다. 그 여자가 내 고추를 잡고 씻는 바람에 빳빳해지니까, 태금이는 갑자기 얼굴이 빨개지더니 내 볼기를 철썩철썩 갈기면서 화난 얼굴을 했다. 나는 무슨 영문인지를 몰라서 큰 소리로 울었다. 태금이가 나를 둘러업고 공작창 앞 빈터로 바람을 쐬러 나갈 즈음에야 나는 울음을 그쳤다.

언제나 우리가 거기에 가면 새 풀이 돋아나기 시작한 언덕에 앉아 빈터에서 배구하는 남자들을 구경하는 것이었다. 건장한 체구의 직공들이 둥글게 모여서서 하늘 높이 공을 주고받는 게 보기가 좋았다. 점심시간 끝나는 싸이렌이 불기까지 그들은 화들짝하니 웃고 떠들며 배구를 했다. 실수한 사람이 가운데 엎드려 있고 공을 치는 사람은 그 술래를 때리느라고 땅볼을 쳤는데, 그때마다 태금이가 큰 소리로 웃었기 때문에 나도 덩달아 웃었다. 한번은 공이 우리 쪽으로 굴러온 적이 있었다. 태금이가 공을 집어들었고, 청년 한사람이 공을 쫓아 따라왔다. 얼굴이 새까맣고 키가 작은 남자였다. 몸집은 작았는데 목소리만은 굵직하고 점잖았다. 아가씨, 좀 던져주쇼. 태금이가 공을 던졌다. 태금이의 얼굴은 온통 자두처럼 붉어져 있었다. 우리는 이튿날에도 그 다음날에도 공작창 빈터 앞 언덕에 갔다. 새까맣고 키가 작은 청년이 없는 날도 있었고, 어쩌다 우리를 향해서 씽긋 웃어 보이기도 했다. 태금이는 그 무렵부터 살구씨 냄새가 나는 어머니의 크림을 몰래 바르기 시작했다. 언젠가는 저녁밥을 먹고 나서 한밤중이 될 때까지 태금이가 돌아오지 않아서 어머니가 일부러 찾아나섰던 때도 있었다. 태금이는 밥을 태우거나 그릇을 깨쳤으며 창문을 열고 바깥을 멍하니 내다보는 일이 차츰 많아졌다. 누나들 도시락 싸주기를 잊거나, 빨래를 게을리한 탓으로 옷을 갈아입지 못하는 경우가 잦아졌으므로 드디어 식구들은 태금에게 뭔가 심상치 않은 변화가 왔다고 알아채게 되었던 것이다. 어머니는 상을 찌푸리고 말했다. 아무래도 내보내든지 해야지, 달떠가지구 꼭 혼이 빠진 년 같구나. 그러나 태금이는 여전히 내게만은 전보다 더욱 잘해주었다. 밀떡을 부쳐준다든가 어머니 몰래 쌀을 퍼내어 떡도 해주었는데, 나머지는 신문지에 싸갖고 밖으로 내가는 것이었다. 어쨌든 나는 아직은 태금이의 편이었으므로 비밀을 지키기로 했다. 태금이는 어머니처럼 나를 이

웃집에 맡기지는 않았지만, 학교에 가지 않는 내 또래의 동네 꼬마들에게 나와 사이좋게 놀라고 타이르고는 어디론가 바삐 나가는 것이었다. 처음에는 나도 따라가겠다고 발버둥질을 쳤지만, 아이들과 어울려 노는 게 차츰 재미가 있어졌다.

우리는 녹슨 화물차의 골조를 쌓아놓은 곳에서 술래잡기를 하고 있었다. 철재를 가득 실은 트럭의 행렬이 먼지를 일으키면서 지나갔고, 먼지 사이로 청년 두 사람이 한길을 건너갔다. 길 건너편에는 방직공장의 회색 담이 쌍성로 중국요릿집이 있는 네거리 모퉁이까지 계속되고 있었다. 쌍성로 뒤에는 널따란 거름 구덩이가 있었고, 땅콩밭 터가 있었는데 가끔 곡마단이나 약장수의 천막이 그곳에 세워졌었다. 청년 한사람은 풀통을 들고 있었으며 또 하나는 커다란 종이뭉치를 둘둘 말아 팔에 끼고 있었다. 그 무렵에 동네 부근의 기다란 담벼락마다 울긋불긋한 글씨를 쓴 종이가 붙여져 비바람에 바랠 때까지 너덜거렸던 것이다. 어렸던 우리들도 그것이 '조국의 어머니'나 혹은 '자유만세' 같은 활동사진이나 새로 들어온 악극단의 '아리아 공주' 같은 게 아니라는 것을 어렴풋이 눈치채고 있었는데 오히려 가까이한다든가 찢어서는 더욱 안된다고 믿고 있었다. 두 사람의 청년은 좌우를 바삐 살피고 나서 담에다 글씨 쓴 널따란 종이를 붙이기 시작했다. 쌍성로 쪽에서 네댓 명의 남자들이 뭐라고 큰 소리를 지르면서 뛰어왔다. 종이를 붙이던 두 사람은 풀통과 종이를 들고 달아났다. 우리는 술래잡기를 멈추고 그들의 싸움을 구경했으며 동네 아낙네들은 우리들 중의 몇몇을 데리고 황급히 집안으로 사라졌다. 길 가운데서 부딪친 그들은 한편은 돌을 던졌고, 다른 한편은 몽둥이를 휘둘렀다. 몽둥이를 든 남자가 풀통 가진 사람의 머리를 때려서 피가 얼굴로 흘러내렸다. 그는 한길 가운데 넘어져버렸다. 다른 그의 동료는 종이뭉치를 버리고 달아났는데, 잠시 후에 대여섯 명의 청년들과 함께 그는 돌아왔다. 그들은 골목마다 뒤지고 큰길을 살펴본 다음 쓰러진 사람을 떠메고 가버렸다. 그때에 나는 맨 앞에서 사람들에게 이리로 가라 저쪽으로 쫓아가라, 큰 소리로 일러주는 남자가 바로 공작창 빈터에서 보았던, 얼굴이 새까맣고 키 작은 남자라는 걸 알았다. 우리네 꼬마들은 별로 무서워하지도 않고 그 모든 것들을 지켜보았다. 통장네 아이가 아는 체를 했다. 다친 사람을 메구 간 어른이 누군 줄 아니? 뚝발이네 큰형이다. 나도 한마디했다. 그래, 그 사람은 날마다 배구 뽈을 친다. 뚝발이네 형이 공작창서 대장이다. 육곳집 아이는 반대하면서…… 아냐, 우리 형이 그러는데 뚝발이 형은 공장 그만뒀대. 까딱하면 유치장 갈 거래. 아주 나쁜 놈이라구. 그 뒤에도 나는 어른들이 골목이나 밭고랑에서 패싸움하는 모양을 여러번 볼 수가 있었다. 태금이가 우리집에 온 지 석달이나 지나서 지방에 내려가 있던 아버지가 돌아왔다. 아버지는 피곤한 얼굴이었고 장사는 몹시 손해를 보았다는 것이었다. 세상이 점점 어지러워간다는 얘기였다. 남쪽에서는 버스도 마음놓고 타고 다니지 못한다고 아버지는 실패한 장사에 관해 변명했다. 어머니도 회사 얘기를 하면서 세상이 모두들 이쪽저쪽으로 패를 갈라 싸움질뿐이라면서, 얘기가 태금이에게까지 이르렀다. 어머니는 말했다. 이건 식모애까지 궁둥일 들썩이게 만드는 세상이에요. 마루보시 다녔다는 주정뱅이 목수 영감 아시죠? 태금이 상대가 바로 그 큰아들 녀석이에요. 걔가 공작창서두 말썽을 일으켜서 지난달에 쫓겨난 아이래요. 왜 인사성 바르구 똑똑하던데. 사람이 제 분수를 알아야죠. 요즘 어떤 세상이라구 괜히…… 태금일 내보내나? 어쩌지, 내가 시골서 그애 오빠에게서 부탁까지 받았는데, 당신이 여공 자리라두 없나 알아보라구.

어느날, 나는 동둑 너머 비행장 근처로 아이들과 함께 채를 가지고 송사리를 건지러 갔었다. 풀숲 아래 으슥한 물속을 훑으면 손가락만큼씩 굵은 송사리들이 걸려나왔다. 아직 물은 차가웠지만 모래는 제법 따뜻했다. 극성스런 몇 아이들이 물에 들어가 첨벙대다가 오들오들 떨며 나와서 모래에 드러누워 일광욕을 하기도 했다. 요란한 시동 프로펠러 소리가 들리다가 우리 머리 위로 번쩍이는 새 같은 연습기가 시원스럽게 날아오르는 게 보였다. 해가 뉘엿뉘엿할 즈음에야 나는 집에 돌아갈 생각이 났는데, 신고 왔던 파란 운동화가 보이질 않았다. 나는 아이들이 다 돌아가버린 다음에도 오랫동안 신발을 찾아 풀숲 사이를 헤맸다. 어두워지니까 귀신바위 쪽의 검푸른 물속에서 뭔가 나올 것만 같았고, 둑밑에 키만큼 자란 거무칙칙한 보리밭이 바람에 불리는 소리 때문에 억지로 노래를 하면서 둑으로 퇴각했다. 시바까리 나와나미 짚세기를 삼아서 장에 갖다 팔았더니 십전밖에 안 남아, 오전은 떡 사먹고 오전은 짚 사고…… 백두산 뻗어내려 반도 삼천리 무궁화 이 강산에 역사 반만년…… 하는 누나들의 고무줄 노래를 부르면서 둑으로 올라갔다. 둑을 넘어가려는데 어둠속에서 뭔가 검은 것들이 펄쩍 일어났다. 나는 그것들을 일부러 못 본 체 피해가면서 목청을 더욱 드높였다. 수남이 아녀? 워딜 갔다가 시방 오는 겨, 누나가 찾으러 안 나왔남. 태금이 누나는 남자와 함께 있었던 것이다. 동네 애들에게서 남자랑 여자랑 그 둑길에 많이 와서는 밤중에 그걸 한다는 얘기를 여러번 들었으므로, 나는 그게 뭔지는 몰랐으나 하여간 이런 데서 남자와 같이 있는 태금이 누나를 마주치게 된 게 부끄러웠다. 애들은 곧잘 햇빛을 손가락질하며 해봤니? 응, 하면…… 뭘 해봐, 하는 것두 여러가지야, 하며 놀려대는 장난을 했는데, 나는 그것이 뭔가 숨어서 하는 못된 짓인 줄은 알고 있었다. 태금이 누나가 이런 데 숨어서 못된 짓을 했으리란 생각을 하니까 갑자기 얄미워졌다. 태금이는 싫다는 나를 막무가내로 업었다. 우리는 둑길을 걸어 철교가 보이는 곳에서 아래로 내려갔다. 그곳은 우리 동네의 길 건너편 쪽에 있는 창고 동네였다. 부서진 창고들이 똑같은 모양으로 늘어서 있었는데 우리보다도 훨씬 가난한 사람들이 그 창고 몇채를 차지하고서 칸막이를 하고 살았다. 우리는 그 지저분하고 어두운 동네로 들어섰다. 창고 안은 캄캄했고, 칸막이마다에서 희미한 감빛 불빛이 번져나오고 있었다. 나는 우리가 남자네 집으로 들어서는 것을 알았다. 지금 오냐? 기침 섞인 목소리와 함께 방문이 열렸다. 방은 하나였는데, 그 안에 사람들이 가득 찬 것으로 보였다. 나는 태금이의 저고리 자락을 꽉 붙잡은 채 업혀 있었다. 색시가 웬일이야, 어서 들어오너라. 노인과 나란히 문간에 앉았던 늙은 부인이 말했다. 나는 태금이의 등에서 내리어졌다. 방에는 노부부 외에도 남자의 동생인 듯한 소년과 나보다 두어 살 위인 성싶은 아이가 앉아 있었다. 그들은 온 식구가 봉투 붙이기를 하는 중이었다. 그래서 사람은 많지 않았는데도 사방에 널려진 종이 때문에 방안이 가득 찬 것으로 보였던 것이다. 허, 고놈 참 귀엽게 생겼다. 담배 쌈지를 뒤적이던 노인이 또 기침 섞인 목소리로 나를 향해 말했다. 나는 구석에 앉아서 될 수 있는 대로 태금이의 등뒤에 숨으려 하면서 방안의 이곳저곳을 둘러보았다. 알 수 없이 퀴퀴하기도 하고 구수한 것도 같은 냄새가 났다. 남폿불의 그을음 때문에 눈이 아팠다. 그 집 식구들은 모두들 표정이 비슷했으며, 입을 꾹 다물고 있었다. 뭐 줄 게 있어야지, 쯧쯧. 딱하다는 듯이 부인이 혀를 차면서 일어나 선반 위를 더듬으며 부스럭거렸다. 비스듬히 앉아서 종이를 자르던 소년이 퉁명스럽게 말했다. 에이, 어머니두 그걸 누가 먹겠수? 아니야, 맛이 제법이다. 부인이 내게 이상스런 음식을 주었다. 약간 찝찔하기도 했고 씹는 맛이 꺼끌꺼끌했다. 나중에 나도 전쟁이 일어나 시골로 갔을 때, 그것이 개떡이라는 걸 알게 되었다. 내 또래의 아이는 다리를 절었다. 오른쪽 다리가 갓난아이 다리처럼 가냘프게 휘어져 있어서 걸을 때마다 허리를 크게 흔들고 두 손을 내저었다. 그애도 개떡을 먹으면서 태금이 누나 곁에 앉아 적의에 가득 찬 시선으로 나를 살폈다. 그러고 보니 언젠가 석탄더미 위에 와서 연을 날리던 아이였다. 땅바닥에 꼬라박힌 연을 주우러 갔을 적에 아이들이 그애의 절뚝이는 박자에 맞춰 노래를 부르던 일도 생각났다. 너 영단 살지? 다 안다. 우리 동네서 걸리면 넌 국물두 없을걸. 그애는 공연히 내 등을 툭툭 치거나 밀기도 하면서 집적거렸기 때문에 나는 불안했다. 노부부는 쉬지 않고 봉투를 붙이면서 한참씩 사이를 두고 태금이에게 말을 걸었다가 다시 자기 아들의 눈치를 살피곤 하는 것 같았다. 노인네는 거세게 연속적인 기침을 하다가는 무지무지하게 큰 소리로 가래를 뱉어냈다. 종이를 자르고 있는 소년은 태금이 쪽을 보면서 공연히 빙글빙글 웃었다. 부인이 말했다. 얘, 내가 말할래다 잊구 있었다. 그래 어쩌자구 그따위 놈들이랑 어울려다니는 거냐? 아까두 한떼거리 몰려왔었어. 형이 동생에게 물었다. 누가 왔었니? 공장에서지, 뭐. 소년은 말하면서 대꾸하지 말라는 듯이 자기 형에게 찡그린 얼굴을 흔들어 보였다. 부인네가 투덜댔다. 취직할 생각은 않구 어쩌자구…… 그놈들이 또 삐란지 뭔지를 잔뜩 갖다가 맡기길래 저기 쑤셔박아두었어. 느이들 하는 꼴 봐선 아궁지에 처넣구 싶더라만 그 개지랄이 지겨워서…… 아, 시끄러! 침묵하고 있던 노인네가 소리를 꽥 질렀다. 그는 외치고 나서 가래침을 칵 뱉었다. 내가 집에 돌아갔더니 어머니는 걱정을 하고 있었지만 신발 잃어버린 데 대해서는 전혀 야단을 치지 않았다. 어머니는 그날 태금이를 앉혀놓고 뭔지 오랫동안 얘기를 했는데, 나는 잠결에 태금이가 흐느끼는 것 같은 소리를 들었다.

나는 신학기인 오월부터 학교에 나가게 되어 벌써부터 란도셀과 공책 연필을 사놓고 기다렸다. 동네 한길가에 줄지어 선 가죽나무에서는 연두색의 콩잎 같은 꽃이 피어 바람에 날아다니기 시작했다. 그리고 곧 뒤따라 영단 끝에 있는 공장장네 이층집을 둘러싼 울타리의 아카시아꽃이 아이들의 입맛을 돋우었다. 비가 자주 내렸다.

내가 입학을 했던 날도 가랑비가 왔다. 그날은 너무나 많은 일들이 일어나서 작은 일들까지도 기억이 생생하다. 새 가방의 가죽 냄새와 끝을 뾰족하게 깎은 고운 색깔의 연필과 교과서의 아름다운 그림들. 교정에 가득 찬 버드나무에선 싱싱한 비린내가 났고 땅바닥에 무수한 물방울 자국들이 뚫어져 있었다. 낡은 풍금소리와 여선생의 경쾌한 호각소리, 우리들 가슴에 매달린 하얀 손수건, 그리고 교실에 들어섰을 때 책상에서 풍기던 칠 냄새로 골치가 아프던 일이 생각난다. 나는 아이들의 소음 때문에 얼이 빠질 지경이었다. 귓구멍을 막았다가 열었다가 하면서 웅성대는 소음이 내 안팎으로 밀려왔다가 나가게 하는 놀이를 혼자서 즐겼다. 떠드는 아이, 웃는 애, 싸우는 녀석, 우는 놈들을 자세히 관찰하노라면 갑자기 그 엄청나게 많은 아이들과 동무가 되는 것이 두려웠다. 복도 밖에선 태금이가 따라와서 수업이 파하기를 기다리고 있었다. 태금이는 그날따라 곱게 화장을 했었는데, 어머니의 양장 차림에다 살색 양말까지 신고 있어서 우리 여선생님보다도 훨씬 예뻐 보였다. 태금이는 곧 취직을 하게 되어 우리 집을 떠날 모양이었다. 교문 밖을 나서자 지우산을 쓰고 기다리고 섰던 뚝발이의 큰형이 우리에게로 걸어왔다. 나는 어쩐지 그 남자가 싫고 무서웠다. 그의 표정은 전보다 더욱 침울해 보였다. 그들은 내 양쪽 손을 잡고 나란히 걸었다. 내가 태금이 쪽으로 빠져나가려고 손가락을 꼬물거리면 그 남자는 손을 꽉 죄어잡고 나를 내려다보며 씽긋 웃는 것이었다. 흙탕물 있는 곳을 지나면서 둘은 간혹 나를 위로 번쩍 치켜들곤 했다. 남자가 집을 떠나겠다고 말을 한 것 같고 태금이가 뭐라고 부지런히 남자에게 사정조의 만류를 하는 모양이었다. 나는 태금이의 얼굴이 울상인 것을 보고는 아무것도 모르면서 뚝발이 형이 미웠다. 저는 애를 데려야줘야 할 텐디, 어쩌쥬…… 하면서 그 여자가 나를 내려다보았다. 집에 가면 아저씨가 못 나가게 할 거예유. 남자가 들어가라고 말했고, 태금이는 내 머리를 쓰다듬었다. 수남아, 너 누나랑 아저씨랑 같이 놀러 갈텨? 아님 집 앞에까지 데려다 줄 테니께 혼자 들어갈래? 나는 태금이의 말이 떨어지기가 무섭게 발을 땅에 붙이고 서서 완강하게 고개와 몸을 흔들었다. 태금이는 하는 수 없다는 듯이 그를 마주보았다. 아마 잘될 거요. 너무 걱정하지 마시오. 아네유, 저 돈 좀 있는디 구경두 하구 청요리두 사드릴게유. 수남이두, 잉? 우리와 헤어져 가려는 남자를 이번에는 태금이가 꼭 붙들고 놓지를 않았다. 우리들은 여성국악단의 '자명고'라는 창극을 구경했다. 나는 별로 시큰둥한 느낌이었지만 나올 때 보니까 태금이는 눈이 퉁퉁 부어 있었다.

이튿날 나는 여러 사람들의 합창소리에 잠이 깼다. 창밖으로 공작창 앞에 모여든 남자들이 뭐라고 크게 외치고 있는 모습이 보였다. 두어 시간쯤 지나니까 남자들은 점점 더 많아졌다. 그들의 고함소리에는 어딘지 열기가 섞여서 후텁지근한 입김의 바람이 온 동네를 뒤덮는 것만 같았다. 아버지와 어머니도 현관을 꼭 잠그고 조심스럽게 바깥을 내다보고 있었지만, 태금이는 이미 길 밖에까지 나가서 동네 사람들 틈에 파묻혀 있었다. 군중들 틈에서 서서히 파문이 일어나기 시작하더니 곧 사람들은 혼란스럽게 뒤엉클어졌다. 군중들 사이에서 패싸움이 일어난 것이었다. 길가에까지 나가 있던 동네 아낙네들은 호들갑스런 비명을 지르면서 골목 안으로 쫓겨들어왔다. 사람의 떼가 차츰 흩어지고 걷혀가기 시작하자 돌연 무기를 든 양쪽 패거리들의 모습이 드러났다. 저런, 저런! 아유 끔찍해! 아버지와 어머니는 연방 중얼거렸다. 사람들이 길바닥에 늘비하게 쓰러졌다. 순경들이 두 트럭이나 왔지만 좀처럼 싸움은 끝나지 않았다. 길가 집의 유리창과 장독들이 돌팔매로 모두 깨져버렸다. 싸움이 끝난 뒤에도 며칠 동안 동네에는 경비를 서는 순경들의 모습이 보였다. 여러 사람이 검거되었고, 뚝발이네 큰형도 잡혀갔다는 소문이 떠돌았다. 며칠 뒤에 학교에 갔다 돌아오니 태금이는 견습 여공으로 취직이 되어 우리집에서 나갔다는 것이었다. 어머니는 홀가분하다고 말하면서도, 남자네 남은 식구들을 걸머지게 될 태금이가 가엾다는 것이었다. 달반이 지나갔다. 그동안에 나는 학교생활에 재미를 붙여 태금이에 관해서는 새까맣게 잊어먹고 있었다. 어머니 말을 들으면 뚝발이 작은형이 태금이의 더운 도시락을 갖고 공장에 들른다는 것이었다.

오후 수업을 마치고 돌아오는데 역전 부근에서였다. 조종사가 보일 정도로 낮게 뜬 비행기가 굉장한 폭음을 울리며 날아왔다. 길 가던 사람들이 모두들 멈춰서서 하늘을 올려다보고 있었다. 불빛이 번쩍, 하더니 역사 쪽에서 유리창들이 일시에 깨지는 듯한 날카로운 소리가 들려왔다. 그러곤 검은 연기가 솟았고 불꽃을 올리며 건물이 타기 시작했다. 길에 서 있던 사람들은 길가의 건물들 아래 바싹 붙어서 뛰었다. 나는 멍하니 서서 역을 바라보고 있는데 행인 중의 어떤 사람이 소리쳤다. 얘, 빨리 달아나라. 폭격이다, 죽는다. 비행기가 되돌아왔다. 날개를 좌우로 기우뚱거리고 있었다. 막대기로 마룻장을 두드리는 것 같은 소리가 들렸다. 나는 아직도 멀기만 한 집을 바라고 뛰었다. 집에 와서야 난리가 났다는 걸 알았다. 나는 공포와 호기심이 반반이었다. 피난민들이 동네 앞 한길로 꾸역꾸역 밀려갔으며, 우리는 안절부절 못하며 늑장을 부리다가 적절한 시기를 놓쳐버리고 말았다. 낯선 군인들이 전투도 없이 우리 동네로 조용히 진주해왔다. 새벽에 육중한 쇠바퀴 굴러가는 소리를 들었던 날이었다. 그때까지 나는 죽음을 보지 못했으므로, 수많은 사람들이 이사를 가고 음울한 포소리가 들려오는 것으로밖에 난리를 실감하지 못했었다. 아이들은 어른에 보호되어 있으며, 그런 형편에 대해서 전혀 무방비하고 모르기 때문이기도 하지만 한편으로는 무참하게 파괴되어버릴 수도 있는 것이다. 나는 성장한 뒤에도 어른들이 그때의 난리 얘기가 나오면 밤새는 줄도 모르고 끊임없이 체험담을 엮어나가는 많은 경우를 보았다. 그런데 우리 또래들은 대개는 몸이 불편할 경우 그 시절의 경험을 악몽으로 꾸는 것이다.

한동안 보이지 않던 청년들이 동네에 다시 나타났다는 소문이 들렸고, 나는 완장을 찬 남자들과 군인들이 공장으로 바삐 드나드는 모습을 보았다. 그때에 태금이가 우리에게 찾아왔던 것이다. 태금이를 대하는 어머니와 아버지의 태도는 냉정한 반면 지나치게 예의를 갖추는 것 같았다. 태금이는 우리집에 처음 왔을 적의 쾌활함을 완전히 회복하고 있었다. 그 여자는 처음처럼 내 겨드랑이에 팔을 껴서 나를 번쩍 들어올렸다. 어머니가 뭔지 태금이와 오랫동안 속삭였다. 돌아가는 태금이를 어머니가 먼데까지 따라나가며 얘기했다. 나는 누나들이랑 마루에서 부모들의 얘기를 엿들었다. 아무래두 당신 먼저 시골루 가셔야겠어요. 이 동네서 인심 잃은 일두 없는데 별일 있을라구. 그런 게 아녜요. 우리가 월남했다는 게 문제가 될 거래요. 먼저

가 계셔요. 며칠 있다가 내가 애들 데리구 살며시 빠져나갈 테니. 나는 늦게까지 자지 않고 기다렸는데 누나들도 아직 잠들지 않은 것 같았다. 아버지가 조심스럽게 발소리를 죽이며 밖으로 나가는 소리, 어머니가 속삭이는 소리, 그러고는 멀어져가는 발소리가 들렸다. 어머니와 누나들과 나는 그날따라 한방에서 같이 잤다. 밤새껏 비가 왔다. 어지러운 발소리와 뛰는 소리에 섞여 간간이 고함소리도 들렸다. 사방이 조용해졌다. 새벽녘에 어머니가 꼭 끌어안는 통에 어렴풋이 잠을 깼다. 아주 가까운 곳에서 연이은 총성이 들려오고 있었다.

우리 식구들은 시월 중순께가 되어서야 집으로 돌아왔다. 시골 피난생활을 하는 동안에 나는 꽤 무감각한 아이가 되어 있었다. 어른들 뒤를 따라 타박타박 걸으면서 먼지나는 신작로 위에서 내가 본 것은 하얗게 내리쬐는 땡볕과 죽은 개처럼 부패하고 있는 사람의 시체들이었다. 간장을 끓이는 때와 비슷한 냄새가 났고 혼자서 아무데나 내동댕이쳐져 있었다. 나는 우리 동네 밭고랑이나 수챗구멍에서 보았던 쥐새끼의 시체를 대하던 버릇대로 침을 한번 뱉고 지나갔을 뿐이었다. 지금도 내게는 죽음이 뜨거운 뙤약볕과 직결되어 있고 점액질과 같은 끈적한 느낌 가운데 있는 듯이 여겨진다. 그 끈끈한 죽음의 느낌은 세계가 화려하게 번창하고 있는 여름의 열기 가운데 도사리고 있는 듯했다. 우리 동네뿐 아니라 온 거리의 곳곳이 파괴되어 있었다. 한달 반은 그런 시절에는 너무 긴 시간이어서, 사람들은 이미 오래 전에 불탄 자리로부터 쓸 만한 것들을 추려내거나, 소식 없는 사람들에 대하여는 재빨리 잊어버리고 있었다. 하나 뚝발이네 식구들에 관한 얘기는 아직도 남아서 돌아다녔다. 공작창은 진작에 폭격으로 타버리고 수복하기 전날의 맹렬한 공습으로 방직공장도 불에 타고 있었다는 것이다. 거기 저쪽 군인들의 식량창고가 있었는데, 날이 새자마자 주민들은 목숨을 걸고 몰려가서 쌀을 내왔다. 운수 좋은 사람은 세 가마나 실어나른 사람도 있었다. 그런 혼란중에 텅 빈 여공기숙사 속에서 여자들의 울음이 흘러나오는 소리를 들었다는 것이었다. 목격한 사람들에 의하면, 한쪽에는 뚝발이네 일가를 비롯해서 여러 집 식구들이 참혹한 꼴로 뉘어져 있었다. 몰살된 식구들도 있었지만 어쩌다 한둘 남은 양편의 아녀자들이 의좋게 복도에 주저앉아 있더라는 것이었다. 난리 전에 벌어졌던 패싸움이 그렇게 끝날 줄은 몰랐다고들 했다. 한편은 쫓겨 달아나면서 저지른 노릇이었고, 동료와 가족들을 잃은 청년들이 치안대를 조직해서 즉시 앙갚음했다는 말도 있었고, 저희들끼리 내분이 일어났을 거라는 말도 떠돌았다. 우리가 멀리 남쪽으로 두번째의 피난을 다녀온 이듬해까지도 태금이는 동네에 나타나지 않고 있었다. 부서진 공장터와 집터마다 잡초가 을씨년스럽게 자라났으며, 아이들 사이에서는 한창 불놀이와 전쟁놀이가 유행하고 있었다. 고여서 썩은 웅덩이마다 장구벌레가 득실거려서 모기가 유난히 극성을 부렸는데, 사람들은 모기도 난리를 닮는다고 투덜댔다. 모기는 그해 여름에 먼데서 돌아온 동네 사람들의 피를 빨아 오랜만에 살이 쪘을 것이다.

전쟁놀이를 하노라면 아이들은 예전과 달랐다. 그전에는 땅, 하고 쏘면 제자리에 잠시 쪼그려앉거나 손을 들고 서 있는 법이었는데, 이제는 목을 뒤로 꺾고 땅 위에 벌렁 나뒹굴어버리는 것이었다.

또한 정한 계급을 엄중히 지킬 줄을 알았다. 내가 너보다 높잖아, 하면 곧 기가 죽어서 항의를 그치는 것이었다. 그래야 진짜 같으니까. 어느 오정때, 아이들이 맥없이 가죽나무 그늘에 앉아서 무더위에 헐떡이고 있는데, 다 떨어진 남자 양복바지에 두꺼운 겨울 군복을 걸친 거지 하나가 한길을 곧장 걸어왔다. 누군가 장난삼아 돌을 던져봤지만 그는 우리 쪽으로 고개도 돌리지 않았다. 머리까지 짧아서 남자인가 했었는데 여자가 분명했고, 표정이 온전치가 않았다. 미……미친년이다. 미친년! 드디어 한 아이가 환희에 가득 차서 숨막힌 듯이 외쳤다. 아이들은 이빨 사이로 웃음을 씹으면서 미친 여자를 따라갔다.

태금이의 옛모습은 조금밖에 남아 있지 않았다. 딴 세상에서 온 것 같은 무서운 얼굴이었다. 앙상하게 마르고 볕에 그을은 얼굴 가운데서 눈만이 번들거렸다. 나는 가슴을 졸이며 태금이 앞에서 똑바로 바라보았으나 그 여자는 전혀 알아보지 못했다. 태금이는 그런 꼴로 온 동네를 매일 쏘다녔다.

사람들은 차츰 그 여자를 알아보는 모양이었지만, 역시 반응은 냉담했다. 기억을 떠올리기에 지쳐 있었고, 고작해야 세상 묘하게 돌아간다는 식이었을 것이다. 태금이는 황혼 무렵이면 방직공장의 무너진 담을 지나 폐허가 된 공작창 앞 언덕에 올라가는 것이었다. 거기서 그 여자는 작고 희미한 목소리로 군가조의 노래를 부르다가 땅거미가 완전히 내려덮이면 자기 잠자리로 돌아갔다. 한번은 내가 그 방직공장 폐허의 기둥과 지붕 일부분만 남은 벽돌 건물 가까이 태금이의 모습을 살피러 갔던 적이 있었다. 참새들이 시끌짝하게 울어서 나는 깊은 골짜기 안에 들어선 느낌이었다.

태금이는 깨진 벽돌쪼가리와 휘어진 철근 사이에 서서 천장을 올려다보고 있었다. 나도 태금이처럼 그곳을 올려다보았더니 새 집이 여러 군데 뚫려 있었다. 태금이는 여러 줄로 꽂힌 햇살 가운데 그런 모습으로 서서 꼼짝도 하지 않았다.

그해 늦가을까지 사람들은 저녁식사를 할 때쯤에 그 미친 여자의 음산한 군가소리를 듣곤 했다. 쌍년, 해질 무렵에는 더 환장하는 모양이야,라고 모두들 얘기했다. 노을을 배경으로 검은 음영만이 잡초 위에 떠 있는 풍경은 그리 보기 좋은 모습이 아니었지만, 무너진 공장 건물처럼 거기 늘 있던 풍경이어서 나중에는 사람들 눈에 유별나게 보이지는 않게 되었다.

〔월간중앙 1973. 3; 객지, 창작과비평사 1974〕

삼포(森浦) 가는 길

영달은 어디로 갈 것인가 궁리해보면서 잠깐 서 있었다. 새벽의 겨울 바람이 매섭게 불어왔다. 밝아오는 아침 햇빛 아래 헐벗은 들판이 드러났고, 곳곳에 얼어붙은 시냇물이나 웅덩이가 반사되어 빛을 냈다. 바람소리가 먼데서부터 몰아쳐서 그가 섰는 창공을 베면서 지나갔다. 가지만 남은 나무들이 수십여 그루씩 들판가에서 바람에 흔들렸다.

그가 넉달 전에 이곳을 찾았을 때에는 한참 추수기에 이르러 있었고 이미 공사는 막판이었다. 곧 겨울이 오게 되면 공사가 새봄으로 연기될 테고 오래 머물 수 없으리라는 것을 그는 진작부터 예상했던 터였다. 아니나다를까, 현장사무소가 사흘 전에 문을 닫았고, 영달이는 밥집에서 달아날 기회만 노리고 있었던 것이다.

누군가 밭고랑을 지나 걸어오고 있었다. 해가 떠서 음지와 양지의 구분이 생기자 언덕의 그림자나 숲의 그늘로 가려진 곳에서는 언 흙이 부서지는 버석이는 소리가 들렸으나 해가 내리쪼인 곳은 녹기 시작하여 붉은 흙이 질척해 보였다. 다가오는 사람이 숲 그늘을 벗어났는데 신발 끝에 벌겋게 붙어 올라온 진흙 뭉치가 걸을 때마다 뒤로 몇점씩 흩어지고 있었다. 그는 길가에 우두커니 서서 담배를 태우고 있는 영달이 쪽을 보면서 왔다. 그는 키가 훌쩍 크고 영달이는 작달막했다. 그는 팽팽하게 불러오른 맹꽁이 배낭을 한쪽 어깨에 느슨히 걸쳐메고 머리에는 개털모자를 귀까지 가려 쓰고 있었다. 검게 물들인 야전잠바의 깃 속에 턱이 반나마 파묻혀서 누군지 쌍통을 알아볼 도리가 없었다. 그는 몇걸음 남겨놓고 서더니 털모자의 챙을 이마빡에 붙도록 척 올리면서 말했다.

"천씨네 집에 기시던 양반이군."

영달이도 낯이 익은 서른댓 되어 보이는 사내였다. 공사장이나 마을 어귀의 주막에서 가끔 지나친 적이 있는 얼굴이었다.

"아까 존 구경 했시다."

그는 털모자를 잠근 단추를 여느라고 턱을 치켜들었다. 그러고 나서 비행사처럼 양쪽 뺨으로 귀가리개를 늘어뜨리면서 빙긋 웃었다.

"천가란 사람, 거품을 물구 마누라를 개 패듯 때려잡던데."

영달이는 그를 쏘아보며 우물거렸다.

"내…… 그런 촌놈은 참."

"거 병신 안됐는지 몰라. 머리채를 질질 끌구 마당에 나와선 차구 짓밟구…… 야, 그 사람 환장한 모양이더군."

이건 누굴 엿먹이느라구 수작질인가, 하는 생각이 들어서 불끈했지만 영달이는 애써 참으며 담뱃불이 손가락 끝에 닿도록 쭈욱 빨아 넘겼다. 사내가 손을 내밀었다.

"불 좀 빌립시다."

"버리슈."

담배꽁초를 건네주며 영달이가 퉁명스럽게 말했다. 하긴 창피한 노릇이었다. 밥값을 떼고 달아나서가 아니라, 역에 나갔던 천가 놈이 예상 외로 이른 시각인 다섯시쯤 돌아왔고 현장에서 덜미를 잡혔던 것이다. 그는 옷만 간신히 추스르고 나와서 천가가 분풀이로 청주댁을 후려패는 동안 방아실에 숨어 있었다. 영달이는 변명삼아 혼잣말 비슷이 중얼거렸다.

"계집 탓할 거 있수 사내 잘못이지."

"시골 아낙네치군 드물게 날씬합디다. 모두들 발랑 까졌다구 하지만서두."

"여자야 그만이었죠. 처녀 적에 군용차두 탔답디다. 고생 많이 한 여자요."

"바가지한테 세금두 내구, 거기두 줬겠구만."

"뭐요? 아니 이 양반이……"

사내가 입김을 길게 내뿜으며 껄껄 웃어젖혔다.

"거 왜 그러시나. 아, 재미 본 게 댁뿐인 줄 아쇼? 오다가다 만난 계집에 너무 일심 품지 마셔."

녀석의 말버릇이 시종 그렇게 나오니 드러내놓고 화를 내기도 뭣해서 영달이는 픽 웃고 말았다. 개피떡이나 인절미를 전방으로 호송되는 군인들께 팔았다는 것인데 딴은 열차를 타며 사내들 틈을 누비던 계집이 살림을 한답시고 들어앉아 절름발이 천가 여편네 노릇을 하려니 따분했을 것이었다. 공사장 인부들이나 떠돌이 장사치를 끌어들여 하숙도 치고 밥도 파는 살림인데, 사내 재미까지 보려는 눈치였다. 영달이 눈에 청주댁이 예사로 보였을 리 만무했다. 까무잡잡한 얼굴에 곱게 치떠서 흘기는 눈길하며, 밤이면 문밖에 나가 앉아 하염없이 불러대는 '흑산도 아가씨'라든가, 어쨌든 나중엔 거의 환장할 지경이었다.

"얼마나 있었소?"

사내가 물었다. 가까이 얼굴을 맞대고 보니 그리 흉악한 몰골도 아니었고, 우선 그 시원시원한 태도가 은근히 밉질 않다고 영달이는 생각했다. 그가 자기보다는 댓살쯤 더 나이들어 보였다. 그리고 이 바람부는 겨울 들판에 척 걸터앉아서도 만사 태평인 꼴이었다. 영달이는 처음보다는 경계하지 않고 대답했다.

"넉달 있었소. 그런데 노형은 어디루 가쇼?"

"삼포에 갈까 하오."

사내는 눈을 가늘게 뜨고 조용히 말했다. 영달이가 고개를 흔들었다.

"방향 잘못 잡았수. 거긴 벽지나 다름없잖소. 이런 겨울철에."

"내 고향이오."

사내가 목장갑 낀 손으로 코밑을 쓱 훔쳐냈다. 그는 벌써 들판 저 끝을 바라보고 있었다. 영달이와는 전혀 사정이 달라진 것이다. 그는 집으로 가는 중이었고, 영달이는 또다른 곳으로 달아나는 길 위에 서 있었기 때문이었다.

"참…… 집에 가는군요."

사내가 일어나 맹꽁이 배낭을 한쪽 어깨에다 걸쳐메면서 영달이에게 물었다.

"어디 무슨 일자리 찾아가쇼?"

"댁은 오라는 데가 있어서 여기 왔었소? 언제나 마찬가지죠."

"자, 난 이제 가봐야겠는걸."

그는 뒤도 돌아보지 않고 질척이는 둑길을 향해 올라갔다. 그가 둑 위로 올라서더니 배낭을 다른 편 어깨 위로 바꾸어 메고는 다시 하반신부터 차례로 개털모자 끝까지 둑 너머로 사라졌다. 영달이는 어디로 향하겠다는 별 뾰족한 생각도 나지 않았고, 동행도 없이 길을 갈 일이 아득했다. 가다가 도중에 헤어지게 되더라도 우선은 말동무라도 있었으면 싶었다. 그는 멍청히 섰다가 잰걸음으로 사내의 뒤를 따랐다. 영달이는 둑 위로 뛰어올라갔다. 사내의 걸음이 무척 빨라서 벌써 차도로 나가는 샛길에 접어들어 있었다. 차도 양쪽에 대빗자루를 거꾸로 박아놓은 듯한 앙상한 포플러들이 줄을 지어 섰는 게 보였다. 그는 둑 아래로 달려내려가며 사내를 불렀다.

"여보쇼, 노형!"

그가 멈춰서더니 뒤를 돌아보고 나서 다시 천천히 걸어갔다. 영달이는 달려가서 그 뒤편에 따라붙어 헐떡이면서,

"같이 갑시다. 나두 월출리까진 같은 방향인데……"

했는데도 그는 대답이 없었다. 영달이는 그의 뒤통수에다 대고 말했다.

"젠장, 이런 겨울은 처음이오. 작년 이맘때는 좋았지요. 월 삼천원짜리 방에서 작부랑 살림을 했으니까. 엄동설한에 정말 갈데없이 빳빳하게 됐는데요."

"우린 습관이 되어놔서."

사내가 말했다.

"삼포가 여기서 몇리 줄 아쇼? 좌우간 바닷가까지만도 몇백리 길이오. 거기서 또 배를 타야 해요."

"몇년 만입니까?"

"십년이 넘었지. 가봤자…… 아는 이두 없을 거요."

"그럼 뭣허러 가쇼?"

"그냥…… 나이드니까, 가보구 싶어서."

그들은 차도로 들어섰다. 자갈과 진흙으로 다져진 길이 그런대로 걷기에 편했다. 영달이는 시린 손을 잠바 호주머니에 처박고 연방 꼼지락거렸다.

"어이, 육실허게는 춥네. 바람만 안 불면 좀 낫겠는데."

사내는 별로 추위를 타지 않았는데, 털모자와 야전잠바로 단단히 무장한 탓도 있겠지만 원체가 혈색이 건강해 보였다. 사내가 처음으로 다정하게 영달이에게 물었다.

"어떻게 아침은 자셨소?"

"웬걸요."

영달이가 열쩍게 웃었다.

"새벽에 몸만 간신히 빠져나온 셈인데……"

"나두 못 먹었소. 찬샘까진 가야 밥술이라두 먹게 될 거요. 진작에 떴을걸. 이젠 겨울에 움직일 생각이 안 납디다."

"인사 늦었네요. 나 노영달이라구 합니다."

"나는 정가요."

"우리두 기술이 좀 있어놔서 일자리만 잡으면 별 걱정 없지요."

영달이가 정씨에게 빌붙지 않을 뜻을 비쳤다.

"알고 있소. 착암기 잡지 않았소? 우리넨, 목공에 용접에 구두까지 수선할 줄 압니다."

"야, 되게 많네. 정말 든든하시겠구만."

"십년이 넘었다니까."

"그래도 어디서 그런 걸 배웁니까?"

"다 좋은 데서 가르치고 내보내는 집이 있지."

"나두 그런 데나 들어갔으면 좋겠네."

정씨가 쓴웃음을 지으며 고개를 저었다.

"지금이라두 쉽지. 하지만 집이 워낙에 커서 말요."

"큰집……"

하다 말고 영달이는 정씨의 얼굴을 쳐다봤다. 정씨는 고개를 밑으로 숙인 채로 묵묵히 걷고 있었다. 언덕을 넘어섰다. 길이 내리막이 되면서 강변을 따라서 먼산을 돌아나간 모양이 아득하게 보였다. 인가가 좀처럼 보이지 않는 황량한 들판이었다. 마른 갈대밭이 헝클어진 채 휘청대고 있었고 강 건너 곳곳에 모랫바람이 일어나는 게 보였다. 정씨가 말했다.

"저 산을 넘어야 찬샘골인데. 강을 질러가는 게 빠르겠군."

"단단히 얼었을까."

강물은 꽁꽁 얼어붙어 있었다. 얼음이 녹았다가 다시 얼곤 해서 우툴두툴한 표면이 그리 미끄럽지는 않았다. 바람이 불어, 깨어진 살얼음 조각들을 날려 그들의 얼굴을 따갑게 때렸다.

"차라리, 저쪽 다릿목에서 버스나 기다릴 걸 잘못했나봐요."

숨을 헉헉 들이켜던 영달이가 투덜대자 정씨가 말했다.

"자주 끊겨서 언제 올지두 모르오. 그보다두 현금을 아껴야지. 굶어두 돈 있으면 든든하니까."

"하긴 그래요."

"월출 가면 남행열차를 탈 수는 있소. 거기서 기차 타려오?"

"뭐…… 돼가는 대루. 그런데 삼포는 어느 쪽입니까."

정씨가 막연하게 남쪽 방향을 턱짓으로 가리켰다.

"남쪽 끝이오."

"사람이 많이 사나요, 삼포라는 데는?"

"한 열 집 살까? 정말 아름다운 섬이오. 비옥한 땅은 남아돌아가구, 고기두 얼마든지 잡을 수 있구 말이지."

영달이가 얼음 위로 미끄럼을 지치면서 말했다.

"야아, 그럼, 거기 가서 아주 말뚝을 박구 살아버렸으면 좋겠네."

"조오치. 하지만 댁은 안될걸."

"어째서요."

"타관 사람이니까."

그들은 얼어붙은 강을 건넜다. 구름이 몰려들고 있었다.

"눈이 올 거 같군. 길 가기 힘들어지겠소."

정씨가 회색으로 흐려가는 하늘을 걱정스럽게 올려다보았다. 산등성이로 올라서자 아래쪽에 작은 마을의 집들이 점점이 흩어져 있는 게 한눈에 들어왔다. 가물거리는 지붕 위로 간신히 알아볼 만큼 가느다란 연기가 엷게 퍼져 흐르고 있었다. 교회의 종탑도 보였고 학교 운동장도 보였다. 기다란 철책과 철조망이 연이어져 마을 뒤의 온 들판을 둘러싸고 있는 것도 보였다. 군대의 주둔지인 듯했는데, 마을은 마치 그 철책의 끝에 간신히 매어달려 있는 것 같았다.

그들은 읍내로 들어갔다. 다과점도 있었고, 극장, 다방, 당구장, 만물상점, 그리고 주점이 장터 주변에 여러 채 붙어 있었다. 거리는 아침이라서 아직 조용했다. 그들은 어느 읍내에나 있는 서울식당이란 주점으로 들어갔다. 한 뚱뚱한 여자가 큰 솥에다 우거짓국을 끓이고 있었고 주인인 듯한 사내와 동네 청년 둘이 떠들어대고 있었다.

"나는 전연 눈치를 못 챘다구. 옷을 한가지씩 빼어다 따루 보따리를 싸놨던 모양이라."

"새벽에 동네를 빠져나간 게 틀림없습니다."

"어젯밤에 윤하사하구 긴밤을 잔다구 그래서, 뒷방에서 늦잠자는 줄 알았지 뭔가."

"새벽에 윤하사가 부대루 들어가자마자 튄 겁니다."

"옷값에 약값에 식비에…… 돈이 보통 들어간 줄 아나, 빚만 해두 자그마치 오만원이거든."

영달이와 정씨가 자리에 앉자 그들은 잠깐 얘기를 멈추고 두 낯선 사람들의 행색을 살펴보았다. 영달이는 연탄난로 위에 두 손을 내려뜨리고 비벼대면서 불을 쪼였다. 정씨가 털모자를 벗으면서 말했다.

"국밥 둘만 말아주쇼."

"네, 좀 늦어져두 별일 없겠죠?"

뚱뚱한 여자가 국솥에서 얼굴을 들고 미리 웃음으로 얼버무리며 양해를 구했다.

"좌우간 맛있게만 말아주쇼."

여자가 국자를 요란하게 놓고는 한숨을 내리쉬었다.

"개쌍년 같으니!"

정씨도 영달이처럼 난로를 통째로 껴안을 듯이 바싹 다가앉아서 여자를 물끄러미 올려다보았다.

"색시가 도망을 쳤지 뭐예요. 그래서 불도 꺼졌고, 국거리도 없어서 인제 막 시작을 했답니다."

하고 나서 여자가 남자들에게 외쳤다.

"아니 근데 당신들은 뭘 앉아서 콩이네 팥이네 하구 있는 거예요? 냉큼 가서 잡아오지 못하구선. 얼마 달아나지 못했을 테니 따라가서 머리채를 끌구 와요."

주인 남자가 주눅이 든 목소리로 대답했다.

"필요없네. 아무래도 월출서 기차를 탈 테니까 정거장 목만 지키면 된다구."

"그럼 자전거 타구 빨리 가서 기다려요."
"이거 원 날씨가 이렇게 추워서야."
"무슨 얘기예요. 그 백화라는 년이 돈 오만원이란 말요."
마을 청년이 끼여들었다.
"서울식당이 원래 백화 땜에 호가 났던 거 아닙니까. 그애가 장사는 그만이었죠."
"군인들이 백화라면, 군화까지 팔아서라두 술을 마실 정도였으니까."
뚱뚱이 여자가 빈정거렸다.
"웃기네, 그래봤자 지가 똥갈보라. 내 장사 수완 덕이지 뭐. 그년 요새 좀 아프다는 핑계루…… 이건 물을 긷나, 밥을 제대루 하나, 손님을 받나, 소용없어. 그년두 육개월이면 찬샘 바닥서 진이 모조리 빠진 거예요. 빚이나 뽑아내면 참한 신마이루 기리까이할려던 참이었어. 아, 뭘 해요? 빨리 가서 역을 지키라니까."
마누라의 호통에 주인 사내가 깜짝 놀란 듯이 어깨를 움츠렸다.
"알았대니까……"
"얼른 갔다 와요. 내 대포 한턱 쓸게."
남자들 셋이 우르르 밀려나갔다. 정씨가 중얼거렸다.
"젠장, 그 백화 아가씨라두 있었으면 술이나 옆에서 쳐달랠걸."
"큰일예요, 글쎄. 저녁마다 장정들이 몰려오는데……"
"아가씨 서넛은 있어야지."
"색시 많이 두면 공연히 번거로워요. 이런 데서야 반반한 애 하나면 실속이 있죠, 모자라면 꿔다 앉히구…… 왜 좀 놀다 갈려우? 내 불러다주께."
"왜 이러슈, 먼길 가는 사람이 아침부터 주색잡다간 저녁에 이 마을서 장사지내게?"

"자, 국밥이오."

배추가 아직 푹 삭질 않아서 뻣뻣했으나 그런대로 먹을 만하였다. 정씨가 국물을 허겁지겁 퍼넣고 있는 영달이에게 말했다.

"작년 겨울에 어디 있었소?"

들고 있던 국그릇을 내려놓고 영달이는,

"언제요?"

하고 나서 작년 겨울이라고 재차 말하자 껄껄 웃기 시작했다.

"좋았지 정말. 대전 있었습니다. 옥자라는 애를 만났었죠. 그땐 공사장에서 별볼일두 없었구 노임두 실했어요."

"살림을 했군?"

"의리있는 여자였어요. 애두 하나 가질 뻔했었는데. 지난봄에 내가 실직을 하게 되자, 돈 모으면 모여서 살자구 서울루 식모 자릴 구해서 떠나갔죠. 하지만 우리 같은 떠돌이가 언약 따위를 지킬 수 있나요. 밤에 혼자 자다가 일어나면 그애 때문에 남은 밤을 꼬박 새우는 적두 있습니다."

정씨는 흐려진 영달이의 표정을 무심하게 쳐다보다가, 창밖으로 고개를 돌리고는 조용하게 말했다.

"사람이란 곁에서 오랫동안 두고 보지 않으면 저절로 잊게 되는 법이오."

뒤란으로 나갔던 뚱뚱이 여자가 호들갑을 떨면서 돌아왔다.

"아유 어쩌나…… 눈이 올 것 같애. 하늘에 먹구름이 잔뜩 끼고, 바람이 부는군. 이놈의 두상이 꼴에 도중에서 가다 말고 돌아올 게 분명하지."

정씨가 뚱뚱보 여자의 계속될 수다를 막았다.

"월출까지는 몇리요?"

"한 육십리 돼요."

"뻐스는 있나요?"

"오후에 두 대쯤 있지요. 이년을 따악 잡아갖구 막차루 돌아올 텐데…… 참, 어디까지들 가슈?"

영달이가 말했다.

"바다가 보이는 데까지."

"바다? 멀리 가시는군. 요 큰길루 가실 거유?"

정씨가 고개를 끄덕이자 여자는 의자에 궁둥이를 붙인 채로 앞으로 다가앉았다.

"부탁 하나 합시다. 가다가 스물두엇쯤 되고 머리는 긴데다 외눈 쌍까풀인 계집년을 만나면 캐어봐서 좀 잡아오슈. 내 현금으루 딱, 만원 내리다."

정씨가 빙그레 웃었다. 영달이가 자신있다는 듯이 기세 좋게 대답했다.

"그럭허슈. 대신에 데려오면 꼭 만원 내야 합니다."

"암, 내다뿐이오. 예서 하룻밤 푹 묵었다 가시구려."

"좋았어."

그들은 일어났다. 문을 열고 나오는 그들의 뒷덜미에다 대고 여자가 소리쳤다.

"머리가 길구 외눈 쌍까풀이에요. 잊지 마슈."

해가 낮은 구름 속에 들어가 있어서 주위는 누런 색안경을 통해서 내다본 것처럼 뿌옇게 보였다. 바람이 읍내의 신작로 한복판에서 회오리기둥을 곤두세우고 있었다. 그들은 고개를 처박고 신작로를 따라서 올라갔다. 영달이가 담배 한갑을 샀다. 들판을 스치고 지나가는 바람소리가 날카롭게 들려왔다.

그들이 마을 외곽의 작은 다리를 건널 적에 성긴 눈발이 날리기 시작하더니 허공에 차츰 흰색이 빽빽해졌다. 한 스무 채 남짓한 작은 마을을 지날 때쯤 해서는 큰 눈송이를 이룬 함박눈이 펑펑 쏟아져 내려왔다. 눈이 찰지어서 걷기에는 그리 불편하지 않았고 눈보라도 포근한 듯이 느껴졌다. 그들의 모자나 머리카락과 눈썹에 내려앉은 눈 때문에 두 사람은 갑자기 노인으로 변해버렸다. 도중에 그들은 옛 원님의 송덕비를 세운 비각 앞에서 잠깐 쉬어가기로 했다. 그 앞에서 신작로가 두 갈래로 갈라져 있었던 것이다. 함석판에 페인트로 쓴 이정표가 있긴 했으나, 녹이 슬고 벗겨져 잘 알아볼 수도 없었다. 그들은 비각 처마밑에 웅크리고 앉아서 담배를 피웠다. 정씨가 하늘을 올려다보며 감탄했다.

"야, 그놈의 눈송이 탐스럽기두 하다. 풍년 들겠어."

"눈 오는 모양을 보니, 근심걱정이 싹 없어지는데……"

"첨엔 기분두 괜찮았지만, 이렇게 오다가는 길 가기가 그리 쉽지 않겠는걸."

"까짓 가는 데까지 가구 내일 또 갑시다. 저기 누가 오는군."

흰 두루마기를 입고 중절모를 깊숙이 내려쓴 노인이 조심스럽게 걸어오고 있었다. 노인의 모자챙과 접힌 부분 위에 눈이 빙수처럼 쌓여 있었다. 정씨가 일어나 꾸벅하면서,

"영감님, 길 좀 묻겠습니다요."

"물으슈."

"월출 가는 길이 아랩니까, 저 윗길입니까?"

"윗길이긴 하지만…… 재가 있어놔서 아무래두 수월친 않을 거야. 아마 교통두 두절될 모양인데."

"아랫길은요?"

"거긴 월출 쪽은 아니지만 고을 셋을 지나면, 감천이라구 나오지."

영달이가 물었다.

"감천에 철도가 닿습니까?"

"닿다마다."

"그럼 감천으루 가야겠구만."

정씨가 인사를 하자 노인은 눈이 가득 쌓인 모자를 위로 들어 보였다. 노인은 윗길 쪽으로 가다가 마을을 향해 꺾어졌다. 영달이는 비각 처마끝에 회색으로 퇴색한 채 매어져 있는 새끼줄을 끊어냈다. 그가 반으로 끊은 새끼줄을 정씨에게도 권했다.

"감발 치구 갑시다."

"견뎌날까."

새끼줄로 감발을 친 두 사람은 걸음에 한결 자신이 갔다. 그들은 아랫길로 접어들었다. 길은 차츰 좁아졌으나, 소 달구지 한대쯤 지날 만한 길은 그런대로 계속되었다. 길 옆은 개천과 자갈밭이었고 눈이 한꺼풀 덮여 있었다. 뒤를 돌아보면, 길 위에 두 사람의 발자국이 줄기차게 따라왔다.

마을 하나를 지났다. 그들은 눈 위로 이리저리 뛰어다니는 아이들과 개들 사이로 지나갔다. 마을의 가게 유리창마다 성에가 두껍게 덮여 있었고 창 너머로 사람들의 목소리가 들려왔다. 두번째 마을을 지날 때엔 눈발이 차츰 걷혀갔다. 그들은 노변의 구멍가게에서 소주 한 병을 깠다. 속이 화끈거렸다.

털썩, 눈 떨어지는 소리만이 가끔씩 들리는 송림 사이를 지나는데, 뒤에 처져서 걷던 영달이가 주춤 서면서 말했다.

"저것 좀 보슈."

"뭣 말요?"

"저쪽 소나무 아래."

쭈그려앉은 여자의 등이 보였다. 붉은 코트 자락을 위로 쳐들고 쭈그린 꼴이 아마도 소변이 급해서 외진 곳을 찾은 모양이다. 여자가 허연 궁둥이를 쳐들고 속곳을 올리다가 뒤를 힐끗 돌아보았다.

"오머머!"

여자가 재빨리 코트 자락을 내리고 보퉁이를 집어들면서 투덜거렸다.

"개새끼들 뭘 보구 지랄야."

영달이가 낄낄 웃었고, 정씨가 낮게 소곤거렸다.

"외눈 쌍까풀인데 그래."

"어쩐지 예감이 이상하더라니……"

여자는 어딘가 불안했는지 그들에게로 다가오기를 꺼리며 주춤주춤했다. 영달이가 말했다.

"잘 만났는데 백화 아가씨, 찬샘에서 뺑소니치는 길이구만."

"무슨 상관야, 내 발루 내가 가는데."

"주인 아줌마가 댁을 만나면 잡아다달래던데."

여자가 태연하게 그들에게로 걸어나왔다.

"잡아가보시지."

백화의 얼굴은 화장을 하지 않았는데도 먼길을 걷느라고 발갛게 달아 있었다. 정씨가 말했다.

"그런 게 아니라…… 행선지가 어디요? 이 친구 말은 농담이구."

여자는 소변 보다가 남자들 눈에 띈 일보다는 영달이의 거친 말솜씨에 몹시 토라져 있었다. 백화가 걸음을 빨리하며 내쏘았다.

"제따위들이 뭐라구 잡아가구 말구야. 뜨내기 주제에."

"그래, 우리두 너 같은 뜨내기 신세다. 찬샘에 잡아다주고 여비라두 뜯어 써야겠어."

영달이가 여자의 뒤를 바싹 쫓아가며 농담이 아님을 재차 강조했다. 여자가 획 돌아서더니, 믿을 수 없을 만큼 재빠르게 영달이의 앞가슴을 밀어냈다. 영달이는 미처 피할 겨를도 없이 눈 위에 궁둥방아를 찧고 나가떨어졌다. 백화가 한팔은 보퉁이를 끼고, 다른 쪽은 허리에 척 얹고 서서 영달이를 내려다보았다.

"이거 왜 이래? 나 백화는 이래봬두 인천 노랑집에다, 대구 자갈마당, 포항 중앙대학, 진해 칠구, 모두 겪은 년이라구. 조용히 시골 읍에서 수양하던 참인데…… 야야, 내 배 위루 남자들 사단 병력이 지나갔어. 국으루 가만있다가 조용한 데 가서 한코 달라면 몰라두 치사하게 뚱보 돈 먹자구 나한테 공갈 때리면 너 죽구 나 죽는 거야."

영달이는 입을 벌린 채 일어설 줄을 모르고 백화의 일장연설을 듣고 있었다. 정씨는 웃음을 참느라고 자꾸만 송림 쪽으로 고개를 돌렸다. 영달이가 멋쩍게 궁둥이를 털면서 일어났다.

"우리두 의리가 있는 사람들이다. 치사하다면, 그런 짓 안해."

세 사람은 나란히 눈 쌓인 길을 걸었다. 백화가 말했다.

"그럼 반말 놓지 말라구요."

영달이는 입맛을 쩍쩍 다셨고, 정씨가 물었다.

"어디까지 가오?"

"집에요."

"집이 어딘데……"

"저 남쪽이에요. 떠난 지 한 삼년 됐어요."

영달이가 말했다.

"애네들은 긴밤 자다가두 툭하면 내일 당장에라두 집에 갈 것처럼 말해요."

백화는 아까와 같은 적의는 나타내지 않았다. 백화는 귀 옆으로 흘러내리는 머리카락을 자꾸 쓰다듬어 올리면서 피곤한 표정으로 영달이를 찬찬히 바라보았다.

"그래요. 밤마다 내일 아침엔 고향으로 출발하리라 작정하죠. 그런데 마음뿐이지, 몇년이 흘러요. 막상 작정하고 나서 집을 향해 가보는 적두 있어요. 나두 꼭 두 번 고향 근처까지 가봤던 적이 있어요. 한번은 동네 어른을 먼발치서 봤어요. 나 이름이 백화지만, 가명이에요. 본명은…… 아무에게도 가르쳐주지 않아."

정씨가 말했다.

"서울식당 사람들이 월출역으루 지키러 가던데……"

"이런 일이 한두 번인가요 머. 벌써 그럴 줄 알구 감천 가는 길루 왔지요. 촌놈들이니까 그렇지, 빠른 사람들은 서너 군데 길목을 딱 막아놓아요. 나 그 사람들께 손해 끼친 거 하나두 없어요. 빚이래야 그치들이 빨아먹은 나머지구요. 아유, 인젠 술하구 밤이라면 지긋지긋해요. 밑이 쭉 빠져버렸어. 어디 가서 여승이나 됐으면…… 냉수에 목욕재계 백일이면 나두 백화가 아니라구요, 씨팔."

걸을수록 백화는 말이 많아졌고, 걸음은 자꾸 처졌다. 백화는 여러 도시에서 한창 날리던 시절의 얘기를 늘어놓았다. 여자가 결론지은 얘기는 결국 화류계의 사랑이란 돈 놓고 돈 먹기 외에는 모두 사기라는 것이었다. 그 여자는 자기 보퉁이를 꾹꾹 찌르면서 말했다.

"아저씨네는 뭘 갖구 다녀요? 망치나 톱이겠지 머. 요 속에는 헌 속치마 몇벌, 빤쓰, 화장품, 그런 게 들었지요. 속치마 꼴을 보면 내 신세하구 똑같아요. 하두 빨아서 빛이 바래구 재봉실이 나들나들하게 닳아 끊어졌어요."

백화는 이제 겨우 스물두살이었지만 열여덟에 가출해서, 쓰리게 당한 일이 많기 때문에 삼십이 훨씬 넘은 여자처럼 조로해 있었다. 한마디로 관록이 붙은 갈보였다. 백화는 소매가 해진 헌 코트에다 무릎이 튀어나온 바지를 입었고, 물에 불은 오징어처럼 되어버린 낡은 하이힐을 신고 있었다. 비탈길을 걸을 때, 영달이와 정씨가 미끄러지지 않도록 양쪽에서 잡아주어야 했다. 영달이가 투덜거렸다.

"고무신이라두 하나 사 신어야겠어. 댁에 때문에 우리가 형편없이 지체되잖아."

"정 그러시면 두 분이서 먼저 가면 될 거 아녜요. 내가 고무신 살 돈이 어딨어?"

"우리두 의리가 있다구 그랬잖어. 산속에다 여자를 떼놓구 갈 수야 없지. 그런데…… 한푼두 없단 말야."

백화가 깔깔대며 웃었다.

"여자 밑천이라면 거기만 있으면 됐지, 무슨 돈이 필요해요?"

"저러니 언제 한번 온전한 살림 살겠나 말야!"

"이거 봐요. 댁에 같은 훤출한 내 신랑감들은 제 입에 풀칠두 못해서 떠돌아다니는데, 내가 어떻게 살림을 살겠냐구."

영달이는 백화의 입담을 감당할 수가 없었다. 세 사람은 감천 가는 도중에 있는 마지막 마을로 들어섰다. 마을 어귀의 얼어붙은 개천 위로 물오리들이 종종걸음을 치거나 주위를 선회하고 있었다. 마을의 골목길은 조용했고, 굴뚝에서 매캐한 청솔 연기 냄새가 돌담을 휩싸고 있었는데 나직한 창호지의 들창 안에서는 사람들의 따뜻한 말소리들이 불투명하게 들려왔다. 영달이가 정씨에게 제의했다.

"허기가 져서 속이 떨려요. 감천엔 어차피 밤에 떨어질 텐데, 여기서 뭣 좀 얻어먹구 갑시다."

"여긴 바닥이 작아 주막이나 가게두 없는 거 같군."

"어디 아무 집이나 찾아가서 사정을 해보죠."

백화도 두 손을 코트 주머니에 찌르고 간신히 발을 떼면서 말했다.

"온몸이 얼었어요. 밥은 고사하고, 뜨뜻한 아랫목에서 발이나 녹이구 갔으면."

정씨가 두 사람을 재촉했다.

"얼른 지나가지. 여기서 지체하면 하룻밤 자게 될 테니. 감천엘 가면 하숙두 있구, 우리를 태울 기차두 있단 말요."

그들은 이 적막한 산골 마을을 지나갔다. 눈 덮인 들판 위로 물오리떼가 내려앉았다가는 날아오르곤 했다. 길가에 퇴락한 초가 한간이 보였다. 지붕의 한쪽은 허물어져 입을 벌렸고 토담도 반쯤 무너졌다. 누군가가 살다가 먼곳으로 떠나간 폐가임이 분명했다. 영달이가 폐가 안을 기웃해보며 말했다.

"저기서 신발이라두 말리구 갑시다."

백화가 먼저 그 집의 눈 쌓인 마당으로 절뚝이며 들어섰다. 안방과 건넌방의 구들장은 모두 주저앉았으나 봉당은 매끈하고 딴딴한 흙바닥이 그런대로 쉬어가기에 알맞았다. 정씨도 그들을 따라 처마밑에 가서 엉거주춤 서 있었다. 영달이는 흙벽 틈에 삐죽이 솟은 나무막대나 문짝, 선반 등속의 땔 만한 것들을 끌어모아다가 봉당 가운데 쌓았다. 불을 지피자 오랜 동안 말라 있던 나무라 노란 불꽃으로 타올랐다. 불길과 연기가 차츰 커졌다. 정씨마저도 불가로 다가앉아 젖은 신과 바짓가랑이를 불길 위에 갖다대고 지그시 눈을 감았다. 불이 생기니까 세 사람 모두가 먼곳에서 지금 막 집에 도착한 느낌이 들었고, 잠이 왔다. 영달이가 긴 나무를 무릎으로 꺾어 불 위에 얹고, 눈물을 흘려가며 입김을 불어대는 모양을 백화는 이윽히 바라보고 있었다.

"댁에…… 괜찮은 사내야. 나는 아주 치사한 건달인 줄 알았어."

"이거 왜 이래. 괜히 나이롱 비행기 태우지 말어."

"아녜요. 불 때는 꼴이 제법 그럴듯해서 그래요."

정씨가 싱글싱글 웃으면서 영달이에게 말했다.

"저런 무딘 사람 같으니. 이 아가씨가 자네한테 반했다…… 그 말이야."

"괜히 그러지 마슈. 나두 과거에 연애해봤소. 계집년이란 사내가 쐬빠지게 해줘두 쪼금 벌릴까말까 한단 말입니다. 이튿날 해만 뜨면 말짱 헛것이지."

"오머머, 어디 가서 하루살이 연애만 해본 모양이네. 여보세요, 화류계 연애가 아무리 돈에 운다지만 한번 붙으면 순정이 무서운 거예요. 내가 처음 이 길 들어서서 독하게 사랑해본 적두 있었어요."

지붕 위의 눈이 녹아서 투덕투덕 마당 위에 떨어지기 시작했다. 여자는 나무막대기를 불속에 넣고 휘저으면서 갑자기 새촘한 얼굴이 되었다. 불길에 비친 백화의 얼굴은 제법 고왔다.

"그런데…… 몇명이었는지 알아요? 여덟 명이었어요."

"진짜 화류계 연애로구만."

"들어봐요. 사실은 그 여덟 사람이 모두 한사람이나 마찬가지였거든요."

백화는 주점 '갈매기집'에서의 나날을 생각했다. 그 여자는 날마다 툇마루에 걸터앉아서 철조망의 네 귀퉁이에 높다란 망루가 서 있는 군대 감옥을 올려다보았던 것이다. 언덕 위에 흰 페인트로 칠한 반달형 퀀셋 막사와 바라크가 늘어서 있었고 주위에 코스모스가 만발해 있어, 그 안에 철창이 있고 죄지은 사람들이 하루종일 무릎을 꿇고 있으리라고는 믿어지질 않았다. 하루에 한번씩, 긴 구령소리에 맞춰서 붉은 줄을 친 군복에 박박 깎인 머리의 군 죄수들이 바깥으로 몰려나왔다. 죄수들이 일렬로 서서 세면과 용변을 보는 모습이 보였다. 그들은 간혹 대여섯 명씩 무장 헌병의 감시를 받으며 마을로 작업을 하러 내려오는 때도 있었다. 등에 커다란 광주리를 메고 고개를 숙인 채로 그들은 줄을 지어 걸어왔다.

"처음에 부산에서 잘못 소개를 받아 술집으로 팔렸었지요. 거기에 갔을 땐 벌써 될 대루 되라는 식이어서 겁나는 것두 없었구요, 나이는 어렸지만 인생살이가 고달프다는 것두 깨달았단 말예요."

어느날 그들은 마을의 제방공사를 돕기 위해서 삼십여명이 내려왔다. 출감이 멀지 않은 사람들이라 성깔도 부리지 않았고, 마을 사람들도 그리 경원하지 않았다. 그들이 밖으로 작업을 나오면 기를 쓰고 찾는 것은 물론 담배였다. 백화는 담배 두 갑을 사서 그들 중의 얼굴이 해사한 죄수에게 쥐여주었다. 작업하는 열흘간 백화는 그들의 담배를 댔다. 날마다 그 어려 뵈는 죄수의 손에 몰래 쥐여주곤 했다. 다음부터 백화는 음식을 장만해서 감옥 면회실로 그를 만나러 갔다. 옥바라지 두달 만에 그는 이등병 계급장을 달고 백화를 만나러 왔다. 하룻밤을 같이 보내고 병사는 전속지로 떠나갔다.

"그런 식으로 여덟 사람을 옥바라지했어요. 한달, 두달, 하다보면 그이는 앞사람들처럼 하룻밤을 지내구 떠나가군 했어요."

백화는 그런 일 때문에 갈매기집에 있던 시절, 옷 한가지도 못 해 입었다. 백화는 지나간 삭막한 삼년 중에서 그때만큼 즐겁고 마음이 평화로웠던 시절은 없었다. 그 여자는 새로운 병사를 먼 전속지로 떠나보내는 아침마다 차부로 나가서 먼지 속에 버스가 가리울 때까지 서 있곤 했었다. 백화는 그 뒤부터 부대 근처를 전전하며 여러 고장을 흘러다녔다.

아직 초저녁이 분명한데 날씨가 나빠서인지 곧 어두워질 것 같았다. 눈은 더욱 새하얗게 돋보였고, 사위는 고요한데 나무 타는 소리만이 들려왔다.

"감옥뿐 아니라, 세상이란 게 따지면 고해 아닌가……"

정씨는 벗어서 불가에다 쬐고 있던 잠바를 입으면서 중얼거렸다.

"어둡기 전에 어서 가야지."

그들은 일어났다. 아직도 불길 좋게 타고 있는 모닥불 위에 눈을 한움큼씩 덮었다. 산천이 차츰 희미하게 어두워졌다. 새들이 이리저리로 깃을 찾아 숲에 모여들고 있었다. 영달이가 백화에게 물었다.

"그래 이젠 어떡할 셈요, 집에 가면……?"

백화가 대답을 않고 웃기만 했다. 정씨가 말했다.

"시집가야지 뭐."

"시집은 안 가요. 이제 와서 무슨 시집이에요. 조용히 틀어박혀 집의 농사나 거들지요. 동생들이 많아요."

사방이 어두워지자 그들도 얘기를 그쳤다. 어디에나 눈이 덮여 있어서 길을 잘 분간할 수가 없었다. 뒤에 처졌던 백화가 눈 덮인 길의 고랑에 빠져버렸다. 발이라도 삐었는지 백화는 꼼짝 못하고 주저앉아 신음을 했다. 영달이가 달려들어 싫다고 뿌리치는 백화를 업었다. 백화는 영달이의 등에 업히면서 말했다.

"무겁죠?"

영달이는 대꾸하지 않았다. 백화가 어린애처럼 가벼웠다. 등이 불편하지도 않았고 어쩐지 가뿐한 느낌이었다. 아마 쇠약해진 탓이리라 생각하니 영달이는 어쩐지 대전에서의 옥자가 생각나서 눈시울이 화끈했다. 백화가 말했다.

"어깨가 참 넓으네요. 한 세 사람쯤 업겠어."

"댁이 근수가 모자라서 그렇다구."

그들은 일곱시쯤에 감천 읍내에 도착했다. 마침 장이 섰었는지 파장된 뒤인데도 읍내 중앙은 홍청대고 있었다. 전 부치는 냄새, 고기 굽는 냄새, 곰국 냄새가 풍겨왔다. 영달이는 이제 백화를 옆에서 부축하고 있었다. 발을 디딜 때마다 여자가 얼굴을 찡그렸다. 정씨가 백화에게 물었다.

"어느 방향이오?"

"전라선이에요."

"나는 호남선 쪽인데. 여비는 있소?"

"군용차를 사정해서 타구 가면 돼요."

그들은 장터 모퉁이에서 아직도 따뜻한 온기가 남아 있는 팥시루떡을 사먹었다. 백화가 자기 몫에서 절반을 떼어 영달이에게 내밀었다.

"더 드세요. 날 업구 왔으니 기운이 배나 들었을 텐데."

역으로 가면서 백화가 말했다.

"어차피 갈 곳이 정해지지 않았다면 우리 고향에 함께 가요. 내 일자리를 주선해드릴게."

"내야 삼포루 가는 길이지만, 그렇게 하지?"

정씨도 영달이에게 권유했다. 영달이는 흙이 덕지덕지 달라붙은 신발 끝을 내려다보며 아무 말이 없었다. 대합실에서 정씨가 영달이를 한쪽으로 끌고 가서 속삭였다.

"여비 있소?"

"빠듯이 됩니다. 비상금이 한 천원쯤 있으니까."

"어디루 가려오?"

"일자리 있는 데면 어디든지……"

스피커에서 안내하는 소리가 웅얼대고 있었다. 정씨는 대합실 나무의자에 피곤하게 기대어앉은 백화 쪽을 힐끗 보고 나서 말했다.

"같이 가시지. 내 보기엔 좋은 여자 같군."

"그런 거 같아요."

"또 알우? 인연이 닿아서 말뚝 박구 살게 될지. 이런 때 아주 뜨내기 신셀 청산해야지."

영달이는 시무룩해져서 역사 밖을 멍하니 내다보았다. 백화는 뭔가 쑤군대고 있는 두 사내를 불안한 듯이 지켜보고 있었다. 영달이가 말했다.

"어디 능력이 있어야죠."

"삼포엘 같이 가실라우?"

"어쨌든……"

영달이가 뒷주머니에서 꼬깃꼬깃한 오백원짜리 두 장을 꺼냈다.

"저 여잘 보냅시다."

영달이는 표를 사고 삼립빵 두 개와 찐 달걀을 샀다. 백화에게 그는 말했다.

"우린 뒤차를 탈 텐데…… 잘 가슈."

영달이가 내민 것들을 받아쥔 백화의 눈이 붉게 충혈되었다. 그 여자는 더듬거리며 물었다.

"아무도…… 안 가나요?"

"우린 삼포루 갑니다. 거긴 내 고향이오."

영달이 대신 정씨가 말했다. 사람들이 개찰구로 나가고 있었다. 백화가 보퉁이를 들고 일어섰다.

"정말, 잊어버리지…… 않을게요."

백화는 개찰구로 가다가 다시 돌아왔다. 돌아온 백화는 눈이 젖은 채로 웃고 있었다.

"내 이름 백화가 아니에요. 본명은요…… 이점례예요."

여자는 개찰구로 뛰어나갔다. 잠시 후에 기차가 떠났다.

그들은 나무의자에 기대어 한시간쯤 잤다. 깨어보니 대합실 바깥에 다시 눈발이 흩날리고 있었다. 기차는 연착이었다. 밤차를 타려는 시골 사람들이 의자마다 가득 차 있었다. 두 사람은 말없이 담배를 나눠 피웠다. 먼길을 걷고 나서 잠깐 눈을 붙였더니 더욱 피로해졌던 것이다. 영달이가 혼잣말로,

"쳇, 며칠이나 견디나……"

"뭐라구?"

"아뇨, 백화란 여자 말요. 저런 애들…… 한 사날두 촌생활 못 배겨나요."

"사람 나름이지만 하긴 그럴 거요. 요즘 세상에 일이년 안으루 인정이 획 변해가는 판인데……"

정씨 옆에 앉았던 노인이 두 사람의 행색과 무릎 위의 배낭을 눈여겨 살피더니 말을 걸어왔다.

"어디 일들 가슈?"

"아뇨, 고향에 갑니다."

"고향이 어딘데……"

"삼포라구 아십니까?"

"어 알지, 우리 아들놈이 거기서 도자를 끄는데……"

"삼포에서요? 거 어디 공사 벌릴 데나 됩니까? 고작해야 고기잡이나 하구 감자나 매는데요."

"어허! 몇년 만에 가는 거요?"

"십년."
노인은 그렇겠다며 고개를 끄덕였다.
"말두 말우, 거긴 지금 육지야. 바다에 방둑을 쌓아놓구, 추럭이 수십대씩 돌을 실어 나른다구."
"뭣 땜에요?"
"낸들 아나. 뭐 관광호텔을 여러 채 짓는담서, 복잡하기가 말할 수 없데."
"동네는 그대루 있을까요?"
"그대루가 뭐요. 맨 천지에 공사판 사람들에다 장까지 들어섰는 걸."
"그럼 나룻배두 없어졌겠네요."
"바다 위로 신작로가 났는데, 나룻배는 뭐에 쓰오. 허허, 사람이 많아지니 변고지. 사람이 많아지면 하늘을 잊는 법이거든."
작정하고 벼르다가 찾아가는 고향이었으나, 정씨에게는 풍문마저 낯설었다. 옆에서 잠자코 듣고 있던 영달이가 말했다.
"잘됐군. 우리 거기서 공사판 일이나 잡읍시다."
그때에 기차가 도착했다. 정씨는 발걸음이 내키질 않았다. 그는 마음의 정처를 방금 잃어버렸던 때문이었다. 어느 결에 정씨는 영달이와 똑같은 입장이 되어버렸다.
기차가 눈발이 날리는 어두운 들판을 향해서 달려갔다.

〔신동아 1973. 9; 객지, 창작과비평사 1974〕

돼지꿈

1

벌거숭이 붉은 언덕과 주택부지들이 펼쳐져 있고, 언덕 한가운데에 굴뚝만 흉물스레 높이 솟은 기와공장이 홀로 서 있었다. 해가 저물고 있었다. 기와공장의 굴뚝에서 솟은 불티가 어두운 하늘 속에서 차츰 선명하게 반짝였다. 언덕 아래로 빈터의 곳곳에 간이주택과 낮은 움막집들이 모여 있었다.

강씨는 리어카를 끌면서 화학공장의 뒷담 옆으로 해서 회색빛 폐수가 늘 괴어 있는 저지대를 지나갔다. 폐수 속에 높다란 쓰레깃더미가 군데군데 비춰 보였다. 그는 낡은 코르덴 당꼬바지에 러닝셔츠만 입고 뚫어진 밀짚모를 눌러썼다. 옷차림이야 넝마에서 골라 입은 탓이겠지만, 표정마저 가뭄에 탄 시냇가의 돌 꼬락서니로 낡게 퇴색된 것 같았다. 머리가 희끗희끗한 오십대였으나 걸음걸이는 당당했고, 왕년의 목도꾼답게 어깨가 딱벌어졌다. 강씨는 누렇게 변색한 옛날 사진 속에서 튀어나온 사람 같았다. 그는 녹슨 양철로 얼기설기 움막을 지은 재건대 지부의 작업장 가운데로 리어카를 끌고 지나갔다. 쓰레깃더미 속에서 대여섯 사람이 분주하게 쓰레기들을 분류하고 있었다. 종이, 빈병, 깨어진 유리, 나무상자, 깡통 같은 잡동사니들이 저희들끼리 나뉘어 쌓여 있었다. 넝마줍기에서 돌아오는 자가 대바구니를 어깨에서 끌러내고, 우선 쓰레깃더미에다 쏟아놓고 있었다. 강씨는 작업을 시키고 섰는 나이든 양아치에게 말을 건넸다.

"어이, 뭣 좀 잡았나?"

"이제 오슈."

좋은 말로는 재건대장이며 예전 같으면 왕초인 사내가 건성 인사를 받았고, 옆에 있던 양아치가 농을 쳤다.

"잡기는 젠장…… 앗씨 가운뎃다리나 잡으까."

예비군 모자를 코허리에까지 눌러쓰고 양쪽에 귀 같은 호주머니가 달린 야전복을 입은 왕이 눈살을 찌푸렸다.

"니 애비한테 그래라, 인마."

하면서 그는 면장갑 낀 손으로 코밑을 쓱 훔쳤다. 강씨는 대꾸하지 않고 마른기침을 뱉었을 뿐이다. 왕이 말했다.

"뚜룩이나 치면 모를까, 노상 줏어오는 게 고작 요런 것들이우."

왕도 강씨가 어쩐지 느긋해 보이고, 인사까지 건네오는 푼수로 보아 일진이 별로 나쁘진 않았겠다고 느끼면서 말했다.

"그나저나 수입 잡은 모양인데, 한잔 사슈."

"다리 품삯이 값두 못되네."

했다가 강씨는 참지 못하고 말을 해버렸다.

"오늘은 줄을 좀 잡았지."

"줄? 몇관이나요."

"두어 자."

강씨의 하루 벌이란 고작해야 삼사백원 꼴이었다. 어떤 때에는 아이 녀석들이 제법 쓸 만한 물건들을 어른들 몰래 들고 나올 적이 있었고, 장물아비를 놓친 좀도둑들이 뚜룩친 물건들을 파는 날도 있었다. 그러면 강씨는 주위를 둘러보고 나서 재빨리 엿이나 현금을 바꿔주고는 뺑소니를 치는 것이었다. 잘못 걸렸다간 닭장으로 직행하기 십상이었으니까. 오늘은 웬 수상스런 놈팡이에게서 전선을 싸구려로 사다가 팔았던 것이다. 그뿐이 아니었다.

"이 사람 요 밑엘 좀 들여다보게."

강씨가 엿목판을 밀어내고 튀긴 강냉이를 담은 비닐자루를 옆으로 치웠다. 왕이 거 무슨 보물이라도 있는가 싶어 고개를 삐죽이 들이밀다가 기겁을 했다.

"이게 뭐요, 네발짐승 아뇨?"

그는 자루 아래로 삐죽이 내밀어진 회색 털의 개 다리를 보았던 것이다. 강씨가 의기양양하게 말했다.

"왜 아냐, 송아지만한 놈인데."

"셰퍼드로군. 크긴 제법 큽니다그려. 어서 났수, 꼬여다 때려잡은 것두 아닐 테구."

"예끼, 떳떳하게 임자한테서 얻었다구."

그는 탐스러운 털을 가진 셰퍼드의 꼬리를 잡아 약간 쳐들어 보였다. 어찌나 무거운지 달싹도 하지 않는다. 왕이 개의 귀를 만지려 하자, 강씨는 슬그머니 엿목판으로 그의 손을 밀어냈다. 왕은 손을 빼기가 못내 아쉽다는 듯이 입맛을 다셨다.

"것 참 안성맞춤이네요. 지난 복날에두 허탕을 쳤는데."

"빈손은 안 붙이네."

"아따, 그 양반! 술 받는 건 문제가 아니구, 잘못 먹구 골루 가는 건 아뇨?"

강씨는 얘기할 흥미조차 잃었다는 시늉으로 왕의 아래위를 훑고 나서 리어카를 밀어냈다. 왕은 안달이 난 목소리로 말했다.

"알겠시다, 생명에 지장은 없는 거구. 끄슬리는 건 내가 할 테니 꼭 부르쇼."

"탁주 한 바께쓰 낼 텐가?"

"글쎄 염려 놓으시라니까."

"조오치."

강씨는 느긋하게 고개를 끄덕였다. 누구든지 동네로 들어서는 강씨의 거동을 보면 대개 그날의 일진에 관해서 알아맞힐 수가 있었다. 그의 걸음걸이가 당당하고 고개를 치켜들었다든가, 또는 리어카가 가뿐하게 굴러들어온다든지, 모자가 비뚜름하다든가, 만나는 사람에게마다 하루 재수를 먼저 묻는다든가 하는 짓들이 나오면 틀림없이 최상의 날이었다. 강씨는 엿목판 아래로 신경을 쓸 때마다 첫선 본 큰애기처럼 가슴이 두근거리는 것이었다. 잡아먹기가 아깝도록 잘생긴데다, 한창때의 장정만큼이나 무게가 나가도록 실하게 살찐 개였다. 왕이 아직도 미심쩍어하면서 말했다.

"용케 구하셨어. 복철에 개 보기가 쉬운 일이 아닌데……"

"그게 궁금한가. 리어카 끌구 강남학교 앞으루다 내려오는데, 웬 아주머니가 날 부른단 말야. 뭐 고철이라두 있는가 해서 따라갔더니……"

가축병원이었다. 개가 차에 갈린 모양인데 쉽게 죽지는 않을 것 같았지만 뒷다리가 모두 부러져서 병신이 될 것만은 틀림없었다. 그래서 주인은 개가 편안히 죽을 수 있도록 주사를 놓아주기를 부탁했고, 개는 잠깐 동안에 사지를 뻗고 죽어버렸다. 문제는 이 덩치 큰 짐승을 어떻게 처치하느냐였는데, 가축병원에서는 빨리 치워주기를 원하고 있었으며, 개 임자는 어디엔가 양지바른 곳에 묻을 작정이었다. 그러나 집의 화단에다 묻기는 뭣하고, 그냥 쓰레기통에다 버릴 수도 없다는 얘기였다. 또한 거기서 개를 묻을 만한 빈터나 산을 찾으려면 먼데까지 가야 했다. 아주머니의 따님께서는 죽은 개 때문에 징징 울고 있었다. 그들이 강씨의 가위 치는 소리를 들은 것은 바로 그러한 망설임중에서였다. 아주머니는 숫제 사정조로 개를 강씨가 가져다가 꼭 묻어주기를 부탁하는 한편, 따님을 달래느라고 정신이 없었다.

"이 사람아, 혀를 길게 빼구 널브러진 놈이 꼭 호랑이더라 그 말야. 침이 연방 넘어가지만서두, 그쪽에서는 아예 그런 끔찍상스런 생각은 않는 모양이지."

강씨는 못 이기는 체하고 개를 리어카에 싣는데, 아주머니가 수고비라며 삼백원 돈이나 얹어주었다. 호박이 덩굴 뿌리째 굴러떨어진 것이다. 따님은 울었고, 아주머니는 안도의 한숨을 쉬었으며, 강씨는 하도 신이 나서 콧날개가 벌름대는 것을 참느라고 어금니를 꽉 물고 있어야 했다. 그들이 안 보이는 곳에 이르자, 강씨는 개의 크기를 다시 한번 확인하느라고 리어카 속을 들여다보았다.

"요새 기름길 못 먹어서 버짐꽃이 핀단 말일세. 아침마다 살가루가 싸라기마냥 쏟아진다구. 그렇잖아두 가출한 똥개라두 한마리 때려잡아 보신하려던 참인데……"

강씨의 얘기를 찬사와 감탄의 빛으로 듣고 있던 왕이 맞받아서,

"듣구 보니 아씨가 아니라 그 운짱 양반께 인살 드려야겠네."

강씨도 물론 반대할 마음이 아니다.

"실은 그렇지. 쥐약을 먹은 것두 아니요, 지랄병두 아니구…… 살이 디룩디룩 찐 멍멍일 생으루 때려잡았으니까. 운전수 양반이 남 존 일 했지."

두 사람은 이제 완전히 기분이 통해서 기꺼이 웃었다. 하루 수입도 만만찮게 올렸겠다, 수고비도 받았겠다, 강씨는 눈에 걸리는 대로 어느 선술집에 들어가 쐬주 두어 잔 걸쳐, 이 감격을 달래고 오는 길이었다.

"자아, 이따 보세."

강씨는 의기양양하게 리어카를 밀어냈다. 폐수가 흘러나가고 있는 하천변에 반미터쯤의 낮은 둑이 있고, 둑가에 쓰레기더미와 분간할 수 없이 늘어선 팔십번지 동네로 그는 들어섰다. 강씨는 염소우리가 있던 변소 옆을 지나다가 거기서 나오는 일수쟁이 영감과 부딪쳤다. 작년까지도 이 동네 반장이 흑염소를 기르다가 손해만 봐서, 지금은 동네 공중변소로 쓰이는 헛간이다. 영감이 활짝 편 얼굴로 말했다.

"손자 보게 됐습디다."

일수 영감은 더러운 파자마 속에다 양손을 찔러넣고 서 있었다. 강씨는 어리둥절했다.

"갑자기 그게 무슨 얘기요?"

"미순이가 왔데요."

"그년이……!"

"몰라보겠두만. 홀몸이 아니든데."

강씨는 별수없이 혀만 끌끌 찼다. 그는 며칠 전에 마누라가 미순이의 편지를 들고 훌쩍이던 것이 생각났다. 돈놀이를 해처먹어서, 사람의 속을 뻔히 알아, 손바닥 위에서 가지고 놀려는 영감쟁이의 구렁이 같은 취미를 모르는 바 아니었지만 오장육부가 꽤나 쓰라렸다. 강씨는, 그게 어디 내 딸년이오…… 하려다가 너무 야박스럽고 낯이 간지러워져서 말을 돌렸다.

"골치 아파서 원. 그년이 죽든지 살든지…… 돈일랑 제 에미한테 받으슈."

영감은 오늘따라 시원시원했다. 영 안 낼 배짱인가보다고 포기했던 터인데, 이번만큼은 가망이 있어 보이는 모양이었다.

"이제 장본인이 왔으니까, 수월히 되었소."

"그러믄요. 순전히 영감님 책임이죠."

"본인 말을 들어보면 알겠지만, 틀림없는 일이오. 부모들이 어느 정도 책임져야지."

"좌우간에 난 모른다 그겁니다."

영감은 마땅찮게 강씨의 리어카와 그 행색을 훑어보면서 이죽거렸다.

"허허, 걔 배가 꼭 북통 같데. 배 꼴이 아들 쌍둥이는 될걸."

"망할 년 같으니."

강씨는 리어카를 왈칵 밀고 낮은 블록 벽들이 늘어선 골목으로 들어갔다. 콜타르의 종이지붕 위에 눌러놓은 돌들이 보이고, 환기구멍 겸 창문 대신 뚫어놓은 연두색 플라스틱 슬레이트가 위를 향해 치켜져 있는 게 보일 만큼 집들이 주저앉아 있었다. 골목을 빠져나가면 동네의 유일한 펌프가 있었고, 옛날 버릇대로 유휴지의 이곳저곳에 제각기 일구어놓은 채소밭이 있었다. 파, 옥수수, 배추 등속이 자라나 있었다. 벌이를 나갔던 사람들이 대부분 돌아와서 이미 세수를 하고 발도 씻고서는 파자마 반바지 차림으로 빈터의 곳곳에서 바람을 쐬는 중이었다. 이제 오나, 어 그래, 하는 것으로 대충 인사말을 건넸다. 아이놈이 강씨를 먼저 보고 제 동무들을 버려두고 이내 달려왔다.

"아부지, 삼촌 왔다. 삼춘이 미순이 데려왔어."

강씨는 리어카에서 엿목판과 강냉이 자루를 꺼내고, 개를 들어냈다. 아이들이 제일 먼저 모여들었고, 제각기 흩어져 앉았던 어른들 사이에 가벼운 동요가 일어났다. 그는 엿목판에 극성으로 달라붙는 아이놈의 등줄기를 호되게 내리쳤다.

"이눔 새끼."

하면서 그는 진작에 어두워진 집 안쪽을 살폈다. 보통때 같으면 뭔가 반응이 있을 법도 한데 고요했다. 아이놈이 발버둥질하면서 강씨의 뒤통수에다 욕을 퍼부었다.

"아부지 개새끼야. 아부지 씨비씨비."

강씨는 못 들은 척하며 힘들여 개를 붙안고 부엌 시렁 위에 날라다 얹었다. 나무선반이 휘청, 구부러진다. 동네 사람들 중에서 뽑혀왔는지 한 사내가 머리만 디밀고 말했다.

"오늘 할 테면, 불 피우까?"

강씨는 선선히 대답했다.

"어, 그래그래."

불꺼진 방안에 들어섰을 때, 강씨는 하마터면 처의 허리께를 밟을 뻔했다. 그 여자는 아예 홑이불을 머리 꼭대기까지 둘러쓰고 누워 있었던 것이다. 강씨가 불을 켜고 선 채로 한참이나 아내의 흰 몸뚱어리를 쏘아보았다.

"초저녁부터 무슨 청승야. 진종일 헤매구 돌아오는 사람 심정두 쬐끔은 알아줘얄 말이지."

"듣기 싫어. 나한테 말시키지 말아요."

"얼씨구, 지랄하구 자빠졌다."

강씨는 고함이라도 꽥 지르고 싶은 심사를 억눌렀다. 공연히 덧들이기가 싫어서다. 마침 아이놈이 방 문턱에 와 걸터앉아 칭얼대기 시작했으므로 강씨는 기세 좋게 소리쳤다.

"이런 상년에 자식, 죽구 싶어!"

아이가 울음을 터뜨리고, 강씨 처는 홑이불을 쓴 채로 중얼거렸다.

"잘헌다. 참말 부자지간에 육갑 떨구 있네. 저 팔푼이 같은 새끼는 뭘 또 처먹지 못해서 칭얼대, 칭얼대길."

"그래, 네년의 새끼들은 다 잘났더라."

여자가 홑이불을 까내리고 발딱 일어나 앉았다.

"입이 천개라두 할말이 없을걸. 걔들한테 언제는 애비노릇 해본 적 있어? 아, 있느냐구. 참 남부끄러워 못살아, 그 나이에 밝히기는…… 안할 말이지마는 날 요 꼴루 수절도 못하게 해논 게 누구 짓야. 내가 저 새낄 몇살에 난 거냐구. 또 몇을 지웠구. 말 좀 해봐."

"정말 이 여편네가. 모녀간에 잘 논다. 미순이 왔다지?"

"아이구 원통해, 이년이 미친년이지."

맞은편에 붙은 골방의 미닫이가 달각거리는 것으로 미루어 거기에 누군가 있는 게 분명했다.

"에이 망할 집구석, 불을 확 싸지르든지…… 니미."

드디어 문이 열렸다. 역시 말끔한 양복 차림에 넥타이까지 단정하게 맨 처남이 엉거주춤하게 서서 말을 건넸다.

"매부, 안녕하세요. 고정들 하십시오. 남들이 듣겠습니다."

"아 원 동네가 다 아는데 무슨……"

강씨는 제 심사에 못 이겨서 자꾸 무르팍만 쥐어박았다.

"속을 썩여두 곱게 썩여야지. 나가는 년이 뭣 땜에 거짓말루 꾸며서 일숫돈을 빼갖구 나가느냐 이거야. 우리가 단련을 얼마나 받았냐구. 그래, 그 꼴을 해갖구 왔다길래, 한마디하는 게 그렇게 고깝단 말인가. 나두 체면이 애비라구, 애비."

"어유, 그러셔? 대견하셔. 벌이두 못하는 애비, 우거지면 삶아서 국이라두 끓여먹지."

"누님두 그만두세요. 성경에두 나와 있지만……"

또 나오는구나 싶어진 강씨는 분연히 일어났다. 질려서 지레 달아나려는 아이놈의 손목을 잡으며 강씨는 지나치게 처량한 어조로 말했다.

"밖에 나가자. 아부지가 엿 주께."

강씨의 처가 길게 한숨을 쉬었는데, 호흡이 꼬리 근처에서 떨리며 흐느꼈다. 그 여자는 다시 드러누웠고, 삼촌은 단정한 자세로 앉아 기도를 하기 시작했다. 그의 목소리는 믿음직한 바리톤이었다.

"전지 전능하신 여호와 아버지 기도하옵는 것은, 이 가정에 깃든 불안과 고통을 씻어주옵시며, 저희가 더이상 아버지 앞에 죄를 짓지 않도록 하심을 바라나이다. 이제 나갔던 식구가 돌아오고 온 가족이 모이게 되었사오나 저들은 감사할 줄 모르고 오히려 불화하여 아버지 은혜를 잊고 있나이다. 하나님 아버지 우리가 비록 지상에서는 가난과 괴로움 속에 허덕이며 천국을 잊고 있지마는, 아버지께서는 우리에게 길을 인도하여주옵시고 심판의 날에는 주의 반열에 들게 하소서. 우리에게 천국이 임하게 될 때에 저희 죄인들은……"

"집어치워! 그 죄인, 죄인 하는 소리 기분 나쁘니까. 요즘 세상에 옥황 상제라두 귀찮아."

강씨 처가 고함을 쳤지만, 삼촌의 기도는 잠깐 멈칫했을 뿐 그치지 않았다.

"저희 죄인들은…… 모두 회개하여 참사람이 되어서 주의 영광을 찬송할 겁니다. 우리가 불행함은 죄인이기 때문임을 잘 아나이다. 지금 공장에 나가 야근을 하고 있는 근호와, 이 집 가장에게 은총이 늘 함께 하시고, 미순이가 잉태한 생명에게도 복을 주셔서……"

할 때에 미닫이 너머에서 끅, 하는 소리가 들렸고, 강씨 처도 잠잠해졌다. 기도가 계속되었다.

"모두 하나님 자녀 되게 해주소서. 거듭 바라옵건대 우리가 유황불이 타는 지옥에 들어가지 말게 하시고 주의 은혜로써 진리와 소망에 살기를 바라나이다. 부족한 죄인 아무 공로 없사오나 예수 그리스도의 이름으로 기도하옵나이다. 아멘."

기도가 그쳤다. 방안에는 죄인, 천국, 지옥 하는 말들로 인해서 갑자기 나른하고 달착지근한 슬픔과 기대가 가득 차는 것만 같았다. 미닫이 뒤에서 가슴을 죄고 있던 미순이는 가슴이 후련했고, 강씨 처는 어쩐지 억울한 느낌을 버릴 수가 없었다. 삼촌은 아직 경건한 자세를 풀지 않은 채, 페이지마다 색연필로 가득히 줄쳐놓은 성경을 이장 저장 뒤적이며 속으로 읽었다. 벽에서 낡은 괘종이 여덟시를 쳤다. 그 옆에 퇴색한 옛날 사진들이 끼워진 액자가 붙어 있고, 근호가 갖다붙인 화장품회사의 선전용 달력에는 비치는 속옷 바람의 여자가 가랑이를 벌리고 있는 사진이 들어 있었다. 낮은 책상 위에 일본어 교본, 네 귀퉁이가 다 닳은 경제원론이라는 책, 그리고 무협소설, 카네기 자서전, 성공의 비결 등이 꽂혀 있었다. 야외용 전축과 겸한 라디오가 낡은 구식 장롱 위에 있는데, 강씨 처는 기분이 날 때마다 전축의 볼륨을 있는 대로 틀어놓는 것이었다. 오르간으로 연주되는 흘러간 옛노래가 냄비에서 죽이 끓는 듯한 소리를 내며 흘러나왔다. 이 물건은 장씨가 고물상에 넘기지 않고 그의 처에게 선물한 것이었다. 그러나 지금 강씨 처는 도무지 음악에 신명을 올릴 기분이 들질 않았다.

미순이가 죽이고 싶도록 밉고 불쌍했으며, 자라온 세월을 돌이켜보면 잘못은 모두 어머니인 자기에게 있는 것 같았다. 밤 바람이 차갑다고 느낀 강씨 처는 천장 쪽으로 트인 창문의 줄을 요란하게 닫고는 또 한번 한숨을 내리쉬었다. 아까보다도 훨씬 가라앉은 표정이었는데, 워낙 성질이 대장간 쇠토막 같아놔서 잘 달고 쉽게 식었다. 그 여자는 오십이 가까웠어도 얼굴 피부가 팽팽하고 아직 몸매도 흐트러지지 않았다. 강씨 처가 혼잣소리로 탄식했다.

"모두 내 잘못이다. 잠깐 눈이 뒤집혀서 저 팔푼이 같은 두상한테 개가했지."

그 여자가 강씨를 만난 것은 천안에서였다. 그 여자는 대부섬 마을에서 풍랑으로 남편을 잃고 나서 천안에 정착했었다. 혼잣몸으로 근호와 미순이 남매를 데리고 살아가기 힘겹던 그 여자는 열차에서 개피떡 장사를 했다. 강씨 쪽도 아직 근력이 좋던 때라 역전 수화물부에 있었다. 공안원들을 피하느라고 개구멍을 드나들던 떡장수 여자와 수화물 창고 인부가 어느 결에 눈이 맞았었다. 강씨는 원래 오쟁이를 졌던 남자여서 여자에 주눅이 많이 들어 있었다. 보통 홀아비라도 모르는데, 그런 지경이었으니 아직 교태가 남아 있던 과수댁에게 홀딱 반하지 않을 수 없었던 것이다. 그들이 서울에 올라온 것은 막내가 태어나기 훨씬 전이었다. 워낙 생활력이 있는 사람들이어서 빈손이었는데도 강씨네 식구는 재빨리 서울생활에 적응해왔던 것이다. 멍청히 앉아 여러가지 생각에 잠겼던 강씨 처는 되도록 온건하게 딸을 불렀다.

"미순아, 좀 건너와라."

"니에……"

기어들어가는 목소리로 간신히 대답한 미순이가 머리를 가슴팍에

푹 처박고 골방 문턱에 엉거주춤 앉았다.

"너 어쩔 작정야, 애를 그냥 낳을 거냐?"

미순이는 치마 끝을 쥐고 손가락을 꼼지락거릴 뿐 대답이 없다. 강씨 처가 재차 물으면서 미순이의 턱을 치켰지만, 미순이는 다시 고개를 떨어뜨린다.

"안되겠다. 이따 네 오빠하구 상의해서 널 같이 병원에 가자."

강씨 처는 아직 어리기만 한 딸의 가냘프게 여윈 얼굴과 누가 보더라도 쉽게 알아챌 정도로 볼록이 불러오른 아랫배를 내려다보며 눈물을 손가락으로 찍어냈다.

"육개월이 채 못되었다니 손을 쓸 수 있을 거다."

미순이가 고개를 번쩍 쳐들었다.

"싫어요."

"애비 없는 새낄 낳아서 어쩌겠다는 거야."

"있어요."

"있으면 내 앞에 나타나얄 거 아냐. 사실이 이러저러 됐으니 성혼을 시켜달라든가, 형편이 안되면 얼마를 기다리라든가, 무슨 기별이 있어야지. 벌써 그 꼴루 비루먹은 암캐처럼 기어들어올 때부텀 싹이 노랗더라. 근호가 보면 널 죽이겠다고 길길이 뛸걸."

성경을 들여다보던 삼촌이 곁에서 참견했다.

"누님, 어떻게 멀쩡하게 산 애기를 죽입니까?"

"넌 참견 마라. 그것두 나오면 입이라구…… 살기가 얼마나 힘든데 그래."

"미순이가 찾아왔길래 전 놀랐습니다. 그래서 아무리 물어봐야 말을 해야죠. 울기만 하니 말예요. 아마 둘이서 살다가 헤어진 모양입니다."

강씨 처가 미순이에게 다그쳤다.

"그 녀석하구 헤어진 거냐, 어떻게 됐어?"

"군대 갔어요. 운전기술 배워갖구 제대하면 결혼하재요."

"너 그놈 아니면 안되겠니?"

미순이가 어머니의 기분은 염두에도 두지 않고 염치 좋게 말했다.

"잘 몰라요. 성깔은 착하지만, 건달이에요."

강씨 처는 미순이의 머리를 쥐어박고서는 한숨만 내리쉴 뿐이었다.

"하는 수 없다. 서둘러서 결판을 내야지. 애를 떼든가, 아니면 그놈에게 편지를 보내 책임지도록 해야 한다."

"책임질 위인이 못돼요."

"우선 이 몸으룬 안되구."

"애를 길러줄 사람한테 시집가야겠어요."

삼촌이 무릎을 쳤다.

"잘됐습니다. 주여, 감사합니다."

"아 시끄러워요. 남은 지금 복창이 터져 죽겠는데."

미순이는 이제 완전히 달관해서 아무래도 좋다는 몰골이었다. 그 여자는 눈물만을 몇방울 찔끔거리다가 말았을 뿐, 사실상은 제 어머니보다는 덜 상심하고 있는 것처럼 보였다.

"시키는 대루 할래요."

"어이구 장하셔라. 미친년!"

강씨 처는 속으로 어림계산을 해본다. 아무리 애를 써서 형식으로 치른다 할지라도 삼사만원은 들 것 같았다. 더군다나 미순이가 도망갈 때 일수를 이만원이나 얻어갔으니 그 돈 갚고 혼사 치르려면 오만원은 족히 들 것이었다. 또한 몸을 풀 때까지는 전에 나가던 가발공장에도 못 나갈 테니 먹여줘야 할 것이다. 그런데 문제는 누가 이걸 데려가는가 하는 것이었다. 근심이 가시는가 하자 새로운 걱정거리가 무더기로 밀려들었다.

"이래저래 큰일이로구나. 일수 얻어다 뭐에 썼어?"

"사글세 방 하나 얻었어요. 다 까구 만원 남았든 거…… 그이 군대 간 뒤 한달 동안 내가 먹어버렸구요."

"차라리 뒈어지기나 했으믄, 내 속이 편하잖아."

강씨 처는 다시 근호가 이달 안에 얼마를 들여올까를 계산했다. 이번 달에는 야근이 많았으니까, 못 받아도 일만사천원쯤은 받을 것이었다. 강씨가 매일 들고 들어오는 돈으로 먹는 건 이럭저럭 밀가루와 보리로 적당히 때우기로 하고 골방에 자취 손님이라도 들여야겠다고 작정을 해보았다. 그러나 제 마음대로의 작정뿐이었지 막상 돈이 필요한데 살아가는 일들이 틀림없이 맞아떨어지리라는 보장은 없는 것이었다. 이런 때, 친정붙이라고 하나 있는 삼촌이라도 조카 혼사에 보태라며 돈 만원쯤 내놓으면 얼마나 자랑스러우랴 싶었다. 강씨 처가 삼촌의 성경책을 집어서 그의 코앞에다 들고 흔들었다.

"먹고 나서 예수고 뭐고지, 허구헌 날 산속 기도원에나 백혀 있으믄 세상이 뒤집어지는 줄 알아. 이거 빨리 청산해야 너두 돈 좀 만질 거다."

"누님두…… 뭐 내가 못할 짓 하는 겁니까. 내 실성기가 나은 게 모두 하나님 탓입니다. 내달부터는 기도원 운영을 내가 맡기루 되어서 생활비가 월 삼만원씩 나오게 됩니다."

"말은 좋다. 내 땅변이라두 낼 테니, 너 이번 혼사에 만원 보태줄래?"

"전도사 어른께 미리 말씀드려보지요."

"얘, 행여나 돈이 나오겠다. 거기 가서 엎드려 비는 이들이 전부 속 답답하거나 못살아서 죄진 사람들인데, 그 사람들 갖다바치는 걸루 네게 줄 돈이 차례나 오겠다."

"아녜요. 요샌 오히려 그런 쪽이 경제가 낫습니다."

어쨌든 강씨 처는 마음을 정하자마자 한결 근심이 덜어지는 것 같기도 했다. 날마다 죽을 둥 살 둥 하면서 그래도 가난 때문에 온 가족이 뿔뿔이 흩어져야 할 위기를 몇번이나 넘기면서도 용케 살아나왔던 것이다. 사람이 죽으란 법은 없으니까…… 어떻게든 되겠지. 강씨 처는 막연하게나마 딸의 혼사를 치르기로 작정은 했으나, 뱃속의 아이가 무엇보다도 큰 걱정이었다. 그렇지만, 애비 없는 자식이니 낳게 할 수는 없었다. 그 여자는 부엌으로 내려서며 혼자 중얼거렸다.

"언제는 돈 있어서 살았냐, 속아서 살았지."

2

하천 건너편 빈터에서 모닥불이 타고 있었다. 마을 사람들이 사과상자를 패어 살려놓은 불이었다. 이미 캄캄해진 공장부지의 들판 가운데서 불길이 기세 좋게 타올랐다. 쓰레깃더미와 이곳저곳에 어른 키만큼 자란 잡초가 불빛에 드러났고, 불 주위에 모인 마을 남자들의 법석대는 소리와 낄낄거리는 웃음, 콧노래들이 들려왔다. 연기가 그치고 고운 화염이 솟아오르자 그들은 개를 불 위에 얹고 그슬리기 시작했다. 불이 있고, 술과 고기가 있으니, 그 주변은 자연히 싱싱한 활기가 돌게 마련이었다. 모여선 어른들은 서리를 끝내고 돌아온 짓궂은 시골 소년들처럼 킬킬대며 농지거리들을 주고받았다. 아낙네들도 이런 저녁마다 시큰둥해서 풀이 죽어 있던 동네 남자들 사이에 쾌활한 모임이 벌어지고 있는 광경을 대견스레 구경했다. 여자들은 하천 건너편에 남아 있었지만 극성스런 아이놈들이 벌써부터 건너와 어른들 뒷전에 살살거리며 모여 있었다. 개털이 타는 노린내가 불가에 가득 찼고, 붉은 불빛이 그들의 벗은 몸과 얼굴에서 일렁였다.

모인 사람들은 대략 칠팔명쯤 되었는데, 강씨의 공로에 대해서 한마디씩 치사를 잊지 않았다. 막걸리도 한 바께쓰 갖다놓았는데, 모두들 술값을 추렴들을 했기 때문에 고기를 기다리는 일이 떳떳했다. 왕이 가져온 쇠솥에서는 더운물이 펄펄 끓고 있었다. 마른 나무가 타는 소리가 들리고, 까맣게 그슬려진 개의 피부에서 기름이 번졌다. 사람들은 기와공장 아랫동네에 관한 얘기를 했다. 오늘은 한점의 불빛도 보이지 않는 그쪽의 허허벌판을 그들은 가끔 두려운 듯이 바라보았다. 안경을 쓰고 머리가 희끗희끗한 반장이 말했다.

"저쪽 동네는 오늘 낮에 모두 뜯겼는데 우린 참, 운이 좋았지요. 구청 직원 말이 우리 동네는 생겨난 지가 십년이 넘으니까, 권리금이 나올 거라 그겁니다. 내년까지는 아무 탈이 없을 거요."

"이 동네가 어떻게 생겨난 동네라구. 공장 질 때, 거기 나가 기초공사를 했던 사람이 전부란 말야."

"뜯겨난대두 가구당 오만원씩은 나온다 그겁니다."

"젠장, 뜯겨두 좋겠구먼 뭘."

"이 친구 정신없는 소리 하네. 돈 오만원하고 저 궁궐 같은 집을 바꾸잔 말야?"

"딴은 그래. 우리네한테는 궁궐이지."

그들의 등뒤에서 자전거 벨 울리는 소리가 요란하게 들렸다. 키가 크고 허우대가 건장한 남자가 뒤에다 함지 등속을 서너 개 포개어 신고 그들 곁으로 다가왔다.

"나는 빼놀 셈인가, 이 작자들아."

"덕배 잘 왔네. 술 장사가 술을 내얄 거 아닌가."

"오늘은 그 포장마찰랑 때려치우구 여기서 보신이나 하게그려."

덕배라고 불리는 사내는 자전거를 세우지 않고, 허벅지로 받친 채 반장에게 물었다.

"어찌 됐습니까? 얼핏 들으니 가구당 오만원으루 책정되었다든데……"

"언제 뜯길진 모르지만, 올해 안으론 별일 없을 걸세. 이게 모두 내 덕인 줄이나 알게."

반장이 자기 가슴을 툭툭 두드려 보였고, 덕배는 이마에 흘러내린 땀을 손등으로 걷어서 뿌리며 잠깐 생각했다.

"이런 경우는 어떻게 됩니까. 우리집에 세를 놀까 하는데, 나갈 때 그 사람들두 오만원을 받는 겁니까?"

"그러니까, 미리 타협해서 계약을 해야지."

"계약 좀 같이 해주쇼. 내일 사람이 온댔는데."

"입회해달라 그 얘기로군. 한턱 내게나. 해줄 테니."

"예, 저는 반장님만 믿구 있겠습니다."

"여보게 덕배, 우리집에두 방이 하나 비는데 말이지……"

강씨는 일숫돈을 아무래도 갚아야겠다는 생각이 났으므로 말을 꺼냈다. 아내와 다투고 나오긴 했지만 내심으로는 미순이의 그런 꼬락서니에 약간의 가책이 느껴졌던 것이다. 실상 그들 남매에게 정을 보여줬던 적이 한번도 없었다. 덕배에게 말했다.

"자네는 길가에서 사람 상대가 많으니 하는 말이네. 우리두 좀 구해주게."

"가만있으슈. 그 사람이 오면 연줄이 닿을 테니까."

"뭣하는 작자들일까……"

"뭣하긴…… 예서 방 구하는 게 전수 촌에서 올라온 공원 지원자들 아닌가."

"어 그렇겠구먼."

"집이야 저 정도면 촌놈들께 이만원은 받아야겠지?"

"이 녀석아, 너는 촌놈 아냐?"

"말 말어. 내 수돗물 먹은 지가 벌써 육년째야."

"저건, 시내 지리두 아직 잘 모르면서…… 인석아, 여긴 촌 아닌 줄 알어? 보리 깡촌이라구."

덕배는 동네 사람들의 법석대는 농담을 뒤에 두고, 자전거를 밀면서 빈터를 지나갔다. 아직 밭고랑의 흔적이 남아 있는 길이라서 몹시 울퉁불퉁했다. 자전거 바퀴가 걸려 주춤거릴 때마다 덕배는 혼자 씨부렸다.

"옘병할, 병신 같은 년!"

오밤중에 모자라는 국수를 삶아오라니 짜증이 안 날 수가 없었다. 하긴 요즘 들어서 장사가 잘된다는 얘기이기도 했지만, 무슨 놈의 여편네가 준비성도 없느냐는 것이었다. 해삼도 그냥 상해버릴 것을 함지 가득히 받아다가 손해만 봤고, 순대도 반나마 버렸는데 국수는 야근자들이 부쩍 찾는 걸 알면서도 적게 준비했던 것이다. 그는 둑에 걸쳐놓은 나무판자의 다리를 건너서 한길로 올라섰다. 널따란 아스팔트가 좌우로 뻗어나간 길이었다. 양쪽에 가로등이 휘황했고, 공장들이 줄지어 있었다. 기계 돌아가는 소리가 빈 길 위에 가득 차 있었다. 덕배네 포장마차는 공장 건물들이 그치고 상가가 나오는 짤따란 번화가의 끝에 있었다. 복개되지 않은 개천 위에 통나무와 널판자로 자리를 만들어 그 위에 터를 잡아놓은 것이었다.

"뭣허다가 인제 나타나는 거유."

자전거를 포장 뒤에 세워놓은 덕배의 등덜미에서 그의 처가 푸념을 늘어놓기 시작했다.

"방금도 두어 패나 놓쳤단 말예요. 근데 큰놈 안 갔습디까?"

"못 봤는데."

"내 그럴 줄 알았다니까. 또 만화가게서 텔레비에 눈을 박구 있는 가봐. 이놈 새끼 나타나기만 했다봐라."

덕배는 끌끌, 혀를 차고는 홧김에 국수 함지를 쿵 소리나게 내려놓고 포장 안으로 들어갔다. 막걸리를 들이켜고 있던 사내가 술잔을 들어 보이며 아는 체를 했다. 트랜지스터 행상인 그 사내는 날마다 덕배네 포장마차에서 저녁 술을 걸치고 갔다. 덕배도 맞받아 끄덕이며 멋쩍게 말했다.

"네 네 오셨군. 마누라쟁이가 극성이라서……"

"먹구사는 게 다 그렇지요."

"암, 말 잘했수. 먹구산다는 게 시끌법석하죠. 오늘은 좀 늦으셨어."

"어유, 정말 한 백리는 걸었을걸."

행상은 성근 수염이 자라난 턱을 내리쓸었다. 그의 얼굴은 언제나 침울해 보였다. 몇달 전보다는 덜 심각해 보였으나, 아직도 표정이 어두운 편이었다. 덕배는 남자들의 얼굴에 깃들이는 실업의 무기력하고 불안한 표정을 잘 알고 있었다. 행상은 지난봄에 출감한 사람이었다. 그의 말로는 별게 아니라지만 하천 건너편 동네 사람들의 뒷소문에 의하면 실성기가 있는 여편네를 칼로 찔렀다는 것이었다. 덕배는 되도록 그가 술을 많이 마시지 않기만을 바랐다. 그는 어쩌다 신이 나면 예전의 서기 시절을 떠올려 허풍을 떠는 적이 있었다. 덕배는 지금쯤 그의 동네가 허허벌판이 되었음을 알고 있었으며 그래서 도무지 불안하기만 했다. 덕배는 오늘따라, 그의 안주 접시 위에 튀김 두어 개가 얹혀 있는 것을 보고는, 꼴뚜기를 썰어서 얹어주며 말했다.

"피곤할 텐데 얼른 집에나 가보슈."

"가봤자…… 지긋지긋하게 찌는데, 여기서 쉴랍니다."

"오늘 동네서 난리 안 났습디까? 당신은……"

하는 아내의 옆구리를 쿡 찔러놓고 덕배는 공연히 신탄진 한개비를 권했다.

"무슨 난리요?"

행상이 심드렁하게 물었다. 덕배가 말했다.

"아니…… 거, 저 뭣인가…… 물난리겠지. 날이 가물어서 원."

덕배의 처가 그제야 생각났다는 듯 연방 투덜대면서 들어와 둘렀던 앞치마를 풀었다.

"내 요놈의 새끼를…… 가게 좀 봐요."

"내비둬."

"허라는 공분 않구, 맨날 텔레비에다 만화에다…… 어이구, 지겨워. 어디 그뿐야, 툭하면 돈통에 손을 넣는단 말여요."

덕배도 한숨을 쉬며 말했다.

"자식 가르치기가 무척 힘이 듭니다. 내 어떻게든 큰놈은 갈켜서 펜대 잡게 만들려구 허오만…… 나두 중학교까지 나왔는데 요 꼴이니."

월부 통장의 입금란을 따져보고 있던 행상은 말없이 웃기만 했다. 덕배의 아내가 부리나케 나가면서 외쳤다.

"공장 애들 오면 장부 보구선, 지난달치 떡값 받아놔요. 내 빨리 댕겨오께."

"어, 저 여편네가…… 어이, 야!"

"국수 하나 말아주오."

쫓아나가려는 덕배 앞으로 어느 노인이 들어서자, 덕배는 하는 수 없이 도로 들어왔다. 노인은 손잡이가 달린 숫돌대와 접는 의자를 메고 있었다. 칼이나 가위를 갈아주는 업인 모양이었다. 덕배가 국수를 마는 동안 노인은 한참이나 찹쌀떡이며 인절미 등속을 바라보다가 동전을 꺼냈다. 그러곤 여러번 동전을 헤아려보고 나서 말했다.

"저 인절미 한개 얼마요?"

"예, 십원인데요. 두어 개 잡수시면 밥보다두 든든합죠. 끼니 때우긴 찹쌀이 젤이니까."

"꼭 하나만 주."

"앗씨, 죄송함다."

하는 걸쭉하게 쉰 음성과 함께, 더벅머리에 요란한 무늬의 셔츠를 입은 스물 남짓한 청년이 들어섰다. 덕배가 건성으로 받았다.

"어이, 근호가 웬일야."

"네에, 그렇게 됐음다. 한잔 걸쳤음다. 앗씨, 나 술 좀 주슈."

"많이 걸친 거 같네."

탐탁치 않게 말하면서 덕배는 그제야 근호가 왼손을 온통 붕대로 싸감은 것을 발견했다.

"왜 또 손은 그래? 싸웠구만."

"예? 아, 이거…… 한판 벌렸수."

"귀한 자식이 엄닐 생각해서라두 피해야지…… 이 사람아, 자네 누이가 왔는 모양이야."

막걸리 주전자에 손을 뻗치던 근호가 잠깐 주춤했다.

"누가요? 앗씨, 누가 왔다구?"

"누구긴…… 미순이 말야."

근호는 상을 잔뜩 찌푸렸다가, 다시 고개를 좌우로 거세게 흔들었다. 잠시 멍하니 제 발밑을 내려보다가 아까보다는 가라앉은 태도로 술잔을 기울였다. 노인에게 국수를 내주고 나서 덕배는 행상에게 물었다.

"하루에 얼마나 올리쇼."

"뭐…… 돈 천원 나올까요."

"야, 그거 괜찮은데."

"괜찮은 날은 그렇지요. 장마가 낀데다 날씨가 더워서 어디……"

"나두 왕년에 해봐서 잘 아는데, 이런 때 양산이나 해보지 그러쇼. 외상 주면 부인네들 시샘해가며 산단 말야."

"양산 같은 건 호랑이 담배 먹을 적 얘기요. 유행이 다른데."

"세월이 그렇게 됐군. 내 한 이백 올려봤수."

"한참 좋았구먼요."

덕배는 자기도 술을 따라 한잔 들이켜지 않을 수가 없었다.

"참 씨팔…… 드러워서, 요 꼴이 될 줄 누가 알았나."

하면서 덕배는 아직도 고개를 숙인 채 뭔가 궁리중인 듯한 근호의 머리통께에다 대고 말했다.

"나 허풍이 아니야. 이백…… 정말 돈 벌리기 시작하니까 정신이 없더구만."

행상이 건성조로 감탄하며 맞장구를 쳤다.

"찬스지, 찬스. 그것만 잡았다 하면 돈 버는 거야 무섭죠."

하는 쪼가 자기도 왕년에는 수천금 잡았었다는 태도였다. 노인도 그들의 얘기에 솔깃해졌는가보았다.

"현금으로?"

"빠다라시 은행권이죠."

"그래 얼마 동안에 잡었소?"

덕배가 신이 오르기 시작했다.

"한철, 여름 한철이라니까. 좌우간에 첨에 나 혼자 뛰다가 밑천은 내가 대구 종형에다 처남까지 손잡구 했었다 그 말요. 딱 벌어서 그걸루다 안전한 장사를 하는 건데 말이지……"

덕배가 자기의 이마를 때리고 나서,

"내가 서울 요리를 알았어야지. 서울 와서 뭘 했겠소. 내 곰곰이 생각을 해봤단 말야. 장사에는 머리다, 머리를 쓰는 거다. 자본 있겠다, 기운 팔팔하겠다, 가만 생각해보니, 서울에 노인네 없는 집이 없겠어. 이 양반들 출타하려면 지팽이가 있어얄 거란 말요. 그 왜 절간이나 놀이터 앞에서 팔잖습디까. 자본을 몽땅 들였지. 매일 지팽이를 백여개씩 깎아다가 애들까지 고용해서 보냈다 그거요. 원 이런 병신에…… 우라질, 서울이 묘하더구만. 노인네가 어딜 보여야지. 그러니 요놈 지팽이가 불쏘시개보다두 못하게 되어버렸다 그 얘기요."

국수 국물을 마시던 칼갈이 노인이 말했다.

"들구 보니, 머리 한번 잘못 쓰셨어. 한꺼번에 벼락금을 만지려면 도적놈 심보를 가져야지. 그러게 촌놈은 땅이 제일이오. 지팽이란 게 촌사람 생각이지. 나두 자식이 둘 있소만, 내 모가치 벌지 않곤 이런 대처선 못 살아요."

덕배는 이왕 얘기로 기분도 냈겠다, 발동이 걸렸으니 술이나 푸짐히 먹고픈 생각이 들었다. 그는 거의 반되 넘어 마셔대고 있었던 것이다. 그때에, 포장 사이로 소녀의 기다란 머리카락이 힐끗 들어왔다가 나갔고 밖에서 재깔대는 소리가 들려왔다.

"남자들이 많어 얘."

"어떠니 뭐…… 먹는 게 숭이니?"

덕배가 재빨리 쫓아나갔다. 철야에 들어가는 여공들이 요기를 하러 와 있었다. 고만고만한 또래들이었다. 요런…… 새끼조개를 보게, 하면서 덕배는 그중 반반하고 얌전하게 뵈는 쌍갈래머리의 등을 밀었다.

"아가씨들 들어오쇼. 내 푸짐하게 국수 말아줄 테니."

"떡두 있죠?"

"떡이란 떡은 다 있지. 내 솜씨가 제법 맛을 낸다구."

"아이 더러워라."

"예끼, 노상 물에다 담근 손인데."

"아저씨 언제 소변 봤어요?"

"나는 뒷짐지고 일 보는 사람이라구."

어쩌고 하면서, 덕배는 벌겋게 된 얼굴에 흡족한 웃음이 가득해서 소녀들을 앞세워 들어왔다. 그들이 들어서자, 갑자기 비좁은 포장마차가 탱탱한 공처럼 터져나갈 것 같았다. 그들은 우선 국수부터 한그릇씩 먹어대고 나서, 떡을 집어먹으며 지껄이기 시작했다.

"나 이번 달두 적자야. 큰일났어, 얘."

"공장 관둘까봐. 언제나 견습 면하구 사원 돼보나."

"고향엔 이젠 못 간다. 늬들 갈 수 있다고 생각해?"

"앞으로 몇년만 참으면, 기술이라두 배우잖어?"

"기술 좋아하네. 그런 게 기술이면 밥짓는 것두 기술이구 연애하는 것두 기술이겠다, 얘."

"그러엄, 기술이지…… 잘만 물어봐."

"홀에나 나갈까, 아니면 놈씨나 하나 잡을까."

"공돌이?"

"걔들은 안돼. 십년 지나야…… 겨우 반장쯤인걸."

그때, 도구를 챙겨 메고 밖으로 나가던 노인이 투덜거렸다.

"온…… 천하에 못돼먹은 년들 같으니. 내외할 줄두 모르구, 버젓이 밤중에 쏘다니면서 상소리나 해? 그저 내 딸년 같으면 다리몽갱이를……"

"어머나아!"

여공들이 일시에 소리쳤다. 덕배는 손가락을 입에 대고, 한손은 저으면서 노인이 나가는 걸 지켜보고 나서 말했다.

"영감네들야 모두 저렇지. 그저 옛날 생각이나, 아니면 촌에서 마실 댕기던 대루 여긴단 말야."

술 마시기를 그치고 생각에 잠겼던 근호가 말했다.

"노인네 말씀이 맞을지두 모르겠는데."

"뭐예요?"

"아니, 댁들이 꼭 그렇대는 건, 아니지만…… 이놈의 동네, 어딜 가나 다 그렇지. 댁에들 솔직히…… 말만 잘하믄 주는 거 아니냐 이거지. 내 얘기는……"

"여보세요, 댁이 시방 누굴……"

"히야까시하느냐구."

"주긴 뭘 줘."

"아저씨, 애인 하나 소개해줘요."

점점 들까불기 시작하는 여공들을 둘러보며 덕배는 게슴츠레해진 눈으로 말했다.

"내가 어때?"

주로 되바라진 말만 내뱉던 여공이 계획적으로 보이도록 아양을 부렸다.

"너무 늙어서 안되겠어요."

"누가 우리 방세 좀 안 내주나?"

"그보담 오늘 먹은 거 짜악, 빈대 잡을 수 없으까요?"

근호가 취기가 적당히 오른 목소리로 참견했다.

"씨팔, 나두 돈 있다 이거야. 나하구 데이트합시다. 오늘 쑈 들어왔든데."

여공들은 뭔가 '프라이드'가 상했다는 얼굴로 새침해졌다. 제일 나이가 많은 듯한 얌전한 쌍갈래머리가 물었다.

"지금 몇시나 됐어요?"

"쌍년들 통빡 죽이구 있네."

근호가 씨부렸고, 덕배는 시계를 보느라고 팔을 크게 휘두른 다음에 말했다.

"아홉시 십분 전."

"나훈아 쑈가 들어왔든데, 내일 비번인 사람 같이 갑시다."

근호의 말에 여공들이 일시에 샐쭉해졌다가, 되바라져 보이는 여공이 내쏘았다.

"딴데 가서 알아봐요."

밖에서 누군가 덕배를 불러냈는데, 경관의 모자와 유니폼이 힐끗 보였다. 덕배는 갑자기 얼굴이 굳어져서 밖으로 나갔다. 여공들이 다시 지껄이기 시작했다.

"얘, 우리 날마다 몸 뒤지는 키 작은 경비 녀석 있지? 엊저녁에 나더러 배드민턴 치러 가자구 꼬시더라. 밤에 뭐가 보이니 글쎄."

"너 지지난달에 제품부에 들어온 명자 알지? 걔는 요새 생활비가 딸려서 여관에 출장나간대. 고게 공장 와서는 혼자 얌전을 다 떤다구. 누가 봤다면서 슬쩍 찔렀더니, 화장실루 데려가서 울면서 사정을 하더래, 얘."

"김기사 있지? 얼마 있으면 일본에 기술 배우러 간대."

"그치 꼬시는 수법이 그래, 얘. 반반한 여직원들한테는 꼭 그 얘기부터 한대."

"나두 일본말이나 배웠다가, 본사에 가봤으면."

"우리 같은 건 본사 직원 근처엔 얼씬두 못해. 검사과에 있는 미쓰박이라구 훌쭉한 애 있잖아. 와다나베인가, 와리바신가 하는 꼰대하구 살림 차렸대."

"와다구시노 공순이노 도오꾜노 사요나라."

깔깔대는 여자들 틈에 시큰둥해서 앉아 있던 근호가 갑자기 요란하게 노래를 시작했다.

"얼씨구 씨구 들어간다. 절씨구 씨구씨구 들어간다. 서울 못 보고 죽은 귀신 어디에다 묻어줄까. 서울 못 보고 죽은 귀신 역전 앞에다 묻어주지. 공돌이 각설이 들어간다."

여공들이 귀를 막았지만, 근호는 붕대 감은 손을 휘저으며 진짜 알깡패처럼 악을 썼다.

"공부 못 하고 죽은 귀신 대학교 앞에다 묻어주고, 돈 못 쓰고 죽은 귀신 명동 입구에다 묻어주고, 춤 못 추고 죽은 귀신 호텔 앞에다 묻어주고, 책 못 보고 죽은 귀신 만화방 앞에다 묻어주고, 등산 못 가 죽은 귀신 야호 앞에다 묻어주고, 장가 못 가고 죽은 귀신 종삼에다 묻어주고, 술 못 먹고 죽은 귀신 무교동에 묻어주고, 휴일 없이 죽은 귀신 예배당 앞에 묻어주고, 자가용 못 타고 죽은 귀신 양옥집 앞에다 묻어주고, 쪼꼬레또 못 먹고 죽은 귀신 월남에다 묻어주고, 밥 못 먹고 죽은 귀신 밥솥에다 묻어라. 공돌이 각설이 들어간다. 어, 시끄럽다 각설아, 한푼 줄게 꺼져라!"

근호가 처음부터 되풀이하기 시작했을 때, 덕배의 머리가 포장 안으로 쑥 들어오며 고함을 쳤다.

"야, 거 조용하지 못해? 철딱서니없는 자식."

여공들이 우르르 몰려나갔다. 밖에서 덕배는 한손을 뒷덜미께에 얹고 연방 고개를 끄덕이며 섰고, 경관이 낮은 목소리로 뭔지 훈계하는 참이었다. 덕배의 처가 볼이 퉁퉁 부어오른 아이놈을 몰고 그들에게로 다가왔다. 경관은 사람 눈이 많아져서 재미가 적다고 느꼈는지 덕배의 등을 툭툭 두들겨주고는 아주 느릿느릿한 걸음으로 한길을 건너갔다. 덕배 처가 그의 등에 매서운 시선을 보내면서 말했다.

"얼마 뜯겼수?"

어깨가 축 처져버린 덕배가 시무룩해서 말했다.

"이천원."

"아이구, 사흘 장사 망쳤네."

경관이 온 것과 장사 망친 게 아이의 탓이기나 한 것처럼, 덕배 처가 아들의 볼따구니를 쥐어질렀다. 아이가 죽어가는 소리로 악을 썼고, 덕배는 앞치마를 벗어서 땅에다 내동댕이쳤다.

"쥐약들을 멕여서 다 몰살을 시키든지…… 아니면, 예미랄 거 어디 왕서방한테 팔아뻐리든지. 이년아, 사내가 지키는 걸 알구 와선 손을 내밀잖어."

그들이 정신없는 틈을 타서 여공들이 하나둘씩 빠져나가고 있었다. 한참을 떠들다가 그제야 정신이 든 덕배가 마차 안팎을 휘둘러보고 나서 공장 가로를 뛰어 쫓아갔다. 네거리에 이르러 그들이 어디로 뛰었는지를 종잡을 수 없게 되자, 덕배는 방향을 잃고 헐떡이는 숨을 가라앉히며 서 있었다.

"좆곁은 날이네. 여편네가 짱알대니 되는 일이 있어야지."

그런데 외등의 불빛으로 드러난 어두운 골목 저편의 전봇대 아래로 붉은색이 후딱 지나치는 게 보였다. 잡았구나 싶어져서 덕배는 열이 올라서 그쪽으로 냅다 뛰었다. 골목 안으로 들어서니까 작은 발짝 소리가 앞에서 들려왔다. 차츰 가까워지자 덕배는 고함을 꽥 질렀다.

"야, 저엉 달아날래?"

뛰던 여공이 발을 천천히 놀리더니 오뚝 섰고, 질린 눈으로 그를 돌아보았다. 그가 옆으로 다가서자 여공이 목을 잔뜩 움츠렸다. 쌍갈래머리의 얌전이였다. 덕배는 다짜고짜로 여공의 손목을 움켜잡았다.

"요놈의 기집애들아, 돈을 안 낼 테면 이노꼬리라두 잡혀야지…… 당장 파출소루 가자!"

쌍갈래머리가 주저앉으려고 궁둥이를 빼면서 사정했다.

"아저씨, 그런 게 아녀요. 한 애가 산다구 그러구선 우릴 골탕 멕이느라구 달아났어요."

"여러 말 할 거 없다구, 돈을 내."

"정말예요. 내 월급날에 꼭 갚아드릴 테니까 한번만 봐주세요. 야근 들어가야 해요."

덕배는 여공의 손을 우악스럽게 잡아끌다가——까짓 거 기백원 되는 걸, 놓아 보내줄까——하는 약한 마음도 들었다. 하지만 그것도 이 동네 초창기 시절의 얘기이고, 그래봤자 병신 되는 건 순전히 선의를 보인 쪽일 뿐이었다.

"돈이 없으면 아무거라두 잡혀. 시계 있지?"

"없어요. 벌써 몇달 전에 전당포에 맡겼는데 찾지 못했어요."

"집이 어디야?"

"요 너머 간이주택 삼동 쪽에서 자취해요."

"거기 가자."

여공이 사정조의 몸짓과 목소리를 멈췄다. 얌전이는 덕배의 손을 탁 뿌리치더니 앞장서서 걸어갔다. 덕배는 머쓱해져서 얌전이의 뒤를 따라갔다. 공장 가로가 끝나고 시장을 통과했지만, 덕배는 이미 마음을 푹 놓고 뒤를 좇아갔다. 여공의 빨간 티셔츠가 십미터 밖에서도 보일 정도였고, 사실 여공도 치사하게 달아나는 일은 되풀이하고 싶지 않은 모양이었다. 얌전이는 한번도 뒤편을 돌아보지 않았다. 그들은 덕배네 동네보다는 겉보기로 한결 나은 간이주택 동네의 비좁고 질척한 골목을 이리 꼬불 저리 돌아서 한지붕 아래 스무 가구는 사는 걸로 뵈는 여공의 숙소로 들어갔다. 긴 복도가 있고 양쪽에 줄지은 미닫이 방안에서 주정하는 소리, 남녀가 떠들며 노래하는 소리들이 들려왔다. 여공이 열쇠를 따고 안에 들어가서 불을 켰다. 덕배는 공연히 따라왔다고 후회가 되었으며, 어쩐지 가슴이 두근대기 시작하는 것이었다.

"들어오시죠. 이거뿐이니깐."

얌전이가 헝클어진 캐시밀론 이불을 발로 밀어젖히면서 말했다. 라면상자 위에 냄비 두 개와 그릇들, 세면도구가 놓여 있었다. 벽에 남자와 여자의 허술한 옷가지들이며 앞가슴을 풀어헤치고 노래하는 남진의 사진과 거울이 걸려 있고 방바닥에 재떨이도 있었다. 덕배는 약간 난처했으므로 문턱에 걸터앉아 담배에 불을 붙였다.

"실은 나두 이럴 작정이 아녔는데, 하는 짓들이 괘씸해서 말이지."

여공이 입을 삐죽하더니 웃음을 머금은 얼굴로 덕배의 코끝을 빤히 들여다보았다.

"오늘은 앗씨 땜에 야근두 못 들어갔으니까요. 이불 가져가시라구요."

"뭘…… 그럴 거까지야 없구우."

하다가 덕배는 벽에 압정으로 눌러놓은 작은 종잇조각에 눈이 갔다.

'삶——생활이 그대를 속일지라도 슬퍼하거나 노하지 말라. 설움의 날을 참고 견디면 멀지 않아 기쁨의 날이 오리니 현재는 슬픈 것 마음은 미래에 살고 모든 것은 순간이다. 그리고 지난 것은 그리운 것.'

글씨 끝에 갈매기와 구름을 그려넣은 취미가 제법 그럴듯해서 딴에 뭘 아는 거 같아 보였다. 어쩐지 혼자 떠돌아다니던 때가 생각나서 덕배는 자기도 모르게 문턱에서 방안으로 깊숙이 들어앉았다.

"내…… 그냥…… 얘기나 하다가 가지."

얌전이는 벽에 등을 기대고 심란하게 앉아서 과거는 흘러갔다, 그러니 어쩌겠냐는 내용의 노래를 부르고 있었다. 덕배가 말했다.

"젊을 때 고생은 사서두 한단 말이 있지만, 기술이나 배우구 슬슬 시집가믄 되는 거지 뭘 그래."

"시집요? 참 나……"

얌전이가 곱게 눈을 흘겼다. 여자는 편하게 다리를 주욱 뻗고는 깡총한 치마를 사타구니 쪽에 몰아다 들뜨지 않도록 주먹으로 내리누르고 있었다. 덕배는 허옇게 드러난 허벅지 쪽으로 눈이 가지 않도록 신경을 써야만 했다.

"아 그럼 혼자 늙어 죽을 건가. 한참 좋은 때에……"

"앗씨, 이왕 좋은 일 하려면 한가지만 더 해보세요."

"무슨 일."

"우리 방세 좀 내주실래요? 내달에 꼭 갚아드릴게. 이번 달에는 아파서 꼭 일주일 결근했는데 이렇게 차질이 나잖아요."

"내가 골이 비었나?"

덕배는 완전히 방안에 들어와 여자와 마주보고 앉았다. 여자는 갈래머리를 풀고 손가락을 펴서는 뒤로 자꾸만 쓸어넘겼다. 훨씬 여자답고 나이들어 보였다. 덕배는 손바닥에 밴 땀을 무릎에 닦으면서 침을 꿀꺽 삼켰다.

"처녀 방에 웬놈의 사내 냄새가 이렇게 심할까, 원."

얌전이가 고개를 들어 벽에 걸린 남자 옷들을 힐끗 보고 나서 말했다.

"친구들이랑 넷이서 같이 합숙해요."

"요 관만한 방에 넷이 누우면 그냥 포개지겠는데."

"영원히 친구로만 되자구 약속했어요."

얌전이가 자기 손목에 바늘로 따넣은 잉크의 반점 두 개를 쳐들어 보였다. 덕배는 고개를 저었다.

"서루 바꿔 자기두 하는 모양인가. 남자 여자 남자 여자 눕다보면."

"이 아저씨 인제 보니 우동값 받으러 온 게 아니구……"

여자가 두 팔을 위로 쳐들어 기지개를 켜면서,

"어쨌든 보통 아니셔."

덕배가 조금씩 다가앉았다.

"나두 가정적으루다…… 불운한…… 사람인데 말이지."

"아유, 몸살 나시겠네. 이불 갖구 빨리 가세요."

얌전이가 한쪽 다리를 넌지시 올리고 머리를 갸웃하게 얹었다.

덕배는 깨어가던 술이 한꺼번에 올라오는 느낌이었다.

"좌우간 오늘 장사 망했다. 젠장할!"

덕배는 발끝으로 거칠게 미닫이를 닫아버렸다.

3

악, 악, 악, 뷰티풀 썬데이.

악, 악, 악, 뷰티풀 썬데이.

근호는 행상 사내와 엇비슷하게 비틀대면서 요새 귀에 익은 양곡의 같은 소절만을 연거푸 불러댔다. 그 구절 이상은 모르고, 또한 몰라도 상관이 없었다. 악, 하고 박력있게 끊을 때마다 신이 저절로 돋우어지는 것이었다.

"안 그렇습니까? 형님, 기부운…… 기분으루 산다 이겁니다."

"조오치! 내 우리집 가서 한잔 더 내지."

행상이 어깨에다 멘 라디오 짐의 멜빵을 척 치키면서 주먹을 쥐어 허공에다 결연히 흔들어 보였고, 근호는 손을 홰홰 내젓고 자기 가슴께를 툭툭 두드리며 말했다.

"아니, 나두 오늘 돈 좀 받았다 이거요. 돈…… 얼마든지. 우리 시장골목 청주옥에 가서 주물렁탕이나 하다 갑시다. 악, 악, 악, 뷰티풀……"

그들은 전자제품 조립공장의 창고가 늘어선 철조망 옆으로 비틀대며 걸어갔다. 여러 대의 화물자동차가 서 있고, 반바지만 걸친 몸집 좋은 남자들이 포장된 상자를 나르고 있었다. 철야에 들어가는 여공들이 줄을 지어 서서 작업카드에 확인을 받고 있는 게 보였다. 공장에서 싸이렌 소리가 들리고 있었다. 자매로 보이는 두 소녀가 서로 손을 꼭 잡은 채 그들을 앞질러서 뛰어갔다. 창고 앞길을 지나자, 거기서부터는 외등이 없어서 발끝이 잘 안 보일 만큼 캄캄했다. 행상이 근호에게 물었다.

"그런데 자넨 한달에 얼마나 버나?"

"나요? 칫…… 일당 삼백이십원 받죠."

"고걸 가지고 큰소리야. 난 또……"

근호가 우뚝 섰다. 그는 셔츠 윗주머니에서 두툼해 보이는 봉투를 꺼내어 행상의 코앞에다 대고 흔들었다.

"월급이 아니라구요. 내 손을 좀 보슈."

근호는 권투선수같이 커다랗게 붕대가 감긴 손을 자랑스럽게 치켜 들었다.

"요 꼴 덕택으루 한땡 잡았다 그겁니다."

"뭐야…… 싸운 건가?"

"씨팔, 사람이나 치구 댕기는 놈으루 아슈? 다쳤어요. 홧김에 술은 마셨지만, 지금은 기분이 좋은 건지 나쁜 건지 나두 잘 모르겠수."

행상이 말했다.

"치료비 받았군."

"비싼 건지, 싼 건지는 잘 모르겠지만, 아무튼 손가락 세 개가 짝 나갔습니다."

"손가락 세 개?"

"그래요. 엄지, 검지, 가운데…… 일렬루 사그리 나갔다구요. 술을 내가 살 만하잖아요."

"난 그런 술 못 먹네. 우리집에나 가자구."

행상이 근호의 겨드랑이에 팔을 넣으면서 낮게 말했다. 근호가 잠깐 뻗대었다.

"우리집 갑시다. 나 혼자 쓰는 방이 있으니까."

"가출했던 누이동생이 왔대며?"

"아 까짓 년, 때려 죽여두 시원찮은 판인데, 내쫓아버리면 되지요. 두고 보슈. 지금 당장 만나는 즉시루다 머리끄뎅이를 잡아서 태질을 칠 테니까."

격해서 떠들던 근호가 갑자기 울컥 하더니 허리를 구부리고 발밑에 토했다. 행상은 그의 등을 두드려주었고, 근호는 쭈그려앉아 자기 입속에 성한 손을 넣고 토악질을 계속했다.

"이 사람아, 여자란 서방 잘못 만나면 신세 조지는 거야."

근호는 들은숭 만숭 거센 소리로 가래침을 돋우어 뱉었다. 근호가 머리를 흔들고 나서 한숨을 푹 쉬며 일어섰다.

"형님, 지금 뭐라구 그랬소?"

"여자가 불쌍하다구."

"나두 들어서 압니다. 빵에 갔다가 오셨다지?"

"싸움에 말려들었지. 사실 나는 기업주 쪽에 붙어먹었던 놈이야."

"이쪽 저쪽…… 그런 데 휩쓸리면 저만 손해입니다."

"가운데서 화해시킨다는 명목이었지만, 진짜는 쇼부쳐서 얼마 잡아갖구 자립하려구 그랬었지."

행상이 입맛을 쩍쩍 다셨다. 그의 목소리가 차츰 안으로 기어들어가듯 작아졌다.

"몹쓸 짓이지."

"돈 벌자는 게 뭐가 나쁩니까?"

"살아보면…… 알게 되네. 자넨 손 다쳐 목돈을 만지니 기분이 좋은가?"

근호는 그제야 붕대 감은 손을 물끄러미 내려다보았다. 그렇다, 운이 약간 나빴을 뿐이다. 그리고 돈이 안 생긴 것보다는 낫다.

"기분이 안 좋으면 어쩝니까, 내 실순걸."

"얼마 받았는데……"

"한개에 만원씩, 삼만원요."

삼만원에다, 공장 병원의 치료비 무료, 한달 동안의 노임도 공짜로 나온다고 했다. 그렇게 친다면 높은 사람 쪽도 성의가 없는 건 아니라고 근호는 생각하고 있었다. 근호는 자기가 별로 기가 죽지 않았다는 것을 표시하고 싶었다.

"의사는 술 마시면 금방 뒈질 것처럼 엄포를 놓데요. 치만, 이 묘한 기분에 술두 안 먹구 넘길 재간이 있습니까."

두 사람은 둑 아래 이르렀다. 행상이 고개를 숙이고 묵묵하게 앞서서 걸었다. 근호가 모처럼 은하수 두 갑을 사서 행상과 자기 것을 나눠 가졌다. 둑을 올라가며 행상이 말했다.

"술은 그만하구 집에 가서 푹 자는 게 좋겠구만."

"아니, 이제 와서 오리발 내밀기요?"

"그게 아니야."

그는 걸음을 빨리하면서 말했다.

"가서 쉬라구. 오늘만 날인가 뭐."

"섭섭한데요."

근호가 트림을 길게 내뿜았다. 행상은 짐을 바꿔 메고 나서 자기네 동네 쪽인 개천 건너편의 넓은 빈터를 바라보았다. 행상이 혼잣말로 중얼거렸다.

"이상한데, 정전인가?"

"형님, 노골적이지 알게 돼서 정말 반갑습니다. 종종 만나서 한잔씩…… 악, 악, 악, 뷰티풀 썬데이……"

"덕배씨네 포장서 만나자구. 자넨 얼루 가나?"

"우리집은 요 둑 아랩니다."

"거긴 불이 들어왔는데……"

"섭섭함다, 진짜."

"자아, 또 만나세."

행상은 개천을 건넜고, 근호는 둑을 따라서 걸었다. 그의 뷰티풀 썬데이 소리에 벌레들이 잠잠해지곤 했다. 근호는 일본의 본사에 텔레비전과 라디오의 박스를 납품하는 하청공장의 목공부에서 공원으로 일을 했다. 그가 하루종일 하는 일이란 합판이나 베니어나 합성수지를 똑같은 규격으로 전기톱에다 자르는 일이었다. 오늘도 언제나 그랬듯이 작업은 여섯시부터였다. 기계를 가동하고 나서 합판을 가로 십오센티 세로 삼십센티로 한 이백여장 잘랐을 때였다. 검사과에서 규격이 틀린다는 전갈이 왔다. 약 일센티 정도의 차이가 난다는 것이었다. 근호는 줄자로 원단에 표시를 한 다음 모범품을 한장 빼내기 위해 톱날 위에 견주어보고 있었다. 평상시의 기계적인 습관대로 근호는 가동 스위치를 밟아버렸다. 앗 뜨거! 하자마자 핏방울이 작업복 위로 뻗쳐왔다. 뒤에서 동료가 그를 잡아당겼다. 아픔보다는 왼쪽 팔뚝 전체에 엄청나게 큰 쇠뭉치의 타격을 맞은 것처럼 저리고 시거운 게 견딜 수가 없었다.

"근호 인제 오냐?"

근호의 어머니였다. 강씨댁은 둑에다 가마니를 깔고, 삼촌과 나란히 앉아 밤 바람을 쐬고 있었던 것이다. 근호는 선 채로 무뚝뚝하게,

"삼춘 왔수?"

하고 나서 강씨댁에게 대어들듯이 물었다.

"미순이 들어왔다면서요?"

강씨댁은 말없이 고개만 끄덕였다. 삼촌이 옆에서 참견했다.

"아뭇소리 말아라."

"이년을 그냥……"

강씨댁이 그들을 지나쳐서 둑 아래로 내려가는 근호의 팔뚝을 잡

고 매달렸다.

“너는 모른 척하면 된다. 잘돼가는 중인데…… 너 또 술 먹었구나.”

“잘되긴 뭐가 돼가요?”

“방금 미순이 신랑감이 와서 애기하다 갔단다. 미순이한테 말해보겠다구 내려갔어.”

“아야야, 아퍼요. 이쪽 손은 잡지 마세요.”

강씨댁은 그제야 근호의 손에 감긴 붕대를 발견했다.

“잘헌다. 술 먹구 쌈박질이나 하구 와선……”

“미순이 신랑이 언 놈이오?”

삼촌이 궁둥이를 털고 일어났다. 그는 항상 조카가 자기를 못마땅해하는 줄을 잘 알고 있었으므로, 약간 주눅이 든 음성으로 말했다.

“뭐라든가…… 저 재건대 대장이라나……”

“그럼 왕초노릇 하는 왕씬가 하는 노총각 말이죠?”

강씨댁이 말했다.

“얘, 그래뵈두 고물수입이 엄청나대드라.”

“엄청나봐야 양아치 새끼지 뭐. 어머니, 우린 어엿한 농사군 집안요. 고작, 거지 발싸개 같은 새끼헌테 주려고 미순일 길렀어요? 어머니하구 걔하군 달라요. 걔는 처녀예요, 처녀.”

근호는 취한 김에 강씨댁의 재혼에 관해서도 빗대놓고 비난을 해버렸다. 강씨댁이 말했다.

“처녀? 얘, 말두 마라. 그렇다면 오죽이나 좋아. 홀몸이 아녜요, 홀몸이……”

근호는 팔뚝을 움켜쥐고 둑에 주저앉았다.

“아휴, 쑤셔서 미치겠네.”

"많이 다쳤냐?"

근호는 은하수를 꺼내어 한개비 붙여물고 한참이나 멍청히 앉아 있었다. 지금 와서 누이를 패봤자 기분만 나빴지 섭섭함이 가실 리는 없다고 생각했다. 그럴수록 어머니가 원망스럽기도 했다.

"뭐래요, 미순이는……"

"낸들 아니? 지금 아마 저희끼리 얘기하구 있을 거다."

근호가 머리통을 흔들어 진저리를 치면서 내뱉었다.

"에이, 쌍놈에 집구석 같으니."

"너 간죠 탔구나."

"낼부터 일 안 나가요."

"혹시 너 해고당한 건 아니겠지. 쌈질한 게 아니냐?"

"손 다쳐서 그래요. 노임은 여전히 나올 테니 염려 마세요. 그러구요……"

근호가 윗주머니에서 돈이 든 두툼한 봉투를 꺼내어 강씨댁에게 내밀었다.

"돈 받아두슈. 아버지한텐 모른 척하시구요. 알아서 써요, 괜히."

강씨댁이 돈을 꺼내들고 불안하게 주위를 둘러보았다.

"이게…… 웬 돈이 이렇게 많니?"

"삼만원이에요."

"삼…… 삼만, 어서 났어?"

"손 다쳤다구 회사에서 줬어요."

"아이구, 고마워라. 이런 때 돈 삼만원! 그러게 도무지 근심이 안되더라니까. 어쩐지 모두 잘 풀려나갈 것 같더라니. 잘됐다, 잘됐어."

"쑤셔서 환장하겠네. 술이 모자란가……"

근호는 부어오르기 시작한 손목께를 주물렀고, 강씨댁은 돈을 코앞에다 바싹 갖다대고 한장 두장 세어넘기고 있었다. 개천 건너 빈터에서 사람들의 웅성대는 소리가 들리고 모닥불 빛이 보였다. 근호가 물었다.

"저기 웬 사람들이야, 뉘 집 제사하나?"

강씨댁은 돈 세기에 여념이 없고, 삼촌이 혀를 차면서 말했다.

"술 먹느라구 그러지 뭘."

"얘, 이만팔천원인데……"

"아 참, 거기서 내 술값 이천원은 빼구."

"무슨 술을 이천원어치나 처먹어, 진작에 왔으면 공술에 개고기루 자알 먹을걸."

"개고기요? 어서 때려잡았으까."

"느이 아버지가 황소만한 놈을 얻어왔단다. 장정들 십여명이 밤새껏 뜯어먹어두 고기가 남을 거다."

"벌이는 않구, 주책없이……"

"먹기 싫으면 관두렴."

근호는 뭐라고 강씨에 대한 불만을 말하려다가 곧 단념해버렸다. 효자보다도 못된 영감이 낫다고 하질 않는가.

"지금 집에 가면, 그 녀석하구 미순이뿐이겠네."

"그래, 가서 인사나 트구, 분위기 봐서 잘 얘기해줘라."

강씨댁이 사정조로 타이르자 근호는 한결 성깔이 누그러져서 우물쭈물 말했다.

"쯧, 나야 뭐…… 미순이가 잘되면 좋죠. 허지만 참견 않겠어. 나갈 때두 제 배 맞아 나간 년인데 이번에두 자기 배꼽 서는 대루 하겠지. 한강물 배 지나간 자리라 그건가, 골치 아퍼서 참. 어머닌 진짜루 혼사 치를 셈이우?"

강씨댁이 돈을 허리춤에 찔러넣으며 말했다.

"못할 거 뭐 있냐. 그 사람이 달란 말두 먼저 꺼냈으니까, 내친김에 속히 치를란다. 원한다면 요 삼일 상간에라두 괜찮지."

"소문나겠수. 애 밴 처녀 팔아치운다구."

"저 자식이…… 주둥아리루 씨부리면 말인 줄 알어."

"내 돈 삼만원은 아무래두 결혼 비용으루 나가겠는걸."

"그래서 억울하냐. 돈 삼만원을 혼사에 보태는 게…… 하나밖에 없는 네 누이동생 아니냐."

"누님, 근호가 어디 그런 뜻으루 얘기한 겁니까? 제 스스로가 대견해서 저러지요."

삼촌이 두 사람의 울컥해진 분위기를 불안해하며 강씨댁을 슬슬 밀어냈다. 근호가 둑 아래로 주춤주춤 내려가며 외쳤다.

"니기미랄, 손가락 세 개 값이란 말예요."

"저런 동기간에 의리라군 눈곱만큼두 없는 자식. 까짓 다쳤으면 치료해서 나오면 되잖아. 살림이 이렇게 험악하니깐 다 때에 맞춰서 이러구러 넘기면서 살아야지. 야야, 니가 멕여살리면 마부벼슬 얻은 종놈처럼 눈꼴이 시겠다 야."

근호는 개고기가 있다는 개천 건너 빈터 쪽으로 달아나버렸다. 강씨댁이 한참 욕을 퍼붓다가, 눈물을 찔끔거리며 곧 후회했다. 그러고 나서 두 아이를 혼자서 기르던 떡장수 시절의 얘기를 꺼내어 삼촌에게 넋두리를 늘어놓았다.

"글쎄 주님만 믿으면 마음의 평화를 얻는다니까요."

삼촌이 누이의 등을 토닥토닥 두들겨주며 말했다.

"나두 더 늙기 전에 예수당에라두 나가야 할까부다."

"잘 생각하셨어요."

두 사람은 가마니를 말아들고 집 쪽으로 내려갔다. 동네는 쥐죽은 듯이 고요했다. 아이들과 남자들이 모두 빈터로 가버리고, 아낙네들은 곳곳에서 가마니를 깔고 노숙 잠을 자는 판이었다. 그들은 집의 부엌 앞에 가서 살그머니 안의 동정을 살폈다. 한참 미순이를 설득시키고 있는 왕의 굵직한 목소리가 들려왔다.

"안 그렇습니까? 기러기두 같이 날아가야 한다구, 우리 외로운 사람들끼리 살아보자 이겁니다. 나두 안해본 것 없이 갖은 풍파 끝에 서른다섯이 되도록 마땅한 여자를 만날 수가 없었습니다. 허허, 인생이 뭐 중뿔날 거 있겠어요? 아까 돌아오셨단 말을 듣구, 첨엔 야속하기두 하구 화두 납디다만…… 결심했습니다. 사랑해선 안될 사랑이지만, 아기야 아무 사람의 애면 어떻습니까? 내가 애비노릇 하며 같이 키우지요."

아마도 왕은 자신의 말솜씨에 완전히 취한 것 같았다.

"이래봬두 독수리표 전축에다 흘러간 노래판이 서른 장…… 내 손으루 지은 브로크 집두 있겠다, 까짓 텔레비에 자개장롱두 들여놉시다."

강씨 처는 동생을 꾹꾹 찔러가며 고개를 끄덕였다.

"저 봐, 인제 미순이만 네 하구 대답하면 다 이루어진 혼사라니까. 내 온…… 세상에 저렇게 번개 같은 청혼은 또 처음 봤네!"

뭔가 낮은 미순이의 목소리가 들리고 껄껄대는 왕의 음성이 들려왔다.

"조옿습니다. 내 아주 동네에다 광을 내구 올 테니깐."

방문이 떨어져나갈 듯이 요란하게 열리며 벌겋고 흡족하게 웃는 왕의 넓적한 얼굴이 튀어나왔다. 문가에 섰던 강씨 처가 그의 손목을 덥석 잡았다.

"이 사람아, 뭐라든가?"

강씨댁은 이젠 마음놓고 하게를 놓기까지 하면서 물었다.

"장모님, 내 이래봬두 왕년엔 팔난봉이었다 그겁니다. 염려 놓으슈. 내가 아주 오뉴월에 엿가락 녹이듯이 해놨으니까. 젠장맞을 노총각 장가들기 힘들다."

그러나 방안에선 기뻐서 그러는지 아니면 이젠 살았다는 안도의 그것인지 궁상맞게 훌쩍이는 울음소리가 들려왔다. 강씨 처가 소리를 꽥 질렀다.

"씨끄러, 복 떨어내지 말구 앉았어."

"내 그럼 새 기분으루 술 한잔 먹구 오겠습니다."

왕은 또 껄껄대는 헛웃음을 터뜨리면서 빈터 쪽으로 뛰어갔다. 술판도 이제는 거의 파장에 이르러, 동네 사람들 대부분이 거나하게 취해 있었다. 바닥이 드러난 국솥 아래 남은 불티가 까물거렸다. 강씨는 이제 막 두 그릇째의 장국을 비우는 참이었다. 뷰티풀 썬데이를 외치던 근호는 드디어 맨땅에 큰댓자로 떨어져서 코를 골며 자고 있었다. 국솥 주위에는 바께쓰며 양재기들이 나뒹굴어 있고, 제삿집처럼 흥청댔다. 왕이 강씨 앞에 가서 넙죽 절을 하며 호기있게 말했다.

"사위 인사 받으슈."

춤을 덩실대던 사람들과 소리를 뽑던 사람이 일시에 멈춰 휘둥그레졌다.

"이 사람이 무슨 짓야."

강씨가 어리둥절하자, 왕은 껄껄 웃어대며 일어나 바께쓰 바닥에 조금 고인 막걸리를 반 양재기쯤 떠서 바치며 말했다.

"아따 놀라시긴, 미순이하구 혼례를 올리기루 되얐다 그겁니다. 장인, 술 받으슈."

"허, 날마다 술 먹게 생겼네그랴."

누군가 무릎을 치며 말했다.

"좌우지간에, 오늘 우리 동네 경사 만났구먼."

반장이 앞으로 나섰다.

"경사다뿐인가. 우리가 철거 안된 게 누구 덕인가. 다 수완 좋아 요로에 진정하구 다닌 내 덕이지."

"개고기 먹고, 술 먹고, 푸진하게 놀았고……"

"차, 미순인 시집가구 거긴 노총각 면했구려."

빈터에는 묘한 활기가 가득 차 있는 것 같았다. 불이 모두 꺼져서 쇠솥이 차갑게 식을 때까지 그들은 노래하고 춤을 추고 주정을 했으며 핏대 올려 말다툼도 하였다. 드디어는 하나둘씩 지치고 피곤해져서 야기 때문에 비교적 시원해진 비좁은 방안을 찾아 돌아갔다. 빈터에서 그대로 곯아떨어진 사람들은 식구들이 제각기 찾아와 양쪽 겨드랑이를 받치거나, 질질 끌다시피 해서 데려갔다. 근호는 아직 땅바닥 위에 벌렁 드러누운 채였다. 그의 발치쯤에서 재 속에 남아 있는 불 찌끼가 벌겋게 빛을 내고 있었다. 속치마 바람의 미순이가 개천을 건너서 빈터 쪽으로 걸어왔다. 배가 불렀지만 날렵하게 징검돌을 건너뛰는 모습이 작은 계집아이 같았다. 미순이는 나약하게 신음하며 앓고 있는 근호의 등을 살그머니 흔들었다. 만취한 사내가 노래를 부르며 둑 위를 지나가고 있었다.

〔세대 1973. 9; 객지, 창작과비평사 1974〕

야 근

두달 전 어느날 밤에 그가 자기의 자취방에 찾아왔던 일을 여자는 생각했다. 그는 만취해 있었다. 집을 나간 누이에게서, 소식이 왔다면서 좋지 않은 직장을 얻었다고 주정을 했었다. 그는 여자에게 말했었다. 가난을 파는 짓이 가장 나쁜 것이라고. 누이동생이 물었다.

"저분은?"

"그이 군대 동기래요. 여기선 기능공 책임자인 직장님이세요."

직장이 양재기에 남은 술을 들이켜고 입바람 소리를 냈다.

"그게 누굴까? 찔러넣은 놈이!"

여자가 우울하게 말했다.

"돌아선 사람들이 절반이 넘어요. 야근이 아니라구, 잔업두 집어치우구 많이 돌아갔어요."

"날이 밝기 전에 아주 끝장을 내버려야지. 타협을 하구 있는 건가,

아니면 모두 돌아섰나.”

누이동생은 자꾸 자신에게 타일렀다. 그래, 그밖엔 별 도리가 없었다. 계약동거도 끝장이 났고, 다시는 그런 생활로 돌아가고 싶지 않았다. 어느날 나와서 이태원 케네디 아줌마를 찾아갔다. 직장은 술이 좀 오르더니 기분을 내는 모양이었다.

“이 밤이 지나가면, 저 녀석은 강물에 뿌려져서 흘러간다 그 말이지.”

여자가 조용하지만 날카로운 어조로 말했다.

“그만둬요.”

“성깔이 있는 놈이지. 기분파구 말야. 죽긴 왜 죽나.”

“그만두라니까.”

누가 말하지 않아도 그에 관한 모든 일이 생생하다고 여자는 생각했다. 우리는 언제나 같이 있었다. 잠도 같이 잤던 날이 많다. 어제도 그랬고, 지금도 같이 있다. 직장은 그만두지 않았다.

“저 친구하구 군대, 사회, 오년이나 같이 근무했소. 어쩐지 믿어지질 않아.”

여자가 누이에게 물었다.

“어떻게 아셨어요?”

“오빠 몰래 엄마만 뵙구 가는 날이 많았어요. 호적을 떼러 왔다가 집에 들렀죠. 나 미국 들어가요. 엄만 안 계시구 오빠 친구분이 오셨데요.”

“어머니께두 알려드릴 걸 그랬어요. 어차피 아실 텐데.”

직장이 단호하게 말했다.

“안됩니다.”

그는 여자에게로 다가서서 여자의 귓전에 대고 재빠르게 속삭였다.

"저 친구 어머니가 이 일을 알면 당장 데려가겠다구 할 겁니다. 우리 일을 못하게 말릴 거요. 저 친구도 그런 건 원하지 않겠죠."

누이동생이 어리둥절해져서 두 사람을 지켜보다가 자신없이 끼여들었다.

"안되다뇨…… 어째서죠?"

"장례는 우리가 책임지겠습니다. 우리 쪽에서 알려드리겠습니다."

"모르겠어요. 무슨 뜻인지……"

직장은 누이가 입은 무도복 모양의, 주름이 많고 엷게 비치는 흰 옷자락을 훑어보았다. 그는 고개를 저었다. 코쟁이들 앞에서나 입을 것이지.

"그러니까 오빠를 모른 거요. 오빠는 댁에 때문에 속깨나 썩었다구."

누이는 그 말에 기가 죽었다. 그 여자는 아직 오빠의 죽음을 이해할 수가 없었다. 그러나 만약에 그가 보통때처럼 얼굴이 굳어져서 자기를 다그친다면 아픈 얘기를 맞받아 해줄 수는 있을 것 같았다. 그 여자는 케네디 아줌마를 찾아가는 방법밖에는 달리 살고 싶지 않았다. 남자와 헤어지고 다시 돌아와 공장에 견습으로 들어갈 일이 암담했다. 일당에 쫓기다가 코피를 쏟고 선 채로 졸다 쓰러지는 생활. 그늘 없는 뙤약볕을 끝없이 걸어가는 듯한 생활이었다. 누이는 은회색 매니큐어를 입힌 자기의 손을 펴들고 내려다보았다. 일을 잊은 지 오래된 손이었다. 가발을 다듬지도 않았고 목각을 깎지도 않았고, 인형, 구슬백도 붙이지 않았으며, 밭을 매어본 지도 오래된 것이다. 그러나 굵게 불거진 손가락 마디만은 남아 있었다.

"손바닥에 박힌 못이 여태 지워지지 않았네요. 이 손이 집에 있던 때의 내 생활 그대루예요."

여자도 작업가운에다 손바닥의 땀을 닦고 나서 찬찬히 들여다보았다. 한숨을 쉬고, 두 손을 가운 주머니에 넣었다.

"그이가 가난하구 어두운 생활을 계속하길 바란 건 아닐 거예요. 진실하게 살아가면서 조금씩 나아지자는 뜻이었겠죠."

누이가 픽, 웃었다. 나아지다니! 세월이 지나면 그런 난장판에서 시집을 갔겠지. 나 같은 게 누구에게 시집을 가게 됐을까. 오빠 또래의 친구들이나 어슷비슷한 사람들이었겠지. 새벽에 나가서 야근까지 마치고 열두시가 되어서야 돌아오는 주제에, 쌀은 떨어지고, 식구는 늘고, 싸움질이 시작된다. 누이는 감정을 억제하지 못하고 두 사람에게 대어들듯이 말했다.

"아세요? 우리 엄마는 주정뱅이 아버지에게 거의 날마다 두들겨 맞았어요. 아버지가 돌아간 뒤부터 엄마는 겨우 안정을 찾은 거나 마찬가지예요. 그게 어디…… 사는 건가요? 묘하죠. 우리 어머니는 그래두 그런 아버지가 좋았나봐요. 습관이겠지 뭐."

두 사람은 묵묵히 듣기만 했다. 직장이, 닳아서 가물대는 토막초 위에 새것을 댕겨붙였다. 불꽃이 흔들릴 적마다 그들의 그림자가 잡동사니의 그림자 위에 솟아올랐다. 직장은 부드럽게 말했다.

"오빠를 좋아하쇼?"

누이가 고개를 끄덕였다. 서울로 떠나던 오빠. 역사에는 코스모스가 피었고, 어머니가 고추 판 돈을 수건에 싸서 주었다.

"싸젠두 오빠에 관해서 알아요. 나는 계를 붓고 있었거든요. 싸젠이 백오십불씩 생활비를 가져오죠."

누이가 백에서 담배를 꺼냈다. 그 여자는 가스라이터로 불을 붙였다.

"오빠는 어려서부터 어른 같았어요."

소작붙이가 떨어져서 부모들은 일거리를 찾아 항구로 나갔고, 그들 남매는 마름네 집에서 일년 이상이나 밥벌이를 해야 되었던 때도 있었다. 누이가 그릇이라도 깨고 매를 맞고 쫓겨나와 울면 오빠가 나무지게에 누이를 태우고 산으로 올라갔다. 산 위에 올라가면 서쪽으로 군산 앞바다가 보였다.

"오빠가 언니께 홀딱 반했던 모양이죠. 어머니가 그랬어요."

여자가 말했다.

"저분하구 안 건 석달밖에 안돼요."

공원이 천명이 넘는 공장이었다. 출퇴근길에 몸수색을 당하고 드나드는 공원들은 서로가 비슷한 꼬락서니여서 누가 누군지 낯을 익히기가 어려웠다.

"다른 작업장에 있다가, 직업병 걸린 사람들이 많아져서……나는 만성 기관지염이었어요…… 어떤 사람은 해고당하구, 우리는 운좋게 작업장을 옮겼지요. 오빠가 근무하시던, 바로 옆이에요."

회사 창립기념일이었던가. 축구를 하다가 다친 그를 여자가 세면장에서 씻겨주고 손수건을 찢어 감싸주었다. 첫날, 공단 다방에 나온 그는 면도를 하지 못해서 덥수룩했고 약간 덤벙대는 것 같았다.

"술 한잔 마시겠소?"

직장이 술병을 쳐들어 보이며 말했다.

"더워서 싫어요."

"기분이 달라질 텐데."

하고 나서 직장은 상자 사이로 나갔다. 그는 시계를 들여다보았다. 스물네시가 다 되어가고 있었다. 창고의 문이 열려 있고 사람들이 몰려나가고 있었다. 남은 사람들은 열 명쯤 되는 성싶었다. 직장이 물었다.

"뭐야! 모이구 있나?"

"높은 사람들이 방금 도착했어. 그리구 야근패들은 우리랑 합세했지. 기계를 지키러 나가는 중야."

"잘됐군. 남은 사람들은 여길 지켜야 할걸."

"인원은 충분해."

직장은 상자 뒤로 돌아갔다. 그는 상자의 골목 사이에 잡동사니를 날라다 메웠다. 목재를 받치고 상자로 막았다. 직장이 땀을 씻으면서 여자에게 말했다.

"여자들은 연락을 못 받았습니까?"

"물론 나는 저이한테서 자세히 들었죠. 그렇지만 대부분 여자들은 별루 실감을 못 느꼈어요."

그들은 일제히 기계를 끄고 작업을 중단하기로 약속을 했었던 것이다. 언젠가 그런 약속이 새어나간 게 틀림없고, 미리 알고 있는 저쪽의 기세에 눌려 일단 분열되었던 것이다. 직장은 계획대로 기계를 껐다. 다같이 스위치를 내린 줄 알았다. 그는 전동기의 스위치를 내리면서 모두의 뜻이 아니면 기계는 절대로 다시 돌아가지 않으리라 믿었다. 그런데 여전히 시끄러운 피대 소리를 내며 기계가 돌고 있었다.

"우리 작업장에서두 전달을 받긴 했어요. 하지만, 여자들은 일단 일이 터지구 행동이 일어나기 전에 자발적으루는 결단을 못하거든요."

여자는 아교칠을 마치고 일어났다. 어떤 여공은 못 세 개 박는 일을 그쳤고, 또다른 여공은 페이퍼질을 그쳤다. 여자는 이년 동안이나 합판의 네 귀퉁이에 아교칠을 하는 똑같은 일만 해왔었다. 그 여자가 자기의 뜻대로 일손을 멈추고 일어섰을 때, 그제야 여자는 그 풀칠의 의미를 알았던 것이다.

"모이라는 곳으루 나갔지만, 여자가 십여명 정도 복도루 나왔다가…… 조용하더군요. 쑥스러워져서 모두들 다시 돌아갔어요."

종잡을 수 없는 그들의 얘기를 알아들으려고 애를 쓰던 누이가 희미하게 중얼거렸다.

"아, 이제 알았어요. 오빠를 누군가가 죽였군요."

직장과 여자는 서로 마주보았다. 그들은 각기 되물었다.

"무슨 얘기예요?"

"누구요, 그게."

누이가 차츰 확신을 가지고 명확하게 내뱉었다.

"댁이나 언니, 공장 사람들 모두가 오빠를 죽인 거나 마찬가지죠."

"저 친구가 죽은 건 순전히 저쪽에 붙어버린 놈 때문이오. 그래서 참다 못해 뛰어든 겁니다. 누구라두 그런 결심이 들었을걸. 저 친구가 먼저 그러지 않았더면, 내가 했을지두 몰라요."

누이동생이 직장을 정면으로 쏘아보았다.

"누가 하든간에, 아주 냉정하시네요."

"여자들은 이런 기분을 몰라요."

여자가 당황해하며 그들을 번갈아 살폈다.

"이쪽은 동료구, 또 거긴 누이동생이니까 입장들이 틀려요."

"어느 쪽이죠, 어떤 입장이신가요?"

누이의 끈질긴 물음에 몰린 여자는 자기의 관자놀이를 두 손으로 꼭 누르고 잠깐 망설였다. 여자가 흰 광목에다 시선을 고정시켰다.

"나는 언제나…… 저분 쪽이죠."

"나는 대의 쪽입니다."

라고 직장이 말하자마자 누이의 날카로운 목소리가 뒤를 잘라냈다.

"그 잘나빠진 대의를 강조하지 마세요. 모두들이니, 여럿이니, 오빠가 바로 저기 누워 있는데…… 그따위가 무슨 소용이 있어요?"

"도대체 댁이 뭘 안다구 그러쇼. 이제서야 이런 꼴루 나타나서는……"

"당신들은 오빠의 죽음만이 필요했죠? 나 혼자서라두 오빠를 떠메구 집으루 돌아갈 테에요. 어머니하구 조용한 장례를 치르겠어요."

직장은 자제하느라고 애를 쓰고 있었다. 그가 친구들의 곁에 누워 있다는 사실이 뼈저리게 소중했다. 직장은 차근차근히 말했다.

"이 친구는 지금 여기 누워서 우리들 전부에 맞먹는 실력을 행사하구 있는 겁니다."

"어째서 오빠만이 그런 일을 감당해야 되나요? 다른 사람은 안되나요?"

"그 친구 죽은 건 전혀 우연이에요. 우린 저 친구 죽은 일을 늘 생각하구 뒤따를 각오만 가지면 돼요. 슬픈 건 댁뿐이 아니오. 큰 일두 있구, 작은 일두 있구…… 그렇죠?"

누이동생은 다시 상자 뒤로 쪼그리고 앉아서 잠잠해졌다. 직장은 소주를 따른 양재기를 입가에 쳐들었다.

"인마, 술이나 한잔 들어."

여자가 걱정스럽게 말했다.

"저쪽에서 끝까지 버티면, 우린 어쩌죠? 여기서 언제까지구 기다릴 순 없잖아요. 내일은 장례를 지내야 해요."

"여름철엔 밥두 빨리 쉬는데, 저 친구를 여기다 방치하는 것두 도리가 아니구. 내일 밝은 날이 될지 어두운 날이 될지는 알 수 없어요."

졸음이 가득 섞인 목소리로 누이가 중얼거렸다.

"밖엔 지금 비가 와요."
"들립니다."
직장이 드디어 술병을 비웠다. 그는 졸음이 오지 않도록 서성댔다. 아침에는 날이 개었으면 싶었다. 그는 자꾸만 흐릿해지는 머리를 흔들었다.
"이 사람아, 일어나. 이봐, 잠들었어?"
누군가 직장을 깨웠다. 창고지붕 위의 채광 슬레이트가 부옇게 밝아 있었다. 여자들은 상자 위에 머리를 묻고 잠들었고, 그의 곁에 최종반의 나이 많은 사내가 서 있었다.
"잠깐 깜박했는데, 지금 몇신가……"
직장은 간신히 눈을 뜨고 멍하니 둘러보다가 팔목시계를 쳐들었다. 다섯시였다. 잠시 후면 야근조의 퇴근시간이었다. 합세했던 사람들 중에서 설득에 넘어가는 이탈자가 생길지도 몰랐다. 최종반 사람들이 말했다.
"날이 샜어. 가족들이 왔다면서?"
"저기서 자는군."
"공장장이 만나겠대. 그치들두 뜬눈으루 새우구 있지."
"간밤에 경영진 쪽에서두 회의를 했을걸. 무슨 대책들을 세웠겠지."
"좌우간 좀 나가자구. 우리 쪽서 처음에 모였던 사람들이 다 와 있어."
그들은 상자들 사이로 빠져나갔다. 직장이 물었다.
"왜 그러지?"
"우리두 대책을 세워야지. 그것두 그렇지만…… 어떤 놈인지 잡아내야 할 거 아냐."

창고를 지키는 사람들은 여전히 문가에 칠팔명이 서 있었고, 주모자들 여섯이 둘러앉아 있었다. 납품반장, 공급실의 두 사람, 기능공 두 사람, 수지반장 등이었다. 직장이 말했다.

"가족을 만나자구 그런다며?"

"죽은 사람과 쟁의를 관련시키지 말자는 거야."

납품반장이 침울하게 말했고, 기능공이 거들었다.

"가족을 꼬일려는 수작일걸."

"틀림없어. 무슨 얘기 할 게 있으면 우릴 통해서 전하라구 그래."

직장은 초록색 운동모자를 벗어서 바닥에 깔고 앉았다. 그가 말했다.

"빌어먹을…… 어째서 그 친구가 우리하구 관련이 없나. 그리구, 우리에게 노조가 어디 있어?"

노조는 언제나 말끔한 사무실 저 높다란 곳에 있었다. 뭐라구, 가족이 늘었어? 너무 많이 낳았단 말이지. 우리두 실력을 행사할 체면이 서는가. 자네, 우리가 위에 있었다는 걸 언제 알았나. 그럼 그전대루 모른 척하든지, 자네 자신들이 노력해보는 길밖엔 없네. 우리는 자네들 같은 노무자는 이미 아니니까. 허허, 살기가 어떻다구…… 그건 여기 모든 기업의 전반적인 조건이야. 그러면 우리들의 노조는 어디 있습니까. 이봐, 자네는 집이 좀 헐었다구 그걸 두드려부수구야 새 집을 짓는다구 생각하나. 시간 가는 대루 수리를 해야지. 그건, 집이구…… 이건 사람 얘깁니다. 공급실 사람이 말했다.

"우리가 만들어서 가입해야지."

"하지만 그때엔 벌써 우리 같은 놈들은 일손을 놓은 뒤란 말야."

수지반장이 신중하게 얘기를 꺼냈다.

"저쪽에선 가족들과 직접 담판해서 위자료며, 충분한 산업재해 보상을 해주겠다는 거지. 그렇지만, 이 파업은 용납할 수 없다는 얘기야. 회사두, 공원두 같이 살아야 할 거 아니냐, 그러더군."

임금을 백퍼센트 올린다 치더라도, 현재 상태의 생산실적으로는 회사에 별다른 타격은 없으리라는 것이 그들의 평소 생각이었다. 그러나 무리를 해서 그런 선까지 요구해온 것은 아니었다. 기능공이 말했다.

"공장의 슬로건을 알구 있겠지. 기계는 삼십퍼센트, 노동력은 칠십퍼센트…… 우리의 피와 땀이 유일한 자본이라구."

"그래, 물러서면 안돼."

직장이 고개를 끄덕이며 묵묵히 앉았다가 납품반장에게 물었다.

"공장에 몇명쯤 모여 있어?"

"한 사백."

"여자들까지 오백이십명이야. 걔들은 작업대 위에 드러누웠어."

"기계는 전 공장에 걸쳐서 멈춰 있지. 썩은 기계. 누가 사지두 않을 고철!"

"우리가 제안한 개선책 중에서 두 가지를 양보하라는군."

직장이 말했다.

"사람 한 목숨이 들었어. 비싼 대가였다구."

그들의 제안은, 불량품인 원료가 생산과정을 거쳐서 불합격됐을 때 그 파손품을 공원들이 변상하도록 하지 말 것이었다. 또한 명목상의 도급제를 폐지할 것과, 시간노임제를 실시하고 유급 휴일을 달라는 것이었다. 수지반장이 직장에게 말했다.

"파손품에 대한 변상문제만을 시정해주기루 한다는 거야."

"그따위 때문에 생사람이 고압선에 뛰어들었겠어. 절대루 양보할 타협안이 아냐."

수지반장은 우물쭈물 얼버무렸다.

"파손품에 대한 변상을 안하게 되면 자연히 노임이 오른 거나 마찬가지야."

"마찬가지가 아니래두."

애초에 원자재부터 파손될 위험이 있는 물건이 작업과정에서 상한 것이 어째서 공원들의 책임인가 하는 게 그들의 최초의 물음이었다. 당연히 원자재를 들여온 쪽일 것이다. 아니면 바다 건너편의 책임이었다. 도급제에 관한 물음도 그랬다. 법정 노동시간은 여덟 시간인데, 근로기준법에 의하면 배가 임금에 의해서 두 시간을 추가할 수 있다는 선까지 나와 있었다. 그런데 기본노임은 싸고, 도급제로 바꿔놓으니까 실상은 몇푼을 더 벌어보려고 남은 시간은 빼앗기는 셈이었다.

"우리두 잠을 자구 쉬어야 다시 일을 하지. 그러니 시간계산을 하구 휴일두 노임을 붙여달란 거지. 기계에두 기름을 쳐주는데 말이야. 여기, 일요일에 놀아본 사람 있어?"

공급실 사람이 별로 자신없이 말했다.

"하긴, 전반적인 현실일세."

"법에 나와 있는 것두 모르는 녀석이 태반이란 게 그 현실이지."

"어쨌든, 그런 얘기보다 구체적으루 어떻게 할 작정인가."

최종반 사람이 좌중을 둘러보며 물었다. 직장이 말했다.

"끝까지 밀구 나갈 생각이지."

"저쪽의 최종 타협안을 수락하구, 죽은 친구 보상금이나 타게 해주지."

공급실 사람이 말하자, 납품반장이 그 의견에 찬성했다. 기능공 한 사람이 벌떡 일어났다.

"누구 맘대루. 당신네하구 우린 입장이 또 틀려. 그 친구는 기능공이었어."

공급실 쪽과 납품반장이 그의 손을 잡아 억지로 끌어앉혔다.

"너무 흥분하지 말라구. 우린 다만…… 관에서 개입하지 않는 방향으루 온건하게 해결하구 싶어."

"그건 온건한 게 아니야. 비겁한 거야. 누구보다두 당신네가 당신들 조건을 잘 알잖나."

그들은 풀이 죽어버렸다.

"잘…… 알지."

"아무래두 처자가 있는 사람들하구 입장이 틀릴 테지. 목구멍이 뭐란 말두 있어."

최종반장이 손바닥을 두들겼다. 그가 직장에게 말했다.

"그만해두고. 문제는 우리들 사이에두 있네. 지금 저기 누워 있는 친구 말인데 그 친구가 어째서 죽게 됐는지를 차근차근하게 얘기들 하자구."

"사실 말이지, 나는 이런 얘긴 일이 모두 끝나구 나서 하구 싶었어. 우리가 모이구 야유회를 갈 때부터 누군가, 끄나풀이 끼여 있었지."

"저 혼자만 살겠다는 놈!"

수지반장이 입맛을 다시며 고개를 저었다.

"글쎄…… 지나친 생각인데."

"우리가 기계를 끄구 파업에 들어갈 일을 저쪽에서 미리 다 알구 있었으니까. 누군가 고자질을 했단 말야."

그들은 어제 아침의 일을 떠올렸다. 무엇인지 납득이 안 가는 점이 있기는 있었다. 수위실 옆 게시판에 평소처럼 견습공 모집광고가 붙어 있는 게 아니라, 경고장이 붙어 있었던 것이다. 하필이면 어제 아침, 출근시간이었다. 경고 내용은──작업시간 중 허락 없이 자리를 비우거나, 고장수리 기타의 이유 외에 무단히 기계를 정지시키는 행위를 적발할 시는 해고 조처함──이라고 되어 있었다.

"공장장이 현장에 줄곧 붙어 있었지."

"바로 그 점이네. 미리 알구 있었던 거야."

정작 열한시가 되자마자 약속대로 기계 스위치를 끄고 작업을 멈춘 것은 절반도 못되었다. 경고와, 현장에 와 있는 공장장이 두려웠을 테니 당연한 결과였다. 여전히 기계소리가 시끄럽게 들려왔다.

"갑자기 저 친구가 뛰는 걸 봤겠지."

"봤어. 우리들 사이를 헤치구 지나갔으니까."

그가 사다리를 타고 뛰어올라갔다. 처음에는 모두들 무엇 때문인지 몰랐다. 붉은 쇠상자에 생각이 미치자 그제야 말려라, 끌어내려라, 하고 소리만 쳤다. 그는 동력선을 끄려고 했었다.

"그 해골을 그린 붉은 쇠상자 뚜껑을 열었지. ……퍼런 불이 번쩍, 했어. 흰 연기가 피어오르더군. 저 친구는 콘크리트 바닥에 떨어져 있구 말이지. 기계가 멈췄더군."

"그래, 조용했지."

"누구야? 위협공고를 써붙이게 하구 공장장이 현장에 붙어 있도록 나발을 분 놈은……그놈이 끄나풀이지. 대강 짐작은 가지만, 한번 따져보자구."

모두들 한마디씩 했다.

"나는 껐어. 이십번기야."

"나두 먼저…… 기계를 껐어. 십사번기."

직장이 한 기능공을 향해 물었다.

"몇번기였어?"

"잘 알잖우."

"자넨 십오번기였지."

다른 기능공이 말했다.

"참, 그렇군. 십오번기는 수리중이었어."

"어떻게 아나?"

"십사번기 바루 내 옆자리거든. 지금 생각났어, 그렇군! 아침에 출근하자마자 십오번기 자네 조수가 내 멍키를 빌려갔어."

직장이 십오번기 공원을 지그시 쏘아보았다. 그는 뒷짐을 지고 동료들의 뒷전을 서성대기 시작했다. 채광창이 훨씬 밝아졌다. 촛불은 벌써 빛을 잃었고, 수족관처럼 녹색빛이 천장에서 배어들고 있었다. 문이 열리고 수군대는 소리가 나더니 문가의 사람들 중 하나가 외쳤다.

"사장이 올라왔대, 여공들하구 상담중이야."

"알았어. 이쪽으루 오면 들여보내지 말라구."

직장은 십오번기의 '출근하자마자'라는 말을 되씹고 있었다. 기계를 돌리기도 전에 고장이었다니 이상했다. 너무 공교로웠다.

"이봐, 저 친구 자기 기계 옆에 붙어 있었나? 그때 말이야."

"가만있어…… 없었다. 그래, 틀림없어. 지금 생각이 났군."

모두들 십오번기 공원에게로 시선이 집중했다. 직장이 그의 앞에서서 내려다보며 물었다.

"어디 가 있었지? 그 시간에…… 우리가 전부 기계 옆에 붙어서서 기다리던 그 시간에 말이야."

"나두…… 거기…… 있었다니까."

"속이지 말라구."

납품반장이 직장에게 말했다.

"저 사람 생산과장네 이웃에 살지. 부인이 그 집 가서 허드렛일두 해주는 모양이라."

"생산과장은 공장장 직속이지."

모두들 슬그머니 일어나 십오번기 공원에게로 다가섰다. 그는 뒷걸음질을 쳤다.

"미쳤어, 미쳤군. 난…… 아무것두 몰라."

"더러운 새끼."

"나는 모른다니까."

직장이 그의 멱살을 잡아 메어다꽂았다.

"너 같은 벌레만두 못한 놈은 아주 밟아서 뭉개버릴 테다."

"죽여, 죽여."

사람들이 일시에 달려들었다. 주먹과 발길이 그의 조그맣게 웅크린 몸 위에 떨어졌다. 그는 어이구, 사람 치네…… 소리치면서 벽 쪽으로 엉금엉금 기어갔다. 소란한 소리에 문가에 섰던 동료들도 우 몰려왔고 상자 너머에서 자고 있던 두 여자들도 질겁을 해서 뛰쳐나왔다. 최종반 사람이 젊은 축들의 혈기를 제지하고 그를 벽 쪽에 몰아세운 채 등을 돌리도록 했다. 그는 상처에서 흐르는 피를 셔츠 자락으로 닦아내고 있었다. 모여든 사람들이 한마디씩 떠들었다.

"얼마냐, 얼마에 넘어갔어?"

"얼마에 팔았냐구."

"너 같은 놈 땜에 사람 하나 죽었다."

그는 벽에 웅크리고 기댄 채 수없이 같은 말을 되풀이했다.

"몰랐어…… 몰랐어."

한사람이, 바닥에 뒹굴어 있는 각목을 집어들고 달려들자, 멍청히 섰던 여자가 꺅, 하는 소리를 치며 그의 가슴을 밀어냈다.

"무슨 짓들이에요?"

여자는 손수건을 꺼내어 코피가 터진 공원의 얼굴을 닦아주며 말했다.

"정신들 차리세요! 우리들끼리 피를 내구…… 말두 안돼요."

공원은 얼굴을 가린 채 이럴 줄은 몰랐다고 자꾸만 중얼거렸다. 직장이 말했다.

"꼴보기 싫어. 얼른 밖으루 꺼져. 어이, 내보내."

"그런 사고가 일어날 줄은 몰랐어."

여자가 사람들에게 물었다.

"어떻게 된 거예요?"

"저치가 우리 일을 모두 찔렀대요."

여자가 공원의 어깨 위에 손을 얹어 흔들면서 물었다.

"사실이에요?"

"이런 일이 생길 줄은…… 모르구…… 나는 그저 귀띔을……"

"말해줬군요."

"나는 과장 덕분에 살구 있는 거나 같습니다."

그는 웅크린 채 변명했다. 최종반 사람이 모여선 동료들을 밀어내며 말했다.

"자, 돌아갑시다. 지금이 제일 중요한 시간이니까."

하고 나서 그가 직장에게 말했다.

"우린 가 있겠어. 수시루 연락하지."

사람들은 흩어졌다. 직장은 넘어진 동료 앞에 우두커니 서 있었고, 밤새 지쳐버린 여자도 가운을 벗어들고 땅바닥에 쪼그려앉았다. 모든 일을 보고 있던 누이가 고개를 처박은 공원에게 말했다.

"댁에 때문에 오빠가 죽었군요. 그래요, 당신이 죽인 거나 마찬가지야."

공원이 머리를 쳐들고 세 사람을 두리번거렸다. 그는 직장과 눈이 마주쳤다.

"자네두 알지. 우리 집사람 말일세. 이게 두 번이나 음독을 했어. 나올 적엔 바깥으루 문을 잠그고 가둬놓고서두 마음이 안 놓여."

"그게 어떻단 말야?"

"첫애를 죽이구부터 사는 재미를 잃어버린 모양이네. 아다시피…… 과장은…… 잘해줬어."

"그 사람은 사장 처남이야. 물론 좋은 사람이겠지. 하지만 이런 문제에 있어선, 우리하구 다르다는 걸 몰랐어?"

"나는 새 공장으루 그 양반을 따라가게 되어 있었어. 신임을 잃고 싶지 않았어."

"누구나 자넬 좋아했지. 친구들은 어쩔 생각이었나."

"내가 어떻게 해서 이뤄놓은 가정인데…… 그 여잔, 착한 여자야."

그는 보육원에서 자라 군대의 하사관으로 어른이 된 사내였다. 제대하고 나서 이년 동안이나 강원도에서 머슴질도 살았다. 그는 회사 표창장도 두 번 받았다. 직장이 내뱉었다.

"자네는 볼장 다 본 놈이 됐군. 너 자신까지 팔아먹을 놈이지."

"나는 새 공장에 기사가 되어서 갈 작정이었어. 생각해보게. 기사면 어엿한 사원이야. 공원이 아니지. 나는 그저…… 타협조루 과장께 얘기했을 뿐일세. 우릴 도와달라구 말이지."

"너는 친구를 팔았어. 더이상 지껄이지 말구 밖으루 꺼져. 사무실에 가서 네 불행이나 호소해보지 그래."

여자가 말했다.

"누구두 당신을 비난 안해요. 용서할 권리두 없구요."

직장이 소리쳤다.

"권리라구? 쓸데없는 소리 작작 지껄이슈. 혼자서 잘살려구 여럿을 파는 권리는 있나, 그럼?"

직장은 주먹을 쥐고 당장 달려들 기세였다. 그는 생각했다. 사람이 여럿이 모이면 책임이 생기는 것은 당연한 일이 아닌가. 친구의 죽음, 비슷한 처지에 있는 사람들끼리의 동등한 이익, 불행을 함께 나눠서 감수하는 용기, 하는 모든 것들은 비겁하고 나약해진 친구에게까지도 끝까지 책임을 요구하고 보여주어야만 한다. 공원이 고개를 푹 숙였다. 그는 거의 들리지 않을 정도로 희미하게 중얼거렸다.

"나는 지쳤어. 잘해볼려구 무척 애두 썼는데…… 열심히 살려구, 별짓을 다 했는데 뭐가 뭔지 이젠 풍지박산이 되어버렸지."

"뭘, 열심히 살려구 해봤어?"

직장이 그를 귀찮은 듯이 내려다보았다.

"자넨 새끼줄에 끌려가는 염소꼴이야. 질질 끌려만 다녔지. 줄을 끊을려구 한번이나 노력해본 적이 있었나? 자넨 없는 거나 마찬가지야. 허깨비지. 자네가 바꾼 건, 자네 자신이야. 그런 몹쓸병을 퍼뜨린 놈들이 나쁘지."

문 앞에서 누군가 안쪽에다 대고 외쳤다.

"사무실 쪽에서 사람을 보냈는데……"

"뭐래?"

"사장님 말을 전하겠다구."

"왔군. 몇사람이야?"

"셋."

"대표루 한사람만 들여보내."

창고문이 덜컹거리며 빠끔히 열렸다. 말쑥하게 정장을 입은 남자가 뒤에서 뭐라도 당기는 것처럼 내키지 않는 자세로 안에 들어섰다.

채광창이 천장에 있었지만 날씨가 좋지 않은데다, 빛이 푸르스름해서 창고 안은 어두웠다. 더구나 후덥지근하고 여럿의 땀냄새가 났다. 그는 직장에게로 걸어왔다. 안경의 콧대를 연신 밀어올리면서 그가 정중하게 물었다.

"고인은 어느 쪽입니까?"

직장이 말없이 그를 상자 쌓아놓은 구석으로 데려갔다. 사람들도 그들 뒤를 따라갔다. 신사가 촛불이 켜진 관 앞에 가서 잠시 묵념을 올리고 돌아섰다. 그는 어둠속 여기저기에 모여선 사람들을 어림짐작으로 둘러보며 신중하게 말을 꺼냈다.

"에…… 이번 일에 대해서는 회사로서도, 에…… 유감천만이며, 크나큰…… 에, 도의적인 책임을 느끼구 있습니다."

"우리가 내놓은 세 가지 조건을 이행하시는 겁니까?"

신사는 직장을 힐끗 쳐다보고서 적어놓았던 것을 확인하려는 듯이 수첩을 펴들었다. 어둠속에서 그를 향해 제각기 말을 던졌다.

"우리보다 더 잘 아실 텐데."

"그게 고인의 뜻이오."

"당신들 땜에 우리 오빠가 죽었어요."

신사가 고개를 쳐들었다. 그는 여자 목소리를 찾아 두리번거렸다. 신사는 누이 앞에 서서 인사를 했다.

"가족 되시는 분이군요. 죄송합니다. 에…… 뭐라구 위로의 말씀을 드려야 할지. 에…… 회사측에서두 책임을 느끼구, 에…… 장례 일체를 떠맡기루 했구요, 에…… 위자료와 재해 보상금을 드리기루 결정을 봤습니다."

어둠속에서 누군가 말했다.

"가서 전하쇼. 장례는 친구들이 치른다구 말이죠."

신사는 누이의 대답을 기다리고 있었다. 그는 마른 기침을 크게 하고 나서 천장으로 머리를 쳐들고 서 있었다. 누이가 말했다.

"친구분들이 저러시니 결정을 할 수가 없네요. 저희두 보상은 바라지 않아요. 친구분들이 장례를 치러주길 원합니다. 친척두 별루 없구…… 해서, 여기서 오빠만 모시구 나갈 수가 없군요."

"허어…… 그것은 별개의 문제입니다."

신사가 손바닥을 비벼댔다.

"장례 절차가 모두 끝난 다음에 이 사람들과 우리가 상의할 문제라 그 말입니다."

직장이 말했다.

"그 친구는 쟁의 때문에 죽었습니다. 따라서 쟁의가 해결되면, 장례식은 곧 치를 수가 있습니다."

"나 혼자서 결정할 문제가 아닙니다만, 에…… 지금 공장 밖에는 경찰두 와 있습니다."

"불리한 건 오히려 그쪽일 텐데요. 우리가 범법을 하구 폭동을 일으켜서 치안을 어지럽히는 것두 아니구요. 다만, 장례식을 장례답게 치르겠다는 거 아닙니까. 고인의 뜻이 이루어져서 그가 편히 눈감을 수 있도록 원하는 겁니다."

신사가 여유있게 웃었다. 그는 주위에 모여선 사람들을 주욱 둘러보았다.

"농담이지만, 집단해고를 시킨다면 어쩌겠소?"

"그럴 수는 없을걸요. 우리들 반수 이상이 기능공이니까. 아마 현재의 생산실적을 올리려면 석달은 걸릴 겁니다. 그만한 기간이면, 회사로서도 치명적일 테니까요."

"어쨌든, 위에 올라가서 건의는 하겠소. 에…… 그리고 어제와 같은 방임상태의 조처를 취한 것은…… 에, 회사의 입장을 표명한 게 아니었다는 점을 밝힙니다. 우리는 에…… 어젯밤에 간신히 연락을 받았습니다."

신사가 모인 사람들을 헤치고 나갔다. 풀이 죽어버린 사람도 있었고, 피로해서 잠에 곯아떨어진 사람들도 있었다. 이십분쯤 지나서 그들은 떠들썩한 소리를 들었다. 창고 안에 대낮 같은 불이 켜졌고, 끓어오르는 듯한 기계 가동소리가 들려왔다. 기계소리가 정상적으로 힘차게 들려왔다. 그들은 창고의 문을 활짝 열었다. 공장건물에서 함께 밤을 새웠던 남녀 공원들이 왁자지껄 떠들면서 마당에 몰려나오고 있었다. 직장과 몇사람이 촛불을 끄고 관을 들었다. 여자도 한 귀퉁이를 쳐들면서 친구들에게 맞은 공원을 불렀다.

"좀 거들어요."

그가 여자 대신에 끼여들었다. 아무도 말을 하지 않았다. 그들은 관을 메고 아직도 가랑비가 내리고 있는 마당을 지나갔다.

〔현대문학 1973. 10 ; 북망, 멀고도 고적한 곳, 동서문화원 1975〕

북망, 멀고도 고적한 곳

마지막 차가 지나갔다. 라면상자에 멜빵을 매어 짊어진 청년이 차에서 내렸다. 그는 먼지가 뽀얗게 일어난 길에 내려서자 잠깐 어리둥절해 서 있었다. 짧게 깎은 머리에 눈이 작고 뼈대가 억세게 생겼는데, 몸에 잘 맞지 않는 검은 신사복을 입고 있었다. 그런 복장에 어울리지도 않는 라면상자를 등에 멘 이상스런 행색이었다. 그는 신작로 가운데 서서 주위를 휘휘 둘러보았다. 주위에 높다란 산은 하나도 없고 온통 벌겋게 드러난 황토의 낮은 야산만이 굽이굽이 연이어져 길 저쪽 너머까지 계속되어 있었다. 야산의 반대편 쪽 탁 트인 들 위에 마을의 수십여 지붕들이 보였다. 그는 야산 아래로 지나는 오솔길을 택했다. 나무는 한그루 없이 잡초만 멀쑥하게 자라난 두 언덕의 사이에는 구차스런 대로 논밭이 일구어져 있었고 띄엄띄엄 집들이 보였다. 저무는 해가 등성이 한뼘쯤의 높이에 걸려 있었다. 길가에 지게로 받쳐놓고 두엄자리 할 꼴을 베어 모으고 있는 남자 앞에 이르자 청년이 물었다.

말씀 좀 묻겠습니다.

남자가 낫질을 멈추고 허리를 펴지 않은 엉거주춤한 자세대로 고개만 돌려 힐끗 올려다보았다.

까막골이 어딥니까?

남자가 허리를 폈다.

여기가 전부 기요.

하면서 남자는 쉴 기회라도 잡았다는 모양인지 그러모은 풀을 지게에 얹고 나서 쭈그려앉았다. 청년이 들판 가운데를 가리켰다.

저쪽두요?

거기도 기요만 원래 까막골 터가 여기부텀 저 너머까지요.

남자가 낫 끝으로 골짜기 안쪽으로 해서 그 뒤의 후미진 수풀까지 한바퀴 휘둘러 보였다. 그제야 남자는 청년의 아래위를 훑어보았다. 그의 시선에는 토박이 농군답게 낯선 객에 대한 미심쩍은 불신과 두려움이 담겨 있었다.

어째…… 누굴 찾으슈?

네에, 이 동네…… 오래 전부터 사십니까.

한 십오년은 족히 됐을 거요. 도대체 뉘 댁을 찾으시는데.

배만성씨라구 아십니까.

배씨라…… 모르겠네. 뭘 하는 양반이오? 어디 애들 이름은 아슈?

옛날에 간이학교를 했다던데요.

간이학교?

네, 근면간이학교라구 그러던가요……

글쎄 나두 타관서 들어와 살아놔서…… 가만있자, 야학이라면 어디서 들은 것 같기두 한데.

감나무집은 아십니까.

아, 그야 알죠.

남자가 무릎을 탁 치면서 고개를 끄덕였다.

맞았어! 간이학교라니 생각이 나는군. 그 양반이 시방은 저쪽 삼거리서 주막을 하고 살지요. 아마 배씨일 거요.

주막이 어딥니까?

오던 길루 되짚어 나가슈. 신작로를 따라서 쭉 올라가 고갯길을 넘으면 다리 앞에 세 갈래 길이 나옵니다. 거기 집 한채뿐이니깐.

남자가 다시 낫질을 시작했다. 청년이 물었다.

감나무집엔 지금도 유씨 성 가진 분이 사십니까.

원, 이 고장에 대해 아시는 게 많구려. 전에 살았죠. 우리가 여게 들어온 지 한 사오년 뒤에 전답을 팔아 딴 고장으루 나갔습니다. 시방은 면장네가 살지요.

청년은 골짜기 속의 무성한 수풀을 한참이나 바라보았다. 해를 마주해서인지 그의 얼굴이 잔뜩 찌푸려 있었다.

감사합니다. 수고하세요.

예에……

남자는 낫질을 멈추고 영문을 모르겠다는 표정이 되어, 다시 돌아서 걸어가는 청년을 바라보았다. 등에 매달린 라면상자에 휘감긴 광목 멜빵의 흰색이 검은 양복 위로 선명했다.

청년은 붉은 흙먼지가 풀썩이는 고갯마루에 서서 주막을 내려다보았다. 퇴락한 초가였다. 솔가지로 둘러친 울타리는 반나마 쓰러졌고 집 앞에 평상이 놓였는데 사람은 아무도 보이지 않았다. 낮은 처마끝에 술 주(酒)자가 쓰인 장명등이 달려 있을 뿐, 주막처럼 보이기는커녕 그전의 농가 모습대로였다. 집 뒤편 텃밭에 옥수수가 줄지어 자라고 있었다. 그가 다가가자 개가 길고 게으른 음성으로 짖어댔다. 청년은 울타리 안으로 들어섰다. 개가 꼬리를 도사린 채 발치에서 냄새를 맡았다. 부엌에서 수건을 쓴 노파가 물 묻은 손을 앞치마에 문지르면서 나왔다.

어서 오슈.

청년이 꾸벅 인사하고 나서,

여기 배만성 선생님 계십니까.

얼결에 마주 인사를 받고 난 노파의 얼굴에 부드러운 미소가 떠올랐다.

기십니다. 헌데 댁은 뉘슈?

저어…… 좀 뵐 수 없을까요.

컴컴한 방안에서 숨가쁜 기침소리가 들려왔다. 노파가 말했다.

벌써 몇년째 아프셔서……

누가 왔소?

그렁그렁하는 가래 섞인 음성이 들려왔다. 청년은 우선 마루 한 귀퉁이에 메고 있던 상자를 내려놓았다.

누가 왔냐구.

예, 어떤 젊은이가요.

그럼 들어오게 하지 않구……

노파가 미닫이를 열어주었다. 청년은 쭈뼛거리며 방안으로 들어섰다. 낮은 천장, 벽마다 매달린 메줏덩이, 장식 달린 낡은 농, 요강, 한약 냄새, 그런 것들의 일부분에 불과한 노인의 마른 손과 길고 좁아 뵈는 얼굴이 희미하게 보였다.

왜 날 찾소?

청년이 넙죽 절을 했다. 당황한 노인이 끄응, 하면서 상반신을 일으켰다. 노인은 흐트러진 머리를 쓸어넘기며 고개를 드는 청년을 바라보았다.

뉘시던가?

저는…… 감나무집……

하며 그가 사이를 떼는데, 노인이 심하게 기침하기 시작했다. 아랫배에서 무슨 덩어리가 끓어올라 온몸을 훑고 터져나오는 듯한 기침 속에서 노인이 간신히 중얼거렸다.

알겠네. 어디서…… 본 듯하더니만……

노인이 요강을 끌어다가 몇뭉치인가의 가래를 쏟아냈다. 노인은 잠깐 진정하려는지 눈을 감고 벽에 기대어 발작이 지나가기를 기다렸다.

자네가…… 찬식이 자제란 말이지?

네.

쏙 뺐구먼. 여기는 어찌 알고 왔나?

청년이 고개를 푹 수그렸다. 노인은 몇번이나 숨을 길게 내쉬었다. 청년이 말했다.

사흘 전에 어머님께서 별세하셨습니다.

노인이 다시 한참이나 기침을 터뜨렸다.

그분이 꿈에 보이더니…… 어떻게 장례는 치렀나?

청년이 미닫이 밖으로 고개를 돌렸다.

모셔왔습니다.

안으루 모시게나.

노인은 흐트러지지 않은 자세로 고개만 끄덕였다. 청년이 라면상자를 윗목에 놓자 멍하니 지켜보던 노인이 말했다.

아…… 답답하다.

노인의 눈이 그늘 속에서 반짝였다. 그는 일어나서 옷을 입었다. 걸음걸이가 불안정해 보였다. 노인은 눈을 감고 단정히 앉아서 한참이나 생각에 잠겨 있었다. 눈을 감은 채로 노인이 말했다.

임종 때 무슨 말씀 없으시던가?

까막골 얘기를 들었습니다. 아버님과의 합장을 부탁하셨습니다. 그리구 배선생님에 관해서두…… 저는 아무것두 모릅니다.

그럴 테지.

저녁 들여갈까요?

밖에서 노파의 목소리가 들려왔다.

아냐, 그보다두 좀 나갔다 올 일이 있소.

당신 수삼(水蔘) 달여논 거 마시구 나가셔요.

알았소.

노인이 두 손으로 허리를 받치며 일어섰다.

자아…… 가보세.

두 사람은 밖으로 나섰다. 청년이 마당에 섰는 노파에게 뒤늦은 절을 했다. 노인이 거들었다.

당신은 모를 게야. 내 옛날 친구 자제 되는 사람이오.

예에, 시숙네 밭 위에 있는 그 묘의 임자로군요.

노파가 받쳐들고 있는 약탕관을 노인은 귀찮은 듯이 뿌리치고 나서 말했다.

까짓, 한번 쇠어버린 기력이 나무 뿌리 삶은 물에 되돌아오는감?

해는 저물고 산 위 하늘마다 놀이 가득 차 있었다. 노인은 지게막대로 지팡이를 삼고 아주 천천히 조심조심 걸었고, 청년이 자연스럽게 노인의 남은 팔을 부축했다. 비탈길이 힘에 겨운 노인은 짤막하게 끊긴 말로 물었다.

자네 나이가 금년 몇인가?

네, 스물둘입니다.

그렇겠군. 내가 예순둘이니까…… 헌데 몇년 못 견딜 모양이야.

자제분은 안 계십니까?

오래 전에 집안이 온통 박살이 났지. 늦처에 늦딸 둘을 봐서 여의고…… 자넨 뭘 해먹고 사나?

직업군인입니다. 제 처지로는 제일 적당합니다.

모친 혼자 고생이 많았겠군.

네, 제가 몹쓸 짓을 많이 했습니다.

그들은 까막골로 들어가는 오솔길에 이르렀다. 골짜기에 이젠 인적이 없었다. 고을 이름 그대로 무리지은 까막까치가 날아다니며 쾌활하게 짖어댔다. 골짜기 안쪽은 이미 어둑어둑했다. 마을의 높고 낮은 돌담이 나타났다.

이리루 질러 가세. 동네 것들 만나면 번거로우니……

노인이 지팡이로 돌담이 둘러진 왼편의 논두렁길을 가리켰다.

저 쓰잘데없는 나무를 보게.

노인은 논두렁 옆에 개울가로 무성하게 자라나 통행을 방해하는 아카시아 덤불을 지팡이로 툭툭 쳤다. 개울 위쪽에는 붉은 흙과 돌더미가 드러난 척박한 야산이었다.

참, 낙엽송이며 회나무며 솔도 많았건만…… 산 꼴이 심란허이.

청년이 노인의 말에 동의했다.

전방에는 아예 산이 주저앉아버린 데두 있습니다.

산의 맥이 끊기면 안된다는데……

위로 오를수록 논은 없어지고 등성이를 깎아서 일군 밭이 층계처럼 잇달아 나타났다. 밭이 끝난 곳에 아카시아의 덤불도 끝나 있었고 실오라기 같던 물줄기도 땅 아래로 숨어들어가 있었다. 다만 축축한 땅 위에 썩은 나뭇가지와 함께 물때가 푸른색으로 덮여 있었다.

내 몸이 이러니, 어디 돌볼 수가 있겠나.

노인이 주변을 둘러보며 말했다. 밭고랑 위에 바싹 붙어서 땅이 겨우 알아볼 만큼 불쑥 올라온 부분이 있고 그 위에 떼를 입혔던 흔적이 보였다. 풀이 흉하게 돋아났는데 드문드문 들꽃이 섞여 있었다. 멀뚱히 섰는 청년에게 노인이 말했다.

뭘 해, 인사 올리지.

하고 나서 붉어진 눈으로 노인이 코를 풀었다. 청년이 못내 어색한 형상으로 삼배를 올렸다. 그들은 풀 위에 나란히 앉았다.

그렇잖아두 여엉 소식이 없으면 내가 이장을 할 작정이었네. 요 너머 맞춤한 자리가 있어서, 여긴 물이 나서 못쓰겠어.

그런 것 같습니다.

나두 거기쯤 자리잡을라네.

노인이 웃었다. 웃음의 끄트머리에 짧은 기침이 잠깐 잇닿았다.

자네 모친이 먼저 가시다니 자네가 이렇게 장성하고 여길 찾을 동안에 온갖 사연이 많았을 것일세. 세상엔 벼라별 일들이 많이 일어나니까. 요즘은 왜 이렇게 생각이 뒤숭숭한지 모르겠군.

천상 묘를 파야겠군요.

뭐 반나절이면 이장까지 끝나겠구먼. 처음엔 내 혼자 밤에 묻었으니까.

밤에요?

그렇지. 밤에 자네 부친 시신을 내가 아무도 몰래 수습해다 묻었지. 나중에 다시 입관시키느라구 고생했네만……

언덕 위에서는 들판과 골짜기가 한눈에 내려다보였다. 숲 위로 지붕들이 보였는데 일자 기와집이 한가운데 보였고 높다란 나무가 솟아올라 있었다. 그곳에 시선을 주고 있던 청년이 말했다.

저기가 감나무집입니까?

노인이 고개를 끄덕였다.

자네 모친의 시가였네. 깔끔한 분이셨어.

두 분의 고향이 아니네요.

내 고향두 아닐세. 아주 옛날에 내가 젊어서지. 학교를 해본다구 내려와서 주저앉았다네. 자네 부친이 여기 온 건 일 때문이었지.

노인이 혀를 찼다.

내가 그렇게 말렸건만, 그 친구 잘못 어울렸네. 뜻은 어땠는지 모르지만……

청년은 땅과 구별할 수 없는 비스듬한 묘를 물끄러미 바라보았다. 노인은 말했다.

그 녀석이 은근한 정분이 난 걸 나두 몰랐지.

어머님이 여길 떠나시던 얘기는 들었습니다.

새벽이던가…… 그이는 머리를 감추느라구 수건을 깊숙이 쓰구 있었어. 자네 부친이 그 꼴을 당하고 이틀 만일 게야. 시댁이 대단한 사람들이었으니까. 죽은 자는 언제나 젊고…… 살아 당한 고초가 더하지.

청년이 훌훌 털어버리는 것 같게 재빨리 말했다.

내려가시죠. 어두운데요.

그러지.

초롱초롱하게 나타난 별빛과 저녁 바람을 대하니 문득, 초가을이었다. 청년은 고개를 돌려 몇번이나 밭고랑 너머로 시선을 던졌다.

예전엔 이 밭터가 그 집 뽕밭이었네. 그 녀석이 다쳐가지군 숨어 있잖았나. 총 든 자들이 와서 잡아냈지. 나는 이것저것 다 피해 살아온 사람일세. 우리네가 모두 그렇게 살아왔으니까.

그들은 완전히 어두워진 신작로에 나섰다. 개 짖는 소리가 들렸다. 아득하게 먼데서 놀러 나간 아이의 이름을 부르는 기다란 고함소리도 들려왔다.

그 무렵에 여긴 쑥밭이 되었네. 나두 잃은 게 많지. 까막골두 저쪽 모랫말루 이사를 해버렸으니, 남의 동네가 돼버린 셈이야.

두 사람은 고개 위에서 처마끝에 달린 등이 흔들거리는 모양을 보았다.

마당에는 전깃불이 환히 번져 있었고 남자들의 떠들썩한 소리가 들렸다. 손님들이 모여든 것 같았다. 그들은 바깥 툇마루로 해서 조용히 안방에 들어갔다. 저녁상이 들어오자, 노인은 아내의 만류도 마다고 술을 청했다. 취한 노인이 먼저 자리에 들고, 청년은 오락가락 시오리 길인 읍내에 나가서 한지와 송판을 사왔다. 청년은 노인 옆에 나란히 누워 이리저리 뒤척였다. 언제 깼는지 노인이 중얼거렸다.

물소리를 듣노라면 잠이 오지.

네.

하고 나니 정말 도란도란 흘러내려가는 주막 앞의 시냇물 소리가 고즈넉하게 들려왔다. 저수지의 수문 밑을 새어나와 다리 아래로 지나가는 물이었다.

청년은 꿈에 수많은 말의 무리가 구름처럼 먼지를 일으키며 끝없이 달려가는 것을 보았다. 검은 말, 흰 말, 얼룩말 들의 팽팽한 궁둥이가 햇빛에 번쩍였고, 끝도 없는 말발굽 소리가 귓가에 가득 찼다. 드디어는 발굽소리도 멀리 가고 일렁이던 먼지가 아주 차츰차츰 가라앉았다. 망원경의 유리알을 통해서 지평선이 나타났다. 숫자와 좌표가 눈앞에 다가와 있었다. 사방 어디에나 똑같은 산천이었다. 인기척 없는 들판을 바라보노라면 그때마다 초조해서 안달이 났다. 다시 말이 달려가고, 들판이 보이고 하는 장면을 거듭 꿈꾸었던 것 같았다.

아직 이른 아침에 노인과 청년은 산으로 갔다. 청년은 라면상자를 메고 널빤지와 삽을 가지고 갔다. 풀숲의 이슬에 바짓가랑이가 흠씬 젖었다. 노인은 창백한 얼굴로 밭둑 위에 쭈그리고 앉았고 청년이 땅에다 삽을 박았다. 풀뿌리를 들어내자 습기찬 땅이 쉽게 파졌다. 장마철 곰팡내 비슷한 싱싱한 냄새가 났다. 노인이 말했다.

얼마 깊진 않을 테니 삽질 조심하게.

청년은 삽을 비스듬히 박았다. 속 깊이 파내려갈수록 흙이 차지고 검붉었다. 삽 끝에 뭔가 닿았다. 옆을 쑤셔봐도 닿았다. 청년이 말했다.

닿습니다. 관인가요?

암, 관이지.

노인이 자랑스럽게 끄덕였다. 청년은 삽을 내던지고 손으로 흙을 주욱 밀어냈다. 위편에 썩어내린 나무틈으로 손이 빠졌다. 관의 형체가 드러났는데 온통 진회색으로 썩어 있었다. 노인이 구멍 안을 기웃이 넘겨다보았다.

물이 들진 않았구만.

청년은 삽으로 관뚜껑을 조금씩 두드리고 나서 부서진 나뭇조각들을 걷어냈다. 틈새로 뵈던 검은 어둠이 사라졌다. 홑이불을 뒤집어쓴 것 같은 사람의 형체가 있었다. 노인이 속삭였다.

저 봐! 꼭 자는 시늉이군.

청년은 손 대기를 망설이면서 난처한 듯이 노인에게 말했다.

이 헝겊이 뭡니까…… 옷두 아닐 테구.

나중에 염할 땐 부패해서 도리가 있어야지. 명주를 감아버렸더니 그 지경이 됐구만. 이 사람아, 얼른 뜯어내지 뭘 하구 섰어. 자네께 피와 살을 준 사람인데……

그 말에 청년은 어쩐지 서러웠다. 떨리는 손으로 명주를 잡아 찢는데, 자기도 모르게 흐느낌이 새어나왔다. 진한 흙냄새뿐이었다. 찢겨진 천 사이로 칡뿌리처럼 검게 썩어 한약재와 같은 뼈다귀가 보였다. 청년은 얼결에 뒤로 물러났다. 머리카락이 있었다. 부옇게 퇴색했지만 흰 티 하나 없이 검었다. 머리카락들은 뒤로 반듯이 넘어가 있었다. 노인이 한지 한장을 내려주었다.

거길 제일 먼저 싸게.

청년은 고인의 머리 부분을 들었다. 머리카락이 달려 있고 안면에 명주가 씌워진 채 찰싹 달라붙어서 얼굴의 윤곽이 어렴풋하게 드러나 있었다. 마치 마스크를 쓴 형상이었다. 노인이 다시 속삭였다.

정말 자는 시늉일세. 잘 봐두라구.

청년은 서투른 솜씨로 그것을 한지에 겹겹이 쌌다. 굵은 뼈들은 온전했으나, 가슴이라든지 손, 발은 잔해뿐이었다.

하나도 흘려선 안되네.

청년은 모친의 화장한 골편을 대나무 젓가락으로 집어올렸을 때는 둥근 철통에 떨어지던 땡강, 하던 소리의 여운만이 귓전에 깊숙이 와서 꽂힐 뿐 담담했던 것이다. 그런데 한번도 본 적이 없고 도무지 상상되지도 않는 부친의 시체를 대했을 때 이상스럽게 설움이 북받치는 것이었다. 그는 차례대로 한지에 싸서 위로 올렸고, 노인이 볼펜으로 좌완 우수 하는 식으로 적어서 커다란 종이에다 모아놓았다.

해가 제법 높다랗게 솟아올라 있었다. 마을을 둘러싸고 번창한 감나무의 반짝이는 잎새가 보였고 일자의 기와집이 보였다. 청년은 담배를 두 대나 연거푸 피웠다. 노인이 혼잣말 비슷이 말했다.

저 보라구…… 이 마른 땅 아래엔 깊은 데서 강이 지나간다 그 말일세. 죽어 썩으면 그리루 흘러내려가네.

장지가 예서 먼가요?

아니 저기야.

노인은 그들이 앉은 언덕의 휘어진 능선을 손가락으로 가리켰다.

저기…… 소나무가 일산처럼 굽어 서 있는 그 아래지. 그쪽 오백평은 내가 준비해둔 거야.

가십시다.

청년이 한지로 싼 뭉치를 얹은 상자와 칠성판으로 쓸 송판을 짊어지고 일어섰다. 등성이에 올라서자 높고 낮은 야산이 사방으로 구불거리며 뻗어나간 게 보였다. 하늘에는 구름 한점도 없었다.

그쪽 땅은 분말이 굵은 황토였다. 잔돌이 끊임없이 패어나왔다. 노인이 지시했다.

이장 묘는 깊게 파지 않는 걸세. 무릎 근처면 되네.

칠성판의 넓이만큼 팠다. 어지간히 자리가 잡히자 상수는 조금 높이고, 하족은 밑으로 더 팠다. 칠성판 위에 아까 싸놓았던 뼈들을 순서에 맞춰 늘어놓았다. 청년이 라면상자 속에서 광목과 한지에 싼 모친의 유골을 꺼냈다. 노인이 떨리는 목소리로,

어디…… 어디 좀 보여주게.

펼쳐진 종이 위에는 한 두어 줌 되어 보이는 골편들이 있었다. 노인은 그것들 위에 손을 가만히 얹었다. 그의 손이 부들부들 떨려서 골편 몇개가 떨어졌고 노인은 그것을 주워올렸다. 청년이 아버지의 형해 위에다 납석의 파편과도 같은 어머니의 뼈를 떨어뜨렸다. 검은 뼈 사이에서 노란 뼈는 곧 판별할 수가 있었다. 그 석회질들은 기묘

한 모양을 이루어 섞여 있었다. 한참이나 그것을 이윽히 내려다보던 청년이 광목을 펼치면서 말했다.

전생에 무슨 일이 있었는지, 제가 알 게 뭡니까. 저는 그저 어머님 원하시던 대루 해드릴 뿐입니다.

그이들을 아는 건 이젠 나뿐일세.

노인이 말하고서 짓무른 눈을 손가락으로 자꾸만 비볐다. 청년은 펼친 광목을 칠성판의 위서부터 뚤뚤 휘감고 상하로 단단히 싸매어 구멍 속에 뉘었다. 청년이 흙 한삽을 푹 뜨는데, 노인이 나섰다.

가만……

노인은 흙 한줌을 쥐어 흰 광목 위에다 흩뿌렸다. 청년이 흙을 재빨리 덮기 시작했다. 성묘가 다 된 다음 두 사람은 탈진해서 오랫동안 등성이에 앉아 있었다. 뭔가 뚫어지게 보고 있던 노인이 중얼거렸다.

자네 아나? 한(恨)이란 건…… 색깔이 있다면 똑 저 모양일 걸세.

청년이 고개를 들어 그쪽을 건너다보았다. 청천 하늘을 배경으로 지나가는 맞은편 능선의 중동이가 사태로 비스듬히 잘려 있었다. 한 입 베어문 홍도(紅桃)처럼 단애의 속빛은 더욱 강렬했다.

〔서울평론 2호 1973. 11 ; 북망, 멀고도 고적한 곳, 동서문화원 1975〕

섬섬옥수

나는 파혼을 하기로 결심했다. 오빠에게만 간단히 파혼하겠다는 뜻을 비쳤는데, 크게 벌린 입을 다물지 못하다가 무엇 때문이냐고 물었다. 나는 지극히 간단하고도 당연한 대답을 했었다. 사랑하지 않기 때문이란 대답이었다. 가족들이 처음엔 당황하는 반응을 보이다가 어려서부터의 내 성미를 아는지라 묵묵히 허용하는 기색이었다. 우리 아버지는 지방 소도시에서 유지노릇을 하는 흔한 부자였다. 흔하다고는 하지만, 극장과 백화점을 경영하는 성공한 실업가라고 말할 수 있었다. 그들의 내게 대한 기대와 관심은 대단했다. 한때는 내 훌륭한 약혼자였던 남자에게 나는 짤막한 편지를 써보냈다. 불면으로 눈이 충혈된 그 남자가 새벽에 달려왔고, 나는 그를 집안으로는 들이지 않기로 작정했다. 노여움에서가 아니라 그럴 필요가 없었다. 두 사람은 아침 산책을 가는 사람들 틈에 끼여 걸었다. 나는 상냥하게 웃거나 그저 짤막하게 네, 아뇨, 하기만 했었다. 남자가 자존심 때문에 괴로워했다. 여자에게서 미역국을 먹었다는 사실에만 신경을 쓰고 있는 듯한 그의 태도가 답답해서 나는 긴말을 늘어놓지 않았다. 그 뒤 나는 거의 한달 동안이나 외출을 하지 않고 지냈다. 논문 준비를 하고 있었는데 책이 손에 잡히지 않았다. 여름이 갔으니 이젠 학교생활도 끝난 거나 마찬가지였다. 나는 조카들을 돌보기도 하고 올케언니와 요리학원에도 나갔다. 아파트의 베란다에 서서 숲과 아랫동네의 지붕들을 별 생각 없이 한참 내려다보는 적도 있었다. 시골서 어머니가 올라왔었는데 나는 아무것도 말씀드릴 수가 없었다. 그 무렵에 한 남자를 알게 되었다.

그는 기름투성이의 검게 물들인 작업복을 입고 있었다. 코끝과 뺨에 모빌유가 검게 묻었고, 바닥이 시꺼멓게 더럽고 끝이 다 떨어진 목장갑을 끼고 있었다. 머리카락이 오른편 눈썹 위에 길게 늘어졌는데 꽉 잠겨서 억지로 나오는 듯한 목소리가 듣기에 괜찮았다.

"파이프가 샌다면서요?"

내가 그를 화장실로 데려갔다. 그는 가져온 도구들을 타일 바닥에 벌여놓고 작업을 시작했다. 그가 저고리를 벗자, 소매 없는 러닝만 입고 있어서 둥그렇고 탄탄해 뵈는 어깨가 멋이 있었다. 남자가 일을 하면서 휘파람을 불었다. 나사를 틀고 구멍을 막고 파이프를 갈아끼우는 동안 나는 그 남자 뒤에 서서 말을 붙였다.

"이건 뭐예요?"

"멍키 스패너라구 합니다."

"저건요."

"줄톱하구 베비드라이버죠."

내가 입고 있는 몸에 꼭 끼는 바지 차림이 남자를 거북스럽게 만들고 있음을 알았다. 눈길을 돌리려고 쩔쩔매며 애를 쓰는 남자를 관찰하기가 아주 재미있었다. 나는 자신이 그렇게 요사스럽고 음탕한 여자는 아니라고 생각한다. 그 남자는 꺼칠했지만 자세히 보니 제법 잘생긴 인상이었다. 특히 눈이 크고 맑았다. 손은 무척 투박하고 더러웠다.

"전기에 대해서두 좀 아세요?"

"텔레비나 냉장고는 잘 모릅니다."

"그럼 전기스탠드가 고장인데, 고쳐주시겠어요?"

"그 정도라면 해보겠습니다."

"솜씨가 보통이 아닌데요."

내가 그에게 음료수를 만들어주었다. 내게는 그의 숙맥 같은 동작과 큰 덩치가 꼭 어릴 적 시골집의 턱없이 양순하기만 하던 잡종 개처럼 만만했다. 끈에 매어진 개의 코밑에 닿을까말까 하는 거리에다 먹이를 던져주고 즐기던 놀이가 생각났다. 물론 나쁜 짓인 줄 알지만, 그런 놀잇감이 되려고 오히려 도발하는 듯한 그 온순하고 무방비한 덩치 때문에, 이쪽이 나쁜 짓을 하게끔 만드는 것이었다. 그러니 놀이의 피해자는 결국은 감정이 섬세한 쪽인 셈이다. 허사로 돌아가는 끊임없는 동작을 지켜보는 것은 괴로운 즐거움이었다. 나는 그가 파이프를 고치다가 다친 손가락의 작은 상처 위에 반창고를 붙여주었다. 그의 넓적하고 두툼한 손에는 상처의 흠집투성이였다. 나는 그 남자가 손가락을 만지작거리며 기쁨과 조바심으로 온밤을 새울 걸 상상하니 어쩐지 고소했다.

나는 식모인 순자에게서 관리실의 공인(工人)이라는 그 청년에 관한 얘기를 들었다. 나이는 스물여섯이고 이름은 상수라고 한다는데 아파트의 식모들 사이에서 대단한 인기를 모으고 있다는 것이다. 내가 심드렁하게 말을 꺼내자마자 그애는 곧 열기를 띠고 지껄였다. 나는 그 남자에게 아무런 욕정도 품지 않았는데도 좀 수치스러웠다. 나는 다만 심리적인 놀이로서 실험을 해보고 싶을 뿐이었다. 그런 종류의 무지스러운 남자가 나 같은 여자에게 보내는 시선의 의미를 나는 잘 알고 있었다. 그들이 우리 같은 여대생을 본다는 것은 이미 약속을 깨뜨리기 시작한 거나 마찬가지였다. 어떤 약속인가 하면, 소가 닭을 보는 것처럼, 전혀 살아온 환경과 계층이 다른 사람들끼리 상대를 피차의 입장대로 인정해야 한다는 약속이다. 그런데 그들이 우리 쪽을 바라보기 시작하면 그 시선은 벌써 약속을 깨뜨리기 시작했으므로 어딘가 어긋나 있었다. 나는 방학 때 귀가할 적마다, 그 남자 또래의 시골 청년들이 무심히 지나가는 나를 잡아먹을 것 같은 시선으로 벌거벗기는 듯한 착각에 빠지곤 했었다. 그들의 눈빛이 감당할 수 없을 정도로 맹렬하게 내 얼굴부터 아랫도리까지 훑어내리는 것이었다. 그러나 상수에게는 그런 식으로 한수 접히지 않았다. 왜냐하면 거리가 너무 가깝기 때문이었다. 내가 먼저 상대를 제압해버렸다고나 할 것이다. 나는 무표정하게 시치미를 떼고 있었지만, 마음속으로는 생글생글 웃어준다는 생각이 들 정도로 준비를 단단히 했기 때문이다. 그의 시선에서 적의가 사라지고 따라서 힘도 쭉 빠져서 이젠 어쩔 수 없이 내가 조작해내는 자동인형이 되리라고 나는 생각했다. 그날부터 나는 파혼 뒤에 찾아온 들뜬 마음을 겨우 가라앉히고 책을 읽을 수가 있었다.

비가 오는 날이었다. 나는 눈을 떴지만, 자리에서 일어나지는 않았다. 잠자리 속에 퍼져 있는 체온을 즐기며 게으름을 피웠다. 바람이 몹시 불었던 요란스러운 밤이었다. 유리창 위에 비가 떨어져 줄지어 흘러내리고 있었다. 나는 희미한 휘파람 소리를 들은 것 같았다. 그

소리는 가까워졌다간 다시 멀어지고 잠시 후에는 창밑을 지나갔다. 나는 그대로 누워 있었으나 그치지 않는 휘파람이 마음에 걸렸다. 나는 입바람을 내뿜고 웃었다. 자리를 차고 일어나 얼룩진 유리창에 얼굴을 갖다댔다. 역시 상수가 자전거를 타고 창밑 공터를 빙빙 맴돌고 있었다. 그의 젖은 머리털이 찰싹 달라붙었고 옷도 후줄근히 젖어 있었다. 나는 가슴이 아프지만 아름답다고 생각했다. 상수가 두 손을 놓기도 하고 좌우로 지그재그 회전을 해 보이기도 했다. 내가 보고 있다는 걸 알리기 위해 창문을 활짝 열었다. 그렇지만 고개는 내밀어주지 않았다. 자전거 벨소리가 요란히 들려왔다. 나는 창문을 열어둔 채로 레코드를 한장 골라서 얹었다. 쾌적하고 감미로운 아침이었다.

편지를 부치고 오는 길에 계단에서 상수와 부딪쳤다. 그가 큰 몸집을 조그맣게 우그러뜨리고 층계참 구석으로 피하며 길을 비켜주었다. 나는 남자에게 눈길 한번 주지 않고 곧장 층계를 올라갔다. 끝까지 올라가서 다시 구부러지기 전에 뒤를 돌아보았더니 상수가 낙망해서 고개를 푹 떨군 채 내려가려는 시늉이었다.

"상수씨."

내 생각에도 제법 앙큼하게 그를 불렀다. 그가 흠칫 놀랐다. 뜻밖에 이름이 불리어지자 소스라친 모양이었다. 상수가 천천히 고개를 돌려 자신없는 목소리로 네…… 하며 나를 올려다보았다.

"요전번에 보니까, 자전거 잘 타시던데요."

"아…… 뭐…… 그냥."

"운동 좋아해요?"

"네…… 뭐…… 조금."

"정구 칠 줄 알아요?"

"모릅니다."

"낼 아침에 공원으루 나와요. 가르쳐주께."

나는 낼름 층계를 뛰어올라갔다. 아침에 상수는 공원으로 나오지 않았다. 며칠 지나서 관리실 앞에서 우리는 마주쳤다. 그가 몹시 우울하고 의기소침해 보였다. 의외에도 상수는 나를 거들떠보지도 않았다. 나는 화 같은 건 나지 않았다. 나는 상수에게 스스럼없이 물었다.

"그날 공원에 갔었나요?"

"못 갔습니다."

"왜요?"

"갈 수가 없어서요."

"잘됐네요. 나두 늦잠을 잤는데……"

나는 눈을 마주치지 않으려고 고개를 숙여 발끝을 내려다보고 섰는 커다란 남자를 도전적으로 노려보다가 픽 웃고 말았다.

"저 사실은요…… 저…… 다른 일이 있어서 말입니다."

상수가 진정이라는 듯이 말하고 나서 나를 힐끗 쳐다보았다.

"어디 수도가 새는 데는 없나요?"

"아뇨, 전혀 그렇지 않은데요."

"고장나면 불러주십쇼."

어라, 이것 봐라! 집으로 돌아오며 나는 내가 너무 경솔했음을 뉘우쳐야 했다. 그런데 이상하게도 자존심은 상하지 않았다. 그가 마음속에 뭔가 갈등을 일으킨 게 분명했다. 내가 막상 아주 가까운 곳까지 다가선 듯해 보이자, 이해할 수가 없는 그 남자는 너무나 불안해서 오히려 방어할 태세를 갖추고 있는 모양이다. 하지만 오래가지는 못할 거라고 나는 생각했다.

나의 예상이 빗나갔다. 일주일이 훨씬 넘어서도 그는 우리 동(棟) 근처에는 얼씬도 하지 않았다. 나는 은근히 초조해졌다가, 어이없이 코웃음이나 칠 수밖에 없었다. 작은 동냥은 거절한다는 거지를 보낸 뒤처럼 얄밉고 어처구니가 없었다. 반대로 나는 점점 놀이에 열이 났다. 어디 두고 보라지, 하는 오기까지 치솟는 것이었다. 나는 순자를 시켜서 상수를 불러다가, 베란다에 화분 받침대를 만들어주도록 부탁했다. 새 옷을 입은 순자는 망치질에 열중한 상수 곁에서 호들갑을 떨면서 잠시도 떠나지 않았다. 나는 일부러 무표정한 얼굴로 안락의자에 앉아서 그들을 관망하기만 했다. 상수가 가끔 내 쪽을 돌아보았다. 나는 상수와 순자의 사이에 뚫린 공간으로 지나가는 전깃줄을 물끄러미 바라보기만 했다. 그의 망치소리가 크게 들려왔다. 나는 순자에게 외쳤다.

"얘, 나갔다 올 테니까 점심 대접해드려라."

무엇에 기분이 상했는지 순자는 뾰루퉁해져서 대답을 하지 않았다. 외출했다가 돌아오니 그럴듯한 화분 받침대가 세워져 있었다. 내가 물었다.

"그래, 갔니?"

"네, 방금요. 정말 껄렁한 자식 다 봤네."

순자는 몹시 김이 새버렸다는 표정이었다.

"지가 뭐 도련님이라구. 기껏해야 고용살이 주제에…… 참 기가 막혀."

"왜 그래, 무슨 일이 있었어?"

"나더러 글쎄 남자 같대요. 아휴, 정나미 떨어져. 사람은 사귀구 봐야 해. 저는 뭐 어디 세련된 데나 있나."

순자의 연정을 위해서는 상수가 허드렛일을 하고 있는 현장을 안 보는 게 오히려 나을 걸 그랬다. 따라서 상수는 언제나 희게 빛나는 와이셔츠 차림으로 깊은 사색에 잠겨 있거나, 책을 읽거나, 노래를 홍얼거리며 산책을 해야만 멋이 있을 것이었다. 순자가 생각하는 남자는 이미 상수가 아닐 것이다. 하지만 내게는 상수의 그런 입장이 아무 문제가 되지 않았다. 차라리 호기심을 일으키게 하는 요소였다. 또 그에 대한 감정을 내 임의대로 처리하고 즐길 수가 있었다.

내가 연극을 구경하고 늦게 돌아오던 날 밤이었다. 나는 극장에서 나와 급우들과 맥주를 조금 마셨기 때문에 기분이 나른해져 있었다. 연극의 줄거리도 당시의 내 심정과 비슷하게, 사랑의 무상함에 관한 것이었다. 사랑은 마치 시간을 잘못 정해서 어긋나버린 약속과도 같다는 얘기였다. 맺어지거나 흩어지거나 사랑은 언제나 불완전한 약속일 뿐이라는 것이다. 여학생들은 말끝을 물고 이어지는 알쏭달쏭한 의견들을 주고받으며 기분을 냈었다. 차에서 내려 가파르고 기다란 계단을 오르던 나는 섬칫 놀랐다. 계단 꼭대기에 검은 사람의 형체가 정면으로 서 있었다. 그는 꼼짝 않고 아래를 내려다보는 듯했다. 내가 일부러 가녘 쪽을 택해서 피해 지나려 하자 그가 앞을 가로막고 섰다.

"왜 이래요, 누구시죠?"

"얘기 좀 합시다."

그가 내 팔뚝을 단단히 죄어잡았다. 상수였다. 어둠속의 그 남자는 나를 아무 거리낌없이 대하고 있었다. 폭행을 하려는 게 아님이 분명했지만, 나는 상수의 너무나 당당한 태도에 몹시 위축되어버렸다.

"시간이 늦었어요."

"오래 걸리진 않습니다."

"이걸 놓으세요."

내가 담담하게 말하자, 상수는 곧 손을 놓았다. 내가 그 기회를 놓치지 않았다.

"상수씨는 자기 처지를 잘 모르는 거 같은데…… 나는 순자하군 달라요. 이렇게 어둡다구 마구 그러면 못써요."

"댁이 먼저 잘못했다구 생각합니다."

하고 나서 상수가 한숨을 푹 내리쉬었다.

"저 오늘 여길 그만뒀습니다. 다른 일거릴 잡았습니다. 낼 아침에 여기서 나갑니다. 가기 전에 한가지 꼭 물어보구 싶은 게 있습니다."

나는 고가도로 위로 부산하게 오르내리는 자동차의 불빛만 바라보고 있었다. 자기가 어째서 이런 따위의 남자에게 이다지도 관대한가를 나는 이해할 수가 없었다. 상수가 말했다.

"나를 놀리는 겁니까, 아니면……"

"좋아해요."

나는 거침없이 그의 말을 끊었다. 상수가 어리둥절해져서 말하기를 잊고 있었다. 나는 어둠속에서 그에게 생글거리는 웃음을 보냈다.

"자, 그럼 됐죠?"

나는 그를 피해서 걸어올라갔다. 상수가 따라오지 않고 그 자리에 선 채로 나를 향해 말했다.

"댁에하구 자구 싶은데, 그냥 갑니다. 혼자서 기분 많이 내슈."

나는 처음에 무심히 들어넘겼으므로 어떤 얘기인지 알아채지 못했다. 그뿐 아니라, 상수가 감정의 억양이 없는 듯한 목소리로 중얼중얼 예사롭게 말했기 때문이었다. 내 방에 돌아와서야 그 말을 알아들었다. 나는 뭔가 잡쳐버린 느낌이었다. 답답하고 짜증이 나서 음악도 듣지 않고 방안을 서성거렸다. 상수의 말이 너무나 생생해서 나는 자기가 이미 그에게 능욕이라도 당한 듯한 느낌이었다. 약혼자였던 남자와 가난한 사범대학생의 얼굴이 겹쳐져서 내 앞에 어른거렸다. 나는 두 남자의 얼굴을 또렷하게 생각해내지 못했다. 나는 거의 새벽이 될 때까지 침대에 멍청히 누워 있었다. 갑자기 어떤 충동이 일어났다. 상수에게 전화를 걸기로 방금 작정해버린 것이다. 나는 상수가 중얼거렸던 말을 그대로 두어둘 수가 없었다. 최소한 그것은 사실로서 아름다울 필요가 있었다. 나는 망설이다가 교환을 불렀다. 잠시 후에 상수의 졸리운 음성이 들려왔다.

"여보세요."

나는 그 남자의 물음이 재차 들려올 때까지 잠깐 기다렸다. 그가 뭐라고 투덜거릴 때에 재빨리 말했다.

"나예요. 이따가…… 마장동 시외버스 정류장으루 일곱시까지 나오세요."

"………"

"준비는 이쪽에서 모두 할 테니까."

"어디 가십니까."

"아무데나."

나는 수화기를 탁 내던졌다. 얼굴이 화끈했다가 서서히 식어갔다. 이젠 좀 견딜 수가 있었다. 나는 창문을 열고 심호흡을 몇차례 했다. 갑자기 싱싱한 활기가 온몸에 돌아가는 느낌이었다.

나는 스물세살의 여자대학교 문과대학 학생이다. 나는 실업가의 외동따님답게 아무 불편 없이 자라났고, 얼굴도 남들이 말하는 대로 '드문 미모'에 속한다. 나는 지난봄에 어떤 장래가 유망한 청년과 약혼을 했다. 집에서 골라준 상대였다. 물론 내게는 남자 친구가 많이 있었고, 그들과 연애 비슷한 일도 치렀지만 세상살이가 어떻다는 것쯤 알고 있는 성숙한 여자로서 어리석은 생각은 하지 않았다. 장만오씨는 아내를 위해서뿐만 아니라 그 자신을 위해서도 편안한 생활을 추구해갈 건전한 상식인이었다. 그는 일찍이 공대를 나와 유학가서 석사가 되어 돌아온 훌륭한 집안의 도련님인데 내 상대로 알맞은 청년이었다. 우리는 아무런 장애 없이 내가 졸업하자마자 결혼할 예정이었다. 한데 내게는 작은 골칫거리가 한가지 있었다. 서울에서 대학을 다니는 얼굴이 예쁜 여학생이면 누구나 한번쯤은 가졌음직한 골칫거리였다. 즉 어떤 남자가 일방적으로 여자를 좋아해서 개인적인 생활의 영역을 침범해 들어오는 따위의 사건 말이다. 그가 직접 저돌적인 행동으로 나를 애먹이기 시작한 것은 우리가 약혼하고 난 직후부터였다. 나는 한 남자의 집요한 추적 때문에 참으로 지난 몇달 동안을 진저리가 나도록 불안에 빠져 있었다. 처음에는 스스로의 자만심도 적당히 만족시켰고, 주위 사람들에게서 동정도 받긴 했지만, 나중에는 사회적으로 인정받은 우리들의 순결하고 품위있는 약혼에까지도 막대한 지장을 주게 되었다. 그는 학교 교문 앞에서 나를 좇아왔고, 그 무렵에 내가 들어가 있던 수녀회 부설 생활관을 지키고 서 있거나, 하다 못해 밤중에 내 침실에까지 잠입하려 했던 것이다. 그는 도무지 환상이라곤 없는 남자였다. 아마 연애를 학기말 시험이나 아르바이트로 알고 있는 모양이었다. 내 약혼자가 사실을 알게 된 것은 그가 야밤중에 생활관에 뛰어들었던 일 때문이었다. 낮에 뛰어들었다가 파출소에 잡혀간 게 두 번, 그리고 밤에 뛰어든 일은 처음이었다.

미리야, 미리야!

벽에 부딪쳐 울리는 소리가 복도에 가득 찼다. 누군가 복도를 뛰어다니며 외치고 있었다. 방문마다 열고 들어가서는,

여기 박미리 없어요?

하고 떠드는 모양인데, 잠에서 놀라 깨어난 여학생들의 부르짖음이 들려왔다. 뒤숭숭해진 온 건물이 천천히 깨어나고 있었다. 여학생들

이 창밖으로 고개를 내밀고 사람을 부르는 소리가 요란했다. 건물의 층마다 불이 켜졌다.

미리야, 나와라!

나는 잠결에 내 이름이 갑자기 큰 소리로 들렸을 적에 이미 놀라서 깨어나 있었다. 그가 누구라는 걸 대뜸 알아차렸고, 일어나서 침착하게 옷을 입었던 것이다. 나는 방문을 걸고 문 옆에서 귀를 기울였다. 같은 방의 친구들이 깨어났다. 그들은 아직 잠이 덜 깬 목소리로 한 마디씩 했다.

널 부르잖니 얘. 또 왔어.

무서워 죽겠어.

단단히 미쳤나봐.

장환이라는 그 남학생이 문을 거칠게 두드리며 지나갔다. 복도를 뛰는 여러 사람들의 발걸음 소리가 들리고 사감 수녀와 관리인들의 흥분한 말들이 들려왔다.

나가지 않으면 경찰을 부르겠어요.

이런 미친놈 같으니…… 새벽부터 함부로 들어와 난동이야.

이거 놓으쇼. 놓구 말하라구요. 미리야, 미리야!

나는 오가는 말들을 귓전으로 흘리며 벽에 기대어 서 있었다. 한 여학생이 문을 따고 조심스럽게 바깥을 내다보며 말했다.

저거 봐, 표정이 이상하다 얘. 제정신 가지구야 저럴 수 있겠니?

다른 친구들도 문턱으로 몰리며 말했다.

불쌍하다 얘.

사내 녀석이 저게 무슨 꼴이람.

기숙사 관리인 두 사람이 합세해서 장환을 질질 끌고 복도를 지나갔다. 잠옷 바람의 여학생들이 복도로 몰려나와서 키들대고 있었다.

이른 새벽부터 놀라기는 했지만 재미있고 신나는 소동이라고 여기는 눈치들이었다. 어느 방에서는 끌려나가는 장환을 박수로 환송했다. 층계를 내려가며 그가 소리를 질러대고 있었다.

미리야, 나 좀 봐. 날 보라구.

나는 벽에서 미끄러져 마룻바닥에 쪼그리고 앉아버렸다. 오빠네 아파트에 있기가 불편해서 공부나 좀 하겠다고 입사하게 되었던 것이다. 친분 있는 신부님의 추천 덕분이었는데, 이런 일이 거듭되다가는 자진해서 퇴사해야 할 형편이었다. 여러 방과 복도에서 웃음소리에 섞여 여학생들의 재재거리는 소리가 들려왔다.

미리 언니는 좋겠네.

미치도록 좋다니…… 아, 멋져!

사랑 한번 요란했어.

같은 방 친구들이 떠들면서 돌아왔다.

관리인들한테 끌려갔어. 파출소에 가면 요전처럼 따귀나 맞구 나올걸.

얘, 걱정 마, 네 탓은 아니잖니?

나는 쪼그리고 앉은 채 고개를 두 무릎 사이에 처박고 있었다. 나는 밝는 길로 집에 내려가고 싶어졌다.

냉정하게 딱 잘라 말해주지 그랬어?

침대 속에서 몸을 뒤채던 친구가 나직하게 속삭였고, 나는 내키지 않게 대답했다.

말했어.

너 저 사람 좋아했던 거 아니니?

그 친구가 호기심이 가득 차서 자꾸만 나를 건드리고 싶은 눈치였다. 나는 짜증이 났다.

너라면 어땠겠어?

분위기두 없구, 서툴기만 한 남자, 취미없어 애.

친구는 웃음을 못 참겠다는 듯, 입을 막았다가 말했다. 사감 수녀가 나를 부른다는 전갈이 왔다. 사감은 두 손을 가운의 소매 속에 찔러넣고 나무십자가가 걸린 벽 아래 굳어져 앉아 있었다. 나는 가슴이 묵직해지는 느낌이었다. 사감 수녀의 눈초리가 냉정했고 방 전체가 썰렁한 것 같았다.

이리 앉아요.

하고 나서 수녀가 자리에서 일어나 창가를 서성대며 말했다.

우리 기숙사의 규칙은 잘 알겠죠. 이런 일은 도저히 있을 수 없는 일입니다. 우리 재단에서는 품행이 단정하고 학업 성적이 우수한 여학생들을 위해 예산을 들여서 이 기숙사를 운영하구 있어요. 여기엔 삼백명이나 되는 여학생들이 있죠. 입사한 사람 모두가 기대에 어긋나지 않게 노력해왔어요. 우리두 부모님들께 그런 점으로 안심을 시켜드려왔습니다. 그런데……

사감 수녀가 정면으로 나를 바라보며 말을 중단했다. 나는 그 여자의 시선을 피했다.

이런 일…… 저두 전혀…… 죄송합니다. 퇴사하라시면 나가겠습니다.

퇴사하라는 얘기가 아니구, 어째서 상의를 하지 않는 거예요?

수녀가 이어서 말했다.

부모님들이 멀리 계시니까 그 대신에 우리가 여러분 의논 상대가 되어주잖아요? 그 남자 누구죠, 무슨 일이 있었나요?

나는 망설이다가 대답을 기다리는 수녀의 시선에 몰려 입을 뗐다.

작년에 미팅에서 만난 친구예요. 친구로 대한 적밖에 없는데, 저는 그 사람이 왜 저러는지 몰라요. 전혀 몰라요.

지금 졸업반이죠?

나는 대답 없이 고개를 끄덕였다. 수녀가 나를 의심스런 눈초리로 빤히 쳐다보았다.

누가 그러더군. 약혼했다면서요?

네, 지난봄에……

저 남자가 약혼한 사실을 아는가요?

알아요. 제가 수십번 말해줬어요.

검은 천과 흰 칼라에 가리어진 그 여자의 조그만 얼굴 가운데서, 날카롭게 선 콧날이 새의 부리 같았다. 중년인 사감 수녀의 얼굴에는 나이의 흔적이 전혀 보이질 않았다.

여자가 냉정하게 거절하는데 저런 식으로 나올 남자는 없을걸. 약혼자에겐 알렸어요?

아뇨…… 그럴 수가 없었어요.

사감이 나를 비난하고 있다는 느낌 때문에 나는 고개를 들고 정면으로 바라보았다.

그이에게 부담을 주고 싶지 않았어요. 우리는 아직 예의를 서로 지켜주고 있는 사이니까요.

약혼자에게 얘길 해야지. 남자들끼리 해결하라구 말이죠.

약혼자에게 내가 처한 입장을 자랑삼아 지껄이지는 않는다 치더라도 듣기에 따라서는 잘못 받아들일지도 몰랐다. 이를테면, 무슨 특별한 관계가 있다든가, 내가 남자를 홀렸다는 식으로 상상할 가능성도 있었다.

수녀가 말했다.

다시는 이런 일이 있어선 안되겠어요. 응접실에두 와서 기다리구,

낮에두 방을 열어본 적이 있다죠? 관리인들이 파출소에 여러번 신고했었다는데…… 나는 오늘에야 알았군요.

다음번에는…… 제가 기숙사에서 나가겠습니다.

얘기가 끝났다고 생각한 나는 문을 열고 나서려는데 수녀가 말했다.

길 건너 파출소에서 전화가 왔는데, 좀 와달라는군. 그 사람두 학생이니까 가서 잘 얘기해줘요.

나는 가로등만 훤히 켜져 있는 한길을 건너갔다. 네거리 모퉁이에 파출소 건물이 보였다. 통금해제 싸이렌 소리가 들려왔다. 나는 파출소 앞에서 서성거렸지만 막상 들어갈 용기가 나지 않았다. 장환과 얼굴을 마주칠 게 두려웠다. 창문으로 그들의 모습과 말소리가 들려왔다. 나는 차가운 타일 벽에 기대서서 한참 동안이나 마음을 진정시키려고 애썼다. 순경의 호통소리가 들려왔다.

젊은 놈이 공부나 열심히 할 것이지 기집애들 꽁무니만 따라다녀 쓰겠어!

다시 낮게 웅얼거리는 소리가 들리고 구슬리는 것 같은 목소리가 들렸다.

김장환, 너 왜 자꾸 이러나? 기숙사에서 신고하니까 우리두 어쩔 수 없다만, 귀찮다 이거야. 남들은 너처럼 학교에 못 다녀서 야단인데…… 너 학교나 제대루 나가나?

나는 창문으로 그의 모습을 보았다. 그는 끌려오느라고 뜯어진 작업복 소매를 한손으로 치켜올리고 있었다. 그의 가무잡잡한 얼굴은 수면부족으로 푸석푸석하게 부은 듯했다. 그가 머리를 들지 않았다. 늙은 순경이 참을성있게 그를 불렀다.

김, 장, 환, 학교 안 나가지?

휴학중예요.

왜 어디 아픈가?

아닙니다.

그럼 뭐야, 경제적 사정이냐?

등록금은 제 손으루 벌어왔어요.

에이 답답해서 원, 도대체 너희들 정신상태가 썩었어. 공부하기가 싫어서 휴학했다는 얘기 아냐?

더이상 공부할 생각 없습니다.

야, 요즘 세상에 대학이라두 나가는 게 얼마나 호강인지 아나?

아까 보니까, 여기 들어오기 전에 뱃지를 달던데요.

옆에서 급사가 참견했고, 경장이 말했다.

그래 이번엔 기숙사엘 침입해서 어쩔 작정이었나?

어쩌겠다는 생각두 없었습니다.

계획두 없이 새벽부터 뛰어들 리가 있나, 어젯밤에 어디서 뭘 했어?

소주 한병을 마시구 여관에 들어가서 잤습니다.

취한 김에 객기를 부린 거라 그 말이지.

술은 완전히 깨 있었어요.

그가 잠깐 말을 끊었다가 글을 읽듯이 나직하게 중얼거렸다. 나는 곧 기숙사로 돌아가버렸으면 싶었다.

노력하면 꼭 이루어질 거라는 생각만 했습니다. 그애는 곧 결혼하게 되거든요. 시간이 얼마 없습니다. 저는 사랑에 빠져 있습니다. 그런 상태를 진심으로 보여주고 싶었을 뿐입니다.

인마, 싫다는 여자를 억지로 강요해서야 되겠어? 이왕 행동으루 나갈 바엔 아예 먹어주든지, 패버리든지 할 것이지. 자꾸 이래봐야 너만 피 보는 거야.

말 조심하시죠. 내 아내가 될 사람입니다.

새끼, 자신만만하기는…… 아내 좋아하네.

파출소 안에서 폭소가 터져나왔다. 나는 더욱더 안으로 들어갈 수가 없게 되었다.

너 고향이 원래 서울인가?

아뇨, 시골입니다.

여기 주소는 서울루 되어 있는데…… 게다가 좋지 않은 동네로군. 누구 집이지?

제가 자취하는 뎁니다.

학교에두 안 나가는 녀석이 뭣허러 이런 동네서 빌빌거려. 너 요새 뭘 해먹구 살길래 고향엔 안 내려가나?

집에서는 제가 학교에 나가는 줄로 알고 있습니다. 이 심정으로는 고향에 가고 싶지 않았어요. 저두 이젠 서울이 싫습니다. 그렇지만 여기서는 박미리를 만날 수가 있습니다. 미리는 제 마지막 목표입니다.

시골 집엔 누가 있나?

어머니, 할아버지, 또 동생 남매가 있습니다.

아버지는 안 계시는군. 집에선 뭘 해?

양조장을 하다가 망해서…… 지금은 남의 삼전(蔘田)을 매어 먹습니다.

너 박미리하구 데이트라두 해봤었나?

그런 것까지 대답해야 되나요? 요전처럼 자인서를 쓰게 하면 되잖습니까?

이 사람아, 사정이나 알자 그거지. 이봐, 경찰이 무턱대구 너 같은 사람을 경범죄루 잡아넣기만 해서야 쓰겠어? 우리가 듣고 나면 무슨 해결책이라도 나올지 아냐 말야.

신입회원 친목회 때에 저는 그애하구 짝이 된 적이 있었지요. 아마 미리는 기억을 못하겠지만, 전 똑똑히 생각납니다. 우리 번호가 십팔번이었습니다. 숫자가 가보라서 약간 기대를 걸었는데, 그런 정도가 아니라 다른 녀석들이 모두 탐을 내는 미인인 박미리하구 짝이 된 겁니다. 저는 넋이 빠져나갈 지경이었습니다. 음악도 들리고, 다른 자리에서는 웃음소리도 나는데 저는 연신 머리만 긁었어요. 저는 간신히 말했죠. 대학에 들어오면 모든 게 다 이루어질 줄 알았다구요. 하여간에 사랑이며 행복이며 빛나는 앞날이 코앞에 잡힐 듯했습니다. 그렇지만, 그애는 제가 몹시 불만인 것 같았습니다. 그애가 자리를 뜨더니 자기 친구하구 상대가 되어 있는 놈에게 가서는 아양을 떠는 겁니다. 그래 제가 찾아가 좀 와달라구, 이건 당당한 권리라구 그랬더니…… 싫어서 가는 건 자기 권리라면서 집으루 가버렸습니다. 그때부터 저는 그애 하나만을 줄곧 생각하게 되었습니다. 그애만 가질 수 있다면 저는 완전히 성공의 조건을 모두 갖출 수가 있으니까요. 그런데 실현될 수 없을 거라는 생각이 들수록 웬일인지 미리라는 여자가 아니면 저는 영영 행복을 얻지 못할 것 같았습니다.

야, 간단히 말해서 박미리가 좋았다는 얘긴데 말야. 우리가 묻는 건 몇번이나 데이트를 해봤냐 이거야.

그는 계속해서 중얼거렸다. 내가 듣기에는 그가 얘기를 해갈수록 능청스러워지고 자기 목소리에 도취되는 모양이었다.

중학교 때 저는 이미 시골을 떠날 것을 결심했습니다. 저는 거기서 그냥 썩어질 사람은 아니라구 생각했죠. 저는 꼭 성공하리라 마음을 굳게 먹었습니다. 서울 와서 야간부 학교를 다니면서 낮에는 신문배달이나 행상이나 급사 노릇을 했습니다. 저는 정말 고향의 누구에게나 떳떳했습니다. 그만큼 최대한으로 노력을 했으니까요. 누구나 저만 잘 하면 된다는 것을 믿었습니다. 사실 그런 삼류 고등학교의 야간부에서 우리 대학에 들어가기는 하늘에 별 따기보다도 더 어렵습니다.

야아, 집어쳐! 알겠으니까. 박미리는 벌써 약혼한 여자구 그건 그 사람의 자유니까 네가 속박할 이유는 없는 거다. 알겠나? 야, 서울 장안에 깔린 게 맨 여자라 그거야. 꼭 박미리만 된다는 건 미친 놀음 아니냐?

그애는 제 행복의 열쇠입니다.

이놈아, 먹구 보면 다 그게 그거라니까. 그런 여잘 차지하려면…… 그럼 최소한 공부라두 열심히 해보란 말야.

저는 알았거든요. 제 성공에는 한계가 있습니다. 그것으론 미리를 돌아오게 할 수가 없습니다. 저는 진심밖엔 없으니까요.

인마, 그 진심 갖구서 즉결에 넘어가서 벌금을 물든지, 구류를 살든지 해라.

어이, 그놈 가방 좀 뒤져봐.

가만있어…… 책은 하나두 없구. 세면도구, 어휴, 냄새…… 빨랫감에다 이건 뭐야, 사랑과 죽음의 순간? 제목 좋다. 저금통장이 있는데.

얼마야?

응, 총액 팔만원에서 사만오천원이 남았는데.

너 이거 웬 돈이냐?

지난봄에 한학기분의 등록금과 생활비를 보내달란 편지를 고향에 썼습니다.

자식, 자금두 있어야겠지만, 너무 뻔뻔하다는 생각이 안 드나?

여태껏 지내온 생활을 돌이켜본다면 오히려 떳떳한 생각이 들었습니다. 서울에선 직업을 구해 고학하기가 점점 어려워지고 몸도 아프다, 이제 일년이면 끝나는데 곧 월급을 타서 모두 갚게 된다, 집안 형편을 모르는 바 아니지만 서울생활 중에서 단 한번뿐이다, 할아버님께는 장환이가 병이 났다고 말씀드리고 어머니가 좀 어떻게 만들어 줘야겠다, 하는 엄살조의 편지를 썼습니다. 의외로 어머니 쪽에서 풍족히 못 준다고 안쓰러워하고 부끄러워하는 편지와 함께 돈이 왔습니다. 여기서야 고향의 삼밭뙈기쯤은 금방 잊혀질 수 있었죠. 군대 삼년 빼고 객지에서 보낸 칠년간의 고되고 외로운 나날에 비한다면 이까짓 돈은 보상이라고 할 수도 없을 것 같았습니다. 저는 이 살벌한 경쟁의 도시에서 지금처럼 절박한 때에 돈이 없이는 도저히 이길 것 같지 않았습니다. 사실 제 용기는 그 저금통장의 사만오천원이란 지참금에서 나옵니다. 저는 지금 당장이라도 고향에 내려가 논두렁에서 김을 매고 있는 옛날 국민학교 동창생을 만난다면 자신있게 말을 해줄 것 같습니다. 나는 참 너 같은 입장에서 벗어나와 얼마나 시원한지 모르겠다구 말입니다. 나를 질시와 반목의 눈으로 볼 것두 없다구 말입니다. 저는 정말 서울 와서 누구 못지않게 고생을 했으니까요. 저는 옆에 머리도 좋고 뛰어난 미인인 박미리가 아내로서 있게 된다면 이제는 완전무결하리라 생각했습니다. 그런데 어느날 미리가 약혼했다는 소문이 퍼졌습니다. 저는 절대로 포기할 수가 없었습니다. 제가 목표로 했던 것은 언제나 근면한 노력으로 이룩하는 데 성공했으니까요. 저는 야간학교의 교실에서 다졌던 투지가 있습니다. 바로 미리는 저를 서울로 올라오게 했던 목적 그 자체입니다.

나는 더이상 참을 수가 없어졌다. 파출소 안으로 들어갔다. 갑자기 내가 들어서자 이제까지 고요한 자세였던 장환이 벌떡 일어서며 내게 달려들었다. 순경들이 그를 붙잡았다. 지서주임이 상의를 입으면서 귀찮은 듯이 내뱉었다.

유치시켰다가 본서루 넘기라구. 어디 한두 번이래야지.

미리씨…… 미리…… 꼭 한마디만 하겠습니다.

나는 그를 쳐다보지도 않고 주임에게 말했다.

지금 제정신이 아니니까…… 관대한 처분을 바랍니다만, 저분이 있는 데선 저는 아무런 도움도 드릴 수 없습니다.

곧 그를 유치실로 데려가도록 했다. 나는 그들의 질문에 간단간단히 대답하고 되도록이면 이런 일이 경범이랄 수도 없는 개인적인 일임을 강조했다. 내가 장환과 비교적 친해졌던 것은 작년 가을이었다. 변두리의 빈촌에서 야학할 때 같은 요일의 시간을 맡았기 때문이었다. 어느날 그가 조심스럽게 약속을 걸어왔고, 나는 가볍게 응했다. 그는 엉성한 신사복에 넥타이까지 맨 차림으로 나와 만났다. 내가 화장실에 다녀오려고 자리를 뜨려 해도 장환은 일일이 어디 가느냐고 물었고, 나는 그를 안심시키려고 애썼다. 나는 얼마 동안 그와 함께 생각의 공통점을 찾으려고 애써보기도 했다. 얘기 끝에 드디어 나는 당신처럼 개성도 없고 무취미한 사람은 싫다고 말해버렸다. 또한 나는 욕심이 많은 이기주의자이기 때문에 내 꿈을 묻어버리고 싶지도 않다고 말해줬다. 하지만 내게 열을 올려 귀찮게 했을 때마다 나는 그를 원망하지는 못했다.

상수는 작업복 차림 그대로 한산한 대합실의 나무의자에 고개를 숙인 채 앉아 있었다. 나는 홍천 가는 버스표를 두 장 샀다. 홍천엘 가겠다는 뜻이 없었지만, 내가 대합실에 도착했을 때, 그쪽 방면의 표를 팔고 있었던 것이다. 거스름돈을 받아쥐고 돌아서니 상수가 헝클어진 머리카락 사이로 나를 이윽히 내다보고 있었다. 버스가 출발하려고 요란한 엔진소리를 내고 있었다. 나는 그의 곁을 지나치면서 말했다.

"가요."

그는 가랑이 사이에 모으고 있던 커다란 두 손을 주체하기가 몹시 거북하다는 듯이 뒷짐을 지고 어슬렁거리며 내 뒤를 따라왔다. 우리들의 자리는 재수없게도 해가 들이비치는 쪽이었다. 내가 안쪽에 앉고 상수가 바깥에 앉았다. 그는 신문지를 펼쳐 얼굴을 가리고 기대앉아 있었다. 종이 뒤에서 상수가 말했다.

"잠을 한숨도 못 잤습니다."

"저두 그래요."

"홍천엔 뭣하러 갑니까."

"그냥요, 바람이나 쏘일 겸……"

"심심한가요?"

"심심해요."

"오늘 돌아올 겁니까."

"글쎄요……"

나는 그를 기대와 자만감 속에 잠겨 있지 못하도록 약을 잔뜩 올려놓을까 생각했다. 기분 내는 것은 오로지 나의 자유의사이고, 너는 그러한 운명의 횡포 아래 무력한 고깃덩이일 뿐이란 말야. 그러나 그는 그 이상의 것에 관해서는 신경을 쓰지 않고 곧 코를 드르렁거리며 잠이 들었다. 버스가 이제 붐비기 시작하는 시가지를 빠져나가고 있었다. 나는 차창을 열었다. 습기 있는 바람이 들이쳤다. 그의 얼굴에서 신문지가 날아 떨어졌다. 그의 어린이 같은 방심한 얼굴이 잠깐 머물렀다가 곧 흩어지며 눈이 찡그려졌다. 상수는 나를 낯선 시선으로 바라봤다. 나는 좀 깔보는 표정을 하고서 말했다.

"누구한테 말하지 않았죠?"

"아뇨."

긴 머리카락이 건장한 말의 갈기처럼 나부끼는 그럴듯한 모습을 상상하면서, 나는 바람이 불어오는 창문 쪽으로 머리를 숙여 보였다.

"경우에 따라서는 며칠 묵을 수도 있어요."

그는 다시 눈을 감으면서 아주 당연하다는 투로 말했다.

"중간에 내립시다. 내가 잘 아는 데가 있으니까."

나는 잠을 잤다. 미풍은 부드러웠고, 초가을의 햇볕도 그리 따갑지 않았다. 귓전에서 계속해서 그가 코고는 소리가 들려왔다. 그가 넋을 가졌다고 상상되지 않는 듯한 더러운 훌쩍거림과 콧김이 끼쳐왔는데, 나는 바로 이 점 때문에 그와 함께 편안한 심정으로 동행하고 있다는 확신이 들었다. 잠이 깼을 때, 버스는 소읍의 시끄러운 주차장 가운데 서 있었다. 상수는 자리에 없었다. 그는 바지 단추를 잠그며 낮은 판자문 앞을 떠나고 있었다. 그가 돌아왔으나 나는 계속 자는 척했다. 그가 나를 힐끔 돌아보고 나서, 뭔가 우적우적 먹기 시작했다. 나는 실눈을 뜨고 보았다. 실눈 사이로 명암이 분명해진 그의 억세게 생긴 옆얼굴이 보였다. 어떤 점이 이 남자를 잘생겼다고 믿게 했을까를 곰곰이 되새기며 관찰했으나, 역시 그가 내 눈에 얕보여졌다는 점밖에는 그저 평범하고 뼈대가 큰 일꾼의 모습일 뿐이었다. 비오는 날, 순자 종류의 여자에게나 통할, 자전거 솜씨를 자랑할 정도밖에 안되는 연애심리를 가진 멍청이였다. 그런데 그는 화를 낼 줄도 안다. 자기를 뭘로 보느냐는 것이었다. 그는 자기의 입장과 조건에 민감한 반면, 나 같은 여자에게는 일종의 경멸 비슷한 무관심을 가지고 있는 것 같다. 마치 못 오를 나무는 쳐다보지 않겠다는 주의가 뿌리깊이 박힌 데서 오는 무관심일 것이다. 그렇다면 내가 선뜻 그에게 허용한 것은 그에게는 뜻하지 않은 호박이 덩굴째로 굴러떨어진 격이다. 그런데도 그는 지금 감격할 줄을 모르는 게 아닌가. 내가 당장 마음이 변해 돌아가버린다 한들 그는 슬퍼할 리가 없다. 상수는 그럴 줄 알았다는 듯이 퉁퉁거리고 내 등뒤에다 쌍소리 섞인 욕지거리나 지껄여 심사를 풀 것이리라. 처음에 나는 어쩔 수 없이 속이 상해서 그를 골탕 먹이고 싶어 오기가 치밀었는데, 사실은 내 술수가 도무지 무능한 그에게 전달되지 않았기 때문이었다. 내게 조바심을 일으키게 하는 것은 그가 나를 열망하는 게 사실인데도, 쉽게 포기해버리는 천부의 무관심 때문이었다. 심리적인 놀이라고 내가 작정했을 때, 그것은 곧 반응 없이 나 자신에게 되돌아와서 오히려 스스로를 노리개로 만들어가고 있었다. 그가 아래턱을 움직일 때마다 턱뼈가 솟아오르고 관자놀이까지 크게 오르내렸다. 상수는 싸구려 빵을 비닐봉지째 삼킬 만큼 열중해서 먹었다. 그가 음료수를 마시기 시작하자 꿀럭거리는 소리가 생생하게 울려나왔다. 상수는 다시 한번 나를 힐끔 쳐다보았다. 나는 실눈을 펴고 그에게 말을 걸었다.

"배고팠어요?"

"네."

"졸음은요?"

"한잠 자구 나니, 괜찮습니다."

우리는 아무 할말이 없었다. 나는 먼지가 뽀얗게 일어나는 길 저편으로 지나가는 어슷비슷한 산천을 내다보았다. 추수가 시작되었는지, 낟가리가 묶여서 논두렁에 일렬로 늘어놓아져 있었다. 버스가 어느 먼지나는 신작로 위에 섰고, 상수를 따라서 나도 내렸다.

"이 부근서 군대생활을 했습니다. 저 너머루 가면 강나루가 있지요."

신작로를 떠나 들깨의 밭고랑 사이를 지나며 그가 말했다. 나는 그를 역습했다.

"전화 받구 어땠어요?"

"뭐라구요……?"

"새벽에 전화했잖아요."

"놀리시는 줄 알았습니다."

"그런데 왜 나왔어요."

"안 나올 수가 없었습니다."

"어째서요?"

그는 멋쩍은 듯이 씩 웃었다.

"모르겠습니다."

역시 그는 언제나 내가 던지는 것을 모조리 되돌려보내는 묘한 재주를 가지고 있었다.

"누구 좋아해본 적 있어요?"

"있습니다. 많지요."

"어떤 여자들예요, 순자같이 얌전한가요?"

"왜 그런 걸 묻습니까?"

"여자들은 그런 일을 알구 싶어하니까요."

"순자 같은 애들 취미없습니다. 남자가 조금만 친절히 대해주면 바보인 줄 알지요. 나는 그런 애들이 싫습니다."

길가에 멋없이 줄기만 자라버린 코스모스가 드문드문 피어 있었다. 상수는 잠깐 생각했다.

"여선생님이 좋았습니다."

"그야, 어릴 때 얘기죠."

"네, 하지만…… 그때가 진짜 좋았습니다. 지금도 그때만큼은 못되지만, 좋군요. 나는 나하구 비슷한 처지의 여성들은 별루 좋아지질 않아요."

"많이 알았다면서요."

"뭐 장난이지요."

"저런!"

"기술학관 친구 녀석들이 지금 나를 보면 놀랄 겁니다."

"내가 뭐 별종이나 되는 거 같네요."

상수가 나를 눈부신 듯이 보고 나서,

"댁은 여대생입니다. 우리 친구놈들은 대학생 비슷한 여공 애들한테 몇번이나 속은 적이 있습니다. 못생기구 안경을 쓰구 뚱뚱해두…… 뱃지만 달면 기가 죽는다 그겁니다."

"상수씨두 그래요?"

"저는…… 옛날엔 그랬습니다. 기술학원 나갈 때요. 어떤 일이 있었지요. 지금은 안 그렇습니다."

"어떤 일인데요?"

"말하기 싫습니다."

푸른색과 주황색으로 반쯤 익은 고추밭 가운데서 수건을 쓴 임신부와 노인이 일을 하고 있었다. 차갑게 열린 하늘 위로 고추잠자리가 우쭐거리고 있었는데, 나는 저 사람들을 넣은 주변의 경치를 사생하고 싶어졌다. 그림 같은 가을이었다. 그가 풀숲을 향해 돌아섰다.

"잠깐…… 먼저 가십시오."

그가 소변을 보는 모양이다. 내가 언덕 위에 올라섰을 때까지도 그는 엉거주춤 선 채로 움직이지 않았다. 상수가 내 쪽으로 어슬렁대며 걸어왔을 때에는 나는 이미 얘기를 계속할 분위기가 잡쳐 있었다. 함석지붕을 올린 낮은 오두막과 물가에 매어놓은 나룻배가 보였다. 제법 큰 물이었다. 강변의 이쪽은 기다란 자갈밭이었고, 건너편은 물에서부터 키가 넘는 풀들이 계속되어 있었다. 아마도 왕골이나 갈대일 것이다. 그 뒤로는 아직 어린 소나무들이 빽빽해서 흙이 보이질 않았다. 모든 것이 내게는 제법 그럴듯한 영화의 무대장치로 보였다. 어쩐지 가슴이 두근거리기 시작했다. 내가 물었다.

"부근엔 인가가 없나요?"

"강변을 따라서 죽 올라가면 면이 나옵니다. 여긴 수몰지구죠. 이 물밑에 마을이 있었어요. 저 건너편은 섬이나 마찬가집니다. 천렵하기에 아주 좋지요."

"거기 갈 거예요?"

"그럼요."

나는 걸음을 멈추고 그를 슬쩍 떠보는 식으로 말했다.

"둘이서 저길 간단 말이죠? 괜찮을지 모르겠네요."

"여기선 저기가 제일 좋습니다."

"이만쯤에서 그냥 서울루 돌아가면 어때요?"

상수가 땅바닥에 침을 내쏘고 나서 지겹다는 표정을 지었다. 그는 착 가라앉은 음성으로 중얼거렸다.

"놀리지 마쇼."

그가 나의 팔을 끌어잡고 성큼성큼 내려갔다.

"남자라면 몇대 줘팼을 겁니다."

"화낼 건 없잖아요?"

"댁이 돈을 내구 날 부리는 거하군 다르다는 걸 아시오. 나두 감정이 있다 이겁니다."

나는 창피했다. 비탈길을 재빨리 끌려 내려가며, 한편으로는 그에게 심하게 얻어맞고 싶은 나른한 기분에 빠졌다. 잠깐 나도 모르는 사이에 자고 싶다는 생각이 스쳐지나갔다. 울창한 숲, 찢긴 옷, 상처

난 다리, 달음박질, 짓눌림, 바람소리.

사람을 부르자 사공은 없고 소년이 나왔다. 소년이 빙글빙글 웃으며 우리 행색을 살폈다. 상수가 말했다.

"얘, 건너갈 텐데 배 좀 내라."

"낚시는 안하세요?"

"보쌈하면 되잖아."

"그러세요…… 어항 빌려드릴까요?"

"그래, 준비해다오."

우리는 그 집에서 무뚝뚝하지만 솜씨는 아주 좋은 소년의 어머니가 비벼준 국수를 먹었다. 하도 매워서 잇몸이 아릴 정도였다. 소년이 신나게 배를 밀어내고 익숙한 솜씨로 배를 저어나갔다. 뱃머리에 앉은 내게로 물냄새를 묻힌 바람이 불어와 머리털과 옷깃을 날렸다. 잘게 일어난 물결이 찰싹이며 뱃전에 부딪치고 있었다. 배가 길게 자라난 왕골 줄기를 좌우로 쓰러뜨리며 낮은 기슭으로 올라갔다. 뭔가 물탕을 튀기고 수초들 사이로 재빨리 사라졌다.

"야, 고기가 많겠는데."

"뱀장어, 메기, 잉어, 없는 게 없어요. 어항으론 쪼무래기밖엔 못 잡아요."

"이따가 해질 무렵해서 오너라."

"강가에서 부르세요."

우리는 까치밥이며 억새가 휘감기는 왕모래 땅에 닿았다. 온통 갈대가 허리에까지 닿을 정도로 자라나 솔숲으로 이어져서 조금만 자세를 낮추어도 하늘 외엔 아무것도 보이지 않을 것 같았다. 상수는 준비해온 어항에다 짓이긴 밥에 섞은 된장덩이를 듬뿍 바르고서, 수초 틈에다 가라앉혔다. 바람이 불 적마다 기다란 풀들이 헝클어지며 흔들렸다. 나는 푹신하게 누인 갈대의 묶음 위에 앉아 있었다. 머슴과 아름다운 양가 처녀가 아무도 모르게 화전이나 일구며 살아간다는 아름다운 이야기를 떠올렸다. 그러나 잠시 후에 그런 얘기가 깨어져버렸다. 자연은 그럴듯하지만 사람은 조금도 아름답지 않은 것 같았다. 한때의 바람기에 인생을 걸 만큼 자기가 어리석다고는 절대로 생각되지 않았다. 나는 마음이 비눗방울처럼 들떠 있었다. 파혼을 했기 때문이 아니라, 그 이전에 어쩐지 마음붙일 데 없이 허전하고 시큰둥했었기에 파혼을 했던 것이다. 내가 천성적으로 바람둥이는 아니지만, 욕심이 많은 여자이긴 했다. 분위기와 환상에 몹시 약했다. 막상 맞닥뜨리면, 음악을 듣거나 책을 보았을 때의 고양감이 사라진다. 역시 즉물적으로 부딪치면 세상은 천박하고 피곤한 일투성이다. 결혼을 해서 남의 아내가 된다는 사실이 눈앞에 닥쳐왔으나 그것은 너무나 맥빠진 관계에 지나지 않았고, 더구나 장환의 그 터무니없는 행동으로 사랑이 무미건조한 일상생활로 직결되는 입구라는 것을 알게 됐던 것이다. 책도 읽히지 않았고, 학교도 다니기 싫었고, 친구들도 만나기 싫었던, 허탈한 상태에서 나도 모르는 사이에 아무렇게나 내던져버리고 싶다는 욕구가 생겼던 모양이었다. 상수에게 새삼스럽게 자존심 따위를 들먹이기도 우스운 노릇이다. 나는 기다렸다. 머리 위로 새떼가 높직하게 날아 지나갔다. 가끔 그가 텀벙대며 수초 사이를 걸어다니는 물장구 소리가 들렸다.

말을 꺼내자마자 나는 곧 후회하기 시작했다. 만오의 귀가 시뻘게지고 눈썹 사이가 좁아졌기 때문이다. 그에게 여태까지 장환이 내게 귀찮게 했던 일을 차근차근 설명해주고 도움을 청했던 것이다. 나로서는 아주 당연한 행동이었다. 한편으론 그가 은근히 소유감을 확인하고 자부심을 갖게 되리라 예상했었다. 나는 다른 누구의 것이 아닌 바로 당신의 것이에요,라는 식이었다. 그러나 만오가 내 말의 첫마디에서 선입관을 가졌던 듯했다. 아마도 자기 손수건 위에 떨어진 흙탕물의 작은 오점이나, 팔목시계 유리 위의 흠집 정도를 고작 떠올렸는지 모르겠다. 왜 진작 알리지 않았느냐면서 쓰디쓴 얼굴이었다.

만약에 내 친구나 친척들이 먼저 알았다면 뭐라구 오해했겠습니까?

제 잘못이 아닌데요 뭐.

그래두 체면이 서야 말이죠. 가령 길거리에서 옥신각신하는데 누가 봤다구 칩시다. 약혼은 타인들에게 공고되어 그 순결을 인정받고 있는 일종의 사회적 행위란 걸 모르십니까. 우선 학교루 찾아갑시다. 그 학생의 신상을 알아봐야겠으니까. 아주 광인이 아닌 담에야 그럴 수가 있나 참!

입맛을 쩝쩝 다시는 그의 눈길이 나를 비난하고 있었다. 그는 연신 조그마한 입을 벌리고 혀를 약간 빼내어 윗입술을 핥곤 했다. 그가 곤란해질 때마다 나오는 버릇이다. 나는 만오가 자기 입장에만 급급하는 처사가 미워져서 상대방의 얼굴이 꼭 치즈를 핥고 난 수코양이 같다고 생각했다. 만오는 마치 내가 무엇이 부족하냐, 이렇게 훌륭한 남편감을 만난 네가 조신히 굴기는커녕 이런 짜증나고 창피한 부담거리를 떠맡기다니——라고 나를 힐난하는 것처럼 보였다. 그는 내가 책이라도 들고 나가면 고개를 기웃이 기울여 제목을 훑고는,

아직도 이런 데서 못 벗어났군.

따위로 기를 죽이곤 했다. 그의 정결함과 조심스러움은 고만고만한 차이로 잘 조화되어 차가운 냉기까지 느껴질 만큼 체질화된 것이었다. 그는 별로 말이 없는 대신 자상하게 굴기도 했다. 잔신경을 쓴다

고나 할까.

아, 재스민을 썼군.

이라든가,

그 루주 레브론인가.

그뿐이 아니다. 내 양말에 담뱃불 자국이 생기자, 어느 틈에 슬그머니 나가서 치수가 맞는 걸로 사다주기도 했다. 가끔 그가 자랑스러울 때도 있었다. 자기 동료와 식사를 함께 했던 적이 있었는데 역학이 어떻고, 공간이 저렇고, 구조가 이렇고…… 딱딱 끊어지는 명확한 발음으로 전문지식에 관하여 주고받는 모습과 선명한 셔츠 칼라가 너무 멋이 있었다. 그가 건축잡지를 펼쳐들고 책상 위에 눈을 모은 채 한손으로 천천히 실수없이 커피잔에 설탕을 넣을 때, 긴장이 풀려 넥타이를 느슨히 늘어뜨리고 빈 컵을 검지와 엄지 끝으로 돌리면서 시선이 먼곳에 향해 있을 때, 비 오는 날 검은 바바리를 입고 머리에는 몇점의 물방울을 얹고서 찻집 안으로 들어설 때, 등등 모두 좋았다. 정이 뚝 떨어져버릴 정도로 싫은 모습도 있었다. 가령 장환에 관한 얘기를 꺼냈을 때도 그랬지만, 내 눈화장이 어지럽게 번진 걸 보고는,

천박해 보이는군. 규수답게 단정히 화장할 수 없소?

나를 기숙사 앞에까지 바래다주고 가볍게 포옹해준 날이 있었다. 내가 문득 아뜩해져서 그의 어깨에 매달리며 기댔더니,

이 처녀가…… 날 언제부터 이렇게 좋아하나.

나는 화가 나고 섭섭해서 눈물까지 흘렸다. 좋으면 서툴러지는 법이고, 서투르면 곧 속을 내보이게 마련이다. 그럴 때마다 그는 그 서투른 것을 싫어했다. 내가 뭔가 말하거나 행동하면 그것이 서투른 경우에 가차없이 집어냈다.

내 생각에는 여자는 그럴 경우, 남자를 속였다구 생각하지. 따라서 당신이 지금 생각하구 있는 건 바로……

내가 그의 말을 듣고서야 비로소 아, 그랬던가 할 정도로 그는 헤집어놓았다. 사회적으로 유리한 입장에 서게 될 경우에 관한 그의 재빠른 판단도 싫었다. 누군가를 시켜서 시골의 아버지 사업에 관하여 소상히 알아본 것도 싫었다. 그의 집 응접실의 썰렁한 점잖음이 싫었고, 그의 젊은 모친의 하얀 치마저고리가 싫었고, 하와이 관광객처럼 요란한 무늬의 남방을 입고 파이프를 피우는 그의 씽씽한 부친이 싫었다. 싫고 좋은 점이 날마다 겹쳐왔던 것이다.

여하튼 우리는 김장환이 다니고 있는 명문의 사범대학 학생과로 찾아갔다. 만오는 자기가 나의 오빠라고 자처할 작정이었다. 아무래도 사실대로라면 쑥스러워 안되겠다는 그의 주장이었다. 경찰서에 알아보니 장환은 벌써 즉결재판소에 넘어가버린 뒤였다. 순경들도 달리 그의 행동을 제재할 별다른 방법이 없다고 빨리 결혼하시는 게 상책일 거라고 빈정대더라는 것이다. 우리는 장환네 학교의 주임교수와 마주앉아 선량하고 정상적인 사람들임을 과시했다. 만오가 그 학생을 벌 주려는 게 아니라, 한참 중요한 때에 너무 낭비가 심한 것 같아 학교 당국에 선도를 요청하러 왔노라고 서두를 꺼냈다.

그 학생이 실성을 했다구 들었습니다. 동생이 여러가지로 피해를 보고 있습니다. 학교에도 불안해서 못 나갈 형편입니다.

학생과 직원에게서 생활기록부철을 넘겨받은 교수가 그것을 들추면서 말했다.

사범대학에선 그런 학생이 해마다 몇명씩 나옵니다. 나쁜 환경에서 성실하게 살아보려는 노력형들이 많으니까요. 한참 그럴 나이들이 아닙니까. 여자 쪽은 대개 대학에 진학했을 정도면 환경들이 좋은

편이니까. 실상 여학생과 남학생은 그런 점에서 조건이 다르죠. 군대 문제, 금전문제, 취직문제보다도 연애문제는 더욱 심각합니다. 사회에서 속박당하는 면이 많은 그만큼 연애에 관해서도 자연스럽지 못한 겁니다.

보편적으로 그렇진 않겠지요. 그 학생은 좀 지나친 게 아니겠습니까?

예, 하긴 고지식하고 융통성이 없는 점두 있습니다. 김장환이는 친구도 없어요. 별로 생활을 안다는 동급생이 한사람도 나서질 않습니다. 성적은 보시다시피 입학해서는 아주 우수했구요, 이학년 이학기에 입대할 때까지도 수석이었습니다. 제대 뒤의 삼학년 때엔 학점을 따지 못한 학과가 거의 반나마 됩니다. 그리고 올봄부터 아예 등록두 하지 않았군요.

외국에선 학생 개개인마다 카운셀링을 하고, 자상한 생활지도를 하던데요.

여기서두 테스트를 합니다. 반응에 의하면 거의가 다소 차이는 있지만 욕구불만에 의한 신경불안 증세는 모두 나타내고 있습니다. 김군 같은 경우가 좀 지나친 편이고…… 그런데 사회에 대한 적응도는 아주 열성이란 얘기죠.

나는 두 사람 사이에 오락가락하는 얘기가 몹시 상투적이란 느낌이 들었다. 교수가 계속해서 얘기했다.

김군의 출신학교를 보세요. 세칭 삼류 실업고교의 야간부입니다. 그 학교에서는 개교 이래로 여태껏 한사람도 우리 학교에 들어온 예가 없었습니다. 이런 점으로 보더라도 어린 나이에 얼마큼 발분의 노력을 했는가를 알 수가 있죠. 아마 이런 학생이었다면, 몇년쯤 재수를 해서라도 입학했을 겁니다. 사실이…… 오년쯤 연거푸 재수한 학생도 있어요. 아마 인생의 의미보다는 생존경쟁의 지름길을 찾게 되는 세태 때문일 겁니다. 그러니까 여학생이 받게 된 여러가지 피해두 요즈음 경쟁 풍속의 부산물이라고나 할까요?

교수가 안경을 위로 치키며 껄껄 웃어젖혔다. 만오가 중얼거렸다.

중학은 시골서 졸업했군요.

한정된 조건을 뛰어넘으려는 끈기가 옛날 청년들보다 더하지요. 달라진 게 있다면 요샌 수단의 구별이 없어졌거든. 역사소설두 그런 거나 나오구, 아니면 재벌의 전기가 인기란 말입니다. 그나마 초라하지요. 기대와 현실의 엄청난 간격을 메우는 동안에 생각도 비뚤어지고 타협도 해가면서, 쥐어짜놓은 듯한 졸장부로 변해가는 청년들이 많지요. 그러니 누이문제에 관해선 도량있게 이해를 하시오.

교수는 또 껄껄 웃었다. 내가 꼭 예상했던 그대로였다. 우리는 학생들이 군복을 입고 사열식 연습을 하고 있는 운동장을 지나 교문을 나섰다.

내게 방법이 있긴 있는데……

그는 골똘히 생각했다.

신경쓰지 마세요. 저는 그냥 알려드려야 할 거 같아서 얘기했는데 뭐.

가만있자, 내가 그 친굴 한번 만나지. 나중에 봐요.

만오는 그가 장환을 만났던 얘기를 내게 꺼내지 않았다. 둘 사이에 단단한 약속이라도 했는 성싶었다. 그러나 일주일이 못되어 나는 교문 앞을 지키고 있는 장환과 또 부딪쳤다.

그는 때가 까맣게 낀 와이셔츠 바람에 여전히 매일 끼고 다니는 가방을 땅바닥에 깔고 앉아서 뭔지 종이쪽지에다 열심히 끼적이고 있었다. 내가 슬그머니 지나치려 했지만, 그가 본능적으로 느꼈음인지 고개를 번쩍 쳐들었다. 나는 안된 생각이 들었고, 죄를 지은 사람의 심정이 되어 그에게 말을 걸지 않을 수가 없었다.

저를 기다리셨어요?

어제부터 기다렸습니다.

어제는 강의가 없었어요.

당신 약혼자라는 사람을 만났었습니다. 예의가 바른 사람이었습니다. 나를 많이 이해해주셨습니다. 당신을 다시는 안 찾기로 약속했었습니다.

내가 그를 비켜가려고 좌우로 걸음을 옮길 적마다, 그는 다급하게 가로막고 섰다. 지나가던 학생들이 멈춰서서 우리를 구경하고 있었다.

꼭 이번 한번뿐입니다. 단 오분이라두 좋습니다. 얘기를 하도록 해주십쇼.

무슨 얘기를요.

당신은 나에 관해서 아무것두 모르십니다. 나는 당신에게서 오해를 받구 있어요. 나를 무슨 방법으로든지 당신께 이해시켜야 되겠습니다.

그래요. 단 오분이에요. 일분이라두 지나면 일어서겠어요.

좋습니다. 일생중에 오분이라면 너무 짧습니다만.

컴컴하고 음악이 나오는 다방보다는 밝은 제과점이 나을 것 같아 나는 그쪽을 택했다. 앉자마자 그가 이야기를 늘어놓기 시작했다.

일부러 벌금을 물지 않고 구류를 살면서 여태까지의 내 행적을 곰곰이 생각해보았습니다. 역시 과단성 있고 신념이 강한 자가 최후의 승리를 차지하는 세상 아니겠습니까. 따라서 미리씨의 남편이 될 사람은 이 세상에 나밖엔 없다는 확신을 얻었습니다.

그건 어디까지나 장환씨 혼자만의 생각이잖아요.

아뇨, 틀림없이 나를 좋아하게 될 겁니다. 나는 사업가가 되어볼 결심입니다. 내가 야학에 충실했던 것은 교육사업의 원대한 포부를 실현시키기 위해서 경험을 쌓고 싶었기 때문입니다. 사설학원을 발전시켜 인가를 받아 학교를 세운다 그겁니다. 미리씨는 제 아내가 되는 것입니다.

싫어요. 그런 생각 전혀 없는데요.

나는 우리 둘의 관계가 숙명이라고 느끼구 있습니다. 지금 내가 여관을 전전하며 세웠던 여러가지 계획의 종말은 미리씨와 함께 댁에 찾아가서 승낙을 받는 일만 남았습니다.

내가 일어서자, 장환이 황급히 일어나서 통로를 가로막았다.

아직 삼분밖에 안됐습니다.

걱정 마세요. 백은 두고 갔다 올게요.

나는 백을 탁자 위에 남겨놓았다. 만오에게 전화를 걸었다.

지금 김장환씨에게 잡혀 있어요.

그런 미친 자식! 어디요?

학교 앞, 알프스 제과점이에요. 늦으시면 그 사람께 끌려서 먼데루 가버릴지두 몰라요.

아, 알았어. 내 이 망할 녀석을……

내가 돌아가자 장환은 아까부터 끼적이고 있었던 종이쪽지를 내밀었다.

어제, 오늘, 이틀에 걸쳐서 당신께 쓴 편지입니다. 말루는 못할 얘기를 적었습니다. 내가 당신에게 할 수 있는 최대한의 자기표현입니다.

좋아요. 여기서 읽어야 되나요?

읽고 나서 결정을 해주십시오.

나는 시험지에다 깨알처럼 잘게 적어놓은 장환의 '자기표현'을 읽었다.

이 글을 적게 된 동기는 냉정하고 종잡을 수 없는 남의 도시인 서울에서 내가 언제나 끼여들지 못하고 있다는 사실 때문입니다. 나는 일찍이 거름통과 뼈저린 고역을 버리기 위해 새벽차를 타고 고향에서의 탈출을 감행했습니다. 우리 사정으로는 도저히 진학도 못할 형편이었습니다만 어렸을 적의 어떤 일이 나를 자극했습니다. 방학 때마다 시골에 내려오는 서울 소녀가 있었습니다. 우리 동네에 서당집이라고 호농이 있었는데 그 소녀의 외가였습니다. 그애는 내가 늘 보아온 시골 계집아이들처럼, 아무데서나 궁둥이를 훌떡 까고서 오줌을 갈기거나, 그 또래 남자애들에게 악다구니를 쓰거나, 코를 흘리지도 않고, 목에 때도 없는 정결하고 상냥한 소녀였습니다. 소녀는 하늘하늘한 꽃무늬의 간따후꾸를 입고 긴 양말에 구두를 신었으며 기다란 머리를 지져서, 어린이잡지의 삽화에 나오는 왕녀처럼 보였습니다. 나는 검은 빤쓰를 입은 벌거숭이에다 검은 고무신을 신은 꼴이었습니다. 머리엔 기계충이 옮아서 부스럼이 가득 났었죠. 그래도 학교에서는 똑똑한 우등생으로 알려졌던 나는 먼발치에서 그 소녀를 볼 적마다 숨이 막힐 지경이었습니다. 지금 생각해보면 아마 나는 그때 전형적인 원주민이었을 것이고, 그 소녀는 먼 나라에서 날아온 본국인과 같은 차이였을 겁니다. 우리 어머니가 서당집의 삼밭을 매어주고 있었으므로, 나는 그 소녀와 두려운 가운데 차츰 친해졌습니다. 소녀의 호감을 사는 짓이면 무엇이든 해냈습니다. 방죽을 열 바퀴도 넘게 송장걸이로 헤엄쳐 보일 수도 있었고, 송사리를 잡아주려고 한나절을 냇가에서 헤맬 수도 있었으며, 찐 옥수수를 사타구니에 숨겨서 갖다줄 수도 있었습니다. 그러던 소녀가 중학교에 들어가서 흰 교복을 입고 왔을 때에는 나를 못 본 척했습니다. 이듬해부터 그애가 오지 않았습니다. 나는 중학교 삼학년이 되었을 때에, 우리 할아버지와 면서기의 차이를 알았고, 읍내의 구제병원 집 아들과 내 차이를 알았고, 심지어는 교장 관사의 송아지만한 셰퍼드와 우리 검둥이의 차이를 알았습니다. 중학교를 졸업하고 일년 동안 집의 일을 거들면서 완전히 이 모든 것을 알았습니다. 올라와서 고학을 하던 때에는 여자 따위가 눈에 들어오지도 않았습니다. 내가 무엇을 해야 되는가를 너무나 잘 알았으니까요. 그리고 대학에 입학했습니다. 나는 내 능력의 한계를 잘 알고 있었습니다. 사범대학 정도면 내 힘으로도 충분히 졸업할 것 같았고, 무엇보다도 취직이 보장되니까요. 군대도 갔다 왔습니다. 그런데 그 무렵 나는 새로운 사실에 직면했던 것입니다. 내가 어릴 적에 경험했던 저 아름다운 사건이 이제는 현실성을 갖고서 나타났단 말입니다. 마치, 여기까지는 잘 추진해왔다, 그러나 그게 고작 뭐란 말이냐?고 물어오는 질문과도 같이 말입니다. 내가 달성했으며 또한 곧 이루어지려는 목표에 관해서 나는 한번도 의심해보지 않았던 것입니다. '젊은 모임'회에서 미리씨를 만나게 되었죠. 미리씨를 아내로 갖고 싶다는 신념이 생기자마자, 여태껏 내가 잘해왔노라고 자부하던 목적이 형편없이 초라하게 변해버렸습니다. 갖은 고생으로 바라온 게 겨우 학교 훈장이 뭐란 말이냐? 요즈음 여기서는 한 남자의 사회적 능력의 표징은 그가 거느린 여자의 됨됨이로 나타난다는 생각이 들었습니다. 똑똑하고 아름답고 최고의 수준으로 교육받은 여자…… 그것은 바로 남자가 얼마쯤의 신분으로 직결되는 선을 통과했느냐 하는 물적 증거 자체입니다. 백 잡고 백, 오십 잡고 오십입니다. 그러한 엄정한 교환가치 앞에서 나는 차츰 자신을 깨닫게 되었습니다. 그렇지만 내게도 어린 결심 아래 집을 버렸던 시절의 패기가 남아 있습니다. 지금 만약 미리씨가 내게 오신다면, 나는 이 한정되어 보이는 나의 미래를 뛰어넘을 자신이 있습니다. 미리씨는 지금 이 교문을 꾸역꾸역 몰려나오고 있는 수많은 여대생들 중의 하나에 불과하지만, 내게는 가장 가까운 가능성입니다. 어떤 때엔 이 거리를 걸어다니는 싱싱한 말 같은 여자들을 볼 때마다 이유없이 죽여버리고 싶습니다. 나도 그렇고, 저들도 모두 본성을 잃어 미쳐버린 껍데기가 아닌가 하는 끔찍한 생각도 듭니다. 나는 자유스럽지 못합니다. 누군가에게 내 몫을 빼앗긴 것만 같습니다. 굶주림보다도 더욱 못 견딜 고통입니다.

나는 거기까지 읽고서 종이를 탁 덮고는 눈을 감았다. 너무 각박한 표현이란 느낌도 들지만 어쩐지 처량한 생각이 들었다. 장환에게 짜증이 일어나는 그만큼 너무나 자신만만해하는 만오가 얄밉게 생각되는 것이었다. 내가 말했다.

자, 이젠 가야겠어요.

말씀해주십시오.

뭘요?

내 아내가 되어달라구 그랬습니다. 못하시겠다면 그 이유를 말해주세요.

세 가지루 말해드리죠. 첫째, 저는 약혼한 사람이에요. 둘째, 장환씨는 저하군 모든 면에서 맞지 않아요. 셋째, 지금 제게 낭비하시는 반만큼 다른 여자에게 눈을 돌리면 충분히 행복하실 수 있을 거예요.

실례지만, 박미리씨죠?

잠바 차림의 우락부락하고 건장한 청년 둘이 테이블 앞에 서 있었다.

네, 그런데요……

밖에서 장만오 선생이 찾습니다.

나는 어리둥절해진 채로 일어섰다. 뒤따라 일어나려는 장환을 한 사내가 눌러앉혔다.

어, 형씨는 우리하구 볼일이 있수.

나가서 얘기 좀 하시까?

그들은 장환을 가운데 끼워 세우고 내 뒤를 따라나왔다. 나가자마자 길 건너편에 만오의 회색빛 싱글이 눈에 띄었다. 나는 짚이는 게 있어서 그에게로 달려갔다. 만오는 양손을 호주머니에 찌르고 나를 부드러운 시선으로 내려다보았다.

어쩔 작정이세요, 저 사람들은 누구예요?

응, 우리 동창생 건축사무소의 현장 사람들이오.

그 사람들이 무슨 상관예요.

자, 우린 갑시다. 점심 먹었어?

그보다도 왜들 저러죠?

만오의 표정에 당황하는 기미가 스치고 지나갔다. 두 사내와 장환이 제과점 옆의 비좁은 골목으로 사라지는 뒷모습이 보였다. 만오가 쾌활하게 말했다.

우리의 고민에 관해서 공개토의를 했었지. 미친 개는 몽둥이가 약이라는군.

나는 갑자기 소리라도 꽥 내지를 정도로 신경이 곤두섰다. 그의 개입이 지나치다고 느꼈고, 그 단정하고 빈틈없는 얼굴을 확 할퀴어주고 싶었다.

그걸 말이라구 하세요.

그가 안색이 새파랗게 질리며 입술을 떨었다. 그는 곧 자제하고 정상으로 되돌아갔다.

내 기분이 어떨지는 당신이 잘 알리라구 믿소. 어쨌든, 나두 불쾌하니까 어떤 방법으로든 해결이 나야 할 거 아니오. 지금 저 친구는 넋을 잃었으니 제정신 돌아오라구 혼을 좀 내주자는 거요. 친구들과 의논했는데, 그 방법밖엔 없다는군.

나는 눈물이 핑 돌았다. 뒤로 몇걸음 물러났다. 그가 무슨 괴물처럼 보였다.

어딜 가는 거요?

그가 팩하는 음성으로 날카롭게 말했다. 나는 대답하지 않고, 골목 안으로 뛰어갔다. 벌써 두 남자가 굳어진 표정을 하고서 나와 지나쳐 갔다. 장환은 연탄재와 쓰레기에 쌓인 오물처리장 가운데 무릎을 꺾고 주저앉아 있었다. 아마도 가방을 찾고 있는지 땅바닥을 두리번거리고 있었다. 입술이 찢어졌고 코피가 터졌는데 몹시 다친 사람처럼 처참해 보였다. 막상 가까이 가니까 나는 장환의 상판대기조차 보기 싫었다. 흘러내린 피가 남방 위를 이상하게 고운 색깔로 적시고 있었다. 나도 그의 옆에 쪼그리며 손수건으로 얼굴을 닦아주고 머리에 하얗게 뒤집어쓴 연탄재를 털었다. 나는 애써서 감정이 표백된 정확한 발음으로 말했다.

미안합니다. 장환씨 때문에 제가 괴로워서 더이상 못 견디겠어요.

저두 생각이 있습니다. 왜, 생각이 없겠습니까.

그가 허탈한 웃음을 웃었다. 그러는 모습이 나이를 많이 먹은 사람처럼 보이게 했다. 가방을 옆에 끼고 일어나면서 그가 내 부축한 손을 가볍게 뿌리쳤다. 그는 얼굴을 위로 쳐들고 절뚝이면서 골목 밖으로 나갔다. 나는 쓰레기를 타넘고 골목 안으로 계속 걸어갔다. 아는 사람을 어느 누구도 만나고 싶지 않았다.

사흘 동안 연거푸 기숙사로 전화가 왔지만, 나는 아프다는 핑계로

따돌려버렸다. 만오에게 묵은 빚을 갚는다는 심정이었다. 늘 그에게 뭔가 꿀리고 손해보고 들여다보인다는 느낌을 한편으로 떨쳐낼 수가 없었는데, 이젠 후련했다. 그런 일로 서로 만나지 않게 되니 차츰 생각도 멀어졌다. 서둘러서 오빠네 아파트로 이사했다. 학교로 장환의 편지가 왔다. 몇줄 안되는 아주 짤막한 편지였다.

그날 멍청히 걷다가 학교에까지 갔습니다. 강의실에서 밤을 새웠습니다. 밤 하늘의 별을 보니까 어느 틈에 모든 일이 또렷해졌습니다. 쉬러 고향에 갑니다. 다시는 뵙지 못할 것입니다. 요전에 말을 잘못 썼기에 바로잡습니다. 목적이 아니라 사랑입니다.

상수는 바짓자락을 걷고 수초 속에 움직이지 않고 서서 나를 불렀다. 나는 잠깐 묘한 상상을 했었다. 사방에 하얀 갈꽃을 묻히고 물가로 내려갔다. 상수가 입에다 손가락을 세워 흔들며 속삭였다.

"좀 보십시오."

희끄무레한 유리어항이 들여다보였다. 고기떼가 모여들어 구멍 안으로 다투어 들어가는 중이었다. 어항 안에 고기가 빽빽해지면 상수는 들어내서 바구니 속에 부었다. 흰 배를 번쩍이며 고기들이 펄펄 날뛰었다. 고기잡이에 열중한 상수의 볼이 상기되어 있었다.

"이젠 고만 잡아요."

"네, 그럽시다. 회 먹을 줄 아십니까."

"못 먹어요."

"내 가르쳐줄 테니 좀 먹어보슈."

상수가 바구니에서 손가락만한 고기 한마리를 꺼내어 산 채로 양재기의 초고추장 속에다 푹 찍어다가 입에 넣었다. 입술 끝에서 고기의 꼬리가 세차게 파닥거렸다.

"하, 맛있다. 이게 얼마 만야. 어릴 때 개천가에서 먹어보군 처음입니다. 은어라는 고긴데 맛이 향기롭고 신선해요."

그가 내장을 따내고 깻잎에 싼 고기를 내밀었다. 내가 입을 꾹 다물고 고개를 저으니까, 그는 자기 입속에 쑥 집어넣었다.

"나는 그냥 만져보구 싶어요."

바구니 속에 손을 담그니 매끄럽고 부드러운 고기들의 몸이 그득하게 만져졌다. 손이 닿을 때마다 고기들이 물을 치면서 빠져나가고, 사로잡힌 놈은 온몸으로 경련을 일으켰다. 그 감촉이 좋아서 나는 고기들을 자꾸만 만졌다.

"이 많은 걸 다 먹어요?"

"웬걸요, 재수없는 몇마리만 맛을 보고는 버릴 겁니다."

"버리는 게 아니라, 놓아주는 거죠."

"그렇군."

나는 고기를 한마리씩 잡아서 물 위에 살그머니 놓아주었다. 또는 공중으로 던졌다. 고기가 물속으로 천연스럽게 헤엄쳐 사라졌다. 어떤 놈은 천천히 주변의 수면으로 유영을 해보고 나서 자유를 실감한 뒤에 멀리 갔다. 나는 한마리씩 물에 던졌다. 상수는 갈대 사이로 가리어져 보이지 않았다. 드디어 빈손이 되었다. 바구니엔 비늘 몇점만이 남아 있었다. 상수는 왕골 줄기를 꺾어 질끈 물고 누워서 하늘을 올려다보고 있었다. 나도 좀 떨어져 누우며 기지개를 켰다.

"아, 졸려."

바람이 불었다. 솔숲을 지나 갈대 위로 휩쓸고 지나갔다. 아직도 해가 높다랗게 남아 있었다. 가끔 고기들이 뛰는지 투명한 물소리가 들렸다.

나는 눈을 꼭 감고 잠이 들었다. 꿈도 꾸지 않았다. 그냥 벌건 어둠과 갈잎의 서걱이는 소리만 있었다. 참으로 아늑하고 짧은 잠이었다. 그렇게 축복받은 잠에 빠졌던 때가 평생 몇번이나 있었을까. 나는 관능의 입구를 활짝 열어놓고 내가 여태껏 잘못 길들여왔던 세상의 찌꺼기를 씻어낸 것 같았다. 그때에 그가 나를 안았다. 그의 입술은 서투르고 딱딱했다. 무미건조했다. 내 가슴 위에 얹힌 손과 머리밑의 팔이 훨씬 가까웠다. 생선의 비린내와 왕골의 쓴맛이 감돌았다. 그의 손놀림은 무의식적이고 기계적이어서 청결했다. 하지만 나는 자연스럽지 않았다. 이상하게도 나 혼자 누워 있는 것 같았다. 차츰 잠에서 깨어나며 나는 일종의 감각의 결핍상태로 돌아왔다. 사람들이 물결쳐 밀려 오가는 번화가가 생각났다. 생각은 다시 단절되었던 요 조그만 물을 건너 신작로로 달려갔고 여러가지 책무며 세상에서 내게 요구하는 사항들이 떠올라왔다. 나는 다시 찌꺼기를 주워모아서 내 전신에 휘감았다.

나는 자기가 정말로 볼품없는 여자라는 걸 깨달았다. 그가 나의 속옷에까지 손을 댔을 때, 나는 서둘지 않고 그를 약간만 밀어냈다. 그가 고개를 들었다. 그의 표정은 지금도 생생하다. 너무나 무심했다. 입을 반쯤 벌리고 시선은 낯설었다. 일어섰다. 아찔, 현기증이 일어났지만 잠깐 뒤에 밝아졌다. 그가 얼결에 내 한쪽 다리를 잡았다. 운동화가 벗겨졌다. 나는 물가로 뛰어갔다. 배를 부르기 위해서였다. 멍청히 섰던 상수가 그제야 벗겨진 신발을 던지며 투덜거렸다.

"똥치 같은 게 겉멋만 잔뜩 들어가지구."

〔한국문학 1973. 12; 객지, 창작과비평사 1974〕

황석영 연보

1943년 12월 14일 만주 장춘(長春)에서 출생.

1945년 해방과 함께 모친의 고향인 평양 외가로 나옴.

1947년 월남하여 영등포에 정착.

1950년 영등포국민학교에 입학했으나 6·25전쟁 발발로 피란지를 전전함.

1956년 경복중학교 입학.

1959년 경복고등학교 입학. 경복중고교 교지 『학원(學苑)』에 수필 「나의 하루」, 시 「구름」 등을 발표함. 청소년 잡지 『학원(學園)』의 학원문학상에 단편소설 「팔자령(八字嶺)」이 당선.

1960년 경복중고교 교지 『학원』에 단편 「의식」 「부활 이전」 발표함. 당시 국회의사당이던 부민관 앞과 시청 앞에서 4·19를 맞음. 함께 있던 안종길군이 경찰의 총탄에 희생됨. 그의 유고시집 「봄 · 밤 · 별」을 친구들과 함께 편집 발간.

1961년 전국고교문예 현상공모에 「출옥일」 당선.

1962년 봄에 경복고를 자퇴하고 가출하여 남도지방을 방랑하다 그해 10월에 돌아옴. 11월 단편 「입석 부근」으로 『사상계

(思想界)』 신인문학상 수상.

1964년　한일회담 반대시위에 참가. 영등포경찰서 유치장에서 만난 제2한강교 건설노동자와 남도로 내려감. 신탄진 연초공장 공사장에서 일용노동. 그후 청주 진주 마산 등지를 떠돌며 여러가지 일을 하다가 칠북의 장춘사(長春寺)에서 입산. 동래 범어사를 거쳐 금강원에서 행자 노릇을 하다가 모친과 상봉하여 상경함.

1966년　해병대에 입대하여 이듬해 청룡부대 제2진으로 베트남전 참전.

1969년　5월 군에서 제대함.

1970년　조선일보 신춘문예에 단편 「탑」이 당선. 「돌아온 사람」 발표.

1971년　단편 「가화(假花)」 「줄자」, 중편 「객지(客地)」 발표.

1972년　단편 「아우를 위하여」 「낙타누깔」 「밀살」 「기념사진」 「이웃 사람」, 중편 「한씨연대기」 발표.

1973년　구로공단 연합노조준비위를 구성하여 공장 취업. 단편 「잡초」 「삼포 가는 길」 「야근」 「북망, 멀고도 고적한 곳」 「섬섬옥수」, 중편 「돼지꿈」, 르뽀 「구로공단의 노동실태」를 발표함.

1974년　단편 「장사의 꿈」, 사북탄광에 대한 르뽀 「벽지의 하늘」, 공단 여성근로자의 삶을 취재한 「잃어버린 순이」 발표. 4월에 첫 창작집 『객지』(창작과비평사) 발간. 7월부터 이후 1984년 7월까지 10년 동안 한국일보에 대하소설 『장길산』 연재. 군사정권의 유신체제에 대한 저항운동 치열해짐. '자유실천문인협의회' 창설과 현장문화운동 조직위에 참여.

1975년 단편 「가객」, 희곡 「산국(山菊)」 발표. 소설집 『북망, 멀고도 고적한 곳』(동서문화원), 소설선 『삼포 가는 길』(삼중당) 발간. 「심판의 집」 서울신문에 연재.

1976년 단편 「몰개월의 새」 「한등」 「철길」, 르뽀 「장돌림」 발표. 가을에 전남 해남으로 이주.

1977년 단편 「종노(種奴)」 발표. 『무기의 그늘』의 기초가 된 「난장(亂場)」을 11월부터 다음해 7월까지 『한국문학』에 연재. 『심판의 집』(열화당) 발간. 해남에서 '사랑방 농민학교' 시작. 호남을 중심으로 한 현장문화운동 시작.

1978년 소설집 『가객(歌客)』(백제) 발간. 문화패 '광대' 창설. '민중문화연구소' 설립. 광주로 이주.

1979년 위 연구소를 확대개편한 '현대문화연구소'의 선전·야학·양서조합 등의 문화운동 부문에 참여. 계엄법 위반으로 검거되었으나 기소유예 처분됨.

1980년 광주항쟁 일어남. 조직에 함께 참여했던 젊은 동료들 수십여명 사상.

1981년 그동안 현장에서 썼던 희곡들을 정리하여 희곡집 『장산곶매』(심설당) 발간. 소설선 『돼지꿈』(민음사) 발간. 시나리오 「날랑 죽겅 펄에나 묻엉」 발표. '광주사태 수사당국'의 권유로 제주도로 이주. 제주에서 문화패 '수눌음'과 소극장 창립. 4·3항쟁 연구모임인 '제주문제연구소'에 참여.

1982년 광주로 돌아와 '자유광주의 소리' 시작. 「님을 위한 행진곡」이 담긴 첫번째 지하 녹음테이프 「넋풀이」 제작 배포.

1983년 광주항쟁의 진상을 알리기 위한 문화기획팀 '일과 놀이'

에 참가. 산문 「일과 삶의 조건—문학에 뜻을 둔 아우에게」 발표. 1월부터 이듬해 3월까지 『월간조선』에 「무기의 그늘」 1부 연재.

1984년 대하소설 『장길산』(현암사) 전10권으로 완간. '민중문화운동협의회' 창설, 공동대표 역임.

1985년 광주항쟁기록 『죽음을 넘어, 시대의 어둠을 넘어』(풀빛) 지하출판됨. 산문집 『객지에서 고향으로』(형성사) 발간. 서부독일 베를린에서 열린 '제3세계 문화제'에 아시아 대표로 참가함. 유럽, 미국, 일본에서 '통일굿' 공연. 미국에서 문화패 '비나리' 창립. 일본에서 문화패 '한우리'와 '우리문화연구소' 창립.

1986년 10월부터 이듬해 8월까지 중앙일보에 「백두산」 연재. 6월항쟁의 시국변화로 중단.

1987년 단편 「골짜기」 발표. 소설선 『골짜기』(인동) 『아우를 위하여』(심지) 발간. 9월부터 이듬해 3월까지 『월간조선』에 「무기의 그늘」 2부 연재.

1988년 단편 「열애」, 산문 「항쟁 이후의 문학」(『창작과비평』) 발표. 장편소설 『무기의 그늘』(형성사) 발간. 9월부터 이듬해 2월까지 『신동아』에 「평야(平野)」 연재. '한국민족예술인총연합' 창립.

1989년 소설선 『열애』(나남) 발간. 3월 북한의 '조선문학예술총동맹' 초청으로 방북. 이후 귀국하지 못하고 독일예술원 초청작가로 1991년 11월까지 베를린 체류. 북한방문기 「사람이 살고 있었네」를 『신동아』와 『창작과비평』에 분재. 『무기의 그늘』로 만해문학상 수상. 베를린 장벽 무너짐.

1990년 2월부터 7월까지 한겨레신문에 「흐르지 않는 강」 연재. 8월에 평양에서 열린 제1차 범민족대회에 참가하면서 연재 중단. 남·북·해외 동포가 망라된 '조국통일범민족연합' 창립에 주도적으로 참여, 대변인 역임. 소련과 동구 사회주의권의 붕괴를 목격함.

1991년 베를린 '남·북·해외 3자회담'에 참가. 회의에 의해 '공동사무국' 창설을 위하여 뉴욕으로 이주할 것이 결정됨. 11월 미국 롱아일랜드 대학 문화예술 프로그램에 초청받아 미국 체류. 이후 귀국할 때까지 뉴욕 체류.

1992년 뉴욕에서 아시아인 1.5세, 2세들과 함께 '동아시아문화연구소' 창립. 부정기간행물 『어머니 대나무』 발간.

1993년 4월에 귀국하여 방북사건으로 징역 7년형을 선고받음. 『사람이 살고 있었네』(황석영석방공동대책위) 발간.

1998년 3월 석방.

1999년 1월부터 2000년 2월까지 동아일보에 장편소설 『오래된 정원』 연재.

2000년 5월 『오래된 정원』(창작과비평사) 출간. 『오래된 정원』으로 단재상, 이산문학상 수상.